KB261150

아침
취미
들

아귀밑

김도언 소설

문학동네

신이여, 악몽만 나를 괴롭히지 않는다면
견과(堅果) 껍데기 속에 갇혀서도
무한 공간의 왕으로 행세할 수 있겠나이다.
—셰익스피어, 『햄릿』2막 2장 중에서

권태
— 악취미들 10

젊은 시인의 젊고 아름다운 미망인.

이 여자를 어떻게 할 것인가.

나는 요즘 그런 생각을 하느라 머릿속이 분주하다.

홍을 어떻게 할 것인가.

어쩌자고 동생은 이 여자를 남겨놓고 떠났는가.

나는 이런 생각이, 두 뺨의 홍조처럼 내 삶에

시나브로 스며든 권태를 푸는 일과 밀접한 관련이

있을 거라고 확신하고 있다.

권태를 생각하다

하나뿐인 동생 청이 죽었고, 아내가 집을 나갔다.

매미는 여름이 와서 울고, 우는 것들을 흔들어 깨워, 우는 것들이 함
께 우는 여름밤이 계속되고 있다. 나는 아무리 오래 울어도 조금 권태
로운 것 같다. 그래서 권태에 대해서 말하고 싶다는 생각을 하게 되었
다. 이상하게도 권태라는 말을 입 밖으로 내자, 마음이 편안해졌다.

극렬한 시샘

아내가 떠난 집은 적막하고 괴괴하다. 음악도 싫고 텔레비전 소리도
싫어서 나는 수돗물 떨어지는 소리를 들으면서 술을 마셨다. 어디에서

무엇 때문에 수돗물이 떨어지는지 알 수가 없다. 저 원인을 알 수 없는 누수는, 내 삶의 진실과 열정이 나도 모르는 사이 조금씩 조금씩 빠져나가고 있음을 암시하는 것만 같아 께름칙하다.

아내는 본래의 사랑에게로 돌아갔다. 그러니 되돌아오지 않을 것이다. 나도 그것을 기대하지는 않는다. 나와 오 년 남짓을 사는 동안 아내는 옛 남자를 잊지 못했던 것 같다. 나는 그것에 극렬한 시샘을 느꼈다. 아내는, 내가 팔 년간 다니던 은행에서 근무 태만과 치명적인 과실로 해고된 후 소파에 드러누워 술만 마시는 생활에 들어가자, 노골적으로 옛 남자와 연락을 주고받기 시작했다. 나는 그들이 주고받는 전화의 무례함과 불순함을 참을 수 없었다. 아내의 휴대폰이 울리고 아내가 전화를 받기 위해 작은방으로 들어간 밤이면 나는 씩씩거리면서 한숨도 자지 못했다. 그래, 적어도 그때만큼은 내가 권태롭지 않았는지도 모르겠다. 그런데 이제 다 끝났다. 나는 아내가 내미는 이혼서류에 도장을 찍은 것이다.

삶이 시시한 여자

동생 청의 무덤가에는 지금쯤 푸른 잔디가 돋아났을까. 동생의 단장된 봉분을 보았을 때 처음으로 느낀 감정은 엉뚱하게도 질투심이었다. 아, 이렇게 산뜻한 사자(死者)의 집도 있다니. 무엇보다도 봉분 앞에 서 있는 새하얀 대리석 묘비를 봤을 때, 그 묘비에 선명하게 찍힌 '시인'이라는 두 글자를 보았을 때, 동생에 대한 나의 시샘은 절정에 이르렀다. 나는 죽은 동생이 진실로 부러웠다.

청을 묻은 것은 곡우를 며칠 앞둔 무렵이었다. 그런데 어느새 그 봄이 왔다 갔다. 봄을 기다렸다가 피었던 꽃들도 주변을 환하게 비추다가 이제는 다 지고 없다. 동생을 사랑했던 사람들은 동생이 떠난 후, 가지마다 움터온 봄꽃들을 차마 마주 보지 못했을 것이다. 봄이 뿜어내는 화사함 자체가 광포한 심술이나 폭력 따위로 비쳤을 것이기 때문에 더더욱이. 특히 동생의 아내였던 홍에게는 지난 봄이 그녀의 생애 중에서 가장 혹독한 시간이 아니었을까. 나는 사랑하는 사람을 다시는 볼 수 없는 곳으로 떠나보낸다는 것이 얼마나 끔찍한 고통인지 알 수 없다. 아내가 만약, 옛 남자에게 가지 않고 어느 날 자살이라도 해버렸다면, 횡단보도를 건너다가 차에라도 치여 죽었더라면, 나는 고통을 끌어안고 한껏 슬픔을 만끽할 수 있었을지도 모른다. 하지만 옛 남자를 못 잊어 떠난 아내를 보면서 내게 떠오른 감정은 열패감과 증오뿐이었다. 내가 아내를 단 한 번이라도 사랑한 적이 있었는지 회의마저 들었다. 동생의 아내 홍은 염려했던 것보다는 잘 견뎌내는 것 같았다. 그녀는 자신의 숙명을 알고 그것을 받아들이려는 사람처럼 장례 기간 내내 담담한 표정으로 문상객들을 맞았다.

홍은 동생이 떠난 후 자신의 생활을 가리켜 시시하다고 표현한 적이 있다. '시시하다'라는, 다소 경망스레 들릴지 모르는 그 말은 그녀가 모 여성지와의 인터뷰에서 사용한 표현이다. 기자가 홍에게 남편과 사별한 심경을 묻자 홍은 "삶이 시시해졌어요"라고 그야말로 심드렁하게 대답했던 것이다. 나는 그 여성지에서 삶이 시시하다고 말하는 젊은 여자의 슬픈 사진을 보았다. 인터뷰 기사의 제목은 '심야 영화관에서 극적인 최후 맞은 천재 시인 미망인 전격 인터뷰'였다. 그런데 아, 어떻게 시시하다는 말을 할 생각을 했을까. 그러면 아내가 떠나간 나의 삶도 시시해야 하는 건가. 나도 아무렇지도 않게 툭 던지듯이 삶이 시시하군요라고 누군가에게 말할 수 있을까. 시시하다고 말하는 것은 도대체 얼마나 장엄한 슬픔의 표현인가. 나는 감히 그것을 가늠할 수 없었다.

동생 청은 봄볕이 하루가 다르게 완연해지던 날, 아주 캄캄한 극장 안에서 영화를 보다가 숨을 거두었다. 아니 영화를 보다가 숨졌는지 영화가 끝나고 숨졌는지는 정확히 알 수 없다. 그의 시신은 새벽녘에야 극장 청소부에 의해 발견되었으니까.

심근경색이라는 지극히 단순하고 명백한 사인이 청을 천상으로 데려갔지만 그 죽음에는 무성한 말들이 뒤따랐다. 동생이 재능 있는, 그래서 주목받는 젊은 시인이었다는 사실이 그의 죽음을 극적인 어떤 것으로 각색하고 과장했던 것이다.

그래, 심야극장에서 숨을 거두었다는 사실 자체가 드문 일임에는 틀림없다. 심야극장에서 죽는 사람은 흔하지 않기 때문이다. 극장이 무너지거나 화재가 일어나는 등의 이례적인 사고가 일어나지 않는다면 한 세기에 한두 명쯤 될까. 그러나 어찌 됐건 동생의 죽음이 극적인 어떤 것으로 과장되는 것을 바라보는 것은 그리 유쾌한 일은 못 되었다.

동생 청은 내가 알고 있던 것보다 훨씬 유명했던 모양이다. 탈상하는 날에 대학생으로 보이는 가방을 멘 젊은 사람들이 장지까지 따라왔는데, 나중에 누군가가 귀띔해주어서 안 일이지만 그들은 모두 동생을 문학적으로 추종하는 이들이라고 했다. 신문사 로고가 찍힌 취재차량이 장지까지 영구차를 따라오기도 했다. 동생이 그토록 유명한 시인이었음에도 불구하고 나는 청이 죽는 날까지 청의 시를 한 편도 제대로 읽어본 기억이 없다. 그는 내게 자신의 시를 읽어보라고 권한 적이 없었고 나 역시 동생의 시를 찾아서 읽은 적이 없다. 어딘지 모르게 그것이 좀 멋쩍게 느껴졌기 때문이다. 그 멋쩍음은 같이 자라면서 살뜰한 정 한번 애틋하게 나눈 적 없는 동생과의 서먹한 관계를 그대로 증명하는 것이었다.

천재 시인이 남긴 것들

일간지 부음란에 부고가 실림으로써 이 지상에서의 청의 부재는 공식화되었지만 사람들은 동생의 자취를 찾기 위해 동생이 남기고 간 것들에 병적으로 집착했다. 나는 그것이 처음부터 마뜩지 않게 여겨졌다.
평론가나 문예지의 편집자들은 동생이 죽기 직전 발표한 작품들에서 죽음의 전조나 예시가 될 만한 냄새들을 찾기에 바빴다. 동생이 남긴 디스켓 파일이나 수첩, 습작 노트, 일기장 같은 것들은 거의 모든 출판사의 편집자들이 손에 넣고 싶어했다. 그들은 또한 동생과는 비교적 소원한 관계였던 나에게조차 인터뷰를 요청하고 혹 편지 왕래 같은 것이 있었는지 물어오기도 했다. 그들의 심사를 이해하지 못하는 건 아니었지만, 나는 그들을 도울 수 있는 방법을 알고 있지 못했다. 안된 일이지만, 나는 동생으로부터 받은 편지를 한 통도 갖고 있지 않았다. 실제로 동생이 나에게 편지를 보낸 적이 없는지 아니면 보내긴 했는데 내가 그것들을 제대로 간수하지 못한 것인지는 정확히 모르겠다. 동생의 물건을 하나도 가지고 있지 않은 나를, 사람들은 이해할 수 없다는 듯이 좀 시큰둥한 표정으로 쳐다보았다. 나 역시 아쉽기는 했다. 동생의 필적을 한 장쯤 갖고 있다면, 이미 망자인 그가 그리울 때 꺼내 보며 위안이라도 삼을 수 있을 텐데 말이다. 신문사의 기자들은 청이 쓰던 서재의 모든 책장과 서랍을 수사관처럼 뒤지는 것도 서슴지 않았다. 매력적인 젊은 시인이 자신의 죽음을 어떤 식으로든 예정해놓았을 것이라는 가정은 그들을 더할 나위 없이 흥분시켰던 모양이다.

경황이 없어서 그랬는지는 몰라도 홍은 죽은 남편의 자취를 함부로 방치하는 듯 보였다. 그녀는 죽은 남편에 대하여 여기저기에 떠들었고 남편이 남겨놓은 여러 글과 유품들을 보란 듯이 공개했다. 평소 사려 깊고 겸손한 홍을 생각하면 그런 행동은 좀 뜻밖이랄 수 있었다. 남편의 죽음이라는 극심한 충격이 그녀의 정서를 순간적으로 돌변하게 했는지는 모르겠지만, 결과적으로 홍은 남편의 죽음을 과장하고 극적으로 각색하는 데 주도적인 역할을 한 셈이 되었다. 인터뷰에서 그녀는 남편이 순결한 시인이었다고 거듭 말했고, 그로부터 받았던 사신(私信)이며 사진들을 죄 공개했다. 몇몇 친지들은 그녀의 행동을 탐탁지 않아 했지만 나는 처음부터 그녀의 입장을 이해하는 쪽이었다.

다시금 돌이켜 생각해도 나는 홍이 잘못한 것이라고는 생각하지 않는다. 사실 홍은 죽음을 관리하는 데 능숙하지 못했을 뿐이다. 그러니 홍을 무작정 나쁘다고 해서는 안 된다. 무엇보다도 사람들은 이 사실을 알아야 한다. 그녀는 남편의 죽음을 받아들이기에는 턱없이 젊고 아름답다는 것을.

어쨌든 동생 청이 세상을 떠난 것은 사실이다. 그것은 어느 누구도 생각하지 못했던 일이다. 삼십 해를 살았을 뿐인 동생의 육신은 그때의 젊음이 다 그렇듯 더없이 싱싱하고 풋풋했기에 그의 죽음은 더욱 받아들이기 힘든 것이었다. 동생은 이 지상을 떠나면서 몇 가지를 지상 위에 남기고 갔다. 동생의 체취가 묻어 있는 유품들은 마치 이제 막 발굴된 고대의 골동품처럼 취급되었다. 죽은 동생이 만약 다시 살아나서 이런 광경을 본다면 어떤 생각을 할는지 나는 가끔 궁금하기도 했다. 그냥 수줍게 피식, 웃고 말았을까.

나는 동생 청이 죽은 뒤에 일어난 내 주변의 소요들을 겪으면서 세상에 젊은 사람의 죽음만큼 극적인 것이 별로 없을 것 같다는 생각을 하게 됐다. 그 생각은 만약 매일 하나씩 젊은 시인이 죽는다면 이 세상은 극적인 흥분으로 가득 찰 것이라는 다소 황당한 공상으로 이어졌다.

재능 있는 젊은 시인이었던 동생이 지상에 남긴 것 중에서 가장 아름답고 의미 있는 것은 아무래도, 이미 많은 사람들에게 읽혀진 그의 시편들과 평소 틈틈이 써놓은 산문이나 아직 아무에게도 읽혀지지 않은 상당한 분량의 미발표 작품일 것이다. 그것들이 어느 평론가의 지적대로 '미몽에 사로잡힌 우리 시단의 게으른 습속을 흔들어 깨우는, 그로 말미암아 우리 현대문학사도 이상(李箱) 이래 자랑할 만한 또하나의 천재 시인을 가지게 되었다는 것을 스스로 자긍할 수 있는 가치를 지니는' 것이라면 나로서도 나쁠 것은 없다. 나는 바로 그 '천재 시인'과 피를 나눈 친형이기 때문이다. 그러나, 누군가가 나에게 동생이 이 지상에 남긴 것 중에서 가장 아름답고 의미 있는 것이 무엇이냐고 묻는다면 나는 단연코 홍이라고 말하겠다. 나는 어쩌면 이 말을 하기 위해서 동생의 죽음을 이야기했는지도 모르겠다. 홍이야말로 동생이 이 지상에 남긴 것 중에서 가장 아름다운 것이다. 홍이라는 여자, 그녀는 동생 청이 지상을 떠나면서 남기고 간 여자다.

동생이 캄캄한 극장 안에서 숨을 거두었을 때 동생과 홍은 결혼한 지 겨우 다섯 달이 지났을 뿐이었다.

미망인을 생각하다

젊은 시인의 젊고 아름다운 미망인. 이 여자를 어떻게 할 것인가. 나는 요즘 그런 생각을 하느라 머릿속이 분주하다. 홍을 어떻게 할 것인가. 어쩌자고 동생은 이 여자를 남겨놓고 떠났는가. 나는 이런 생각이, 두 뺨의 홍조처럼 내 삶에 시나브로 스며든 권태를 푸는 일과 밀접한 관련이 있을 거라고 확신하고 있다.

홍을 생각하고 있으면 나에게는 두 사람이 떠오른다. 하나는 죽은 동생이고 하나는 옛 남자를 찾아 광주로 간 아내이다. 어쩔 수 없이 두 사람 모두에게 좀 미안한 마음이 들기는 하지만 내가 홍을 좋아하는 것이 크게 잘못됐다는 생각은 들지 않는다. 왜냐하면 무책임하게 떠나간 것은 그들이지 내가 아니기 때문이다. 그들이 무슨 자격으로 내 의지를 간섭할 수 있을까. 자신들이 떠남으로써 누군가를 그 자리에 남긴다는 것은 곧 그 자리에 남는 사람을 방기한다는 뜻 아닐까. 방기된 존재들의 외로움에 대해 자유롭겠다는 것 아니냔 말이다. 그러니 청과 아내는 어쩌면 이기적인 존재들인지도 모른다.

다시 말하지만 홍은 내 동생의 아내였다가 동생이 죽고 난 뒤 이 세상에 혼자 남겨진 여자이다. 그래서 나는 홍이 말할 수 없이 측은하다. 그것은 그녀의 죽은 남편의 형으로서뿐만 아니라 한 남자로서도 갖는 감정이다. 나는 어떻게 해서든 그녀의 슬픔을 위로하고 그녀의 상처를 보듬어주고 싶은 것이다. 물론 아내가 내 곁에 남아 있었더라면 나의 욕망은 그 뿌리 가까운 어디쯤이 자의로든 타의로든 함부로 잘려나갔을지도 모른다. 그러나 그런 가정은 지금 아무런 의미가 없다. 욕망은 언제나 현재진행형이기 때문이다. 욕망은 과거의 것도 미래의 것도 아니고 현재의 산물이다. 아내도 현재진행형의 욕망을 따라서 옛 남자에게로 돌아간 것이 아닌가. 동생도 현재진행형의 욕망을 따라 영원한 세계로 날아가지 않았는가.

동생이 숨을 거두던 날의 한 장면이 떠오른다. 그 장면을 떠올리면 나는 되게 부끄러워진다. 창업에 대한 조언을 구하려고 패스트푸드 음식점을 하는 동창을 만나 술을 진탕 마시고 있던 내가 동생의 소식을 듣고 어리둥절한 표정으로 달려갔을 때, 병원 영안실 바닥에는 홍이 울다가 지쳐 거의 실신 상태로 쓰러져 있었다. 나는 순간 동생의 죽음보다도 홍의 고단한 슬픔이 더 안타깝게 생각되었다. 나를 알아본 그녀는 내 얼굴에서 동생의 잔영을 발견했는지 그예 바닥에 누운 그대로 발버둥치면서 울음을 터뜨렸다. 나는 그때 그만 보고 말았다. 치마 밑단이 말려올라가면서 하얗게 드러난 홍의 탐스러운 다리와 검은색 거들의 유려한 레이스를 말이다. 그때 나는 무슨 생각을 했었는가. 경황도 없이 내 머릿속은 온통 울긋불긋한 성적 환상으로 붉게 끓어올랐다. 술기운 때문이었을까? 대책 없이 페니스가 불끈 솟아오르는 것이 느껴졌다. 동생의 주검을 앞에 두고 동생의 여자에게서 성욕을 느끼다니. 나는 잠시 그런 내 삿된 본능 앞에서 말할 수 없는 참괴심이 들었지만 곧 내 성욕의 정체를 깨닫고는 마음이 편안해졌다. 그 성욕은 다름아닌 동정과 연민에 불과했던 것이다. 나는 지금 농담을 하고 있는 게 아니다. 이 말을 들으면 나를 비난할 사람도 있겠지만 그날 내가 느낀 성욕은 음란한 성적 충동에 의한 것이 아니고 분명 연민과 동정심에서 자연스럽게 유발된 순수한 것이었다. 그녀를 지극히 위로하고 싶은 마음이 그런 성적인 반응으로 표출된 것뿐이란 말이다. 물론 나는 홍에게 평범하지만은 않은 감정을 가지고 있다. 그 감정이 동생이 죽기 전부터 내게 있었던 것인지, 동생이 죽었다는 소식을 들었던 그날부터 내게 생긴 것인지는 알 수 없다. 그 감정은 다만 홍을 보다 가까이서 바라보고 싶고 홍에게 가까이 다가가고 싶은 그런 감정일 뿐이다. 이렇게 비유하면 어떨까? 다른 사람들이 동생이 남기고 간 시문이나 메모들에 집착하는 것과 똑같이 나는 동생이 남기고 간 여자에게 집착하는 것뿐이라고. 참담한 슬픔에 빠진 그녀를 생각하다보면 내 눈에서는 나도 모르는 사이에 눈물이 맺히고는 한다. 다시 한번 말하지만 나는 내가 동생의 아내였던 홍에게서 성욕을 느낀 것이 잘못됐다거나 부끄러운 것이라고 생각지 않는다. 내가 홍에게서 성적 욕망을 느낀 것은 단지 그녀가 가엾게 생각되었기 때문이다. 그러니 나의 성욕이 그렇게 질이 나쁜 것은 아닌 것이다. 어떤 측은한 대상에 대해서도 성욕을 느낄 수 있다는 사실, 정말이지 동정심이 성욕을 불러일으킬 수도 있다는 이 엄연한 사실을 사람들에게 어떻게 설명할 수 있다는 말인가.

하나뿐인 사랑

동생의 사십구재일에는 때마침 벚꽃이 만개했다. 벚꽃은 어쩌면 죽음과 가장 잘 어울리는 꽃이 아닐까. 흩날리는 꽃이 마치 상여에 붙어 나부끼는 흰 지화(紙花)처럼 느껴졌다. 화려한 것도 서러울 수 있다는 것을 나는 그날 벚나무 아래를 천천히 걸으면서야 깨달았다. 홍은 고개를 숙이고 저만치 앞에서 천천히 걷고 있었다. 옆에는 중학교에서 영어를 가르친다는 홍의 여동생이 그녀를 부축하고 있었다. 검은색 옷을 입고 치밀어오르는 울음을 참으며 몰래 눈가를 훔치면서 하얀 벚꽃잎이 떨어지는 산길을 걷는 젊고 아름다운 여인의 뒷모습은 말할 수 없이 경건하고 섬뜩할 만큼 아름다웠다. 그것은 슬픔이 가지는, 슬픔만이 가질 수 있는 아름다움이었다. 동생의 선배였던 상규도 그런 홍이 안쓰러웠는지 이렇게 말했다.

"홍이 없었더라면 청의 죽음은 훨씬 적막하고 외로웠을 거야."

그렇게 말한 상규는 내겐 동향 친구이면서 동생 청에게는 둘도 없이 친밀한 문학적 선배였다. 동생이 한참 문학병을 앓는 사춘기 소년이었을 때 동생에게 시집을 빌려주거나 그가 쓴 습작시를 주의 깊게 읽고 격려를 해준 사람이 바로 상규였다. 하지만 나는 상규를 알게 되고 얼마 지나지 않은 때부터 그가 조금 불편하게 느껴졌다. 어딘지 모르게 다른 친구들과는 다르게 보이기 위해 행동하는 듯한 그의 고고한 말투와 행동이 눈에 거슬렸기 때문이었다.

상규와 청은 골방에서 혹은 들이나 산에서 나로서는 흉내내지 못할, 마치 꿈꾸는 듯한 눈빛들을 은밀하게 나누고는 했는데 나는 막연하게

나마 그것이 시적인 영혼을 가진 이들 사이에 흐르는 친밀한 교감이거나 홍취일 거라는 생각이 들었다. 영어단어만 달달 외는 나는 도저히 다다를 수 없는 경지 말이다. 당연한 얘기지만, 동생은 친형인 나보다도 상규에게 곧잘 자신의 속마음을 털어놓고는 했다. 그래서 나는 동생의 은밀한 고민이나 속내를 상규를 통해 전해 듣는 경우가 많았다. 그럴 때마다 서운한 마음이 드는 건 어쩔 수 없었지만 그것을 동생에게 드러내지는 않았다. 결국 동생은 내 서운한 마음을 끝내 모르고 이 세상을 떠났다. 나는 서운한 마음을 드러내지 않은 것을 잘했다고 생각한다. 상규는 개인시집을 세 권이나 가지고 있는 꽤 알려진 시인이 되었고 지금은 문예지의 편집을 맡고 있는 모양이다. 산을 내려와 그의 차 앞에서 잠시 마주 섰을 때 그가 담배를 꺼내물며 말했다. 명쾌한 목소리였다.

"정말 아까운 시인이 죽었어."

"……"

"자네의 역할이 중요해. 아마 이제 청은 신화가 될 거야. 하나뿐인 형으로서 자네가 그 아이가 남겨놓고 간 것을 잘 관리해야 해."

그렇게 말하면서 그는 턱 밑에 난 점을 손가락으로 몇 번 가볍게 긁었다.

"재수씨가 잘하겠지 뭐."

"그래, 홍도 잘하겠지. 홍에게 청은 단 하나뿐인 사랑이었으니까."

시샘 같은 것이었을까, 나는 홍의 이름을 아무렇지 않게 말할 수 있는 상규가 조금 얄미웠다. 갑자기 지독한 피로감을 느낀 나는 장례가 어서 끝나서 동생의 죽음의 기억을 훌훌 떨쳐버릴 수 있기를 바랐다.

한밤중에 걸려온 전화

아내로부터는 연락이 없다. 홀가분한 일이다. 이제는 타인일 뿐인 아내의 연락을 내가 기다릴 이유는 하나도 없다. 그건 누가 봐도 세련되지 못한 일이니까. 나는 여전히 수돗물이 떨어지는 소리를 들으며 술이나 마신다. 나는 이런 나 자신을 다행히도 좋아한다.

사람은 누구나 본질적으로 자기 자신을 사랑하는 존재다. 자신을 부정하고 배반하는 데 열중하는 사람도 기실은 자신을 사랑할 수밖에 없다는 운명을 잘 알기에 그것에 열중할 수 있는 것이다. 그런 경우 부정과 배반은 좀 예외적이고 자극적인 자기애의 표현일 뿐이다.

이해할 수 없게도 자신을 사랑하는 사람일수록 외로움을 자주 느낀다. 자기 자신을 사랑하지 않는 사람이 있으랴만은, 자신을 사랑하는 사람이 그렇지 않은 사람보다 훨씬 더 자주 외로움을 느끼는 것은 분명한 일인 것 같다. 자신을 사랑하는 사람이 외로움을 느낄 때 그는 자신을 바라보던 눈을 타인에게로 돌린다. 미완의, 불완전의 소통에 대한 두려움은 이미 아무런 문제가 되지 않는다. 결국 타인을 바라보는 것은 타인의 눈에 투영된 자기 자신을 바라보는 일일 테니까.

중요한 것은, 사랑은 사람의 일이라는 것이다. 더 자세히 얘기하면 사랑은 외로운 사람의 일이다. 나는 술을 마시고 나 자신에게 수없이 물어본 적이 있다. 나는 외로운가? 나는, 외로운 나는 외로운 것을 깨워 그 외로운 것을 향해 말을 걸고 싶은가? 외로운 나는 외로운 것을 사랑하고 싶은가? 그때마다 나는 자신 있는 대답을 하지 못했다.

그 전화가 걸려온 것은 내가 다시금 나에게 '나는 외로운가' 라는 질문을 쉬지 않고 스무 번쯤 던졌을 때였다. 자정이 지났을까, 맞은편 54동의 아파트 창 불빛이 반 너머 꺼졌을 때였으니. 수화기 속의 여자는 자신의 이름을 '수'라고 밝혔다.

"수라고 해요. 청의 형님 되시죠?"

낯선 여자가 자정이 넘은 시각에 전화를 걸어 동생의 이름을 말했을 때, 나는 어이없게도 동생의 봉분을 보았을 때 느꼈던 시샘을 다시 느꼈다. 맥이 풀려나가는 느낌과도 비슷했다.

수라는 여자는 나로서는 좀처럼 믿을 수 없는 말을 했다. 자신이 오래 전부터 죽은 동생과 긴밀한 관계를 맺고 있었다는 것이었다.

"청은 저를 만나면 무척 행복해했어요."

동생이 극장에서 죽던 당일에도 그녀는 동생을 만났었다고 했다. 나는 처음에는 나의 귀를 의심했지만 말투가 너무도 진지하고 차분해서 그녀가 하는 말을 믿지 않을 수 없었다. 뭐랄까, 자연스레 설득을 당할 수밖에 없는 어떤 간곡한 분위기가 그녀의 목소리에 담겨 있었다. 그녀는 구체적으로 말하기를 꺼렸지만 나는 동생과 이 여자의 관계가 꽤 진지하고 농밀했을 거라는 생각이 확신처럼 들었다. 그녀는 나를 한번 만나보고 싶다고 했다. 나와 상의할 것이 있다는 것이었다. 내가 술잔을 만지작거리며 대답을 망설이고 있을 때 그녀는 마치 맹수를 막 그물 속에 포획한 사냥꾼 같은 여유를 부리며 이렇게 말했다.

"절 안 만나면 후회하실 거예요."

나는 사실 그녀가 어떻게 생겼는지 못 견디게 궁금했기 때문에 만나자는 그녀의 제안을 수락했다. 눈앞으로 빠르게, 홍의 얼굴이 스쳐 지나갔다. 사랑은 외로운 사람의 일인데, 동생은 여자를 숨겨두고 사랑할 정도로 외로웠던 것일까. 수라는 여자는 과연 어떤 여자일까. 그것을 생각하자 나에겐 일종의 흥분감까지 일었다. 지난 봄에 핀 꽃들을 마주 보지 못했을 여자가, 삶이 시시해졌을 여자가 여기 한 사람 더 있었구 나. 나는 늦게까지 잠을 못 이루고 수라는 이름의 여인을 상상하고 상 상했다.

꿈속의 세발자전거

그날 새벽녘 꿈속에서 나는 어린 시절의 나를 만났다. 꿈속에는 동생 청도 있었다. 그것이 꿈이 빚어낸 상상이 아니라, 아주 어렸을 때 나에 게 실제로 일어났던 일이라는 걸 깨달은 것은 꿈에서 깨 식은땀을 닦고 냉수를 한 컵 마시면서였다. 과거의 일이 꿈속에서 재현되다니, 이런 경우도 있나? 어찌 됐건 그것은 꿈속에서가 아니라면 기억해내는 것조 차 힘들 정도로 어지간히 오래 전의 일이었다.

마당이 넓은 고향집, 여덟 살이었던 내가 마당에서 세발자전거를 타 고 있다. 그러자 마루에 앉아 있던 청이 그악스럽게 울어대기 시작한 다. 쩌렁쩌렁 대낮의 적막을 깨뜨리는 청의 울음. 청은 엄마에게 달려 가서는 손가락으로 나를 가리키며 울어댄다. 나는 왜 청이 그처럼 그악 스레 울고 있는지를 안다. 그리고 청이 왜 나를 가리키는지도. 청은 내 가 타고 있는 세발자전거를 뺏어 타고 싶은 거다. 나는 불안해서 씽씽 페달을 밟으며 청의 울음소리를 못 들은 척한다. 제발 청이 내게 다가 오지 않기를, 엄마가 나를 부르지 않기를 바란다. 하지만 그런 나의 바람은 부질없는 일이다. 엄마와 함께 청이 마당으로 내려선다. 청은 내게로 다가와서는 긴 손톱으로 내 팔을 할퀸다. 생채기가 생기고 곧 피가 든다. 나는 청의 앙칼지고 사나운 기세에 꿈쩍도 못하고 세발자전거를 청에게 내준다. 울면 혼날 것 같아 한쪽 구석으로 가서 고개를 숙이고 땅을 바라본다. 거기에 달팽이 한 마리가 있던 기억이 난다. 꿈속에서 그 달팽이는 진한 청록색으로 나타났다. 엄마가 내 쪽을 향해 입을 열고 뭐라고 말하는 것 같은데 하나도 들리지 않았다. 들리지 않았던 엄마의 말은 당연히 기억할 수가 없다. 나는 달팽이만을 계속 바라볼 뿐이다.

꿈은 여기까지였다. 하지만 나는 그 일이 있고 며칠 후에 일어났던 일도 선명하게 기억하고 있다.

학교가 끝나고 집에 와보니, 집에는 아무도 없다. 나는 엄마가 청을 데리고 시장에 갔을 거라고 생각한다. 나는 마당에 있는 세발자전거를 바라본다. 청에게 팔뚝을 할퀴고 난 후 한 번도 타보지 못했던 자전거. 하지만 지금은 청도 없고 엄마도 없다. 안심이 된다. 나는 흥얼흥얼 콧노래를 부르며 세발자전거를 타고 마당을 돈다. 한 바퀴, 두 바퀴, 세 바퀴. 그런데 어느 사이 대문이 열리고 청이 뛰어들어온다. 그 기세는 네 살배기 아이의 것이라고는 믿기지 않을 정도로 사납고 앙칼지다. 청은 다짜고짜 주먹에 쥔 돌멩이로 나의 머리를 찧는다. 나는 외마디 비명을 지르며 세발자전거의 안장에서 미끄러져 떨어진다. 피가 뚝뚝 떨어진다. 하지만 청은 아무렇지도 않은 듯 세발자전거를 끌고는 창고 문을 열고 넣어둔다. 자기가 탈 것도 아니면서 이렇게까지 해야 하나. 나는 울지도 못하고, 어쩐지 좀 분한 마음이 들어서 고개를 푹 숙인다. 나는 무엇이 노여운지도 모르면서 마당 한가운데 그렇게 오랫동안 앉아 있다.

믿을 수 없는 말들

술집에는 여자가 먼저 나와 있었다. 한밤중에 전화를 걸어 수라고 이름을 밝혔던 동생의 여자. 그녀를 보았을 때 내가 처음 느낀 감정은 죽은 동생에 대한 강렬한 적의였다. 그것은 시샘 정도가 아니라 살의에 가까운 맹렬한 감정이었다. 이미 죽은 자에 대한 살의라니, 나 참. 그녀는 눈에 띄는 미인은 아니었지만 어딘지 모르게 자꾸만 시선을 끌어당기는 분위기를 가지고 있었다. 전체적인 인상은 수수했지만 단정하고 고운 기품을 간직하고 있었다. 살짝 웨이브 진 머리칼은 깨끗한 뒷목을 적당히 가리고 있었고, 얼굴의 선은 갸름했고 피부는 맑고 투명했다. 눈동자는 검은 잉크를 찍어놓은 듯 깊디깊었고 입술은 명료한 적요를 간직하고 있는 것처럼 단정했다. 그녀의 목 옆쪽에 푸른 생채기가 마치 자전거 타이어 자국처럼 나 있는 것이 보여 호기심이 일었는데, 그것이 무슨 자국인지 확인할 요량은 어디에도 없었다. 그녀의 나이는 동생과 비슷하게 보이거나 한두 살 아래로 보였다. 그녀는 술을 잘 마시는지 이미 병맥주를 두 병 정도 비우고 있었다.

나는 긴장을 감추기 위해 짐짓 태연한 표정으로 그녀 앞에 앉았다. 그런데 그때부터 머릿속에 떠오른 에로틱한 상상들 때문에 나는 적잖이 곤욕을 치러야 했다. 죽은 동생에게 이처럼 단정하고 맑은 여자가 있었

다니. 내가, 죽은 동생에게 지금 농락을 당하고 있는 것이 아닌가. 그녀
는 대학원에서 현대문학을 공부하는 학생이라고 자신을 소개했다. 학
생이라는 말에서 나의 난삽하고 에로틱한 상상력은 절정에 다다랐다.
나의 뇌리 속에는 그녀와 격렬한 정사를 벌이면서 쾌감에 젖어 잔뜩 찡
그린 얼굴을 하고 있는 죽은 동생 청의 얼굴이 자꾸 떠올랐다. 그 상상
속의 장면에 몽롱하게 취해 있을 때에 수가 조심스럽게 말을 건넸다.

"청은 형님을 많이 닮았군요."

"……"

이 여자도 홍과 마찬가지로 내 얼굴에서 동생의 얼굴을 먼저 보는구
나. 그것은 나에겐 결코 흐뭇한 일은 아니었다.

"동생과는 어떻게 알게 되었습니까?"

나의 말투가 다소 무뚝뚝했던 것은 그 때문이었을 것이다. 그러나 수
는 준비가 되어 있었다는 듯 차분한 어조로 대답을 했다.

"교수님과 함께 출판사에 갔다가 우연히 만나게 되었어요. 그게 벌
써 이 년 전의 일이네요. 제가 청의 시를 참 좋아했어요."

그렇게 얘기하면서 수는 갑자기 꿈꾸는 듯한 얼굴이 되었다. 아마도
그때의 어느 한 장면이 아스라이 떠올랐던 모양이었다.

수는 녹차를 마시다가 그 티백을 티스푼을 이용하여 쥐어짰는데 나
는 그와 똑같은 행동을 동생에게서도 목격한 적이 있었다. 처음 보는
여자에게서 죽은 동생의 자취를 발견할 때의 느낌이란 제법 선득하고
야릇했다. 차를 담은 투명한 유리잔에 그녀의 진한 립스틱이 묻어났다.
그것이 나의 뇌리를 자극했는지 예의 그 정사 장면이 다시 떠올랐다.
나는 눈살을 찌푸렸다.

"그래 저를 뵙자고 한 이유가……?"

나는 서둘러서 용건을 마치고 그녀와 헤어짐으로써 그 불온한 상상으로부터 놓여났으면 했다.

"사실은 제가 보여드릴 것이 있어서요."

그러면서 그녀는 가방에서 두툼한 서류봉투를 꺼냈다. 그녀는 눈짓으로 내게 그 봉투를 열어보라고 했다. 나는 다소 떨리는 손으로 그 봉투를 열어서 내용물을 끄집어냈다. 그것은 편지 뭉치였다. 예의 차분한 수의 목소리가 귓전에 들려왔다.

"청이 저에게 보낸 편지들이에요. 이 편지를 제가 가지고 나온 것은 이 안에 담겨 있는 청의 시편들 때문이에요. 청은 편지에다 꼭 시를 적어 보내주었거든요. 모두 합치면 아마 시집 한 권 분량은 될 거예요. 듣자 하니 지금 청의 유고시집을 내기 위해서 몇몇 사람들이 준비를 하고 있다고 하던데, 이 시들이 그 시집에서 빠지면 안 될 것 같다는 생각이 들어서…… 모두가 너무나 아름다운 시들이거든요."

"……"

나는 눈을 감지는 않았지만 그녀를 보고 있지도 않았다. 그녀의 매끄럽고 차분한 목소리를 깊이 음미하고 싶었기 때문이었다. 그녀는 말을 계속했다.

"처음에는 이 시들을 혼자 간직하면서 묻어두려고 했어요. 청의 부인도 있고, 주위의 시선도 있고 해서요. 그런데 청의 부인이 하는 행동을 보면서 생각이 바뀌었어요. 사실 이런 말씀은 안 드리려고 했는데, 청의 부인 태도에 저는 화가 났어요. 그녀는 온통 자신을 중심으로 청의 전 생애를 규정하고 독점하려고 해요. 자신 외에 누구와도 관계된 자신 외에 청과 관계된 다른 어떤 이의 존재도 인정하지 않으려는 것이지요. 물론 그녀가 청의 부인이긴 하지만, 그녀의 인터뷰 기사를 읽으면서 저는 무척 씁쓸했어요. 청은 저를 사랑했어요. 다시 말하면 청이 사랑한 건 아내가 아니라 저였어요. 청은 저를 짐승처럼 사랑했어요."

그녀의 눈에서 폭죽처럼 눈물이 터져나온 건 그때부터였다. 사랑은 외로운 사람의 일이다. 이 여자도 어지간히 외로운 사람이구나. 그녀는 마치 비련의 여주인공처럼 울었다. 옆 테이블에 앉은 사람들이 그녀와 나를 흘끔거렸고, 종업원도 저만치서 우리 쪽을 바라보고 있었다. 그녀는 손수건을 꺼내 눈물을 받아내면서 꺼이꺼이 울었다. 그러곤 목마른 사람처럼 술을 들이켰다. 짐승처럼 사랑했다니?

"그리고요, 이 말씀까지 드려야 하는지, 이걸 전달해드려야 하는지 많이 망설였는데요."

"뭔데요. 뭔데 그래요?"

나는 조마조마한 심정으로 물었다. 그녀의 입술을 뚫어지게 쳐다보았다. 여자는 여전히 손수건으로 눈자위를 꾹꾹 누르며 내 앞으로 얇고 작은 노트를 내밀었다.

정부의 일기를 보다

청이 다녀갔다. 그가 다녀간 자리는 모두 폐허다. 그는 어디든 아름다운 것을 파헤쳐 폐허를 만들 줄 아는 사람이다. 그가 내 몸을 거칠게 만지고 있으면 그가 나를 처음 안았을 때 했던 말이 떠오르곤

한다. 아까도 그랬었다.

"넌 아름다우니, 기꺼이 내가 너를 폐허로 만들겠다."

나는 그 말이 잊혀지지 않는다. 청은 나를 때렸다. 그는 이제는 술도 마시지 않고 나를 때린다. 그와 내 몸이 연결되어 있을 때도 그는 주먹으로 내 얼굴을 때린다. 그리고 명령한다. 엎드려, 일어서. 그래, 그게 폐허가 되는 일이라면 기꺼이 그렇게 하겠다. 나는 그를 사랑하기 때문이다. 그가 내 목에 벨트를 감고자 했을 때도 나는 놀라지 않았다. 그는 벨트로 내 목을 감고 개처럼 거실로 끌고 나가 소파 위에 엎드리게 해놓고 내 몸 안으로 자신의 페니스를 밀어넣었다. 처음에는 수치감이 들었지만 시간이 금방 그런 수치감을 무화시켰다. 그는 내 몸 안에 들어와서 격렬하게 움직이면서 신열에 들뜬 사람처럼 외쳤다. 욕설을 퍼부었다. 그럴 때 그는 이 세상의 사람이 아닌 것 같다. 청은 시를 쓰는 사람이다. 그의 시는 단정하고 순정한데, 그는 순정한 시인인데, 모든 것을 폐허로 만든다. 그가 만진 자리는 모두 폐허다. 내 몸도, 내 정신도. 하지만 나는 그가 지금도 몹시 그립다. 목에 생긴 벨트 자국을 거울에 비춰보며 청의 자취를 그리워하는 나. 이 지독한, 폐허 같은 사랑은 언제까지 이어질까.

청이 죽이고 싶도록 밉다. 아니 청을 죽이고 싶도록 사랑한다. 아니 미워한다. 아니아니, 사랑한다. 그는 오늘도 내 몸을 폐허로 만들었다. 나는 지금 세 시간째 울고 있다. 눈물이 멈추지 않는다. 내 몸 어디에 이렇게 많은 눈물이 숨어 있을까. 밤 열두시 넘어 울린 아파트 벨소리에 문을 여니 술에 조금 취한 듯 보이는 청이 문 앞에 서 있었다. 그리고 그의 옆에 역시 얼굴이 좀 불콰한 남자 한 사람이 서 있었다. 그들은 하나같이 기괴한 웃음을 짓고 있었다. 옆에 서 있던 남자는 청과 키가 비슷하지만 나이는 서너 살 더 들어 보였다. 호리호리한 몸매에 단정한 인상. 그의 턱 밑에 검은 점이 있는 것을 그들이 실내에 들어섰을 때 보았다. 청은 함부로 내 몸을 밀치고 들어와서는 술을 내오라고 말했다. 나는 웨이트리스처럼 온순했다. 나는 언제나 그의 말을 들어야 편안해진다. 청과 남자는 내가 내온 맥주를 두 병 비웠다. 그리고 청이 말했다. 지금 그 자리에서 옷 벗어! 나는 네? 라고 반문했다. 그러는 사이 청과 그 사내가 의미심장한 눈빛을 교환하는 것을 나는 놓치지 않고 보았다. 청이 그때 이런 말을 했다.

"내가 좋아하는 선배야. 선배에게 너를 바치고 싶어."

나는 머릿속이 어지러웠다. 가슴이 쿵쿵 뛰었다. 처음으로 청에게 반발하고 싶은 생각이 들었다. 그래, 반발해야 한다.

"말도 안 돼요. 그렇게는 할 수 없어요."

그러자 청이 다가와서는 거칠고 난폭하게 내 드레스를 찢었다. 그러고는 능숙한 솜씨로 내 몸을 알몸으로 만들었다. 턱에 점이 난 사내는 무표정했다. 청은 그 남자가 보는 앞에서 나를 유린했다. 나는 공포로 몸을 떨었지만, 여전히 뜨거운 심정으로 뜨거운 두 손으로 청의 머리칼을 움켜쥐었다. 청이 내 몸에서 떨어져나가자 그 남자가 내 몸 위에 올라왔다. 조금 망설이는 듯했던 남자는 곧 노골적으로 내 몸을 탐하기 시작했다. 그 남자가 등뒤에서 내 몸에 들어왔을 때 청은 어디서 구했는지 체인으로 내 등을 내리쳤다. 그 체인이 음산한 가시나무의 줄기처럼 내 목 근처까지 뻗쳐왔다. 나는 고통과 모멸감에 치를 떨어야 했다. 하지만 이 짜릿짜릿한 쾌감은 뭐란 말인가. 나중에서야 그 남자 역시 시를 쓰는 사람이라는 걸 알았다. 아, 잔인하고 아름다운 시인들.

내가 여기에 인용한 것은, 그날 수에게서 받은 노트에 씌어 있는 두 편의 일기다. 다른 일기들은 차마 치가 떨려서, 가슴이 미어질 것 같아서 인용할 수가 없다. 일기의 마지막 장을 덮고 나서 나는 한동안, 일기 노트를 내게 전해준 수라는 여자를 원망해야 했다. 기원을 알 수 없는 분노가 끊임없이 치밀어올랐다. 나는 그 분노를 가라앉히기 위해서라도 차가운 술을 계속 들이켜야만 했다. 두번째 인용한 일기는 청이 극장에서 변사체로 발견되기 사흘 전에 씌어진 것이었다. 그 일기에 등장하는 턱 밑에 검은 점이 있는 남자는 틀림없이 상규일 것이다. 상규가 아닐 리가 없었다. 청과 비슷한 키, 호리호리한 몸매도 다 상규랑 같으니. 입맛이 썼다. '더러운 연놈들'이라는 욕지거리가 입 밖으로 나오려고 했다. 그날 내가 잠시 궁금해했던 그녀의 목에 있던 상처는 다름아닌 동생이 휘두른 체인 자국이었을 것이다. '더러운 변태들. 더러운 시인들.' 나는 미친 사람처럼 킬킬거리며 웃었다. 수는 순결한 시인의 더러운 정부였다. 아니 더러운 시인의 깨끗한 정부였다.

사랑은 외로운 사람의 일

나는 동생의 정부로부터 받아가지고 온 동생의 시를 멍하니 바라보았다. 몇날 며칠을 그렇게 퀭한 눈으로 청의 시를 읽으며 술을 마셨다. 매미는 울었고 우는 것들을 깨워, 우는 것들이 함께 우는 밤이 계속되었다. 수도는 여전히 누수 상태였다. 내 삶도 그렇게 하염없이 흘러서 어딘가로 새나가고 있을 것이다. 밤이 지나도 달라지는 건 없었다. 여름의 낮은 철조망 너머의 바다처럼 지루하기 짝이 없었다.

상규에게 전화를 걸어서 이 개 같은 새끼야, 이 더러운 새끼야, 라고 욕을 했던 것도 같고 안 했던 것도 같다. 조금 전부터는 통화도 되지 않는다. 휴대폰 전원이 꺼져 있기 때문이다. 개 같은 새끼 상규가, 동생의 정부를 함께 욕보인 그 새끼가 욕을 먹을 이유가 있는지 없는지조차 분간할 수 없을 정도로 나는 엉망으로 술에 취했고, 지금은 모든 게 다 귀찮기까지 하다. 하지만, 모든 게 귀찮고 권태로워 미치겠는 이 순간에도 살을 찢을 것만 같은 극렬한 증오심만은 끊임없이 솟구치고 있다. 그 증오심은 잔인하게도 내 머릿속에 몇 개의 장면을 만들어놓는다. 나는 이제 될 수 있는 대로 저급하고 추하게 그 장면들을 묘사해볼 것이다. 이를테면 성스러운 시를 쓰는 순결한 시인 청과 상규가 나눴을 이런 대화.

"형, 우리 시만 쓰니까 지루하니, 새로운 걸 해봅시다."

"뭐?"

"내가 가끔 담가주는 구멍이 하나 있는데, 같이 넣어볼래요?"

"정말이야?"

"걔는 내가 하자는 건 다 하는 애예요."

"그거 좋지, 벌써부터 불끈 일어서는걸."

그런데, 그런데 말이다. 그 여자 수는, 어느 날 밤 전화를 걸어와서 내 앞에 나타났던 수는 정말 존재하는 사람일까? 그녀가 내게 했던 말과 내게 건넨 일기 속의 내용은 진실한 것일까? 수의 말, 수의 일기는 믿을 수 있는 것이냔 말이다. 권태에 취한 나는 이미 아무것도 믿을 수 없었다. 그 어떤 것도 자신할 수 없었다. 혹, 그녀가 묘사한 청의 모습은 미친 여자의 광기 어린 상상이 만들어낸 허구 같은 게 아닐까? 혹시 말이다. 수는, 싫다고 하는데도 청을 뒤쫓아다니며 그의 영혼을 괴롭혔던 닳고 닳은 여자가 아닐까? 청은 홍이 굳게 믿고 있는 대로, 맑디맑은 영혼으로 살다 간 티끌 하나 없는 순결한 시인이 아닐까. 나는 정말 아무것도 알 수 없었고, 이 혼돈과 무지는 내 권태를 더욱 깊고 깊은 진창으로 몰고 갔다.

울어도 권태롭고 잠을 자도 권태롭다. 노래를 불러도 권태롭고 연필을 깎는 칼로 살을 찢어봐도 권태롭다. 손을 씻어도 권태롭고 물구나무를 서도 권태롭다. 동생이 영화관에서 죽고, 아내가 옛 남자를 찾아갔어도 나는 권태롭다. 동생의 정부가 목에 체인을 감고 순결한 시인인 동생과 변태적인 섹스를 하는 걸 상상해보아도 이 권태는 사라지지 않는다. 이렇게 권태롭다간 죽어서도 권태를 못 면할 것 같은 생각이 든다.

죽은 청에게는 욕을 하려야 할 수도 없었다. 순결한 시인은 추종자들의 엄숙한 추모를 받으며 잘 단장된 봉분 속에 누워 있으니 말이다. 마침, 신문을 보다가 하단에 여성지 광고가 난 것을 보았다. 눈길을 잡아끄는 기사의 제목이 있었다.

'평생을 순정한 시심으로 살다 간 천재 시인과 미망인이 나눈 눈물의 사랑노래.'

그것은 홍이 자신이 청과 연애하던 시절 청으로부터 받았던 편지들을 책으로 출간했음을 알리는 기사였다. 나는 손으로 그 광고를 살짝 훑으며 '권태'라고 발음해보았다. 눈에서 눈물이 용암처럼 흘러내렸다. 사랑은 사람의 일이다. 사랑은 외로운 사람의 일이다. 사랑만이 권태를 물리칠 수 있다.

미망인의 아파트에 가다

정오를 조금 넘긴 한낮, 나는 홍이 살고 있는 아파트 앞에 와 있다. 술이 덜 깬 눈을 맹하의 강렬한 햇볕이 움푹하게 찌른다. 내가 메고 있는 작은 가방 안에는 동생의 정부에게서 받은 편지들이 들어 있다. 내가 해야 할 일은 홍을 사랑하는 일이다. 홍에게 동생은 순결한 시인이 아니라 더럽고 추한 시인이었다고 말해야 한다.

매미는 지금도 어느 나무엔가 매달려 울고 있다. 외로운 것들은 외로운 것들을 깨워 함께 외로운 노래를 부른다. 사람들은 내게 미쳤다고 말할지 모르지만 나는 동생의 아내였던 여자 홍을 사랑한다. 그것은 이제 부인할 수 없는 사실이 되었다. 홍은 순결한 시인, 내 사랑하는 동생 청이 이 세상에 남기고 간 것 중에서 가장 아름다운 것이다. 나는 그것을 생각하며 술을 마셨다. 수돗물 떨어지는 소리를 들으며 술을 마셨다. 술을 마시며 울었다. 사랑하고 싶어서 울었다. 권태를 이기기 위해서, 살아야 하는 근사한 이유*를 찾기 위해 울면서, 사랑을 하고 싶다고

---

* 故 여림 시인의 「살아야 한다는 근사한 이유」에서 빌려옴.

중얼거렸다.

　나는 엘리베이터를 타고 구층 버튼을 누른다. 홍의 집은 903호. 엘리베이터가 구층까지 올라가는 동안의 권태를 우선 견뎌야 한다고 생각하면서, 나는 눈을 질끈 감는다.

B시 오후, 비 오고 흐림
— 악취미들 9

나는 B시에 가서 그의 뒤통수를 툭 치고 달아나는,

혹은 달걀을 그에게 던지고 달아나는 따위의

유치한 짓은 하지 않을 것이다.

그런 유치한 짓을 하면 그가 나를 비웃을 것이다.

그는 껄껄껄 웃을지도 모른다.

한껏 나를 조롱하면서, 손가락질을 할지도 모른다.

그러니, 나는 단 한 방에 그를 날려버려야 한다.

아아, 이건 위험한 발설인지도 모르겠다.

누가 엿듣지나 않았을까.

나는 B시에 가야만 한다. 가지 않을 이유가 없다. 나는 B시에 가서 충분히 B시를 경험한 다음 돌아오거나 사라지거나 둘 중 하나를 선택할 것이다. 그곳에서 어쩌면, 그러니까 아주 운이 없는 경우라면 나는 죽음을 당할 수도 있을 것이다. 나는 일단은, 죽는 것을 원하지는 않는다. 내가 원하는 것은 그래, 돌아오는 것보다는 사라지는 것이다. 사라지는 것이 더 좋겠다. 아무것도 장담할 수 없는 전략에 의해, 설명할 수 없는 우연에 의해 일순간 생의 종적을 감추고 사라지는 것, 내가 원하는 것은 바로 그것이다. 나는 내가 무엇을 원하는지를 알고 있다. 나는 B시에 가야만 한다. 오로지 내 머릿속에는 B시에 가야 한다는 생각뿐이다. 어젯밤에도 나는 기괴한 꿈을 꾸다가 잠에서 깼다. 그 꿈은 스무살 이래로 내 현실을 고통으로 밀어넣곤 하는 악몽이었다. 내가 기르던 개에 대한 이야기이다. 지나치게 빼빼 마른 개 한 마리가 진흙탕에서 뒹굴고 있는데, 그 개의 몸뚱어리 이곳저곳에 팽창해서 터질 정도로 뒤

룩뒤룩 살찐 거머리들이, 검붉은 거머리들이 달라붙어서 피를 빨고 개는 고통에 겨워 진흙탕을 뒹굴고 있는 그런 꿈이다. 그리고 놀랍게도 어느 순간 그 개의 얼굴이 내 얼굴로 변하는 것이다. 내 몸은 개의 몸, 얼굴은 내 얼굴. 이런 모습을 견딜 수 있겠는가? 나는 이처럼 지독한 악몽을 장장 십 년 넘게 꾸어왔다.

꿈에서 깨어 식은땀을 닦으며 내가 한 생각은 B시에 가야 한다는 것이었다. 내가 B시에 가는 일은 내가 고질적으로 느끼는 고통과 그 고통의 기원인 상처를 어루만지는 일이 될 것이다. 누구에게나 우울하고 허기진 젊음의 시절이 있다. 당신에게도 있듯이 내게도 그런 시절은 있는 것이다. 그것은 사랑에 대한 누대의 갈망이 좌절되고, 고통을 관리할 수 있는 지혜가 없던 시절에 드물지 않게 일어나는 일이긴 하지만, 받아들이는 사람의 입장에서는 언제나 지나치게 비극적이라는 것이 문제다. 그렇지 않겠는가.

처음 B시에 가야 한다는 생각을 한 것은 육 개월 전쯤이었다. 하지만 나는 자꾸 석연치 않은 감정 때문에 B시에 가는 것을 유보했다. B시행을 유보하는 동안 나는 내 삶을 지탱하는 열망이 조금씩 꺼져가고 있다는 것을 느꼈다. 참을 수 없었다. 스무 살 이래로 내가 가장 절실하게 생각해온 것은 삶을 긍정하는 일이 아니었는가. 삶을 긍정한다는 것은 죽음의 공포에서 놓여난다는 것과 같은 뜻이었기 때문에. 하지만 나는 이제 삶을 긍정하는 것을 포기하고자 한다. 그것은 애당초 가능하지 않은 일이다. 지금은 반대로, 삶을 긍정하는 것이, 죽음처럼 공허하고 적막하게 느껴지고 죽음 앞으로 한 발자국씩 다가가는 것처럼만 느껴지기도 한다. 그렇기 때문에 나는 반드시 B시에 가야 한다. 더는 미룰 수 없다. B시에 가면 나는 내 생을 다시 시작할 수 있다. 아니, 적어도 다시 시작할 수 있다는 위안 정도는 얻을 수 있을 것이다. 내 굴욕적인 피를 쏟아내고 다시 태어날 수 있다는 위안 말이다.

B시에 가는 일이, 그러나 다 좋을 수는 없을 것이다. 모든 가정은 유효하다. 안 좋은 쪽으로 일이 진행된다면 나도 존재하지 않고 B시도 존재하지 않게 된다. 일이 우습게 꼬이거나 잘못된다면 말이다. B시가 내 생에서 사라져버린다는 건 끔찍한 일이다. B시를 발견한 이후로 나는 B시가 없는 생을 단 한순간도 상상하지 않았다. B시는 내게 황금의 도시와 다를 게 없다. B시는 내가 반드시 만나야 하는 그가 살고 있는 곳이다. 나는 B시에서 내가 하고자 하는 일을 수행하고, 아무런 문제 없이 아무런 흠결 없이 유유하게 B시를 빠져나와야 한다. 어찌 됐건 사라지는 일은, 아니 사라지는 것을 희망하는 일은 그 다음의 일이다. 내가 하고자 하는 일을 성공적으로 수행하여야만, B시는 여전히 내 생에 의미를 지니면서 존재하고, 그 도시는 성장하게 된다. 내가 다녀간 뒤에야, 그 시가 자랑하는 첨단 디지털 산업단지도 날이 갈수록 융성해질 것이다. 아무튼 이 모든 것은 내가 B시에서 하고 싶은 일을 수행했을 때 가능한 것이다. 그런데 만약, 내가 B시에서 하고자 하는 일을 수행하지 못하고, 모든 기도가 수포로 돌아간다면, 나는 내 의식 속에서 B시를 지우게 될 것이다. 더욱 운이 나빠 B시에서 계획적으로 양성한 경비대에 의해, 혹은 경찰들에 의해 붙잡히게 된다면, 그래서 목숨을 잃게 된다

면 나도 없고 B시도 존재하지 않게 되는 것이다. B시는 내 의식 안에서만 존재한다. 그러므로 B시는 매우 강렬한 도시다.

스무 살의 나는 그 무렵까지의 일기장을 모두 불태우고 군에 입대했다. 스무 살의 나는 B시에 가는 것을 꿈꾸지 않아도 되었다. 애인도 없었고, 가족과도 연을 끊은 나는 쓸쓸하게 자원입대를 했고, 강원도 깊은 산골짜기에 유배되었다. 그 유배는 실로 참혹한 것이었다. 내 나이 열다섯 살 때 집을 나간 아버지는 그 이후 단 한 번도 모습을 드러내지 않았다. 그런 면에서 보면 그는 어지간히 독한 사람이다. 아무도 그를 본 사람이 없었다. 그는 완전무결한, 흠잡을 데 없는 실종자였다. 어머니는 어느 날 갑자기 사라져버린 아버지를 원망하다가 이 년 전 자궁암에 걸려 지금 원자력병원에 누워 있다. 우울증 증세가 있는 누나가 어머니를 옆에서 지키는데, 오히려 간병을 받아야 하는 사람은 누나가 아닐까 생각한다. 나는 이 집을 벗어나고 싶고, 어머니와 누나 같은 우울한 존재들을 내 기억 속에서 지우고 싶다. 내가 가족을 버린 것인지, 아니면 가족이 나를 버린 것인지 좀 헷갈리는 게 사실이지만, 나는 어쨌건 가족과 관계된 모든 부호와 증표들을 버리고 싶다.

그리고, 지금 내가 택할 수 있는 것은 B시에 가는 일밖에 없다. 나에게 신성 같은 것이 있을 리는 없지만, 내 영혼의 순결이 사망 선고를 받았을 때, 내 정체성이 복원이 불가능할 정도로 훼손당했을 때의 절망을 치유하기 위해서라도 나는 B시에 가야 한다. 내가 B시에 가는 것은 필연적인 일이다. 지금까지의 내 삶이 온통 B시에 가기 위해서 전제되었다는 생각이 나 자신에게 전혀 이물스럽지 않게 받아들여질 정도로 B시에 가는 일은 내게는 자연스러운 일이다. B시에 가야겠다는 생각을 하기 전의 나는 도대체 무슨 생각을 하며 살았는지, 나는 지금 아무것도 기억할 수 없고 증언할 수 없다. 나는 B시에서 일어나는 일을 가급적 빠짐없이 기록으로 남길 것이다. 나중에 이 기록은 나를 이해하는 데, 혹은 오해하는 데 결정적인 자료로 쓰일 것이다. 이해를 요구하지도 오해를 반박하지도 않을 것이다. 나는 내 신념에 위배되지 않는 것이라면 그 어떤 것도 다른 사람을 위해 해명하지 않겠다는 생각을 하고 있다.

그가 B시에 살고 있다는 것을 확인한 건 정확히 육 개월 전의 일이다. 나는 그날부터 B시행을 열망하게 되었다. 아주 우연히, 어느 날 신문을 보았는데, 평소의 나는 신문 같은 것을 잘 보지 않았는데, 아무튼 어느 날 아주 허름한 식당에서 우연히 김치찌개 국물이 묻어 있는 신문을 집어들었는데, 거기에 그의 사진이 있었다. 그의 이름도 찍혀 있었다. 나는 기절할 정도로 놀랐지만, 아무튼 내가 할 수 있고 해야 하는 일에 대해서 생각하는 것이 옳다고 생각했다. 나는 신문에서 그의 사진을 정성껏 오려내어 지갑에 집어넣었다. 나는 일단 그가 살고 있는 곳이 B시라는 것을 알았고, 결국 내가 B시에 갈 수밖에 없겠다는 생각을 하기에 이르렀다. 아니 그보다 먼저, 그가 신문에 나올 만큼 유명해졌다는 사실 때문에 나는 잠시 우울했다. 아니 어쩌면 설명할 수 없는 흥분감에 휩싸였는지도 모르겠다. B시에 가면, 그를 만날 것이다. 그를 만나면 말을 건네야 할까. 나를 아느냐고 물어야 할까. 내 머릿속은 이런저런 상념들로 분주했다. 아니다, 나는 사실은, 이건 참 모욕적인 일이긴 하지만, 아무튼 사실 나는 그의 얼굴을 마주 볼 자신이 없다. 멀리서, 나는 그냥 멀리서 그를 보는 것으로 만족하겠다. 나는 그가 있는 B시를 지도에서 찾아보았고, PC방에서 B시의 시청 홈페이지에 들어가서 B시에 대한 안내 정보들을 수집했다. 나는 그때부터 몹시 B시에 가고 싶었고 B시에 가는 것을 꿈꾸었다.

그는 스무 살의 내게 바지를 내리라고 말한다. 나는 순순히 그의 말에 따른다. 그가 이번엔 팬티까지 내리라고 말한다. 나는 순순히 그의 말에 따른다. 그는 내 관자놀이에 권총을 겨누고 있다. 그의 말을 거스를 수 없는 이유가 여기에 있다. 소름끼치는 금속의 촉감. 이마에서는 식은땀이 흐른다. 그는 내 페니스를 손으로 주무르기 시작한다. 내가 몸을 비틀며 신음 소리를 내뱉는다. 어쩔 수 없이 나는, 힘이 없고 나약하고 예쁘기만 한 나는, 모멸감으로 얼굴이 새빨개진다. 이 새끼 가만히 있어, 내 말 한마디면 넌 쥐도 새도 모르게 죽을 수도 있어. 그가 느릿한 말투로 말한다. 나는 이등병 계급장을 달고 있다. 그의 어깨엔 별이 두 개. 그는 사령관이고, 나는 그의 전담 당번병이다. 나는 그를 사령관 각하라고 부르며 매일매일 그가 마실 커피를 타고, 구둣솔로 그의 구두를 닦고, 일 주일에 한 번 정도 혀로 그의 귀두를 닦는다. 내 페니스를 주무르던 그가 이번엔 자신의 바지를 내린다. 그의 페니스가 바지춤에서 툭 튀어나온다. 핥아. 여전히 권총의 총구는 내 관자놀이를 겨누고 있다. 나는 그의 얼굴을 바라본다. 도저히 그의 마음을 읽어낼 수 없다. 어쩌면 그는 그 옛날 해수욕장 탈의실에서의 아버지 모습을 닮아 있는지도 모른다. 꼭 이렇게까지 해야 하나. 나는 권총이 무섭고 그의 페니스가 무섭다. 나는 그의 페니스 쪽으로 고개를 숙인다. 혀로 귀두를 닦아야 한다. 그것이 그의 명령이니까. 깨물지 말고 잘해. 그가 비릿한 말투로 한마디 더 한다.

나는 B시에 갈 것이다. 그는 내가 B시에 가고 싶어한다는 것을 알지 못해도 된다. 아니 그가 B시에 가고 싶다는 내 열망을 눈치채지 못하면 못할수록 나는 유리하다. 나는 힘을 얻고 유리한 위치를 확보하게 된다. 나는 B시에 가서 그의 뒤통수를 툭 치고 달아나는, 혹은 달걀을 그에게 던지고 달아나는 따위의 유치한 짓은 하지 않을 것이다. 그런 유치한 짓을 하면 그가 나를 비웃을 것이다. 그는 껄껄껄 웃을지도 모른다. 한껏 나를 조롱하면서, 손가락질을 할지도 모른다. 그러니, 나는 단 한 방에 그를 날려버려야 한다. 아아, 이건 위험한 발설인지도 모르겠다. 누가 엿듣지나 않았을까.

나는 그를 만나기 위해 B시에 갈 것이다. B시는 시장 보궐선거를 삼일 앞두고 있다. 아마 거리마다 후보자들의 현수막이 내걸렸을 것이다. 나는 선거가 있는 날 B시행 버스에 오를 것이다. 육 개월 전 신문에서 우연히 그의 사진과 이름을 발견한 나는 인터넷에서 그를 검색해보았다. 그리고 어떤 웹페이지에 실린 그의 인터뷰 기사를 읽었다. 그는 지금 B시의 시장선거에 출마한 시장 후보 중 한 사람이다. B시의 전 시장은 골프장 허가와 관련해서 대기업으로부터 뇌물을 받은 것이 감사원에 의해 적발돼 지금 실형을 살고 있다. 보궐선거는 그래서 치러지는 것이다. 사실상 그의 당선은 확정적이다. 여론조사 결과 그의 지지율이

다른 후보들을 더블 스코어 차이로 앞서고 있다. 삼 일을 앞둔 선거에서 후보의 지지도 차이가 더블스코어라는 건 농구경기에서의 더블스코어 차이보다 훨씬 더 견고하다. 지금 B시는 시장선거를 앞두고 있다. 그의 귀두를 핥고 나면 나는 하루 종일 아무것도 먹을 수가 없었다. 뭔가를 목구멍으로 넘기면 곧바로 구역질이 났으니까. 내가 전역하고, 그도 전역을 했다. 이제 둘 다 군복을 입고 있지 않다. 내가 이등병이었고 그가 사령관이었던 시절은 지나갔다. 그는 사령관을 그만둔 뒤 전역을 하고 정치가로 변신했다. B시의 시장이 된다면 그의 변신은 화려하게 성공하는 셈이다.

나는 약국에 들어가 마스크를 하나 샀다. 한여름날 마스크를 찾는 젊은 남자를 늙은 약사는 오랫동안 쳐다보았다. 멋쩍었던 나는 어색하게 웃어 보였다. 하지만 속에서는 눈물이 날 것만 같았다. 내가 마스크를 산 이유는, 나쁜 짓을 하기 위해서다. 더 정확하게 이야기하면 나쁜 짓을 할 때 내 얼굴을 가리기 위해서다. 나는 B시에 가기 위한 경비가 필요하다. 경비를 마련하는 가장 손쉬운 방법은 편의점을 터는 것이다. 편의점의 아르바이트생들은 대부분 겁이 많고 나약하다. 그리고 자신들이 하는 일에 대해서 사명감도 없다. 나는 마스크를 쓰고 깊은 밤 한적한 곳에 있는 편의점에 들어가서 종업원을 위협해서 돈을 빼앗을 것이다. 나는 그러니까 범법자가 되겠다는 의지를 갖고 지금 마스크를 산 것이다. 만약 내가 나쁜 짓을 하다가 걸리면, 내게 마스크를 판 약사의 증언으로 인해 나에게는 특수강도법이 적용될 것이다. 준비를 하고 저지른 범죄와 준비를 하지 않고 저지른 범죄를 사람들은 뚜렷하게 구분

한다. 뭐, 어쩔 수 없다. 나는 집에 돌아와 마스크를 쓰고 거울을 쳐다
본다. 낯선 얼굴이 거울 앞에 있다. 내가 나인지 알아볼 수 없는 것이
마스크 하나 정도면 충분하다는 사실. 어떤 경우 세상은 어이가 없을
정도로 지나치게 허술하다.

내가 B시에 가기 위해서는 먼저 편의점에서 필요한 만큼의 돈을 털
어야 한다. 은행을 터는 일은 불가능하다. 아니 B시에 가기 위해서 은
행을 털 필요까지는 없다. B시가 로스앤젤레스만큼이나, 이스탄불만큼
이나 멀리 있는 도시는 아니니까. 내가 그렇게 명석한 편은 아니지만 그
것을 알 정도는 된다. 나는, 다만 편의점을 털기만 하면 된다. 나는 B시
에 간다는 생각을 하자 부지런해졌다. 그리고 편의점을 물색한 지 이틀
만에 퍽 마음에 드는 편의점을 발견한다. 나는 내가 발견한 편의점에
대해 좋은 감정을 가지고 있지만, 그 편의점에서 강도짓을 해야만 한
다. 나는 B시에 가기 위한 경비를 마련할 방법이 없다. 아무도 그것을
알려주지 않는다. 건설 현장의 일용 잡부로 나가면 되지 않느냐고 누가
내게 말한다면, 나는 기겁을 하며 그것은 내가 할 수 없는 일이라고 단
호하게 말할 것이다. 나는 거친 사내들의 세계가 싫다. 그럴 수밖에 없
다. 내가 편의점에서 돈을 빼앗기 위해 준비한 건 마스크 한 장이 전부
다. 내가 발견한 편의점은, 내게 발견되어서 운이 없을 것이다. 편의점
은 주택가 골목에 자리잡고 있다. 번잡한 유흥가로부터 멀리 떨어져 있
고 차들이 많이 지나는 대로로부터도 충분히 떨어져 있다. 새벽 두세시
정도면 아마도 편의점에서 일하는 아르바이트 대학생도 해찰을 부리며
꾸벅꾸벅 졸 것이다.

　새벽 두시다. 나는 지금 편의점 앞에 와 있다. B시에 가기 전에 반드시 해야 할 일이 바로 편의점을 터는 일이다. 나는 야구모자를 쓰고 마스크를 쓴다. 안을 들여다본다. 열대야. 기온이 삼십팔 도까지 올라갔다. 숨이 턱턱 막힌다. 마스크를 쓰자마자, 마스크가 닿은 안면 부위에 땀이 차오른다. 다시 안을 들여다본다. 중학생으로밖에는 보이지 않는 어린 소년 둘이 컵라면을 먹고 있다. 카운터에는 뜻밖에도 육십은 넘어 보이는 할아버지가 앉아 있다. 다행스러운 일이다. 소년들이 컵라면을 다 먹고 편의점을 나가면 나는 편의점의 카운터에 있는 할아버지에게로 돌진할 것이다. 미친 짓이라고 생각하지만 멈출 수가 없다. B시에 가려면 이 편의점을 털어야 한다. 나는 인내심 있게 기다리면서 마스크를 벗었다가 다시 쓰고 썼다가 다시 벗는다. 마스크를 쓰는 건 어쩐지 비겁한 일 같다. 이윽고 중학생 두 명이 나온다. 나는 하나 둘 셋 넷 다섯까지 속으로 세고는 편의점으로 뛰어든다. 카운터에 대고, 할아버지에게 대고 소리친다. 할아버지! 나 B시에 가야 해요. 난 B시에 가야 한다구요. 가지고 있는 돈을 전부 내놓으세요! 할아버지는, 전혀 당황하는 빛이 없다. 아니 어쩌면 쓸쓸한 표정을 지었는지도 모른다. 그는 침착한 표정으로 금고를 열어서 만원짜리 뭉치를 내게 내민다. 이건 어딘지 비현실적이다. 그가 입을 연다. 요즘 편의점에 강도가 많이 들어서 당최 알바를 구할 수가 없어. 젊은이들이 그렇게 겁이 많아서야. 내가 그래서 직접 일을 하고 있는데, 정말 강도가 들어왔군. 이 돈 가지고 자네가 가야 한다는 B시에 잘 다녀오게. 바보같이 그만, 할아버지가 하는 소리를 듣고 있으니 눈물이 나오려고 한다. 나는 눈물이 나오기 전에,

할아버지가 내 눈물을 보기 전에 서둘러서 만원짜리 뭉치를 낚아채고
는 사랑스러운 편의점을 뛰쳐나간다.

　나는 B시에 갈 것이다. B시의 시장선거가 있는 날, 바로 그날 B시에
갈 것이다. 그리고 투표를 하는 주민들 틈에 끼어 어슬렁거릴 것이다.
아마도 B시의 벽에는 그의 사진이 붙어 있을 것이다. 그의 얼굴, 나의
관자놀이에 권총을 겨누고 바지를 내리라고 말하던 그의 얼굴을 나는
이제 실컷 바라볼 수 있다. B시에 가는 일을 상상하면 너무나 설렌다.
투표가 끝나면 곧바로 개표가 시작되고, 밤 열시쯤이면 당락이 결정될
것이다. 틀림없이 그가 당선되겠지. 그는 지지자들로부터 화환을 받고
기자들에게 둘러싸여 카메라 플래시와 질문 세례를 받을 것이다. 그는
지지자들에게 당선 인사를 하기 위해 위풍당당하게 모습을 드러낼 것이
다. 나는 그 기회를 놓치지 않아야 한다. 나는 시장에 당선돼 희색이 만
연한 그의 이마에 구멍을 낼 생각이다. 나는 B시에 갈 것이다. 나는 B시
에 가야만 한다. 가지 않을 이유가 없다. 나는 B시에 가서 충분히 B시를
경험한 다음 돌아오거나 사라지거나 둘 중 하나를 선택할 것이다.

　나는 B시행 고속버스 티켓을 끊으면서, 두 주먹을 불끈 쥐었다. 그리
고 화장실에 가서 수돗물로 얼굴을 씻었다. 얼굴의 표면에 끼어 있던
피지들 때문에 얼굴에 닿은 찬물이 미끌거렸다. 거울 속에 야광충처럼
음험한 빛을 내뿜는 어둑신한 짐승이 하나 서 있었다. 그는 무표정했
고, 지나치게 진지했다. 예전에는 참 예쁜 얼굴이었는데. 나는 이제 두
번 다시 내 얼굴을 들여다보지 못할 것이다. 그것은 무엇보다 두려운

일이 되었으므로.

　B시를 향해 떠나야 하는 고속버스는 플랫폼에 이십 분 정도 연착했다. 버스회사의 직원은 어느 지역에선가 폭우가 쏟아졌기 때문이라고 말했다. 그러자 나이가 예순 살은 넘어 보이는 초로의 사내가 역정을 낸다. 그는 술에 찌든 코와 눈을 하고 있다. 삶이 고단한 자들은 아량이 부족하다. 그것은 그들에게 어떤 권리가 주어졌을 때, 훨씬 더 옹색한 방식으로 표출되곤 한다. 계절은 한여름으로 접어들고 있다. 그런데 폭우가 쏟아졌다니. 우울증 환자들은 고통받을 게 분명했다. 버스가 연착했지만 나로서는 조급할 게 없다. 하지만 촌로의 역정은 쉽게 멈추지 않는다. 그는 버스의 맨 앞자리에 앉아서도 연신 불평을 해댄다. 버스회사 직원은 그 촌로와 얼굴을 마주치지 않으려고 일부러 그를 외면하고 있다. 나는 그런 모습이 조금 우스꽝스러웠다. 버스의 연착 같은, 뜻밖의 우연으로 내게 주어지는 시간은 오히려 나를 차분하게 만들고 내 의지를 견고하게 해준다고 생각한다. 그런 시간에 나는 영혼의 속삭임을 듣는다. 내 영혼이 끊임없이 내게 말을 건네는 소리를 듣는다.

　버스는 천천히 꾸준한 속도로 달린다. 비가 내리는 곳도 지나고, 검은 구름 사이로 간간이 햇볕이 비치는 곳도 지난다. 옥수수나 해바라기가 차창 밖에 나타났다가 어느 순간 사라져버리기도 한다. 플라타너스 나무들이 반복적으로 지나간다. 역정을 내던 촌로는 잠이 들었는지 조용하고 버스도 고요하다. 운전기사는 운전할 때 필요한 것은 집중력뿐이라고 생각하는 듯하다. 음악조차 틀지 않는 걸 보면 말이다. 비가 내리는 지역을 지날 때 버스는 훨씬 더 부드러웠다. 마치 두둥실 구름 위를 떠다니는 것처럼 버스는 비 오는 고속도로를 달린다. 버스기사는 운전 실력이 괜찮은 사람이다. 고속버스 운전기사의 운전 실력까지 생각할 정도로 여유를 부리는 내 심사를 상기하면서 나는 가볍게 쓴웃음을 짓는다. 그 어느 때보다 긴장이 필요할 때인데 말이다.

B시의 관문인 톨게이트를 지나면서부터 빗줄기가 굵어지기 시작한다. 나는 그날, 태어나서 가장 굵고 거센 빗줄기를 보았다. 나는 비가 이처럼 압도적일 수 있다는 사실이 경이로웠다. 나는 이곳에서 어떤 사람을 만나서, 그가 내가 찾는 사람이 맞는지를 확인해야 한다. 물론 그것은 형식적인 일이다. 그는 내가 찾는 사람이 틀림없을 것이다. 나는 멍청한 짓을 하느라 시간을 보내기에는 너무나 절실한 이력을 가지고 있는 사람이다. 물론, 많은 시간이 흘렀지만, 내가 그를 기억하지 못할 이유는 아무것도 없다. 그를 기억할 수 있는 단서가 되는 것들, 이를테면 그의 야비한 웃음과 목소리는 세월이 지난 지금도 전혀 훼손되지 않은 채 그대로여서 그가 내가 찾는 바로 그 사람임을 분명히 알 수 있게 해주기 때문이다.

B시는 오늘 새로운 시장을 뽑는 선거를 한다. 그리고 나는 그곳에 간다. 비가 많이 오기 때문에, 투표율은 현저히 낮아질 것이다. B시의 선거는 보궐선거이다. 전직 시장이 구속된 것에 대해서 B시 시민들은 마치 자신들의 명예가 실추되기라도 한 것처럼 불쾌한 표정을 지었다. 이제 그들은 자신들이 입은 불명예를 상쇄해줄, 위대한 인물을 새로운 시

장으로 옹립해야 하는 의무를 가지고 있다. 다른 도시에서 온 나는 당
선이 유력한 시장 후보를 알고 있다. 그는 바로 스무 살의 이등병을 사
랑했던 사람이다. 아마도 별다른 이변이 일어나지 않는 한 내가 알고
있는 그가 새로운 시장에 선출될 것이다. 그의 인기는 놀라울 정도다.
나는 그의 인기가 메스껍고 역겹다. TV 뉴스에 그의 얼굴이 나왔을 때
는 실제로 헛구역질이 나기도 했다. 이후부터 나는 무언가를 먹고 있을
때는 TV를 보지 않는다. 언제 어디서 그가 나올지 모르니까 말이다.

　아무런 흔적을 남기지 않고 말끔하게 사라진, 지금은 죽었는지 살았
는지도 알 수 없는, 그래서 내가 가끔씩 동경하기도 하는 완전무결한
아버지에게도 흠은 있다. 나는 그에게 흠이라는 게 있어서 비로소 연기
처럼 깨끗이 사라진 그에게조차 인간적인 면이 있었던 것이라고 생각
하게 되었다. 내가 B시에 가야겠다는 생각을 하기 아주 오래 전, 그러
니까 내 나이 여덟 살이었는지 아홉 살이었는지, 정확히 기억은 나지
않지만 내가 아주 어렸을 적에, 아버지는 아주 우스꽝스러운 사고를 쳤
다. 아버지는 그 사고를 침으로써 많은 사람들에게 웃음거리가 되었다.
아주 무더운 여름날이었을 것이다. 우리 가족―그러니까, 지금은 사라
진 아버지와, 자궁암에 걸려 죽을 날만 기다리고 있는 어머니와 우울증
에 걸린 채로 자궁암에 걸린 어머니를 간병하고 있는 누나, 그리고 나
는 옆집에 사는 절친한 가족과 함께 해수욕장에 간 적이 있다. 나는 너
무나도 선명하게 옆집에 살던 그 가족을 기억한다. 그 가족 중에는 나
보다 세 살이 적은 남자애가 있었는데, 그 아이와 나는 단짝이었다. 머
리칼이 아주 까맣고 눈동자도 까맣고 피부는 백설처럼 희었던 아이. 목

도 길고 팔과 다리도 길었던, 계집애처럼 예뻤던 아이. 그 아이와 나는 말투나 외양 같은 것이 너무나 비슷해서 모르는 사람들은 둘이 형제가 아니냐는 말을 많이 했다. 우리 가족과 옆집 가족이 함께 해수욕장에 간 것은 두 가족이 서로를 너무나 좋아했기 때문이다. 아버지들은 아버지끼리 친했고, 어머니들은 어머니들끼리 친했고, 그 집의 형은 우리 누나를 무척 좋아했으며, 이미 말한 것처럼 나는 나보다 세 살이 어린 그 예쁜 사내아이와 늘 붙어다닐 정도로 친했다. 그런데 해수욕장에서 정말로 어처구니 없는 사고가 일어났다. 내가 우스꽝스럽다고 표현한 사고 말이다. 아주 오래 전의 일이라서 분명히 기억할 수 없지만, 그리고 나는 모든 것을 다 보았다고도 말할 수 없지만, 내가 지금 얘기하려는 것이 실제로 있었던 일이라는 것만큼은 분명하다. 해수욕장에 도착하자 아버지는 나와 옆집 꼬마애를 데리고 탈의실에 들어갔다. 아마도 해수욕장에서 대여하는 수영복을 직접 골라주려고 했을 것이다. 그런데, 수영복을 다 고른 아버지가 갑자기 옆집 꼬마애를 데리고 휘장이 둘러쳐진 샤워실로 들어갔다. 그곳은 해수욕을 하고 난 뒤에 몸에 남아 있는, 소금기가 있는 바닷물을 씻어내는 곳이었다. 그런데, 아직 바닷물에 몸을 담그지도 않았는데 아버지와 꼬마애가 샤워실 안으로 사라져버리자 나는 조금 이상한 생각이 들었다. 나는 아무튼 그 순간 소외를 당한 것이다. 오 분쯤이 지났을까. 안에서 꼬마애의 울음소리 같은 것이 들려오자 나는 그들이 안에서 무엇을 하는지 참을 수 없이 궁금해졌다. 나는 조심스레 휘장을 걷고 안을 들여다보았다. 거기에서 아버지가 자신의 거대한 페니스를 꼬마애의 엉덩이 사이에 갖다대고 거칠게 비벼대고 있었다. 비명이 나오려는 것을 간신히 참은 나는 두근거리는 가슴을 안고 탈의실을 뛰쳐나왔다. 그러곤 가족들이 기다리고 있는 모래사장의 파라솔로 갔다. 가족들은, 마치 지중해의 유람객들처럼 우아한 표정으로 방심을 한 채 주스를 마시고 있었다. 나는, 그래 너무나 어렸던 나는 내가 조금 전 본 것을 하나하나 조잘대기 시작했다. 곧 꼬마애의 어머니가 손에 들고 있던 주스 깡통을 떨어뜨렸다. 그녀는 눈을 질끈 감았다. 그와 동시에 꼬마애의 아버지가 자리를 박차고 일어나 탈의실 쪽으로 뛰어갔다. 얼마 뒤 엉거주춤한 아버지가 옆집 아저씨에게 먹살을 잡힌 채로 끌려나왔다. 그리고 그 옆에 딱하게도 얼굴이 새파랗게 질린 그 예쁜 꼬마애가 서 있었다. 그 아이의 새파랗게 질린 모습이 오랫동안 잊혀지지 않는다. 그날 우리 가족과 그의 가족 중 그 누구도 바닷물에 몸을 담근 사람은 없었다. 우리들은 서둘러서 집으로 돌아왔고, 옆집 아저씨와 아버지는 따로 밖에서 만나 어떤 이야기를 나눴다. 아버지는 합의금조로 내가 상상할 수조차 없는 거액을 옆집에 넘겼고, 옆집은 내가 역시 상상할 수 없는 먼 도시로 이사를 갔다.

B시는 오늘 새로운 시장을 뽑는다. 그래서 그런지 우중임에도 불구하고 들썩이는 분위기가 있었다. 고속버스터미널 구내에는 사람들이 비를 피하기 위해 모여 있다. 나는 그 모든 사람들이, 그러니까 B시의 시민들이 사랑스럽고 귀엽다. 나는 될 수만 있다면 B시 시민들에 대해 내가 가지고 있는 이 뜨거운 관심과 애정을 표현하고 싶다. 나는 그 관심과 애정의 표현을 내 권총으로 드러낼 것이다. 방아쇠를 통해서, 나는 여러분들을 사랑하였노라고 말할 것이다.

고속버스는 B시의 터미널에 도착했다. 하지만 나는 지금 잠들어 있다. 잠에서 스스로 깨나지 못한다. 아마 기사가 나를 흔들어 깨울 때까지 이러고 있을 것만 같다. 시장에 당선된 그가 환영 인파에 휩싸인 채로 시청 앞 광장의 단상에 오른다. 지상 십층짜리 거대한 시청사는 모든 조명을 켜서 새로운 시장의 출현을 환영한다. 아름다운 밤이다. 그런데 그때 삼십대 초반의 어떤 남자가 시장의 이마를 권총으로 겨눈다. 그리고 격발, 그는 정확히 이마에 구멍이 나서 암살당한다. 놀라운 일이다. B시의 시민들은, 그가 죽어야 할 사람이라고 생각하는 사람이 단 한 사람도 없을 것이라고 믿었기 때문이다. 시장을 죽인 미치광이는 현장에서 체포되었다. 그는 자신을 시인이라고 말했다. 그러자 많은 사람들이 B시에 관심을 갖게 되었다. 시장을 암살한 그가, 시민들의 영웅인 시장을 저격한 그가 조금도 더듬거리지 않고, 의연하게 자신을 시인이라고 말했기 때문이다. 그는 시장을 너무나 사모해서 죽였다고 말했다. 말하자면 존 레넌을 너무나 좋아해서 그를 죽일 수밖에 없었다고 말한 마크 채프먼 같은 말을 하는 거다. 자신을 시인이라고 밝힌 저격범은 저녁으로 제공된 제육볶음을 먹어치운 다음 이어진 심문에서 자신의 말을 번복했다. B시의 시장을 저격한 암살범은 시장이 군대에서 사령관으로 근무할 때 자신을 상습적으로 성폭행했다고 고백했다. 그것이 방송으로 보도된 이후, 사람들은 B시의 시민들에 대해서 수군거렸다. B시의 시민들은 변태를 시장으로 뽑았던 것이다.

시장이 죽자, B시에서 발행하는 신문들은 호들갑을 떨었다. 하늘은 검붉은 구름들로 가득 차 있었다. 장화가 필요하다면 바로 지금이라고 생각했다. B시가 비로 유명하다는 소리를 나는 들어본 적이 없었다. 터미널에 있는 사람들이 비를 털며 웅성거렸다. 그 번잡한 열기에 감염될까 나는 서둘러 행선지를 정하기로 했다. 나는 비 오는 해수욕장에 가기 위해 길을 묻고 택시를 탔다. B시는 바다를 끼고 있는 도시였다. 편두통은 B시까지 나를 따라왔다. 택시에 타기 전 우장을 갖추는 데 이만 원을 지불했다. 노점상이 팔고 있는 바나나를 사서 두 개를 벗겨 먹었다. 그게 그날의 유일한 식사였다. B시는 그날 물에 잠길 것만 같았다. 물 속에서 잠이 들었을 때 꾸는 꿈처럼 유유하게 흔들리는 꿈, 내 몸을 함부로 건드려서 그 꿈을 깨운 건 내가 운전실력이 뛰어나다고 생각했던 고속버스의 기사가 아니라, 고속버스 실내를 청소하는 용역회사의 아주머니였다.

내 나이 서른 살에 B시에 갔다. 나는 스무 살에 만났던 어떤 사람을 만나기 위해서 B시에 왔다. 그 사람은 내가 조준한 총구에 의해, 그러니까 나의 저격을 받고 죽어야 할 사람이다. 어쩌면 나는 그를 죽이지 못할지도 모른다. 하지만 어쨌건 나는 그를 죽일 것이다. 나는 인내심 있게 기다린다. 그가 가장 영예로운 순간에 그 지점에 도달하기를. 그런 다음 수많은 사람 앞에서 그를 거꾸러뜨리는 것이다. 나는 어쩌면, 그래 어쩌면 나의 목적을 달성하지 못하고, 나의 순수한 계획이 오해당한 채, 중무장한 경찰들에게 붙잡혀 처참하게 처형될지도 모른다. 하지만, 그런 우울한 생각부터 해서는 안 되겠지. 나는 그를 죽여야 한다. 나는 그를 죽이고 승리하기 위해 B시에 왔다. 나는 그를 죽이기로 한 날 아침 일찍 B시에 먼저 도착해서 B시의 분위기, 내가 생애의 마지막 시간을 보낼 B시의 분위기를 익히기로 했다. 죽음을 앞둔 자의 마지막 감상 같은 것이었다. B시에서 나는 가장 명예로운 나 자신을 만나게 될 것이다. 나는 나 자신과 오랫동안 대화를 나누었고, 어떤 경우에는 밤을 새우며 대화를 나누었고 마침내 어떤 항목에 합의했다.

이곳은 B시다. 나는 일단 해수욕장에 가기로 했다. B시 역시 이름난 해수욕장을 가지고 있다. 택시를 타고 해수욕장으로 가는 동안 나는 물에 묻은 손을 손수건으로 닦았다. 내 입술에서 바나나 냄새가 났다. 그리고 육 개월 전 신문에서 오려낸 그의 사진을 들여다보았다. 지갑 속에 들어 있는 단 한 장뿐인 사진. 나는 그의 우수에 젖은 눈동자를 오랫동안 바라보았다. 그는 내게 자상하게 바지를 내리라고 말했다. 내가 그의 귀두를 핥을 때 내 관자놀이에 겨누어졌던 건 권총이 아니라, 그의 자애로운 손가락이었다. 그는 이등병의 머리에 권총을 겨눌 줄 모르는 사람이었다. 그의 어깨에 있는 별 두 개는 무척 사랑스러웠다. 나는 그를 바라본다. 그는 자신의 뛰어난 자질로 오늘 밤 B시의 새로운 시장이 될 것이다. 물 속 자수정처럼 은은하게 흔들리는 그의 눈동자. 나는 그를 사랑했고 그 역시 나를 사랑했다. 차창 밖이 보이지 않을 정도로 비는 계속 퍼붓고 있었다. 택시기사는 왜 하필 이런 날 해수욕장에 가느냐고 물었다. 내가 대답을 하지 않자, 그는 B시의 시장 후보들에 대해 혼자 얘기하기 시작했다. 기사 역시 그의 지지자였다.

나는 B시에 왔고 B시에 퍼붓는 비를 보았다. 나는 진실로 나에게 투표권이 없는 것이 아쉬웠다. 나는 B시의 시민이 아니면서 B시의 시장선거에 지대한 관심이 있는 다른 도시의 사람이다. B시의 새로운 시장으로 가장 유력한 그는, 한때 나를 농락한, 아니 나를 사랑한 남자다. 이변이 일어나서, 정말로 아무도 예측하지 못했던 결과가 나온다면, 다시 말해 그가 시장선거에서 다른 후보에게 패한다면, 그것은 참으로 맥 빠지는 일이 아닐 수 없다. 그의 이마를 겨누는 내 권총이 얼마나 무안해지겠는가.

나는 택시에서 내려서 해변으로 걸어갔다. 모래사장에 서 있으니 비 내리는 소리가 갑자기 음소거 버튼을 누른 것처럼 사라졌다. 비는 여전히 거세게 내리붓고 있었는데, 모래들이 그 비들을 부드럽게 받아주었기 때문이다. 모래사장 한가운데에, 포장마차가 하나 서 있었다. 그곳은 아직 이른 시간이라 영업을 하지 않고 있었다. 나는 주황색 휘장을 걷고 그 안으로 들어갔다. 빗줄기를 피하기엔 안성맞춤이었다. 포장마차 안의 모래 바닥은 젖지 않고 바싹 마른 채로 바삭거렸다. 나는 그 모래 바닥에 주저앉았다. 그리고 등을 포장마차 몸체에 기댔다. 나는 지금 B시에서 아늑한 공간을 차지하고 있다. 육 개월 전만 해도 상상도 하지 못했던 일이다. 나는 B시의 내력이 마음에 들고 B시의 분위기도 마음에 든다. 그는 이처럼 매력적인 도시인 B시의 시장이 되려고 하고 있다. 이등병을 사랑할 줄 알았던 그는 시장으로서의 자질이 충분할 것이다. 마음이 조금 편안해지자 잠이 몰려왔다. 나는 지금 B시의 해변에 와 있고 당장은 할 일이 없었다. 선거가 끝나고 개표가 진행되고 그의 당선이 확정될 때까지, 그가 단상에 올라 환영 인파 앞에 얼굴을 드러낼 때까지 나는 아무런 할 일이 없었다. 다만 살의를 기르는 것뿐. 묵직하게 잠이 몰려왔다. 나는 잠을 자고 싶다. 비 오는 B시의 해변에서는 자는 일 말고는 아무런 할 일이 없다고 생각했다.

　아무런 할 일이 없다는 것을 깨달았을 때, 섬광처럼 나는 어떤 질문과 마주 서야 했다. 난 지금 숨을 멈춘 시체의 시간을 지나고 있는가? 나는 죽음 속으로 무섭도록 빠른 속도로 빠져들어가고 있지 않은가? 잠이 깼다. 아니 잠을 잔 적이 없는데, 잠에서 깨다니. 나는 가급적 빨리 해변을 탈출해야겠다고 생각했다. 해변의 모래사장은 그 거센 빗줄기를, 빗물을 모두 빨아들이고 있었다. 놀라운 흡수력이었다. 빗물에 씻긴 모래사장의 모래 알갱이들이 유리 조각 같은 이빨을 드러내면서 내 발목을 앗아갈지도 모른다는 생각이 들자, 나는 허겁지겁 발걸음을 옮겨놓기 시작했다. 나는 술이 마시고 싶었다. 사실상, 이 도시에서는 모든 게 낯설었기 때문에, 일단은 술을 마시는 것이 가장 좋은 일이라고 생각했다. 비는 그칠 기색을 보이지 않았고, 내 무릎 밑은 다 젖어서, 걸음을 떼어놓기가 여간 고역이 아니었고, 때문에 기분이 몹시 암담해졌다. 나는 술을 마시면서 좀더 웅장한 질문을 해보고 싶었다. 내가 왜 존재하는지, 존재하는 동안 나는 어떻게 내 존재를 긍정할 수 있는지. 나는, 내 과거의 어느 시절에도 오늘의 나를 상상하면서 나 자신을 사모하지는 않았을 거라는 생각이 들었다. 나는 사나운 표정을 지으며, 술집 문을 열고 들어갔다. 그곳은 이국풍의 술집이었다. 술집 안에서 듣는 빗소리를 미리 상상하자 기분이 좋아졌지만, 술집 내부는 썰렁할 정도로 적막했다. 아직 어둑해지기 전의 시간이어서 그런지 손님이 거의 없었다. 시민들은 시장을 뽑는 선거에만 관심이 쏠려 있는지도 모른다. 자신들의 실추된 명예를 회복시켜줄 새로운 시장을 뽑는 날, 이 거센 빗줄기를 뚫고 술을 마시러 다닐 정도로 이 도시의 사람들은 한가하지 않을 것이다. 하지만 그 시장은 오늘 밤 암살될 것이고 B시의 시민들은 자신들의 비극을 받아들여야 한다. 어쨌든 그 술집은 몹시 이국적이었다. 네덜란드 사람들처럼 눈이 움푹 들어간 거대한 몸집의 서양인들이 술을 마시고 있었기 때문에 더더욱 그런 느낌이 들었는지도 모르겠다. 그들이 벨기에 사람이든, 독일 사람이든 나는 전혀 신경쓰지 않기로 했다. 그런데 갑자기 거대한 몸집의 서양인들이 나를 째려보기 시작했다. 그러곤 한 사람 두 사람 자리에서 일어나더니, 비열한 웃음을 지으며 내가 있는 쪽으로 다가오기 시작했다. 어느새 나는 그들에게, 노란 털로 덮여 있는 지나치게 비대한, 지나치게 남성적인 서양인들에게 둘러싸여 있다. 그때 화장실 문이 덜컹 하고 열리면서, 발가벗겨진, 왜소한 체구의 동양 남자가 앞으로 고꾸라졌다. 겁에 질린 나는 마구 소리를 질러댔다. 어쩌면 나는 꿈을 꾸고 있는지도 모른다. 나는 저들이 내가 이름을 알고 있는 나라의 사람들이라고 생각하는 순간, 내 꿈의 영토조차 제한될 수 있다는 것을 알기나 했을까. 꿈도 아는 것만큼만 꾸는 것인가. 나는 왜 저들이 내가 정말로 알 수 없는 나라에서 온 사람들이라는 전제를 하지 못하는 것일까.

B시에 오기 전의 나는, B시에 가야겠다는 생각을 하기 전의 나는 언제나 피로에 눌린 채로 잠을 깨곤 했다. 하루하루를 사는 것이 견딜 수 없이 권태롭게 느껴졌다. 나는 수많은 직업을 가져보았고 수없이 많은 일을 해보았다. 나는 제과점에서 빵도 만들어보았고, 인쇄소에서 책도

찍어보았고, 생수도 배달해보았고, 에어컨도 설치해보았고, 닭도 도살해보았다. 하지만 그 무엇 하나 오래 할 수는 없었다. 특히 인쇄소에서는 매일 자살하고 싶었다. 인쇄기가 돌아가면서 내는 소음과 잉크 냄새가 내 상상력을 갉아먹는다고 생각했다. 나는 시집들이, 고상하고 순결하고 위대한 시인들의 시집들이 그렇게 고약한 소음과 냄새를 뿜으면서 태어난다는 사실을 인정할 수가 없었다. 인쇄소에서 두 달 일을 하고 나온 이후부터 나는 그 어떤 책도 읽지 않는다. 그 어떤 책도 읽지 않는 것이 전혀 부끄럽지 않다.

B시에 가겠다는 계획을 처음 세우던 날 엄마가 수술을 했다. 그녀의 상태는 시간이 지날수록 나빠졌다. 그때마다 나는 일부러 유쾌한 표정과 빠른 발걸음으로 내 우울한 삶을 위장했다. 내 눈에 보이는, 내가 가지지 않은 것들을 될 수 있으면 무시하지 않으려 노력하면서, 최대한 너그러워지기 위해 노력하면서 나는 내 두 다리를 일정한 간격으로 교차시키며 몸을 전진시키는 것이다. 내가 사는 도시에서는 그 정도만 지켜준다면 안전했다. 나를 가장 괴롭히는 것은 다름아닌 기억이다. 서른 살의 기억은 나의 것이지만 언제나 나를 배반하는 것이었다. 나는 어쩌면 나를 혹독하게 괴롭혀온 그 괴물 같은 기억으로부터 탈출하기 위해 지금 B시에 와 있는 것인지도 모른다. 그래, 기억으로부터 벗어나야 한다. 기억으로부터 탈출할 수 없다면, 그 어느 곳에도 도달할 수 없을 것이다. 지금 나는 B시에 와 있고 B시의 시민다운 말과 행동을 하기 위해 노력해야 한다. B시의 시민들은 모두 기억으로부터 탈출한 사람들이다. B시 시민의 자질이란 바로 그런 것이다. 충만한 열정과 미래를 향

한 신념. 기억이 개입할 여지가 아예 없는 것이다. 그리고, 잘된 일인지 안된 일인지는 모르겠지만 B시의 위대한 시민들은 몇 시간 뒤면 새로운 시장의 출현과 그의 몰락을 동시에 보게 된다. B시의 시민들 중 일부 몰지각한 게으름뱅이들, 그러니까 B시에 적응하지 못한 백치들은 오늘 밤 내가 그의 이마를 조준해서 권총을 쏘는 순간, 삶은 지루하기 짝이 없는 것이라는 자신들의 오랜 고정관념을 수정할 기회를 제공받게 될 것이다.

오후 여섯시. 드디어 B시의 새로운 시장을 뽑는 투표가 종료됐다. 개표 역시 일사천리로 진행됐다. 그리고 중간 중간 개표 상황이 텔레비전 화면을 통해 중계됐다. B시는 시장선거를 잘 치렀고 시민들은 오늘 하루를 훌륭하게 보냈다. 예상대로 그가 앞서나간다. 시간이 지나면 지날수록 2위와의 격차는 더 벌어진다. 아홉시 무렵, TV 뉴스는 B시의 새로운 시장으로 그가 당선되었음을 확정 통보한다. 아직 개표하지 않은 투표용지가 이십 퍼센트 정도 남아 있지만, 그 모든 표가 현재 2위를 달리고 있는 후보를 찍은 표라고 해도 역전이 되지는 않는다고, TV 뉴스의 기자는 무표정하게 말했다. 좀더 극적인 표정으로 말할 수는 없나? 그 기자는 곧 그의 기자회견이 있을 거라고 말했다.

나는 그의 선거사무실 길 건너의 다방에 앉아 TV를 보고 있다. 의식하지 못하는 사이에 입 안에 가득 침이 고인다. 곧 그의 얼굴을 볼 생각을 하니 이해할 수 없게도 가슴이 설렌다. 그리고 정말 이해할 수 없게도 내 페니스가 봉긋하게 발기된다. 나는 이제 사라질 것이다. 이제 그 시간이 왔다. 그가 기자회견을 시작할 때 나는 그의 앞으로 뛰어나가, 그에게 사랑한다고 말하고, 마지막으로 사랑스러운 미소를 그에게 보여주고 권총을 내 관자놀이에 대고 방아쇠를 당길 것이다. 탕, 하면 끝나는 것이다.

택시 드라이버
— 악취미들 8

아내의 지독한 파행을 그대로 방치하는,

아니 그것을 함께 즐기고 있는 지금의 내 모습을

나는 어떻게 바라보고 있을까.

물론 나는 알고 있다.

나를 바라보는 내 두 눈에 가득 들어찬 것은

오로지 슬픔과 두려움뿐이라는 것을.

하지만 나는 끝내 아내의 이 병적인 게임을

제지할 순 없을 것 같다는 슬픈 예감에 사로잡힌다.

1

시보가 저녁 여덟시를 알릴 때 나는 슬픈 택시를 몰고 집을 나온다. 내가 왜 택시를 가리켜 슬픈 택시라고 하는지는 아마 조금 뒤면 알게 될 것이다. 날씨는 금방이라도 눈이 쏟아질 것처럼 어둡고 탁하다. 낮 동안 내리던 눈은 잠시 그쳐 있다. 뒷좌석에는 정성껏 치장을 한 아내가 앉아 있다. 저녁을 먹고부터 오래도록 말이 없는 그녀는 지금 무슨 생각을 하고 있을까. 나 역시 말을 삼가며 택시를 몰고 있다. 택시 전면 차창에는 '빈 차'를 알리는 라이트 빛이 선명하다. 나는 특별한 승객을 태워야 한다. 한적한 시내도로를 달리다가 간선도로 쪽으로 핸들을 꺾는다. 후미등을 따라 길게 이어진 차들이 마치 그 어떤 회의도, 분노도 없이 삶을 사는 멀고 먼 외계의 생명체처럼 낯설고 섬뜩하게 보인다. 십여 분쯤 달려 크게 우회전을 하면서, 나는 적어도 내 삶이 이토록 다

이 내밀한 드라이빙은 아닐 거라고 생각한다.

택시가 다운타운에 들어선다. 이제부터는 바짝 긴장을 해야 한다. 음침한 어둠은 말할 것도 없고 타이어가 눈이 녹아 젖은 아스팔트에 압착되면서 내는 소리가 소름을 돋게 하면서 내 기분은 더욱 가라앉는다. 모텔 간판의 네온 등이 사나운 날벌레처럼 나의 눈을 찔러온다. 머리칼이 쭈뼛 솟을 정도다. 반대편 도로에선 몇몇 취객들이 택시를 잡으려고 함부로 차도에 내려서는 게 보인다. 더이상 삶이 자신에게 호의적이지 않을 것이라는 예감 때문에 늘 고통받는 존재들은 한순간 이성을 교란시키는 화려한 불빛과 독처럼 쓴 알코올에 기대면서야 잠깐씩 위로받을 수 있을 것이다. 하지만 그것은 얼마나 처참한 자위인가. 이 거대한 도시는 결코 개인의 상처 따위는 책임지지 않는다.

저만치 앞에 비교적 단정한 롱코트 차림의 남자가 내 택시를 향해서 손을 흔드는 것이 보인다. 나는 그 앞에 차를 가져다댄다. 뒷좌석에 사람이 타고 있는 것을 확인한 남자의 낯빛에 실망하는 기색이 역력하다.

"어, 빈 차가 아니네요."

"아닙니다. 원하시는 곳까지 모셔다드릴 테니 어서 타세요."

남자는 잠시 머뭇거리더니 조수석 쪽 문을 열고 택시에 올라탄다. 바퀴가 움직이는 것과 동시에 사내의 입에서 목적지가 나온다.

"잠실역요."

하지만 그는 자신의 목적지까지 돌아갈 수 있을까? 나는 목적지를 말하는 남자의 말을 듣고도 아무런 대꾸를 하지 않는다. 남자 역시 아무런 말을 하지 않고 뒷좌석에 있는 아내 역시 아무런 말을 하지 않는다. 사이코드라마의 막간에 등장하는 암전 같은 침묵이 십여 분쯤 흘렀을까. 나는 조수석에 앉은 사내에게 낮고 무거운 목소리로 말을 건넨다. 나는 내 목소리가 낮으면 낮을수록 사내에게 훨씬 더 신뢰감 있게 들릴 것이라고 막연히 생각한다.

"손님, 뒷좌석의 여자 말이에요. 혹시 손님 마음에 드세요?"

"네, 무슨 소리예요?"

퍽이나 단정한 커트 머리에 은은한 술냄새가 나는 이 삼십대 초반의 사내는 은행원처럼 말끔한 인상을 갖고 있다. 내 마음에 드는 그가 입술을 가늘게 떨며 묻는다. 계기판의 디지털 액정은 시간이 이제 밤으로 접어들었음을 알려준다. 그는 아마도 지인과 저녁을 먹으며 가볍게 몇 잔 마신 모양이다. 결혼은 했을까. 나는 좀 과장되게 눈을 찡긋하며 사내에게 여전히 감정이 실리지 않은 목소리로 말한다. 아마도 무척이나 건조하게 들렸을 것이다.

"저 뒷좌석에 앉아 있는 여자와 잠깐 쉬었다 가고 싶은 생각이 있으시냐구요."

내 목소리가 조금 더 은근해졌을까. 사내는 짐짓 놀라는 눈치다. 아직도 무슨 소린지 알아들을 수 없다는 표정이다. 나는 태연한 목소리로 한번 더 넌지시 말한다. 내 목소리에 나도 알 수 없는 어떤 조바심이 실렸는지도 모르겠다.

"손님만 원하신다면 오늘 밤 저 여자와 자도 된다는 뜻이에요."

그제야 사내가 내 말뜻을 알아채는 듯싶다. 그의 표정이 좀 또렷해진 걸 보면. 룸미러를 통해서 본 뒷좌석의 아내는 내가 언젠가 기가 막힐 정도로 매혹적인 곡선이라고 생각했던 얼굴 옆선을 드러낸 채로 차창 밖을 내다보고 있다. 그녀가 보고 있는 것은 무얼까. 사내는 고개를 돌려서 노골적으로 뒷좌석의 아내를 흘끔거린다. 싫지 않은 모양이다. 그가 고개를 내 쪽으로 기울이며 이렇게 속삭인 걸 보면.

"정말, 저 여자와 자고 싶으면 잘 수 있는 거예요?"

"물론이에요."

내가 지체 없이 대답하자 사내는 고개를 끄덕인다. 좋다는 표시인지 흥미롭다는 표시인지 분명하진 않지만 내가 제안한 이 게임에 기꺼이 동참하겠다는 의지가 있는 것만큼은 분명해 보인다. 그가 다시 약간 긴장된 목소리로 속삭인다.

"조건은요?"

"조건은요, 무슨. 그런 거 없어요. 다만 손님이 알아서 택시 요금을 저 여자에게 주시면 됩니다. 그럼 모텔로 모셔다드리겠습니다."

나의 슬픈 택시는 다운타운의 이면도로를 빠르게 돌아간다. 진눈을 머금은 아스팔트를 타이어가 지압하듯 꾹꾹 밟으며 나아간다. 잠시 후, 이 사내와 아내는 모텔의 침대에서 뜨겁게 엉킬 것이다. 생각을 멈출 수 없는 나는 지금 서럽고 미칠 것처럼 공허하다. 아닌게 아니라 쓰디 쓴 위스키라도 벌컥 들이켜고 싶다.

2

사내와 모텔에 들어간 지 두 시간쯤 후 아내가 모텔 정문에서 걸어 나온다. 그녀가 택시 문을 열고 차 안으로 들어서기 전 나는 차 유리창을 내린다. 아내의 몸에 묻어왔을지도 모르는 사내의 정액 냄새, 명쾌하지 못한 모텔의 후텁지근한 냄새 따위를 피하기 위해서다. 차창 사이로 초겨울 밤 차가운 밤공기가 스며들어온다.

"이젠 어땠는지도 안 물어보네?"

아내는 풀어헤쳐진 앞머리칼을 무성의하게 매만지며 묻는다. 안에서 술을 시켜 마셨는지 목소리에 취기가 묻어난다. 나 역시 무성의하게 대답한다.

"상상하는 것만으로도 충분히 괴로워."

"당신이 무슨 상상을 하는데? 남자와 내가 몸을 섞고 있는 장면? 그리고 지금 괴롭다고 했어?"

아내는 게슴츠레한 눈으로 입술에 루즈를 덧바르면서 묻는다.

"몰라서 묻니? 당신이 원한 거잖아."

"당신도 바라는 거잖아."

"글쎄."

"오늘 한 사람 더 해야겠어. 미칠 것 같아. 사는 게 사는 게 아냐."

그 말과 함께 아내는 루즈를 콘솔박스 쪽으로 신경질적으로 내던진다.

"오늘은 이만 들어가자."

"싫어, 한 사람 더 태워. 날 학대하지 않고서는 도저히 견딜 수 없어."

아내 입에서 학대라는 말이 나왔다. 이쯤 되면 아내의 의지를 만류하는 건 불가능한 일이다. 운행을 나가는 나를 뒤쫓아나와서 뒷좌석에 타고는 합승을 하는 남자 손님을 꼬드겨 매춘을 하는 행위를, 아내는 스스로에 대한 학대라고 생각하는 것이다. 이 지독한 위악 앞에서, 아니 이 지독한 기만 앞에서 나는 매번 불가항력적인 모독을 느낀다. 아내의 눈은 이미 현실의 것을 바라보지 않는다. 그녀는 내 눈으로는 도저히 바라볼 수 없는, 은하수처럼 길고 긴 밤을 돌고 도는 동안 고단해질 대로 고단해진 영혼의 어떤 치명적인 풍경을 바라보고 있는 것이다. 나는 모텔 주차장을 미끄러지듯이 나와서, 주점과 나이트클럽 들이 줄지어 늘어선, 수없이 많은 야광충들이 허공을 점령한 것처럼 웅웅거리는 다운타운 쪽으로 다시 핸들을 꺾는다. 나는 되도록 천천히 액셀러레이터를 밟는다. 선팅을 한 차창을 투과해 내 눈에 비친 도시의 밤거리는 끔찍하도록 처연하기만 하다. 여기엔 그 어떤 긍정의 감상도 끼어들 틈이 없다. 어둠이 깊어질수록 흐느적거리는 밤의 존재들. 단란주점 앞에서 어린 여자애에게 멱살을 잡힌 사십대의 중년 남자는 어쩔 줄 몰라 난감한 표정이다. 그의 표정이 어딘지 모르게 공무원처럼 근엄한 인상이어서 그 광경은 더욱 희극적이다. 그는 어린 여자에게 어떤 꼬투리를 잡혔는지 호되게 당하고 있다. 주변에 둘러선 구경꾼들은 재미있어 죽겠다는 표정으로 시시덕거린다. 편의점 앞에서는 소년들이 덜 영근 바나나처럼 꽉 달라붙어 담배를 피우고 있다. 이 추운 겨울날, 짧은 스커트를 입은 소녀는 백화점 시계탑 앞에서 누군가를 기다린다. 택시를 잡으려고 안간힘을 쓰는 갓 스무 살쯤 돼 보이는 여자도 보인다. 오늘 그녀의 귀가는 왜 늦어진 걸까. 이 모든 풍경들, 밤거리의 풍경들이 라디오에서 흘러나오는 마일즈 데이비스의 트럼펫 선율처럼 한데 섞여서 내게 무척 비장한 감상을 만들어준다. 나는 지금 내가 어디로 가는지를 생각지 않을 수 없다. 나는 이 깊은 밤 아내를 택시에 태우고 어딜 가는가. 나의 택시는 어떤 길을 찾고 있는가. 나는 누구를, 무엇을 기다리는가. 나는 가끔 생각한다. 나의 택시는 목적지가 없는 승객을 태우는 슬픈 택시라고. 낙타의 혹 같은 상처를 짊어지고 매일 밤 시끄러운 거리를 떠도는 사람들. 나의 슬픈 택시는 그들의 남루한 영혼을 태워야 할 것이라고. 아내와 내가 그렇듯이 상처에 매이고 상처에 사로잡힌 이들, 상처로부터 자유로울 수 없는 이들이 이 택시의 승객들이라고. 나는 다급하게 다시 묻는다. 나의 택시는 어디로 가는가. 일단 나는 아내의 두 번째 남자를 픽업해야만 한다. 첫번째 남자처럼, 될 수 있으면 단정한 남자로 말이다.

3

　아내는 정상이 아니다. 나는 아픈 그녀를 택시에 태우고 푸른 어둠이 이글거리는 심야의 도심을 패잔병처럼 떠돌고 있다. 나는 차라리, 앞을 내다볼 수 없는 이 천공 같은 어둠 속에서 고래의 아가리 같은 게 나타나 우릴 좀 삼켜주었으면 하고 바란다. 이 쓸쓸한 빛깔의 밤안개는 그런 것 하나쯤은 아무렇지 않다는 듯 눈감아줄 것 같은데 말이다.

4

　택시는 한남대교를 지나고 있다. 아내는 스무 살이 갓 넘었음직한 젊은 남자와 모텔에서 들어가서는 네 시간 만에 나왔다. 얼마나 시달렸는지 많이 지쳐 보인다. 공벌레처럼 움크리고 앉아 멍한 눈으로 차창 밖을 내다보고 있는 그녀에게 나는 무슨 말이든 해야 한다고 생각한다.

"괜찮은 거니?"

"응, 괜찮아…… 저기, 여보?"

아내가 룸미러를 통해 나를 바라본다.

"왜?"

"우리 차라리 죽을까? 한강으로 뛰어들까?"

"또 왜 그러니."

내 목소리에 다소 짜증이 섞여들고 기어이 아내는 울먹이고 만다.

"제 자식을 차로 쳐서 죽였는데, 내가 무슨 희망이 있어. 밤거리의 사내들에게 정액을 받아서 혹여 아이를 낳는다고 해도, 내 원죄가 사라지겠어?"

"사내들에게 몸을 주는 게 그런 의도였어?"

나는 다그치듯이 묻는다. 그러자 그녀가 울부짖는다.

"어떤 새끼든, 누구든, 내 몸에 아이를 좀 심어주기만 하면 내가 좀 가벼워지겠어, 으흐흑."

"유리가 우리 곁을 떠난 건 하늘의 뜻일 뿐이지 누구 잘못도 아니야."

"말도 안 돼…… 그게 하늘의 뜻이라면 나는 매일 하늘에 대고 돌을 던질 거야."

잠시 침묵이 흐른다. 삼십여 분 정도 흘렀을까. 잠시 졸았던 아내가 눈을 뜨고는 조금 전과는 달리 생기 넘치는 목소리로 말한다.

"지금 여기가 어디야? 여보, 얼른 집으로 가자. 어서 집에 가잔 말이야. 유리가 기다리고 있어. 유리가 피자를 사오라고 조금 전에 내게 전화를 했어. 우리 유리가 이제 전화도 할 줄 알고. 어서 가자. 집으로 어서."

"도대체 왜 그러는 거야!"

나는 나도 모르게 소리를 지른다. 거칠게 클랙슨을 누른다. 아내가 자신의 얼굴을 무릎 사이에 파묻는다. 내 눈에서 나도 모르는 사이 눈물이 흘러나온다. 하지만, 이건 내 잘못이 아니다. 나는 그 어떤 것에도 책임질 이유가 없다.

5

사는 동안, 누구든지 적어도 한 번쯤은 자기 자신이 두렵다고 느낀 적이 있을 것이다. 그런 경험은 기이하고 낯선 상상력을 수반하면서 이 삶에 의미심장한 암시를 던지기도 한다. 나 역시 나 자신이 두려운 때가 있다. 이를테면 나 스스로도 이해할 수 없는 일에 몰입하고 있는 지금 같은 경우가 그렇다. 지극히 낯설고 이질적인 존재가 내 머릿속을 비집고 들어와 내 의식을 점령하고 내 손과 발을 움직이는 것 같은, 빠져나가려 하면 할수록 더욱 죄어드는 올가미처럼 무언가 강렬하면서도 도발적인 어떤 힘에 의해 내 의식과 육체가 완전히 지배당하고 있는 것만 같은 느낌에 사로잡히는 경우 말이다. 이럴 때, 나는 내가 두렵다고 느낀다. 나는, 더이상 내가 이해할 수 있는, 내가 익히 알고 있고 내가 통제할 수 있는 내 모습이 아니기 때문이다. 나는 점점 더 그 절대적이고 완강한 힘 앞에 복속되어가는 내 모습을 본다. 내 안에 들어와 있는 낯선 타자의 힘을 발견할 때의 그 섬뜩한 망단감이라니.

아내의 지독한 파행을 그대로 방치하는, 아니 그것을 함께 즐기고 있는 지금의 내 모습을 나는 어떻게 바라보고 있을까. 물론 나는 알고 있다. 나를 바라보는 내 두 눈에 가득 들어찬 것은 오로지 슬픔과 두려움 뿐이라는 것을. 하지만 나는 끝내 아내의 이 병적인 게임을 제지할 순 없을 것 같다는 슬픈 예감에 사로잡힌다.

6

어찌 됐건 이 모든 것은 사랑스러운 딸아이 유리가 죽으면서 시작되었다. 내가 설명할 수 있는 것 중에서 분명한 것은 오직 이것뿐이다. 요즘 들어서야 나는, 딸아이의 죽음이 여러 면에서 단지 불운하고 비극적인 사고에 지나지 않았던 게 아니라, 내가 믿고 있는 삶의 의미를 되묻게 하는 간단치 않은 계시였을 거라는 생각을 하게 된다. 아이가 죽고 난 후 나에게, 또는 아내에게 불어닥친 일들을 돌이켜보면 누구든 그런 생각이 들지 않을 수 없을 것이다.

내가 영어과 교사로 일하고 있던 고등학교에서 해고를 당한 것은 아이가 죽고 겨우 두 달쯤이 지났을 때였다. 아이의 죽음과 실업. 감당하기 힘든 불행이 거듭되었지만 나는 그 앞에서 거의 속수무책이었다. 아내도 나와 크게 다르지 않았을 것이다. 그녀는 아이가 죽던 바로 그날부터 그토록 공을 들여 가꿔나가던 미술학원 문을 한 번도 열지 않았다. 영문도 모르는 학원생과 그들의 부모들이 내지르는 원성 따위는 이미 아내의 귀에 들어오지도 않았다.

다섯 살짜리 유리는 예쁘고 똑똑한 아이였다. 혹여 예쁘지도 않고 똑똑하지도 않더라도 그 아이가 죽을 이유는 하나도 없었다. 아이를 잃고

난 후 과민해진 나는 이사장과 동료 선생들, 그리고 학부모들과 마찰을 빚는 일이 잦아졌다. 그래, 그 무렵 내 신경이 날카로워져 있었던 것은 사실이다. 하지만 결코 해고를 당할 만큼은 아니었다. 이사장과 친분이 있는 어떤 학부모가 자신의 아들에게 노골적인 특혜를 베풀 것을 요구했을 때 나의 분노는 극에 달했다. 내가 최종적으로 그 요구를 거부하겠다는 뜻을 밝혔던 날 이사장은 내게 이런 말을 했다.

"자네처럼 세상 물정 모르는 젊은 친구들은 오직 자신만이 옳다고 믿지. 자기 약점은 모르면서 말야. 내가 자네의 그 알량한 믿음이 얼마나 나약한 것인지를 깨닫게 해주지, <u>흐흐흐</u>."

사실을 고백하자면 나는 그의 말끝에 따라붙은 웃음소리가 소름끼치도록 무섭고 두려웠다. 재단 이사회를 통해 교원계약 해지통보를 받은 것은 바로 그 다음날이었다. 통보서에 적힌 해지 사유는 교원으로서의 품위 손상과 자질 부족, 불성실한 근무 태도 등이었다. 나는 너무나도 기가 막힌 나머지 화도 나지 않았다. 그러던 중 같은 과목을 맡고 있는 선배 교사가 나를 불러서는 뜻밖의 이야기를 들려주었다. 재단측이 S와의 일을 빌미 삼은 것 같다는 것이었다.

"자네와 S의 일이 이사회 징계위원회 석상에서 오르내렸나봐. 그 동안 아무 소리 않고 있다가 이제야 그걸 걸고 넘어지려는 거지."

나는 그의 말에 더더욱 어이가 없었다. S와의 관계는 이미 사 년 전에 깨끗이 정리된 게 아니던가. S는 전교조 일을 하면서 알게 된 후배 여교사였고, 시쳇말로 서로 눈이 맞아서 관계가 좀 심각했던 때가 있었다. 그때 나는 결혼 구 년차였고 아내는 아이를 갖지 못하고 있었다. 그래, 어찌 됐건 S와의 일은 내 불찰이고 서로에게 상처였으며 그 일에 대해서 나는 충분히 반성을 했다. 그런데 이제 와서 학교가 그 일을 빌미 삼다니, 나는 세상이 제정신이 아니라고, 나를 제외한 모든 인간들이 완전히 돌아버린 거라고 생각했다. 그렇게 생각하지 않고서는 이 야만적인 상황을 도저히 이해할 수 없었다. 나는 동료들에게 도움을 청하지도 않았고 동료들 역시 내 일에 전혀 개입하지 않았다. 모욕적이고 부당한 일이었지만 나는 곧 진실이 아닌 것들에 저항하기를 포기했다. 교직에 여전히 신념은 있었지만 열정은 이미 차갑게 식어 있었다. 열정을 잃어버렸다면 마땅히 버려야 하는 것 아닌가. 일순 산다는 것이 서럽고 허망하게 느껴졌다. 인간이 아닌 것들과 상대하는 게 너무나 소모적이라는 생각이 들었다. 내가 가슴이 아픈 건, 그들 눈에는 내가 인간이 아닌 것으로 보였을 거라는 가정이다.

나는 쫓겨나다시피 교직을 떠난 후, 집에 틀어박혀 몇 날 며칠 술을 마셨다. 그 옆에서 아내도 함께 술을 마셨다. 우울하기 짝이 없는 세밑이었다. 내가 더이상 출근하지 않아도 되던 날의 아침 식탁에서 아내는 힘없는 목소리로 말했다.

"이제 당신과 함께 유리가 돌아오길 기다리면 되겠네."

나는 내 귀에 들려온 아내의 말을 의심했다. 하지만 아내는 분명히 그렇게 말했다. 그렇게 말하며 살짝 눈웃음을 치기까지 했다. 사태가 파악되자 갑자기 슬픔이 치밀어올랐다. 참을 수 없었던 나는 아내에게 버럭, 소리를 질렀다.

"그게 무슨 소리야! 정신 차려. 유리는 우리에게 돌아올 수 없어!"

하지만 아내는 이미 나의 말을 듣고 있지 않았다. 아무 소용 없는 일이었다. 눈시울이 붉어진 나는 더이상 숟가락을 들고 앉아 있을 수가 없었다. 아내는 그런 나를 다소 생뚱한 눈으로 바라보았다.

아내는 술에 취해 눈물이 가득 고인 눈으로 베란다에 서서 창 밖을 내다보는 일이 잦아졌다. 우리는 아이도 없고 수입도 없었다. 아내는 베란다 밖에 유리 또래의 아이라도 보일라치면 손짓으로 그 아이를 가리키며 그 자리에서 하염없이 쏟아져내리는 눈물을 훔쳤다. 나는 아내가 저 베란다 밖으로, 저 가파른 허공으로 몸을 던져버리지나 않을까 늘 조마조마했다.

7

아이가 간만에 꿈속에 나타났다. 마지막으로 꿈에서 본 지 근 한 달 만의 일이었다. 아이는 빨강 물방울무늬 원피스를 입고 앙증맞은 표정을 지으며 내게 뛰어왔다. 얼마나 기뻤는지 옆에서 자고 있는 아내를 흔들어 깨우고 싶은 충동을 느낄 정도였다. 아이가 돌아왔다고, 아이를 함께 보자고 소리치고 싶었다. 하지만 그것은 아주 짧은 순간 내 머릿속을 스쳐 지나간 생각일 뿐이었다. 시간이 조금 더 지나자 기이하게도 나는 아이가 내 앞에 나타난 것이 현실이 아니라 꿈속의 일이라는 것을, 꿈에서 미처 깨지 않은 상태에서도 분명히 느낄 수 있었다. 우스꽝스럽게도 잠시 동안 꿈속의 나를, 꿈 바깥의 내가 지켜보는 장면이 연출되었다. 나는 길게 한숨을 쉬며 아이가 나타난 건 아내의 꿈속이 아닌 내 꿈속에서의 일이고, 따라서 깨운다고 해도 아내는 결코 아이를 볼 수 없으리라고, 아니 아내를 깨우는 순간 내 꿈조차 산산조각이 나리라고 생각했다. 이런 생각이 들자 참을 수 없을 만큼 통렬한 슬픔의 감정이 밀려왔다. 하지만 아무리 꿈에서 일어난 일이란 걸 안다고 해도 내 눈앞에 나타난 아이를 모르는 체 외면할 수는 없었다.

　나는 내 품을 향해 달려온 아이를 끌어안고 내 뺨을 아이의 뺨에 갖다댔다. 부드럽고 따뜻한 아이의 얼굴. 그 살아 있는 생명이 내는 미열이 가슴을 뭉클하게 했다. 아이와 난 어느 사이 소나무 숲길을 걷고 있었다. 숲을 가득 메운 나무가 소나무인지 전나무인지 확실하지는 않았지만, 초록색의 가는 이파리를 가진 침엽수인 것만큼은 틀림없었다. 그런데 이 숲길이 내게 무척이나 낯익었다. 어쩌면 유년 시절 뛰어놀던 내 고향 뒷산 길인지도 모르고, 대학 시절 친구들과 자주 가던 산책로인지도 모른다. 아무것도 알 수 없어서 나는 조바심이 일기 시작했다. 마치 열두시 종이 울리면 황금마차가 호박으로 변해버리는 신데렐라 이야기처럼 나는 꿈속의 아이가 언제든지 홀연 내 품을 떠날 수 있다는 사실이 퍽이나 두려웠다. 내 두려움을 아는지 모르는지 아이가 노래를 부르기 시작했다. 내 품에 안겨 있던 아이는 어느새 무동을 타고 있었다. 꿈에서는 모든 상황이 너무나 빨리, 수시로 변한다. 아이가 부른 노래는 어떤 텔레비전 CF에서 어린 남매가 어리광이 가득한 목소리로 불렀던 노래다. 나도 아내도 가르쳐주지 않았지만 아이는 그 노래를 텔레비전을 보면서 스스로 배운 모양이다.

　"아빠, 힘내세요. 우리가 있잖아요. 아빠 힘내세요."

　아이는 그 노랫말을 "아빠 힘내세요. 유리가 있잖아요"라고 바꿔 불렀다. 아이의 예쁜 이름 유리는, 유리처럼 맑고 투명하게 자라라고 아내가 지어준 것이다. 아이 노랫소리가 귓가에 들려오자 참았던 눈물이 흘러나왔다. 유리는 어디에 있나. 지금 유리는 어디에서 무얼 하고 있나. 마침내 꿈에서 깨고 낯익은 방 안의 어둠이 눈앞에 펼쳐졌다. 꾸물꾸물 일어나 거실로 나가서 거실 창을 열어보니, 세상이 온통 하얗게 변해 있다. 마침 큼직한 눈송이 한 점이 눈앞에 수직을 그으며 떨어졌다. 새벽에 찾아온 눈의 정령처럼 그렇게 아이가 꿈에 나타난 것인가. 그래서 그랬는지 아직 채 마르지 않은 눈물이 몹시 차갑게 느껴졌다.

8

　아이도 없고 수입도 없는 생활이 계속되는 동안 아내와 나는 이틀이 멀다 하고 다퉜다. 그럴 수밖에 없었다. 우리는 서로에게 단단히 화가 나 있었기 때문이다. 아내와 나는 무엇 때문에 상대방에게 화가 나 있는지 알고 싶어하지 않았다. 아무것도 묻지 않았다. 중요한 것은 상대방에게 화가 나 있는 자신을 통제할 필요성을 아내나 나나 느끼지 못했다는 것뿐이다. 그런 시간을 견뎌내기 위해서는 어찌 됐건 속을 새카맣게 태우는 분노와 원망을 해소할 만만한 상대가 필요했던 것인지도 모른다. 그래서 아내와 나는 서로를 열심히 물어뜯고 할퀴었다. 나는 아내가 다시 미술학원 문이라도 열기를 바랐지만 아내의 우울증은 이미 그런 소박한 바람을 불가능하게 할 정도로 악화되어 있었다.
　아이가 돌이킬 수 없는 사고로 세상을 떠난 날부터 아내에겐 불면증이 찾아왔고 그와 함께 치유되었다고 생각했던 우울증도 재발했다. 아내는 깨어 있을 때 결코 깨어 있는 게 아니었고 자고 있을 때도 결코 자고 있는 게 아니었다. 밤이건 낮이건 넋이 나간 표정으로 창 밖이나 벽을 바라보거나, 아파트 단지를 돌아다니곤 했다. 하릴없이 아이가 다니던 어린이집까지 그저 왔다갔다하는 것이다. 특히, 베란다에서 아파트 단지를 내려다보다가 어린이집의 노란색 버스가 보이기라도 하면 하던 일을 멈추고 밖으로 뛰어나가곤 했다. 그러고선 길에서 마주치는 사람들을 붙잡고 이렇게 묻곤 했다.

"우리 유리가 올 때가 되었는데 아직 안 왔어요. 혹시 유리를 보셨어요?"

그 이야기를 구청인가에 다닌다는 옆집의 공무원에게서 전해 들었을 때 내 안에서는 그 얘기를 전하고 있는 공무원에 대한 반발심 같은 것이 치밀어올랐다. 나는 결국 그 감정을 제어하지 못하고 그의 멱살을 잡고 이렇게 소리치고 말았다.

"그래서, 그게 어떻다는 거야? 그럴 만도 하잖아! 자기 아이를 자기 차로 쳐서 죽게 했는데, 당연한 거잖아. 그게 그렇게 이상해!"

그 공무원에겐 지나치게 발육 상태가 좋은 두 아들이 있었다. 어찌됐건 그에게 그런 반응을 보였던 건 나 역시 조금씩 통제력을 잃어가고 있다는 증거였을 것이다.

아내가 손수 한글 프로그램으로 유리를 찾는다는 전단지를 출력해서 아파트 단지 내 벽에 붙이고 다니다가 경비들에 의해 붙잡혀온 날, 장인은 내게 전화를 걸어서 아내에게 정신과 진료를 받게 하라고 눈물 어린 호소를 했다.

"자네가 병원에 데리고 가주게. 지금 그앤 병에 걸렸어. 치료를 받아야 한다고."

하지만 아내는 장인과 나의 권유를 완강하게 물리쳤다. 아내는 아닌 게 아니라 반쯤은 미친 사람 같았다. 그녀의 손에 들린 전단지에는 '아이를 찾습니다'라는 문구 아래 유리의 사진과 함께 실종일이 적혀 있었다. 실종일이라고 적힌 날짜는 바로 사고가 나던 날의 날짜였다. 점점 이상해져가는, 아니 미쳐가는 아내를 보고 있는 내 상태도 좋을 리는 없었다. 무엇보다도 나는 아내가 다시 자신의 몸이라도 해할까봐 몹시 두려웠다. 아내는 유리를 화장해서 강에 뿌리고 한 달 정도인가 지났을 때, 그러니까 내가 아직 학교에 몸담고 있을 때 빈 집에서 자신의 손목을 그은 적이 있었다. 학기말 시험의 성적을 정산하느라 평소보다 늦게 일을 마친 내가 아파트에 도착해 현관문을 열었을 때 아내는 하얀 종아리를 드러낸 채 거실 바닥에 쓰러져 있었다. 손목에서 흐른 피는 바닥재의 홈을 타고 거실 바닥에 기하학적인 무늬를 만들어놓고 있었다. 나는 무너지듯이 주저앉아 아내의 고개를 받쳐들고 흔들었다.

"여보! 여보! 도대체 왜 이러는 거야?"

다행히, 시간이 얼마 지나지 않아 발견된 아내의 상태는 그다지 심각하지 않았다. 아내가 천천히 눈을 떴을 땐 안도의 한숨이 나왔다. 하지만 그 눈은 지금도 떠올리고 싶지 않을 정도로 섬뜩한, 사람의 눈이라고는 생각할 수 없을 정도로 형형한 빛을 내뿜고 있는 것이었다. 아내는 그 눈으로 나를 보면서 히죽히죽 웃었다. 그러곤 곧 울부짖기 시작했다.

"유리 좀 데려다줘요. 유리 좀 데려다줘요. 너무나 보고 싶어요. 내 아이가, 내 불쌍한 아이가 지금 어디에서 무얼 하고 있는지."

나는 그런 아내를 꼭 껴안고 함께 눈물을 흘릴 수밖에 없었다. 아니 그날 아내와 나는 눈물을 흘린 정도가 아니라 거실이 울리도록 통곡을 했다.

그 일이 있고 나서 아내의 상태는 조금씩 호전되는 듯싶었다. 비록 그 무렵의 며칠뿐이긴 하지만, 코를 골면서 깊은 잠을 자기도 했다. 하지만 내가 학교에서 해고를 당하고 집에 들어앉자 그녀의 우울증은 다시 바닥을 모를 정도로 깊어졌다. 유리가 다니던 어린이집까지 하루 종일 왔다갔다하며 길 가던 사람들에게 유리의 행방을 묻던 그녀의 기행은 뜻밖에도 술추렴으로 이어졌다. 아내는 술을 전혀 좋아하지 않는 여자였다. 그런 사람이 아파트 단지 내에 있는 치킨집에서 매일 무 쪼가리를 놓고 맥주를 마시다가 자정이 넘어서야 비틀거리며 집에 들어오곤 했다. 그녀는 하루 종일 아무것도 먹지 않고 어두워지길 기다리고 있다가 해가 지면 맥주를 마시러 밖에 나갔다. 어떤 날은 밝은 대낮에 술에 취해 동네 주민과 싸움이 난 적도 있었다. 그녀가 다른 집 아이에게 다가가 자꾸 유리가 어디에 있느냐고 다그치듯이 물었다는 것이다. 아, 그 아이는 얼마나 무서웠을까. 나는 아내를 통제할 수가 없었다. 솔직히 아내가 무서웠다. 비록 전혀 고의가 없는, 부주의한 실수였지만 아이는 결과적으로 아내의 손에 의해 죽임을 당한 것 아닌가. 물론 이것은 정상적이라면 들 수 있는 생각은 아니었다. 그렇게 생각해서도 안 되는 것이었다. 하지만 술에 취하면 아내에 대해서 나 자신도 어쩔 수 없는 분노와 원망이 생기는 것이었다. 어느 날 아침엔 눈을 뜨자마자 구역질을 해대면서 나 자신을 통제하는 것이 점점 더 힘들어져가고 있다는 것을 깨달았다. 나 자신이 마른 가지에 매달려 바르르 떨다가 바람에 조금씩 바스러져가는 초라한 이파리 같다고 느껴졌다. 이대로 가다가는 내 삶이 재처럼 소멸될 것만 같았다. 바로 그즈음에 사촌형으로부터 제안이 들어왔다. 그는 진심으로 나의 처지를 안쓰러워하면서 이렇게 말했다.

"어떻게든 살아야지. 너도 살고 재수씨도 살려야지, 그렇게 생을 허비하면 되겠어. 택시라도 하면서 재기를 모색해봐."

교단에 다시 설 때까지만이라도 택시를 해보라는 것이었다. 밖으로 다니며 다른 사람들이 사는 모습이나 세상 돌아가는 형편을 살펴보라는 것이었다. 그러다보면 깊은 상처도 서서히 치유될 수 있지 않겠냐고 말했다. 나로선 그의 권유를 마다할 수가 없었다. 집에만 틀어박혀 술을 마시고 내장 썩는 냄새를 풍기며 아내와 다투는 생활에는 진력이 날 대로 나 있었으니까. 누군들 그런 생활이 역겹지 않겠는가. 나는 밖으로 나가고 싶었다. 환한 햇볕에 축축해진 몸을 말리고 맑은 바람으로 머릿속을 헹구고 싶었다. 택시는 그 모두를 가능하게 할 성싶었다.

나는, 술을 진탕 마시고 자정 무렵 들어온 아내를 현관에서부터 꼭 끌어안으며 절박한 목소리로 말했다.

"여보, 미안해. 많이 힘들지. 내가 이제 잘할게. 나 말야, 택시를 운전하기로 했어. 미안해, 당신 상처 내가 다 끌어안을게. 우리 제발 예전으로 돌아가자."

아내는 내 말을 알아들었는지 못 알아들었는지 품에 안긴 채로 오랫동안 꺼이꺼이 울었다.

9

어찌 됐건 내가 심야의 택시에 아내를 태우고 다니며 터무니없을 만큼 지독하고 자학적인 게임을 하기 시작하게 된 내막을 설명하기 위해서는 악몽 같은 그 밤으로 돌아가야 한다. 사랑스러운 딸아이 유리가 우리 곁을 떠나던 날 밤 말이다.

일 년 전 추석을 이틀 앞두고 있던 날이었다. 나와 아내는 퇴근을 하고 저녁에 고향으로 내려갈 준비를 하고 있었다. 본격적인 귀향이 시작되는 다음날부터는 고속도로에 귀성 차량이 몰릴 것이 불을 보듯 뻔한 일이었기 때문이다. 언론에서 '귀성전쟁'이라고 표현할 정도로 명절 때의 극심한 교통체증은 해마다 되풀이되고 있었다.

고향의 친지들에게 줄 선물을 트렁크에 넣고 다소 설레는 마음으로 서울을 출발한 우리는 중간에 휴게소에 들러 늦은 저녁을 먹었다. 그날 유리는 김밥과 도넛을 먹었고 나와 아내는 우동을 먹었던 것 같다. 유리가 식당을 나오면서 나와 아내에게 양손을 잡힌 채 할머니 할아버지 앞에서 부르려고 연습한 노래를 흥얼거렸을 때, 시원한 바람 한 줄기가 내 이마를 살짝 스쳐 지나갔다. 그 순간 불현듯 나는 이 정도라면 뭐, 내 삶도 크게 나무랄 것은 없겠다는 생각이 들었다. 위대할 것까지는 없겠지만 나는 나의 성실함이 마음에 들었다. 그 순간까지 우리에게는 별다른 문제가 없었다. 우린 국민연금공단의 홍보용 전단 표지모델로 나와도 무방할 정도로 지극히 평범하고 단란한 가족이었다. 비록 어렵게 얻은 아이이긴 했지만, 유리는 또래의 다른 아이들보다 예쁘고 똑똑하게 자라주었다. 유리를 얻기까지 두 번의 유산을 경험하는 동안 아내에게 미약한 우울증이 있긴 했지만, 그것은 유리를 얻으면서 말끔히 완치되었다.

휴게소에서부터는 아내가 운전을 하기로 했다. 한 시간여만 더 달리면 도착할 수 있는 거리였고 아내 역시 나 못지않게 운전이 능숙한 사람이었다. 아내가 주차된 차의 문을 열고 운전석에 먼저 올라탔다. 그리고 곧 시동을 걸었을 것이다. 내가 막 아이를 뒷좌석에 태우려는 찰나에 휴대폰 전화벨이 울렸다. 장인이었다. 나는 장인과 통화를 하기 위해 차로부터 물러났고 그 와중에 시야에서 유리를 놓쳤다. 장인은 서두르지 말고 천천히 조심해서 운전하라고 이르고 있었다. 그는 천성이 느리고 자상한 사람이었다. 그리고 아내가 차를 빼기 위해 후진을 하고 있는 사이, 마치 폭죽처럼 아이의 비명 소리가 들렸다. 차는 계속해서 후진을 하고 있었고, 아이의 비명은 신음 소리로 변했다. 나는 휴대폰을 떨어뜨렸고 움직이는 차 쪽으로 뛰어가 차의 보닛을 두 손바닥으로 쿵쿵 내리쳤다. 일단 차를 멈추게 해야 한다고, 막연히 생각했다.

"이봐 멈춰, 멈춰!"

그제야, 차가 멈춰 섰다. 아내는 잔뜩 상기된 얼굴로 운전석 문을 열고 내렸다. 차는 주차장에서 정상적인 후진을 한 것뿐이었다. 그런데 유리가 보이지 않았다. 사방에서 사람들이 뛰어왔다. 내 귀에 누군가가 다급하게 소리치는 소리가 들렸다.

"아이가 밑에 깔렸어요! 아이가요!"

"세상에 저 피를 좀 봐."

차 뒤쪽으로 함부로 벗겨져 뒹구는 유리의 구두가 보이고, 곧 바퀴 밑에 상반신과 한쪽 머리를 낀 채로 피를 흘리고 있는 유리의 모습이 보였다. 나는 그 모습을 보지 않았어야 했다. 하지만 나는 그 모습을 보았고, 눈을 질끈 감았고 아내를 향해 뛰어갔다. 나는 차 뒤쪽으로 다가서려는 아내를 제지하면서 알 수 없는 소리를 질렀다. 아내는 거의 울듯한 목소리로 물었다.

"도대체 무슨 일이 일어난 거예요? 유리는요! 유리야!"

어떤 남자가 119에 다급한 목소리로 전화를 하고 있었다. 그 목소리가 소나기 소리처럼 내 귓가에 들어와 박혔다.

"119죠. 여기 ○○휴게소예요. 아이가 차에 깔렸어요. 빨리 좀 와줘요."

누군가 차를 앞으로 빼고, 또다른 누군가가 유리의 몸을 바닥에 바로 눕혔다. 나중에 들은 바로는 유리는 119가 도착하기 전에 이미 그 자리에서, 그 주차장의 싸늘한 시멘트 바닥에서 숨을 거두었다고 했다.

10

그 아이, 유리는 결혼 십 년 만에 얻은 아이였다. 좀처럼 아이가 들어서지 않아 전문의의 소견을 물은 결과 아내 쪽에 문제가 있는 걸로 나타났다. 원래부터 몸이 약한 아내는 수태를 잘 하지 못했고, 그나마 어렵게 가진 두 차례의 임신마저 계류유산으로 날려보내야 했다. 밝고 쾌활했던 아내에게 미약하나마 우울증 증세가 나타난 것은 두번째 임신마저 유산으로 놓친 바로 그 무렵부터였다. 그리고 결정적으로 S와의 일이 아내의 상태를 치명적인 것으로 몰고 갔다. S와의 일을 알게 된 아내는 처음엔 아무런 말 없이 흐느끼다가 울음을 그치고서는 그악스러울 정도로 내게 대거리를 해왔다. 그토록 격정적인 분노를 드러내는 아내의 모습은 평소에는 상상조차 할 수 없는 것이었다.

"당신이 어떻게 이럴 수가 있어! 내게 어떻게 이럴 수가 있느냐고. 비록 아이는 없지만 난 당신만 바라보고, 당신만 믿고 살았는데, 어떻게 동료 선생이랑 그럴 수가 있어!"

"미안해, 당신에게 상처를 줘서 정말 미안해."

"혹시, 아이를 갖고 싶어 그 여잘 만난 거야? 응, 말해봐. 말해보란 말야."

아내의 입에서 아이라는 말이 나왔을 때는 정말이지 심장이 멎기라도 하는 것처럼 가슴에 둔중한 통증이 느껴졌다.

"아니야, 어떻게 그럴 수 있겠니. 미안해, 이제 다 정리할게. 미안해 여보."

아내는 십여 분을 더 흐느끼다가 가까스로 분을 삭이긴 했지만, 나의 부정으로부터 아내가 받은 충격은 상상 이상이었던 모양이다. 그녀는 밤에 도통 잠을 이루지 못하고 늘 불안해했으며 가끔씩은 실어증이라도 걸린 사람처럼 말을 제대로 못 하고 더듬으면서 내 시선을 자꾸만 피했다. 그러던 무렵 기적처럼 들어선 아이가 바로 유리였다. 그래, 정말 그것은 기적이라는 말로밖에는 설명할 수가 없었다. 의사도 의외라는 반응을 보였으니 말이다. 좀 과장된 표현일지 모르지만 아내의 임신으로 인해, 우리 앞에 놓였던 모든 문제들, 삶에 대한 회의와 의문들, 죽음보다도 깊은 절망감들이 한꺼번에 해소되었다. 아내의 상태는 모든 게 정상이었고 분만예정일로부터 꼭 하루가 지난 날, 별다른 산고 없이 건강한 3.3킬로그램의 딸아이를 출산했다. 딸아이를 받아 품 안에 안는 내 눈에는 나도 모르게 뜨거운 눈물이 뚝뚝 떨어졌다. 나와 아내는 지극 정성으로 딸아이를 키웠다. 특히 딸아이에게 기울이는 아내의 정성은 유별난 것이었다. 밤늦게까지 미술학원에서 아이들을 가르치고 집에 와서는 고된 몸으로 딸아이의 목욕을 꼭 자기 손으로 시켰다.

그렇게 키운 유리가 아내가 운전하는 차에 깔려 차가운 시멘트 바닥에서 숨을 거뒀다는 것은 비극을 관장하는 신의 치밀한 각본 같은 것이라고밖에는 설명할 수 없는 것이었다.

11

아침 여덟시나 되었을까, 야간운행을 마치고 막 들어온 나는 샤워를 하고 있다. 그런데 거실 쪽에서 뭔가 웅웅거리는 소리가 들려온다. 샤워기의 수압을 줄이고 문에 귀를 갖다대니 틀림없이 아내가 울고 있는 소리다. 서둘러 몸을 닦고 나가서 보니 아내가 거실 소파에 머리를 파묻고 울고 있다. 반라의 나는 난감한 표정을 지으며 아내에게 다가간다. 아내는 오늘 아침에 배달되어온 신문을 꼭 움켜쥐고 있다. 나는 아내의 등을 두드리며 그녀의 손에서 신문을 빼앗아 든다. 신문에, 그녀의 눈물 자국이 남아 있는 신문에 다음과 같은 기사가 나 있다.

5일 낮 2시 20분쯤 서울 양천구 목동 주택가 골목에서 5세 여자아이의 토막 시체가 담긴 등산용 배낭이 발견되어 경찰이 수사에 나섰다. 이 배낭을 처음 발견한 동네 주민 문모씨(62세)에 의하면 이틀째 동네 골목에 놓여 있던 배낭이 수상해서 열어보았더니, 사람의 것으로 보이는 토막난 사체들이 나와 경찰에 신고했다는 것이다. 경찰은 우선 사체의 신원을 밝히기 위해 국과수에 감정을 의뢰하는 한편 동네의 불량배나 정신이상자의 소행으로 보고 탐문수사를 펼치고 있는 중이다.

끔찍한 사건을 알리는 기사다. 순진무구한 어린아이를 살해해서 토막냈다는 그 행위의 잔인성 때문에 나는 치가 떨린다. 눈가에 열이 오르면서 온몸에 소름이 돋는 것만 같다. 하지만 아내가 이토록 서럽게 울고 있는 까닭에 생각이 미치자, 일순 가슴이 서늘해진다. 여전히, 아이가 자신의 부주의에 의해 죽었다는 사실을 받아들일 수 없는 아내는 신문 기사를 보고 그 동안 실종됐던 유리가 누군가에 의해 살해된 것이라고 생각하는 것이다. 나는 다시 비통함과 함께 절망감을 느낀다. 아, 이 아픈 여자를 어떻게 해야 하나. 이 가련한 여자를 어떻게 해야 하나. 언제인가, 술에 취해 들어와 내 가슴을 때리며 절규하던 아내의 말이 떠오른다.
"유리가 밥은 먹고 있을까. 흉악한 인간한테 붙잡혀서 학대를 당하고 있지나 않을까. 아아, 지금 살아 있기나 한 걸까."
아내는 그날 이후 신문이나 방송에서 아이와 관련된 사건사고 기사만 나오면 발작 같은 반응을 일으키며 하염없이 눈물을 흘린다. 이 눈물을 어떻게 그치게 할 수 있을까. 그것은 불가능한 일이란 생각이 든다. 그 눈물은 지독한 자학에 의한 자기 환멸, 자기 기만의 눈물일 테니까 말이다.

12

　내가 기사 유니폼으로 갈아입고, 현관문을 열고 밖으로 나서자, 언제 준비를 했는지 성장을 한 아내가 나를 따라나선다. 내가 말없이 아내를 바라본다. 정말 이렇게 해야 하느냐고 묻고 싶다. 아내가 내 마음을 읽었는지, 고개를 끄덕인다. 택시가 세워져 있는 주차장으로 가서 운전석 문을 연다. 눈송이가 한 점 두 점 떨어진다. 아내가 뒷좌석에 탄다. 슬픈 택시가 천천히 움직인다.

13

　아내의 손님은 나이가 좀 들어 보이는 남자였다. 하관이 발달해서 성정이 조금 완강해 보였고 게다가 독한 담배 냄새를 풍기고 있어 내심 좀 꺼림칙했다. 하지만 아내는 그 남자를 거부하지 않았다. 모텔에서도 아내는 순순히, 그 남자가 하자는 대로 자신의 몸을 내주었을 것이다.

　모텔에서 나온 아내는 뒷좌석에 앉지 않고 조수석 문을 열고 내 옆자리에 앉는다. 나는 여느 때처럼 택시의 창문을 내린다. 아내의 몸에서 혹여 남자의 몸에서 나던 담배 냄새가 맡아진다면 내가 그것을 어떻게 견딜 수 있을까.

　아내는 피곤한지 눈을 감은 채 시트에 뒷머리를 기댔다. 그래, 흔들리는 택시 안에서라도 깊은 잠을 자기를. 차라리 깨나지 않을 잠을 자기를. 나는 룸미러로 아내의 얼굴을 보았다. 뜻밖에 그녀의 감긴 눈에서 눈물이 흘러내리고 있다. 앞춤에 가지런히 모은 그녀의 두 손에 빈 약병이 들려 있는 것이 보인다. 무슨 약병인지 확인할 용기가 없다. 그리고 창 밖엔 온통 눈이다. 한 점 두 점 내리던 눈이 어느새 벌떼처럼 번다해졌다. 앞유리에 부딪치는 눈을 쓸어내는 와이퍼 소리가 홀로 분주하다. 이 눈은 나와 아내를 이 택시 안에 가둬두려는 것만 같다. 눈이 쌓여 얼어붙은 길은 미끄럽고 위험하다. 눈의 표면이 녹았다가 다시 얼어붙곤 해서 마치 닳고 닳은 문턱처럼 반질반질해진 인도에는 사람들이 보이지 않는다.

더이상 이 택시가 태울 수 있는 승객은 없을 것이다. 새벽 세시, 서울역이나 홍대 쪽으로 가면 어쩌다 막차에서 내린 상경객이나, 어린 취객을 태울 수 있을지 모르지만, 나는 그러고 싶은 생각이 전혀 없다. 내가 찾는 승객, 슬픈 택시가 태울 승객은 이제 더이상 존재하지 않을 것이다. 이미 이 택시는 만원이다. 상처와 상처에 대한 감상, 위악과 광기 따위를 가득 채우고 있기 때문이다. 이제 그것들을 목적지에 데려다주고, 그것들을 전부 비워내고 나서야 이 택시는 고요해질 것이다. 가벼워질 것이다.

나는 아픈 아내, 어쩌면 죽어가고 있을 아내를 택시에 태우고 푸른 어둠이 이글거리는 심야의 도심을 패잔병처럼 떠도는 택시 드라이버다. 이렇게 떠돌다가 어느 날 갑자기 삶이 정지되더라도, 말하자면 급브레이크처럼, 아니면 삼중추돌사고처럼 그렇게 정지되더라도 나쁠 것은 없을 것이다. 그래, 나는 단지 앞을 내다볼 수 없는 이 천공 같은 어둠 속에서 차라리 고래의 아가리 같은 게 나타나 우릴 좀 삼켜주었으면 하고 바랄 뿐이다. 브레이크에서 뗀 발을 액셀러레이터에 갖다댄다. 그리고 지그시 누른다. 차가 움찔하면서 속력을 내기 시작한다.

고통의 관리
— 악취미들 7

선생님, 저 열심히 선생님 생각하고 응원할 거예요.

그러니 선생님도 절대 지치지 마시고 지금처럼

아름다운 소설 계속 써주세요.

그리고 연락처를 남길 테니 제 음성 확인하시고 전화 한번 주세요.

선생님한테서 갖는 이 존경심에 대한 확신이

선생님을 한번 뵙고 싶다는 용기를 갖게 하네요.

선생님 연락 기다리고 있을게요.

선생님 깊이 존경해요. 그럼 편히 주무세요.

다음은, 십사 년 전 신춘문예로 등단한 이후 네 권의 소설집과 다섯 권의 장편소설을 펴낸 올해 삼십구 세의 중견 소설가 박성호가 고등학교 동창을 만나 술을 마시고 집에 돌아온 직후 주변 지인들과 가진 전화 통화의 내역이다. 그는 서울 신촌 연대 앞의 돼지껍데기 집에서 저녁 일곱시쯤 십사 년 만에 연락이 닿은 고등학교 동창을 만나, 함께 삼겹살 삼 인분을 시켜 소주 세 병과 맥주 세 병을 나눠 마시고는 열시 반쯤 헤어져 집에 들어왔다. 그는 집에 들어오는 길에 동네 편의점 세븐일레븐에 들러 참이슬 소주 두 병과 레종 담배 한 갑을 샀다.

첫번째 전화, 발신 23 : 06

아, 저 성호예요. 네, 잘 지내시죠? 네네, 선배, 술 한잔 먹었어요. 많이는 안 마시고 정말 딱 한 잔 마셨어요. 아유, 왜긴요, 선배 목소리 듣고 싶어 전화한 거죠. 선배 본 지도 꽤 됐고요. 그래, 선배 어떻게 지내세요? 네, 다행이다. 그래도 다들 안녕하다니까. 선배 하는 일도 잘된다니까 참 기쁘네요. 요즘처럼 어려울 때는 뭐, 안정적인 직장, 안정적인 수입이 최고인 것 같아요. 별일은 없죠? 아, 그런데 난 선배 생각만 하면 너무 속이 상해요. 선배가 시를 놓지 않고 계속 썼으면 좋은 시인이 됐을 텐데…… (소주 한 잔을 비운다.) 아휴, 괜히 하는 소리가 아니에요. 저는 정말 그렇게 생각하고 있어요. 제가 요즘 시인들 시를 가끔 보지만 그게 어디 시예요. 선배가 예전에 시를 쓰던 때에 비하면 요즘 애들은 진정성도 없고…… 지금 술 마시고 있냐구요? 네, 그냥 밖에서 마시다가 집에 와서 가볍게 한잔 더 하고 있어요. 걱정 마세요. 취하도록 마시지는 않을게요. 네? 네, 누구요? 휘연 어미요? 아휴, 그 사람 얘기 하지 말아요. 이미 깨끗이 정리가 됐어요. 정말 그렇다니까요. 전화 같은 것도 안 해요. 아까 하던 얘길 하자면…… 저 말이에요. 선배 시참 좋아했어요. 하하, 그럼요. 지금도 외울 수 있는 시도 있어요. 그거 있잖아요. 침묵을 인양하는 어둠의 영혼아, 어쩌고 하는 시. 그 시 제목이 '옐로 서브머린 카페'였던가. 아, 아니구나. 아아, 맞어 맞어. '고통의 관리'였어. (소주 한 잔을 비운다.) 햐, 고통의 관리라는 말은 지금 생각해도 너무 근사해요. 정말 내가 지금 고통의 관리가 필요한데. 크큭 아무튼, 네네, 아무튼 저 선배 시 참 좋아했어요. 네네, 네 아 그래요, 다른 전화 왔다면 그것부터 받으세요. 네네, 전화 받으세요. 통화 끝나면 전화 좀 주세요. (소주 한 잔을 비운다.)

성규야, 형이다. 그래, 그 동안 잘 지냈니? 응 그래, 술 한잔 먹었다. 응, 날씨 엄청 더워졌지? 휴, 오늘도 너무 더워서 가만히 앉아 있어도 땀이 흐르더라. 네 얼굴 본 지도 꽤 됐네, 같은 서울 하늘 아래 살면서 정말 얼굴 보기 힘드네. 어머니한테는 전화 자주 드리니? 양평동 누나한테도? 응? 그래, 전화 자주 드려. 형은 그렇게 못 하지만 너라도 자주 드리라고, 알겠지? (소주 한 잔을 비운다.) 응? 응, 글 계속 쓰고 있어. 형이 하는 일이 글 쓰는 일인데 그럼…… 응? 술? 그래, 술 줄여야지. 응, 술 줄여야 해. 그래 줄여야지. 그런 건 걱정하지 마. 난 아버지처럼 되지는 않을 거야. 자식, 그래, 그래, 네가 내 걱정 해주는 건 고맙지. 응, 그래, 네가 내 걱정을 다 하고, 흐흐. 이렇게 늦은 시간에…… 음, 벌써 열한시가 넘었네. 아무튼 늦은 시간에 전화해서 정말 미안해. 너 내일 출근해야 할 텐데. 그래도 니 목소리 한번 듣고 싶어서 전화 한 거야. 그래, 잘 지내고 응, 또 연락하마, 참참, 성규야…… 아직 끊지 마. 응응, 성규야, 내가 이런 얘기 하는 게 좀 뜬금없겠지만…… 나 말야, (소주 한 잔을 비운다.) 성규 널 정말로 좋아해. 내 동생 성규를 말이야. 너도 내 마음 알지? 널 참 좋아해. 성규야, 재수씨한테도 안부 꼭 전하고. 무엇보다 재수씨한테 잘해야 돼 인마. 알았지? 그리고 어려운 일 있으면 형한테 전화해서 알리고 말야. 그래, 잘 지내. 이만 끊자. 그래 그래, 술은 더 안 마실게.

어머니, 네 성호예요. 네, 잘 지내시죠? 주무셨어요? 어디 편찮으신데는 없고요? 교회는 잘 다니시죠. 아, 저도 잘 나가요. 일요일, 아니 주일마다 꼭 가요. 목사님한테도 종종 인사하고요. 걱정 마세요. 네네, 어머니 죄송해요. 제가 전화도 자주 못 드리고. 네, 술도 줄여야죠. 성규도 그 말을 하던데, 하하, 어머니도 내 걱정을 하고 성규도 내 걱정을 하고, 이제 제 나이도 내년이면 마흔인데, 하하, 저는 계속 걱정만 끼쳐드리네요. 네, 어머니, 네네, 주무셔야죠. 네, 참 어머니, 제가 매달 삼십만원씩 용돈 부쳐드리고 있잖아요. 그거 통장으로 잘 들어가고 있죠? 네, 그거요. 어머니께 용돈 드리는 거요. 나 정말 생색내고 싶지 않은데, 그거 결코 쉬운 일 아니에요. 어머니도 아시죠? 네, 저도 최선을 다하고 있는 거라고요. 아버지 돌아가시고, 어머니 적적하신데······ 아무튼 제가 정말 죄송해요. 네, 성미 누나도 성규도 다 잘 있어요. 제가 한번 다 데리고 뵈러 갈게요. 네네, 이번 주말에라도 한번 내려갈까요? 난 내려갈 수 있는데, 성규랑 성미 누나가 워낙 바쁘니 네네, 술 많이 안 마실 거라니까요. 네, 어머니 죄송해요. 하지만 걱정 마세요. 모든 게 다 잘 될 거예요. 성미 누나도 괜찮아질 거예요. 그래요, 어머니, 얼른 주무세요. 네? 알았어요. 저도 지금 잘게요. 아휴, 걱정 마세요.

선배, 네, 저 또 성호예요. 아, 전화 통화 끝나셨나보구나. 에이, 그럼 전활 좀 해주시지. 네, 선배 전화 기다리다 못해 제가 한 거예요. 아까 무슨 말 하다 끊어졌죠? 네네, 아, 선배 시 얘기했었구나. 고통의 관리, 하하, 난 정말 고통의 관리라는 말이 너무 마음에 들어요. 네네, 아, 정말 선배 시는 대단했어요. 술요? 지금도 마시고 있죠. (소주 한 잔을 마신다.) 네? 에이, 선배 걱정 마요. 아휴, 안 죽어요, 안 죽어. 선배도 나이 들었구나. 우리 예전에 어땠어요. 선배도 잘 알잖아요. 내가 누구예요. 박성호 아니에요, 박성호. 아, 아, 선배 생각나죠? 우리 왜 거기 후문 쪽 야산에서 막걸리를 밤새 마시고 그대로 잠들었다가 다음날 깨었을 때 벚꽃이 서럽도록 환하게 피어 있었잖아. 눈앞에, 그때 기억 안 나요? 하하, 선배 그때도 벚꽃잎에 취해서 무언가를 노트에 썼던 것 같은데, 그런데 그런 선배가 지금, 구청의 과장님이라니. 하하, 선배, 그때가 참 좋았죠? 그죠? 아, 씨팔, 그런데 어느새 이렇게 나이를 먹다니. 정말, 정말 믿어지지가 않아. 아, 씨팔, 그땐 나 정말 순수했는데 말이에요. 나 말이에요. 참 순수했어요. 그죠? 참, 선배 내 동기 정태 알죠? 걔가 이번에 ○○대학 전임 된 거 아시죠? 아, 선배도 아시는구나. 그래 그 소식을 모르는 사람이 없겠지. 네네, 뭐, 축하할 일이죠. 네, 정태 착실한 친구니까요. 하지만 선배, 그 새끼가, 교수 된 그 새끼가 행복할까요? 선배, 그렇게 사는 게 행복한 일이에요? 씨팔, 네네, 그래요, 축하할 일이긴 하죠. 그래요, 정태도 고생했겠죠. 네네, 교수들 밑구멍 빨아대느라 열라 고생했겠죠. (소주 한 잔을 마신다.) 네네, 미안해요. 하지만 사실이 그렇잖아요. 어떻게 그런 이기적이고 약삭빠른 새끼들이 그렇게 출세를 하느냐구요. 네? 네네, 그래요. 술 그만 마시고 잘게요, 그래요 선배도 주무세요. 그래요, 내일 출근하셔야 하는데 제가 공연히. 선배 그거 알죠? 제가 선배 정말로 좋아하고 있다는 거, 정말 좋아한다는 거…… 아시죠? 선배가 그거 모르면 정말 섭섭해요. 선배, 그래요, 자요. 고마워요. 아 정태 그 새끼 씨팔……

다섯번째 전화, 발신 23 : 42

여보세요. 희수씨? 응, 나 누군지 알겠어? 나 박성호야. 그래 박성호. 좀 놀랐지? 전화하기엔 너무 늦은 시간인가. 응응, 그래? 아, 무슨 일이냐고, 다른 게 아니고, 희수씨가 이번에 『○○문학』에 발표한 소설 보았어. 응, 참 좋더라. 등단하고 이 년밖에 안 된 신인작가가 어떻게 그렇게 명민한 소설, 완성도 높은 소설을 쓸 수 있지? 응응, 그래, 그 말 해주려고 전화한 거야. 흐흐, 언제지, ○○출판사 망년회에서 만났을 때였나? 그래, 맞지? 그래, 내가 기억력은 괜찮은 편이야. 내가 그날 희수씨한테 말했었지? 신인은 모든 걸 다 갈아엎겠다는 패기만 있으면 된다고. 그런데 이번 소설에서는 그런 패기가 느껴지더라고. 고맙긴 뭘. 별소릴 다 하네. 그런데, 말야, 희수씨는 생긴 거는 참 고운데 어디서 그런 강렬한 이미지들이 나올까. 정말 신기해. 난 그날 희수씨를 처음 보던 날 사실, 음, 처음하는 얘긴데, 정갈한 매화나무를 계속 떠올렸어. 눈 속에서도 도도한 아름다움을 간직하고 있는 매화나무. 에유,

부끄러워하긴. 그런데, 참 결혼은 안 했다고 했지? 남자친구는 있어? 내가 지금 너무 사생활을 궁금해하고 있는 건가. 하하, 미안 미안, 이거 실수가 이만저만이 아닌데, 하하, 미안 미안, 나 그렇게 더티한 사람 아니야, 문단 사람에게 물어봐. 박성호 하면 다들 인간성 하나는 알아준다고. (소주 한 잔을 마신다.) 아휴, 그래, 그래, 또 들켰네. 내가 지금 술을 좀 먹었어. 그래, 『○○문학』에 희수씨가 발표한 소설이 생각나서 전화를 한 거야. 응, 내가 말했잖아. 신인은 모든 걸 다 갈아엎어야 한다니까. 응, 지금 스물일곱인가? 그래, 열심히 써. 그리고 말야, 언제 한번 만났으면 싶은데, 내가 빌려주고 싶은 책도 있고, 또 전해줄 말도 있고 말야. 그리고 희수씨, 이건 내가 특별히 당부하는 건데, 만나자고 하는 사람 아무나 만나지 마. 문단에서는 사람을 잘 만나야 해. 사람을 가리면서 만나야 한다고. 내 말 명심하고. 그래 잘 자. 미안해 희수씨. 응, 선배로서 그냥 전화 한 통 한 거야, 괜찮은 거지? 그래, 내가 계속 지켜보고 도울 수 있는 일 있으면 도울게. 응, 희수씨도 이제 슬슬 작품집 낼 준비 해야 하잖아. 내가 문예지 편집장들도 많이 알거든. 그러니, 걱정은 하지 마. 그냥 소설만 열심히 써. 응응. 그래 잘 자. (소주 한 잔을 마신다.)

여섯번째 전화, 발신 23 : 56

성규야, 형이야. 자냐? 응, 그래, 내가 또 전화를 했네. 미안해. 응, 다른 게 아니고 말야. 응? 술은 다 마셨어. 응, 지금은 안 마셔. 조금 전에 어머니랑 통화했어. 응, 잘 계시더라. 걱정하지 마. 내가 통화했으니까, 너 어머니 걱정 하지 말고 편히 자. 응, 어머니랑 통화했다니까. 내가 했단 말야. 응, 잘 계셔. 걱정하지 마. 그리고 꼭 재수씨에게 안부 전하고. 알았지? 그리고 우리 한번 보자. 응응? 형젠데 만난 지가 너무 오래됐잖아. 지난번 아버지 기일에 본 게 마지막이었던가? 응? 그래, 그래야지. 내 걱정은 하지 마. 내 걱정은 하지 말라니까. 난 소설가야. 그래도 제법 알아주는 소설가라고. 그래, 성규야, 일 착실히 잘하고, 재수씨한테도 잘해주고. 꼭 안부 전해. 그리고 곧 태어날 조카에게도 잘해. 알았지? 넌 나처럼 살면 안 돼. 응, 술? 정말 다 마셨어. 지금은 안 마신다니까. 그래, 술 줄일게. 그래, 걱정하지 마, 내가 조금 전에 어머니랑 통화했어. 응, 어머니 괜찮으셔, 잘 지내셔. 그래, 응응, 끊을게. 잘 자. 그래. (소주 한 잔을 마신다.)

일곱번째 전화, 발신 00 : 11

선생님, 안녕하세요. 아, 선생님께서 직접 전화를 받으시네요. 선생님, 저, 성호예요. 소설 쓰는 박성호요, 박성호. 네? 박성호라니까요. 박, 성, 호. 네, 아 이제야 알아들으셨네요. 네, 너무 늦은 시간에 전화를 드렸죠. 선생님, 죄송해요. 네네, 그냥, 선생님께 간곡하게 드릴 말씀이 있어서요. 네, 아, 그냥 뭐 심각한 건 아니고요. 저는 요즘 문학판이 너무 어수선하고, 네네, 다들 문학의 미래가 어둡다 어둡다 하고, 소설가들이 써내는 소설은 맛이 간 지 오래고, 네, 그래서 너무 답답해서,

네네, 그래서 전화를 드렸어요. 죄송해요. 시간이 너무 늦었는데 선생님 괴롭히는 것 같아서. 그래도 선생님께 전화를 드리면 뭔가 좀 답답한 마음이 풀릴 것 같아서…… 선생님, 제 마음 아시죠? 네네. 아휴, 선생님은 왜 늘 저를 혼내기만 하세요. 선생님은 저를 당선시켜서 문단에 내보내주신 분이잖아요. 선생님 아니었으면 제가 어떻게 작가라는 이름을 얻었겠어요. 저는 단 한순간도 선생님의 은혜를 잊은 적이 없어요. 네, 선생님, 선생님께서 저를 조금만 더 도와주셨더라면 저도 더 좋은 작가가 됐을 텐데요. 네네, 아니요. 섭섭하다는 말씀이 아니고요. 네네, 아무튼 저는 선생님, 선생님 같은 분이 계시니까, 아직 우리 한국문학에 희망을 가지고 있어요. 선생님은 정말 어른이시니까, 어수선한 분위기를 바로잡아주셔야 하는데요. 선생님 같은 문단의 어른들께서 해주실 수 있는 일이 그런 거잖아요. 하하, 네 선생님, 술이야 뭐 먹을 때도 있고 안 먹을 때도 있죠. 연전에 제가 선생님이 쓰신 평론을 통해서 호되게 매를 맞은 뒤부터는 참, 선생님께 전화 한 통 드리는 것도 어렵고, 네, 어렵다기보다는 송구스럽구, 뭐, 그래서요. 네네, 술 몇 잔 마시고 용기내서 전화드리는 거예요. 선생님, 저를 포기하지 마시고요. 꼭 좀 지켜봐주세요. 저, 정말 괜찮은 작가예요. 네네, 아, 정말이에요. 네, 선생님, 그래요. 네, 그래요, 알겠어요. 그럼 주무시고요. 제가요, 다음 주에 선생님 꼭 한번 찾아뵐게요. 꼭요. 아셨죠? 선생님 꼭 건강하셔야 해요. (소주 한 잔을 마신다.)

종규야, 나야, 성호. 응, 잘 들어왔어. 그래, 너무 늦었지? 응, 그래, 오늘 말야, 너 만나서 너무 반가웠어. 응, 지갑을 펴보았다가 네 명함이 있길래, 전화번호가 맞는지 안 맞는지 전화 한번 해본 거야. 하하 그래, 나, 너 못 믿거든. 하하하. (소주 한 잔을 마신다.) 그런데 어떻게 십사 년 만에 연락이 닿냐. 그러게, 나도 아까 낮에 네 전화 받고 놀랐어. 응, 그래, 내가 뭐 신문에도 가끔 글을 쓰고 그러니까, 그 동안 연락이 없던 동창들에게서 간혹 전화가 오기는 해. 응, 그래 고맙지, 참 신기해. 동 창들을 그렇게 만나면, 나만 다른 세계에 들어와 있는 것 같고, 너희들 은 하나도 변한 게 없는데 말야. 아무튼 종규, 오늘 너무 반가웠어. 내 가 술값을 냈어야 하는데, 미안해. 다음엔 내가 꼭 살게. 그럼, 정말이 지. 그런데 너 말야, 소설가라는 게 얼마나 힘든 직업인지 알고 있어? 넌 짐작도 못 할 거야. 뭐 어딜 가나 선생님 선생님, 이런 소릴 들으니 까 제법 폼나는 직업이라고 생각하겠지만, 사실 소설가들에게는 이 세 계에 대한, 이 시대에 대한 막중한 책무가 있단 말야. 현실이 은폐하고 있는 진실을 캐내서 보여줘야 하는 게 소설가라는 존재란 말야. 너, 내 말 무슨 말인지 알아듣겠냐? 응, 그래, 글 쓰는 일이 보통 힘든 게 아니 지. 응, 보통 사람들은 정말 상상하기 힘든 정신적, 지적 노동을 하는 거란 말야. 소설은 결코 아무나 쓰는 게 아냐. 그런데 말야, 종규야, 니 가 내 친구라서 하는 말인데, 응? 아냐, 술은 아까 거기서 너랑 먹은 게 다야. 응응, 아무튼 종규야. 니가 내 친구라서 하는 말인데, 응, 소설가 라고 다 같은 소설가가 아니다. 무슨 말이냐고? 어떤 소설가들은 작가

랍시고 하는 일이 오입하는 게 전부인 새끼가 있고, 어떤 새끼는 돈 많은 출판사 사장이랑 평론가한테 알랑방귀 뀌어서 책 팔아먹는 데 혈안이 되어 있는 새끼도 있어. 그런 타락한 소설가들도 있다는 거야. 그런데 난 말야, 소설가는, 작가는 그 시대의 마지막 양심이라고 생각해. 씨팔, 그런데 정말 근본도 되어먹지 않은 새끼들이 너무 많아. 난 이날 이때까지 평론가니 선생이니 하는 사람들한테 전화 한 통 한 적이 없어. (비분강개한 표정으로 소주 한 잔을 마신다.) 종규야, 씨팔, 아무튼 소설가는 정신적으로 순결하고 고독해야 하는 거야. 알겠니? 아, 미안해. 내가 너무 흥분을 했지. 그래, 이해해줘서 고맙다. 응, 그래, 고마워. 응, 네 말 들으니까 힘이 난다. 그래, 나 말야. 너의 자랑스러운 친구가 될게. 응, 그래, 잘 자라. 종규야.

아홉번째 전화, 발신 00 : 52

　누나, 응, 성미 누나 휴대폰 맞지? 흐흐, 나 성호야. 누나의 동생 성호. 난 이게 좋다니까. 이렇게 몇 개월 만에 전화를 해도 누나가 전화를 받으니까 정말 좋네. 정말 누나는 언제나 한결같아서 너무 좋아. 무슨 일이냐고. 그냥 했어. 그냥 했어. 그냥 전화한 거야. 누나 생각나서 그냥 전화한 거라고. 아직 가게 문은 안 닫았지? 응? 손님 지금도 있어? 그래, 응, 없는 손님 기다리지 말고 그냥 문 닫고 일찍 자. 그래 누나, 얼마나 피곤할까. 미안해. 누나 사는 걸 보면 내가 정말 미안해. 난 가끔 생각해. 누나가 지금까지 튀겨낸 닭이 전부 몇 마리나 될까. 후후,

끔찍한 얘기라고? 한 오천 마리 될까. 응, 그래 술 한잔 먹었어. 씨팔, 소설가가 술 한잔 먹을 수도 있지 뭘 그래. 응응, 아니야, 뭐 별다른 일이 있는 건 아니고, 응응. 에이, 누나까지 잔소리를 하면 내가 정말 슬프지. 그냥 마셨어. 응, 오늘 말야, 성규랑도 통화하고, 어머니랑도 통화했어. 응, 다들 잘 있어. 응, 어머니는 뭐, 워낙 말수가 없는 양반이니까. 응, 그래도 아무 일 없이 건강하신 것 같았어. 그런데 말야, 엄마는 아직도 교회 타령이야. 오늘도 나보고는 대뜸 하시는 말씀이 교회에 잘 다니고 있느냐는 거야. 아휴, 그냥 그 양반 신경 쓰이게 하기 싫어서 거짓말했지. 일요일마다 빠짐없이 나간다고. 후후, 그러게 말야. (소주 한 잔을 마신다.) 누나, 그런데 매형은 지금도 집에 안 들어왔어? 육 개월도 더 되지 않았어? 나쁜 새끼, 도대체 누구래? 응, 매형의 좆을 안달나게 한 년이 도대체 누구래? 응, 왜 누나가, 씨팔, 누나가 왜 그렇게 살아야 해. 응. 내가 이 두 연놈을 가만 안 놔둘 거야. 누나, 매형한테 꼭 전해. 씨팔, 내 눈에 뜨이기만 하면 아주 그날이 제삿날이 될 줄 알라고. 누나, 누나, 씨팔, 그 개새끼가, 어떻게 누나한테 그럴 수가 있어? 응? 누나 지금 우는 거야? 씨팔, 그러게 빨리 가게 문 닫고 잠이나 자란 말야. 아이 씨팔, 그 매형 어떻게 좀 안 될까. 응, 매형한테 누나랑 내가 같이 가서 매달려볼까. 응, 매형 지금 도대체 어디에 있대? 아이들이 불쌍하잖아. 응응, 누나, 누나 미안해. 내가 누나한테 전화하는 게 아닌데, 미안해. 매형 욕하지 않을게. 그래 맞아, 아이들 아버진데, 응응, 울지 마, 누나. 미안해. 울지 마. 나 이만 전화 끊을게. 그래 미안해, 누나. 응응, 정말 미안해. (눈가에 살짝 맺힌 눈물을 훔치며 소주 한 잔을 마신다.)

열번째 전화, 발신 01 : 14

야, 규창아, 그래 나, 성호다. 그래. 늦은 시간에 미안해, 너 빨리 휴대폰 뒤져서 정태 번호 찾아서 불러줘라. 그래, 정태 말야, 강정태 몰라? 바뀐 번호 좀 빨리 찾아봐. (소주 한 잔을 마신다.) 그래 찾았어? 응 잠깐만, 볼펜 좀 찾고. 응응 불러, 그래 ○○○에 ○○○○에 ○○○○이라고? 다시 내가 불러볼게. ○○○에 ○○○○에 ○○○○. 오케이 고마워, 그래, 우리 다음에 술 한잔 하자. 응, 잘 지내라.

열한번째 전화, 발신 01 : 18

정태야, 나 성호다. 그래 오랜만이다, 응, 정태야, 너무 늦었네. 응, 잘 지냈어? 네 소식 들었어. 그래, 정말 축하해. 고생했다. 그래도 ○○대학이면 괜찮은 곳이잖아. 네가 교수라니 정말 대단하다, 응, 정말 너 대단해. 우리 앞학번 선배 중에도 아직 교수가 안 나왔는데 말야. 그지? 그래, 정말 대단해. 응, 나, 나야 뭐. 소설 쓰느라 바쁘지 뭐. 그런데 너 말야. 휴대폰 전화번호 바뀐 거 내가 어떻게 알았는지 궁금하지 않아? 응, 네가 교수로 있는 학교에 전화해서 물어봤어. 응. 새끼야 정말이야. 내가 왜 거짓말을 해. 전화하니까, 숙직을 서는 직원이 있더라고. 그 직원한테 물었어. 국어국문학과 강정태 교수님 전화번호를 좀 알려달라고. 그랬더니 뭐 곧바로 알려주던데. 멋지더라, 정말 대단해. 정말이라니까. 아이 씨팔, 넌 왜 내 말을 안 믿는 거야. 너 내게 무슨

악감정 있어? 응. 난 너 교수 된 거 축하해주려고 일부러 전화까지 했
는데, 그래, 술은 좀 먹었지. (소주 한 잔을 마신다.) 뭐, 내가 술 먹는
게 하루이틀 일이냐. 강정태, 그래 대학교수 되니까 좋냐? 응, 전화번
호 바뀌었으면 네가 나한테 전화해서 알려줘야 하는 거 아냐? 아무튼
뭐, 넌 처음부터 날 좋아하지 않았으니까. 넌 내가 소설가로 등단하고
책을 펴낼 때도 늘 시큰둥했지. 새끼야, 응, 뭐 오해라고? 웃기고 있
네. 넌 새끼야 원래 내게 열등감을 가지고, 내가 작가로 등단했을 때도
졸렬하게 질투하고 시기했잖아. 내 말이 틀려? 야, 강정태, 대학교수
된 거 축하해. 축하한다고. 그래 인마, 난 너처럼 치사하게 동기 잘되
는 거 시기하지는 않아. 그래, 그래 새끼야. 잘 먹고 잘 살아. 이 새끼
야, 난 소설 쓰면서, 고독하게 밥도 먹지 않고 소설 쓰면서 이 썩은 세
계를 갈아엎을 테니까. 알았어? 이 나쁜 새끼, 비열한 새끼, 교수들 똥
구멍이나 빨면서 근엄한 척하기는. 야, 강정태, 강정태, 어라, 이 새끼
전화 끊은 거야? 야, 이 비열한 새끼, 강정태! (황당한 표정으로 소주
한 잔을 마신다.)

열두번째 전화, 발신 01 : 27

선배 저 성호예요. 네, 정말 죄송해요. 그런데 선배한테 꼭 할 말이
있어 제가 또 전화를 드렸네요. 아이 이걸 어쩌나. 네, 선배는 우리 과
에서 그래도 제일 잘났던 사람이잖아요. 시도 잘 썼고, 뭐, 또 워낙 똑
똑했으니까. 그런데, 선배는 구청 공무원이 되어 있는데, 그 쓰레기 같

은 정태는 교수가 됐단 말이에요. 이게 현실이에요. 아아, 구청 공무원이 뭐 어떻다는 건 아니구요. 아이, 선배 듣기 싫어도 제 얘길 들으세요. 이게 엿같은 현실이라구요. 그 좆같은 강정태가 대학교수가 된 거, 이게 현실이라구요. 선배, 그래요, 미안해요. 저도 전화하기 싫은데, 너무 억울하고 답답해서 전화드렸다구요. 선배, 제발 선배만이라도 내 얘길 들어줘요. 이 세상에서 다들 나보고 미쳤대. 아무튼 선배, 내가 조금 전에 정태에게 전활 했어요. 네, 했어요. 난 순수하게 이 새끼 교수 된 거 축하하려고, 그 동안 고생했다는 말 하려고 했어요. 정말이야. 그런데 이 새끼가, 글쎄 지가 교수라고 내가 하는 말을 고깝게 듣는 거예요. 날 술주정뱅이 취급하더라고요. 이 나쁜 새끼가, 어떻게 그럴 수 있어요, 선배. 선배? 선배? 선배, 내 목소리 안 들려요? 선배, 선배도 전화 끊은 거야? 응? 선배! (소주 한 잔을 마신다.)

열세번째 전화, 발신 01 : 38

미경아, 나야, 응, 미안해, 응, 술 먹었어. 그래, 술 먹었어. 그래 휘연이는 자? 그렇지, 자겠지 지금이 몇신데. 그래, 잘 살고 있어? 응? 나랑 헤어지니까 나 같은 놈 얼굴 안 보니까 이제 살 만해? 마음이 편하냐고. 그래, 너 힘든 거 알아. 그래, 미안해, 우리가 헤어지게 된 건 다 내 책임이야. 내가 좆같은 놈이기 때문이야. 그래, 내가 알지. 내가 좆같은 인간이란 걸. 아니 아니, 내가 인간이 아니었기 때문이야. 그래, 미안해, 그래 그래, 우린 결혼하지 말았어야 했어. 아니 아니, 아예 서로 모르고 지냈으면 좋을 사이였어. 그래, 내가 정말로 서글픈 건, 아이 씨 팔, 지금 내 이 좆같이 외로운 처지가 슬픈 게 아니야. 씨팔, 내 인생이 어쩌다 이렇게 꼬였는지 말야. 애비가 자식새끼 얼굴을 보고 싶어도 못 보고, 젠장, 휘연이가 보고 싶은데 벌써 자고 있단 말야? 그래, 술 먹었 어. 술 안 먹고 어떻게 이놈의 세상을 살아가냔 말야. 그래, 그래, 미안 해, 전화해서 미안해. 당신이 더이상 날 신뢰하지 않는다는 거 잘 알아. 응, 그래, 나 너에게 아무런 할말이 없어. 응, 미안해. 그래, 내가 짐승 이고, 내가 인간이 아니야. 하지만, 휘연 엄마야, 하지만 내게도 진실이 있어. 내게도 사람답게 행복하게 살고 싶은 욕심이 있다고, 그게 내 진 실이라고. 그래, 미안해. 그래 알아. 내가 너에게 참으로 못된 짓 많이 했다는 거, 그래 알아. 네 친구 윤희씨랑 그런 일이 있었던 건 뭐, 내가 입이 백 개, 아니 천 개라도 할말이 없어. 그래, 정말 죽을죄를 지었어. 그래, 난 죽어야 해. 하지만, 그건 진실한 거였어. 서로 진실한 마음이 있었기에 일어났던 일이었어. 정말 미안해. 그래 내가 잘했다는 건 아 냐. 그래, 비열해, 난 비열한 인간이야. 하지만 휘연 엄마, 아니, 미경 아, 난 소설을 쓰잖아, 난 작가잖아. 난 소설가잖아. 난 소설을 쓰잖아. 응응. 너도 알잖아. 난 소설가잖아. 그래, 난, 섬세하고 자유로운 영혼 을 가지고 있어, 단지 섬세하고 자유롭고자 하는 영혼을 가진 나약한 존재에 불과해. 응, 난 소설가야. 미경아, 난 내 힘으로 세상을 바꿔보 고 싶었어. 내 문장으로, 내 글로, 내 소설로. 응. 너도 알잖아. 그래, 그 런데 난 세상을 바꾸지도 못하고, 혁명도 하지 못하고, 다만 타락만 했 을 뿐야. 그 절망으로 인해, 그 좆같은 절망으로 인해 난 망가져버린 거 야. 미경아, 우리 연애할 때 생각나? 그때 얼마나 행복했어. 넌 내게 참 많은 힘이 되어주었어. 미경아, 그래, 미안해, 늦은 시간에 전화해서 미안해. 응, 전화 안 하려고 했는데, 어쩌다가 또 이렇게 되었어. 응응, 그래 나 지금 술에 취해서, 아니아니, 자꾸 슬퍼서, 눈물이 나오려고 해. 응, 미안해. 난 소설가야. 정말로 세상을 위해서, 나를 위해서 무언가 의미 있는 일을 하고 싶어. 난 소설가니까 말야. 미경아, 나 말야 이제 이렇게 안 살 거야. 이제 정신차리고 똑바로 살 거야. 그리고 불후의 명작을 쓸 거야. 아무도 흉내내지 못할 그런 불후의 명작을 쓸 거란 말야. 그래, 미안해. 미안해. 내가 주정을 늘어놓는구나. 나도 이런 나의 위선이 지겹고 내가 지겨워. 나를 견디는 게 너무나 힘들어. 그래, 알아, 응, 알고말고, 네가 나 때문에 얼마나 힘들어했는지 알아. 응, 응? 다시 합치길 원하는 거냐고? 아, 모르겠어. 난 사실 아무것도 몰라, 난 아무것도 알 수가 없어. 내가 무엇을 원하는 건지. 여전히 내가 비겁하다고? 아냐! 난 비겁하지 않아. 난 작가야. 너도 알잖아. 내 소설을 좋아하는 사람들이 얼마나 많은지. 응? 내가 여자들이랑 술 마시고, 출판쟁이들이랑 어울려 술 마시고, 작가들이랑 여행 다니고 그랬어도, 아무튼, 난 언제나 진실한 글을 쓰고 싶었어. 소설을 생각했단 말야. 자유, 그래, 자유롭고 싶었어. 미경아, 난 자유롭고 싶었어. 그런데 미경이 넌 내 자유를 계속 침해했어. 자유롭고자 하는 나를 모독했단 말야. 아냐 아냐. 그래 그래, 미안, 아니, 아니, 난 그다지 잘못한 게 없어. 하나도 안 미안해. 그래, 씨팔, 너와 나는 어차피 인연이 아니었어. (소주 한 잔을 급하게 마신다.) 그래, 더이상 뭘 더 서로에게 바라겠어. 응? 그래, 이혼 잘한 거야. 그래, 전화, 응, 전화 안 할게. 그래, 깨끗하게 사라져줄게. 아니, 죽어버릴게. 죽어버릴 거야. 내가 죽으면 다들 시원해하겠지. 그래, 전화 끊어!

열네번째 전화, 발신 01 : 59

미경아, 미경아, 그래 나야, 나 너의 남편, 아니 전남편 박성호야. 그래 미안해. 미안해. 내가 죽일 놈이야. 구제불능이야. 내가 무슨 자격으로 너에게 큰소릴 치겠니, 응응, 미안해. 난 인간쓰레기일 뿐인데, 소설가는 무슨 소설가. 난 더이상 소설 따위는 안 쓸 거야. 그래, 소설 쓰는 동안 구린내나는 쓰레기가 되었어. 미안해. 미경아, 아, 어지러워. 목도 마르고. 술, 그래, 술부터 끊어야지. 응, 미안해. 미안해. 세상에 어떤 새끼가 이혼한 아내에게 전화해서 이렇게 추잡하게 매달릴까. 아무튼 정말 미안해. 미안해. 그래 잘 자. 그래 피곤하겠다. 얼른 자. 미경아. 얼른 자.

열다섯번째 전화, 발신 02 : 09

윤희씨, 자요? 나예요. 나, 성호, 오랜만이죠. 미안해요. 꾹 참고 전화 안 하려고 했는데, 아무튼, 미안해요, 미안. 너무나 윤희씨가 궁금해서요. (소주 한 잔을 마신다.) 잘 지내고 있어요? 늦은 시간인데 전화 받아줘서 고마워요. 그래요, 내 전화를 받는 일이 당신에게는 무척 괴로운 일이라는 거 잘 알아요. 그래요, 그래서 고맙다는 말을 한 거예요.

네, 알아요. 긴 얘기 하지 않을 테니, 조금만 견뎌줘요. 난 쓰레기니까, 당신의 삶에 들러붙어 고약한 냄새를 피우는 쓰레기니까 빨리 하고 싶은 말만 하고 끊을게요. 그래요, 난 아내의 친구인 당신을 유혹해서 파멸시켰어요. 아, 파멸, 파멸이라는 말은 내가 한 말이 아니고, 언젠가 당신이 내게 한 말이죠. 하지만, 정말 윤희씨, 나 때문에 윤희씨가 파멸했다고 생각해요? 네? 정말 그렇게 생각하는 거예요? 내가 그렇게 나쁜 놈이에요? 윤희씨를 파멸시킬 정도로 내가 나빴어요? 제발 대답 좀 해봐요! 윤희씨, 우린 서로가 원한다는 걸 알고, 그 욕망에 충실했을 뿐이야. 윤희씨, 난 지금도 말할 수 있어요. 난 지금도 당신 너무나 절실하게 원해요. 네? 속지 않는다구요? 그래요. 하지만 난 진실이에요. 진실을 진실이 아닌 척 표현할 수는 없어요. 진실은 진실에 맞는 형식으로 표현되어야 해요. 네, 윤희씨, 사랑이라는 말은 하지 않을게요. 그래요, 나도 마찬가지예요. 나를 가장 행복하게 한다고 믿었던 사랑이 지금은 가장 나를 고통스럽게 하는 것이 되었으니까요. 그 알량한 사랑 덕분에 난 이혼을 했고, 윤희씨도 이혼을 했죠. 그런데, 우리는 왜 이렇게 떨어져 있어야 하죠? 왜 그렇죠? 네? 몰라서 묻냐고요. 아, 윤희씨, 그렇게 말하지 말아요. 내가 사랑한 여자는 이 세상에서 윤희씨 하나였어요. 아, 내가 사랑이라는 말을 했네요. 미안, 아, 그래요. 미경이한테는 내가 죽을죄를 졌어요. 네, 알아요. 자신이 가장 믿었던 남편을 자신이 가장 믿었던 친구에게 빼앗겼을 때 미경이가 느꼈을 고통을 어찌 상상인들 하겠어요. 하지만, 윤희씨를 본 순간, 난 윤희씨에게 참을 수 없이 끌리는 걸 느꼈어요. 사랑하지 않을 수 없었다구요. 네, 네, 기억하고 싶지 않으시겠죠. 네네, 알아요. 그래요. 다 지난 일들인데, 제가 공연한 말을 하고 있어요. 미안해요. 윤희씨, 씨팔, 정말 미안해요. 정말, 정말 미안해요. 네, 제가 죽을게요. 제가 죽어버리면 모든 사람들이 속 시원해하겠죠. 네네, 죽을게요. (휴대폰 액정에서 배터리 잔여량 표시를 확인하고는 휴대폰을 충전기에 연결시킨다.)

열여섯번째 전화, 발신 02 : 38

이규찬 선생님 댁이죠? 정말 늦은 시간에 죄송한데, 선생님 좀 부탁드리겠습니다. 아주 급한 일이 있어서 그래요. 저는 소설 쓰는 박성호라고 합니다. 아주 급한 일이어서 그래요. 꼭 좀 부탁드릴게요. 네네, 감사합니다. (소주 한 잔을 마신다.) 아, 이선생님, 네네, 저 성호예요. 네네, 소설 쓰는 박성호라구요. 주무시는데, 제가 깨웠군요. 정말 실례가 많습니다. 선생님 목소리가 잘 안 들리네요. 선생님, 제가 선생님께 꼭 드리고 싶은 말씀이 있어서 이렇게 전화를 드렸어요. 네네, 사모님께 급한 일이 있다고 말씀드린 건 꼭 선생님이랑 통화를 하고 싶었기 때문이에요. 선생님, 제가 선생님께 간절한 심정으로 말씀드리는 것이니 잘 들어주세요. 선생님, 저 지금 열심히 소설 쓰고 있어요. 술도 거의 안 마시구요. 네네, 아니요. 지금 제발 지금 제 말씀을 들어주세요. 저 지금 주정을 하려는 게 아니에요. 지난번 술자리에서 버릇없이 군 것 정말 죄송해요. 깊이 반성하고 있어요. 선생님, 제발 끊지 마세요. 네네, 선생님. 잠시면 돼요. 용건만 말씀드릴 테니까요. 네네, 선생님, 고맙습니다. 선생님, 저 지금 정말로 죽도록 열심히 소설 쓰고 있어요.

그러니 저에게 가을에 지면을 좀 주세요. 정말 마음 다잡고 좋은 작품 하나 만들고 있거든요. 잡지의 품격을 결코 해치지 않을 좋은 작품이에요. 선생님, 꼭 좀 기회를 주세요. 그 동안 사실 선생님 저에게 너무 박정하셨잖아요. 그래도 예전에는 가끔 전화도 주시고, 제가 소설 발표하면 조언도 해주시고 그러셨는데, 선생님, 저에게 꼭 전화 한번 주세요. 선생님 전화 기다릴게요. 그 말씀을 드리고 싶었어요. 네, 선생님, 저, 정말 열심히 쓰고 싶어요. 좋은 작가가 되고 싶어요. 선생님은 아시잖아요. 제가 가지고 있는 열정과 재능을요. 선생님, 네, 네, 너무 늦었죠. 그럼 편히 주무세요. 네네. 꼭 한번 연락주세요. 네네, 안녕히 계세요. (소주 한 잔을 마신다.)

열일곱번째 전화, 발신 02 : 51

희수씨, 나 성호야. 후후, 내가 또 전화를 했지, 미안해. 응, 시간이 많이 늦었네, 그런데 아직 안 자고 뭐 하고 있어? 소설 쓰고 있는 거야? 응, 그래. 그냥 아까 전화할 때 못 한 말이 있어서 말야. 응, 그래, 내가 아까 정작 하고 싶은 말을 못 했어. 희수씨, 내가 볼 때 희수씨는 우리나라를 대표할 수 있는 여성작가가 될 수 있는 재능과 감각이 있어. 응, 충분해. 내가 아무한테도 이런 말을 한 적이 없어. 그래, 정말이야. 내가 말야, 희수씨한테 해주고 싶은 말은, 아무튼 문단에서는 사람 만나는 일이 능사라는 거야. 소설만 잘 쓰면 된다고 생각하지만, 현실은 그렇지가 않아. 인사를 하고 눈도장을 찍어야, 그쪽에서도 한번 더 생각해주는 인심이 나오는 거라고. 희수씨, 내가 문단에 나와서 글을 써보니까 알겠더라고. 신인에게는 길을 가르쳐주고 이끌어줄 선배가 필요해. 응, 정말 그런 선배가 필요해. 씨팔, 그런데 난 그런 선배가 없었지. 그래서 하는 말인데 내가 희수씨한테 선배가 되어줄게. 응응. 그래, 희수씨는 나만 믿고 소설 열심히 써. 그런데 희수씨, 이번 토요일에 시간이 어떤지 모르겠네. 내가 취재 때문에 경포대에 갈 일이 있거든. 아무 일 없으면 같이 가지 않을래? 응응. 그래, 당장 대답하기 힘들겠지. 응응, 내가 너무 갑작스레 말을 꺼냈지? 아무튼 난 같이 갔으면 좋겠다. 아무 부담 갖지 말고 말야. 응, 그래, 생각해보고 내게 전화 줘. 전화번호 거기 찍혔지? 그래, 전화 기다릴게, 희수씨. 잘 자.

열여덟번째 전화, 발신 03 : 08

김형, 나 소설 쓰는 성호요. 아, 뜻밖이지? 으흐, 그래, 나 지금 집이고 술 몇 잔 먹었어요. 술 몇 잔 먹으니 김형 얼굴이 떠올라 전화를 했지. 오랜만이네. 김형은 어디요? 아아, 그렇지, 지금이 시간이 몇신데, 당연히 집이겠지. 요즘도 바쁜가보네. 원고 쓸 게 많나봐요. 아, 몸살기가 좀 있다고? 저런, 그래요, 쉬면서 해요. 몸들 아껴야지. 뭐 요즘 신인들 보면, 술도 안 마시고 담배들도 안 피우더라고. 다들 나약해빠져가지고 말이에요. 아, 그래요, 미안해, 미안하다고. 하지만 말야, 내 얘길 좀 들어요. 내가 오랜만에 전화했는데, 내 얘길 좀 들어주란 말야. 김형, 얼마 전에 나온 장편은 잘 나가죠? 아주 반응이 좋던데. 음,

그래요. 그런데 김형, 그거 말이야. 내가 이런 소릴 한다고 섭섭해하지 말고, 내가 그거 죄 읽어봤거든. 김형이 책을 안 보내줬길래, 서점에 가서 내 돈을 주고 사서 직접 읽어봤거든. 왜 독일 작가 있잖아. 김형도 알겠지, 피터 하인이라는 작가 말야. 피터 하인. 아니아니 페터 하인인가. 아무튼 김형이 말야, 이번 소설에서 그 사람 소설을 흉내낸 것 같더라구. 그건 뭐 누가 봐도 알겠던데. 흐흐, 사람이 어찌 그럴 수 있어. 뭐? 허허, 내가 허튼소리 하는 거 봤어! 흥분하지 말고, 김형, 뭐, 어디서 뭐, 빨리 등단했다고 선배 행세를 하려는 거냐고? 뭐뭐, 근거를 대보라고, 내가 근거 못 댈 줄 알아? 그래, 근거 물론 대지. 명색이 작가라는 인간이, 남의 작품을 베껴놓고. 비열한 자식, 내 말 책임질 수 있느냐고? 물론이지, 내가 내일 아침에 신문사 기자들한테 전화해서 다 밝혀버릴 거야. 그럼 넌 끝장이야. 그러니 기다려. 이 파렴치한 인간아. 뭐뭐, 이 자식이 욕을 해. 야, 씨팔놈아 소설이나 똑바로 써. 니가 좀 팔린다고, 그리고 상 좀 받았다고, 최고인 줄 아는 모양인데, 거지발싸개 같은 새끼가, 남창처럼 술집에서 애교나 부리면서. 새끼야, 내가 너랑 같은 모국어로 소설을 쓴다는 게 수치스럽다. 니가 내 앞에 있으면 침이라도 뱉고 싶다. 이만 끊자, 이 상종 못 할 인간아! (소주 한 잔을 마신다.)

열아홉번째 전화, 발신 03 : 11

씨팔, 박사장이요? 나 소설 쓰는 박성호요. 마침, 이 시간에 안 주무시고 계셨네요. 아, 음악 소리가 들리는 걸 보니 어디 좋은 데 계신가 보네. 즐거운 시간 보내고 계실 텐데 전화드려 미안해요. 아무튼 통화가 된 건 나로선 다행이네요. 그래요, 난 이렇게 시뻘게진 눈으로 잠을 못 이루고 있는데, 당신이 자고 있으면 안 되지. (소주 한 잔을 마신다.) 이봐요, 박사장, 내가 오늘은 당신에게 할말을 꼭 하려고 전화를 했어요. 저기 말이야. 내가 말이야. 뭐요? 낮에 만나서 얘길 하자고, 웃기지 말고, 내 말 들어, 지금, 난 지금 얘기할 거야. 지금 얘기해야 해, 지금 말야. 지금 이 전화로, 전화로, 알겠어. 이봐, 박사장, 그래, 술 한 잔 했어. 그래, 뭐 내 돈으로 내가 술 사서 마셨는데, 뭐가 문제야. 응? 이봐 박사장, 나 말요, 당신한테 서운한 게 너무 많아. 그거 어떻게 보상해줄래? 응? 어떻게 날 위로해줄래? 당신이 어떻게 나한테 이럴 수가 있어. 난 말이야. 박사장 당신만 믿고, 거기서 책 두 권을 냈어. 아시죠? 내 책을 내고 싶어하는 출판사들이 많았다는 거. 저기 ○○출판사의 정선배도 원고를 달라고 했었고, ○○사의 고사장도 내 원고 보고 싶어했다고. 당신도 알지, 박사장 당신도 알지? 그런데 어쨌건, 평론 쓰는 박순구 형이 내게 당신 얘기를 좋게 하길래 난 당신 만났던 거야. 그러고는 정말 믿을 만한 사람이라는 생각이 들어 책을 두 권씩이나 계약했고 말야. 난 그냥 당신을 그냥 무조건 믿었던 거야. 그런데, 정말로 지금은 화가 나. 내가 병신이었지. 좆같은 출판사에서 책을 내다니. 뭐, 말이 심한 거 아니냐고? 씨팔, 내가 혼신의 힘으로 쓴 책을 의붓자식처럼 취급해놓고 심한 게 아니냐고. 광고도 전혀 안 해주고, 이벤트도 없고, 어떻게 그렇게 한여름 연탄창고에 쑤셔박아놓은 불쏘시개마냥 방치를 할 수 있느냐고. 씨팔, 박사장, 내가 그렇게 만만해 보여. 어? 인세도 말야, 하나도 믿을 수가 없어. 개새끼들, 난 당신네들이 내 통장에 입금하는 그 좆같은 돈을 전혀 신뢰하지 않아. 내 책이 그렇게밖에 팔리지 않을 리가 없는데, 뭐뭐, 진정하라고? 오해가 있는 것 같다고? 씨팔 박사장, 뭘 진정하라는 거야. 뭘 뭘, 내가 지금 어떤 처지인데, 뭘 진정하란 거야. 씨팔, 자존심이고 나발이고 다 버리고 지금 당신한테 전화를 해서 구걸을 하고 있는 거잖아. 아냐 아냐, 구걸이라니, 난 작가고 당신은 돈만 밝히는 속물일 뿐인데. 내가 품위를 지켜야지. 이봐요, 박사장, 내일 당장, 내 책 서점에서 빼내. 서점에 깔려 있는 내 책들 다 회수하라고, 다 회수해서 내게 보내, 만약에 회수해서 내게 보내지 않으면 난 내일 콱 죽어버릴 거야. 알겠어? 당신을 고발해놓고 죽어버릴 거야. 나 더이상은 당신이랑 거래 안 해. 알겠어? 씨팔 박사장아, 전화 끊어! (소주 한 잔을 마신다.)

스무번째 전화, 발신 03 : 11

어머니, 뭐 해요? 주무세요? 전화를 안 받으시네요. 아무튼 어머닌 내 목소리, 큰아들 목소리, 내가 지금 하는 말 들으실 거라 믿고 얘기할게요. 네, 흐흑, 저 큰아들 성호예요. 어머니 큰아들 성호라구요. 네네, 죄송해요, 어머니. 저 말이에요, 사실대로 말할 게 있어요. 사실은 교회에 안 나간 지 벌써 여러 해 됐어요. 네네, 죄송해요. 아, 어머니, 전 어머니가 싫어요. 어머니가 무서워요. 아니아니, 어머니를 사랑해요. 아아, 난 어머니, 어머니가 두려워요. 어머니를 사랑해요. 아, 네네, 네,

주무세요. 나도 잘게요. 네 잘게요. 저도 이제 자요. (옆으로 슬그머니
쓰러진다. 잠에 빠져든다.)

스물한번째 전화, 음성메시지 도착 04 : 52

　죄송한데요. 박성호 선생님 휴대폰 맞죠? 네, 전화를 해도 받지 않으
셔서 이렇게 음성을 남기네요. 저는 선생님을 몹시 존경하는 한 사람의
독자예요. 저 역시 소설을 쓰고 있구요. 이름은 유리라고 하고 나이는
스물아홉이에요. 네, 단지 선생님 소설을 너무 좋아하고 선생님을 흠모
해서 이렇게 인사를 드리는 거예요. 네, 저는 지금 이 시간까지 홀로 깨
어 선생님 소설을 읽었어요. 벌써 세번째 읽은 셈이지요. 소설을 읽을
때마다, 저는 선생님을 상상하곤 해요. 제가 의도하지 않아도 저절로
그렇게 되어요. 선생님은 책 속의 사진에서 소년처럼 해맑게 웃고 계시
지요. 저는 선생님의 영혼이 첫눈처럼 시리도록 맑을 거라고 생각해요.
선생님 소설을 보면 그걸 알 수 있어요. 선생님의 소설은 영혼이 맑지
않은 사람은 도저히 발견해낼 수 없는 세계를 그려내고 있거든요. 그래
서 꼭 한번 전화드리고 싶었어요. 그냥 우연히 문예지를 보다가 선생님
연락처를 알게 됐어요. 선생님, 외롭고 힘드시더라도 힘내세요. 저는
선생님처럼 맑고 섬세하신 분이 쉽게 상처받으실까봐 두려워요. 이미
세상은 너무나 거칠고 험난해져 있으니까요. 선생님, 저 열심히 선생님
생각하고 응원할 거예요. 그러니 선생님도 절대 지치지 마시고 지금처
럼 아름다운 소설 계속 써주세요. 그리고 연락처를 남길 테니 제 음성

확인하시고 전화 한번 주세요. 선생님한테서 갖는 이 존경심에 대한 확
신이 선생님을 한번 뵙고 싶다는 용기를 갖게 하네요. 선생님 연락 기
다리고 있을게요. 선생님 깊이 존경해요. 그럼 편히 주무세요.

나쁜 교육
— 악취미들 6

내가 손으로 눈을 비비는 사이 양희 누나는 치마를 벗는다.

거들 밑으로 쭉 뻗은 다리가 참 미끈하다.

손을 떼고 다시 눈을 드니,

하얀 젖가슴이 눈앞에 봉긋하게 솟아 있다.

위에서 피아노 줄로 잡아당기는 것처럼

잠시 죽어 있던 성기가 일어선다.

그녀는 스물네 살, 나보다 정확히 열 살이 많다.

1

나는 올해 열네 살이고 중학교 일학년의 학생증을 가지고 있다. 내게 잘못이 있다면 오로지 이것뿐이다. 그래, 내 잘못은 이것뿐이다.

열네 살은 마음대로 할 수 있는 것이 아무것도 없는 나이다. 자신들에게 금지되는 것들을 실행하기 위해 내 또래의 아이들이 주로 선택하는 방법은 집을 뛰쳐나가는 일이다. 하지만 나는 집을 뛰쳐나가는 친구들을 그다지 부러워하지 않는다. 그 용기는 가상하게 생각하는 편이지만 그들처럼 경박하고 옹색한 방식으로 자유를 얻고 싶지는 않다. 나는 좀더 정당하고 세련된 방법이 있으리라 믿는 편이다.

내 생각에는 집을 나온 친구들은 다시 집으로 돌아가야 한다. 지하철의 화장실이나 역 대합실에서 새우잠을 자고, 매일 편의점에서 질 나쁜 어묵이나 사발면으로 끼니를 때우는 생활을 하면서는 아무것도 제대로 생각할 수 없다. 그런 식으로 몸을 학대하면 정신도 비참해지는 법이다. 차라리 부모의 침실에 불을 지르고 그들의 방문에 못질을 하는 편이 낫다. 무엇이든 그곳에서부터 시작해야 하는 것이다.

나는 내 사진과 내 이름이 규범적으로 들어가 있는 학생증을 몹시 혐오한다. 이상하게도 학생증은 나의 것이지만 나보다도 다른 사람들이 더 좋아하는 것 같다. 이를테면 학교의 교무주임선생이나 기숙사의 사감, 그리고 청소년지킴이위원회 위원, 학원의 원장선생님, 그리고 파출소의 소장 같은 사람들 말이다. 길에서 만난 그들은 매서운 눈초리로 나를 노려보다가도 내가 학생증을 꺼내 보이면 언제 그랬냐는 듯 선량한 표정을 짓는다. 만약 내가 아버지의 이름을 대면 그들은 어떤 표정을 지을까? 생각만 해도 흥미롭다. 아버지는 이 도시의 꽤 인기 있는 시장(市長)이니까 말이다.

나는 언젠가 반 친구들을 모아놓고 이렇게 말한 적이 있다.

"너희들 알고 있니? 학생증에는 수많은 금기사항이 적혀 있다는 걸."

내가 이렇게 말하자 어리석기 짝이 없는 아이들은 저마다 자기의 학생증을 꺼내서 뒤적여보고는 고개를 갸우뚱거렸다. 그리고 볼멘소리로 물었다.

"무슨 소리야. 이름하고 학교, 그리고 교장선생님 직인, 그리고 도서관 열람용 표만 적혀 있는데?"

"잘 보면 보일 거야. 여길 봐, 이렇게 씌어 있잖아. 여자와 잠자리를 가져서 임신시키지 말 것. 슈퍼에서 담배나 술을 사지 말 것. 노래방은 열시 넘어서까지 이용하지 말 것. 취해서 노래 부르지 말 것. 집이 아닌

곳에서 잠자지 말 것. 성인영화 상영관에는 들어가지 말 것."

"그런 게 도대체 어디에 적혀 있다는 거야?"

이렇게 아이들이 반문하면 나는 더이상 그들을 상대로 이야기를 하고 싶은 마음이 없어진다. 수준 차이가 확인되기 때문이다. 눈에 보이는 것만을 보는 아이들의 학교에서 내가 배우는 것은 고독뿐이다.

2

나는 억울하고 분하게도 아버지를 가지고 태어났다. 그것은 아무리 깨끗하게 치료가 되어도, 없었으면 더 좋았을 상처 같은 것이다. 아버지는 아름다운 엄마를 가지고 있고 정원을 가지고 있고 아침마다 노래하는 새를 가지고 있다. 그리고 은빛 자가용과, 골프장 회원권도 가지고 있다. 아버지는 인구 백 만이 넘는 이 도시의 시장이다. 사람들은 우리 집을 그냥 집이라고 부르지 않고 '공관'이라고 부른다. 나는 아버지의 정확한 나이를 알지 못한다. 나이를 모르는 것만큼 나는 그가 어떤 사람인지도 모른다. 한마디로 아버지에게 나는 아무런 관심이 없는 것이다.

그는 작년에 있었던 시장선거에서 압승을 거두었는데 상대 후보는 이미 시장을 오랫동안 해먹은 육십대의 중늙은이였다. 어떤 초등학교 운동장에서 있었던 선거 유세 날, 그가 아버지 옆에 섰을 때 나는 그가 아버지의 상대가 되지 못하리라는 것을 단번에 알 수 있었다.

아버지가 시장에 당선되자 이 도시에서 발행되는 모든 신문들은 아버지의 당선에 호의적인 기사를 실었다. 아버지는 한마디로 인기가 많은 시장이다. 다행인지 불행인지 도시는 날로 번성하고 시민들은 이 도시의 시민인 것을 자랑스러워한다. 시청의 홈페이지 게시판에는 아버지의 공적을 칭송하는 글들이 매일 수백 건씩 올라온다. 아버지는 아르바이트생을 고용하지 않았다고 말하지만, 나는 그것을 다 믿을 수 없다. 사실 아버지는 그런 것보다도 얼마 전 중앙정부의 모 기관에서 발표했던 지자체장 행정수행능력평가에서 1위를 차지한 것을 더 큰 기쁨으로 생각하는 것 같다. 아무튼 아버지는 복이 참 많은 사람이다.

그리고 엄마. 엄마는 아버지의 귀여운 여자다. 아름답고 상냥하고 향기롭고 잘 웃는다. 그녀는 기품과 애교를 천성적으로 타고난 여자다. 아버지가 시장에 당선되는 데는 엄마가 한몫 단단히 했다는 것이 친척들의 한결같은 얘기다. 물론 그렇게 말하는 친척들은 외가 쪽 사람들이다. 엄마는 친구들과 만날 때는 샤넬과 구찌의 옷을 즐겨 입지만 아버지와 함께 공식행사에 나갈 때는 꼭 한복을 입는다. 샤넬도 한복도 엄마에게 참 잘 어울린다.

엄마는 가끔 새를 새장에서 풀어주는데, 비둘기들이 창가에 날아와서 마리앙코를 부른다. 마리앙코, 새의 이름, 그것은 엄마가 지어준 이름이다. 엄마와 아버지는 이 모든 것이 자신들의 축복이라고 생각한다. 그래, 그렇게 생각하지 않을 수 없을 것이다.

나에겐 또 그다지 좋아하지 않는 형도 하나 있다. 형과 나는 서로를 무시하고 업신여긴다. 그는 시장의 아들처럼 의젓하고 건전하고 예의바른 데 비해 나는 까탈스럽고 불량하고 열등하다. 수업을 마치고 내가 인라인스케이트를 신고 밖으로 나갈 때 그는 바이올린 케이스를 들고 레슨을 받으러 간다. 내가 온라인 게임을 시작하면 형은 인터넷 영어

학습 사이트에 접속해서 영어공부를 시작한다. 형의 LCD 모니터가 십칠 인치고 내 것이 십오 인치인 것을 보면 그가 나의 형인 것임에는 틀림없지만 나는 이 사실을 거의 무시하고 지낸다. 언제부터 형과 내가 이렇게 달라졌는지 모르겠다. 나는 솔직히 형과 점점 멀어지는 게 두렵다. 하지만, 그에게 나를 좋아해달라고 부탁할 생각은 추호도 없다.

가족은 이게 전부다. 엄마의 속옷을 물어다 가끔씩 내 침대에 가져다 놓는 강아지 씨즈와 비둘기들과 노는, 새장 밖을 자주 드나드는 새 마리앙코에 대해서는 자세히 말하지 않겠다. 아참, 한 사람을 빼먹을 뻔했구나. 주방에 딸린 방에서 사는 양희 누나. 그녀는 말하자면 입주가정부다. 나이는 스물네 살, 시청 회계과장의 먼 친척이라고 한다. 그녀를 가족이라고 생각하는 사람은 아마 우리집에 나밖에는 없을 것이다. 그만큼 다른 식구들은 양희 누나에게 쌀쌀맞다.

3

이미 눈치챘겠지만, 나는 아버지를 싫어한다. 싫어한다기보다는 증오한다는 표현이 더 정확할 것 같다. 경험에 비추어 말하자면 세상에서 아버지를 증오하는 일만큼 슬프고 고단한 일은 없다. 얇은 판막 뒤에서 내 심장이 터질 듯이 요동치는 것만 보아도 내가 얼마나 아버지와의 싸움을 두렵고 무서워하는지 알 수 있을 것이다.

나는 아버지를 증오하지만, 알다시피 대개의 아버지들은 강하다. 아버지는 서랍 속에 수집된 브로마이드처럼 맘대로 처분할 수 있는 것이 아니란 말이다. 아버지는 나보다 훨씬 많은 것을 알고 있고, 자신이 공격당하고 있다는 것을 알면서도 좀처럼 화를 내는 법이 없고, 늘 여유가 있으며 천천히 자신이 정한 방식대로 상황을 진압할 줄 안다. 아버지는 웬만한 것에는 꿈쩍도 하지 않는 인내심과 용기를 가지고 있다. 정면으로 부딪칠 수 없는 내가 가질 수 있는 희망이란, 그러니까 고작 아버지가 나보다 빨리 죽으리라는 사실을 상기하는 것뿐이다. 그래서 나는 아버지가 며칠 전부터 조깅을 시작한 것이 전혀 달갑지 않다.

엄마의 권유로 조깅을 시작한 아버지는 재작년부터는 담배를 끊고 은단을 씹기 시작했다. 그는 하루에도 수십 번 은단 알갱이를 입 안에 쏟아붓는다. 나는 아버지의 입에서 나는 은단 냄새를 세상에서 가장 싫어한다. 쇠비린내 같은 은단 냄새가 나기 시작하면 내 몸은 딱하게도 쇠꼬챙이처럼 굳어버린다. 아, 엄마의 입에서 나는 와인 냄새는 얼마나 달콤하고 향기로운가. 입 맞추고 싶을 정도로. 혀를 대보고 싶을 정도로.

나의 무기력함을 잘 아는 나는 종종, 일요일 오후 같은 때에 아버지가 자동차를 타고 가다가 경춘가도 어디쯤에서 덤프트럭 같은 것과 충돌하여 죽어버렸으면 좋겠다는 상상을 하기도 한다. 그것이 사실 내가 할 수 있는 것의 전부이다. 어떨 때는 아버지를 가지고 태어났다는 것이 일종의 불가항력적인 '장애'처럼 느껴지기도 한다. 물론 내 생각이다.

4

학교에서 수업을 마치고 집에 돌아오면 집은 거의 언제나 텅 비어 있

다. 아버지와 엄마는 늘 바쁘고 형은 수업 후에 바이올린 레슨을 받는
다. 엄마는 형에게 바이올린 레슨을 시키면서 바이올린을 하면 형의 감
성이 발달할 것이라고 말했다. 언젠가 집에 찾아온 바이올린 선생도 형
을 앞에 앉혀놓고 엄마에게 이렇게 말한 적이 있다.

"사모님을 닮아서인지, 얘가 음악적인 재능이 있어요."

그러나 그건 전부 거짓말이다. 내가 보기에 바이올린을 하면서 형에
게 일어난 변화는 오로지 전보다 더 많은 여자친구가 생겼다는 것뿐이
다. 나는 어디를 가도 바이올린 케이스를 들고 나가려는 형을 속으로
조롱한다. 그리고 그런 형을 쫓아다니는 바보 같은 여자들을 경멸한다.
조롱과 경멸 없이 형을 대하는 것은 정말 어려운 일이다. 어떨 때 형은
리틀파파 같다. 그는 얼굴도 기질도 아버지를 빼닮은 것이다.

아버지는 정말 바쁜 사람이다. 며칠 동안 그의 그림자조차 구경할 수
없는 경우도 있다. 그는 부하들과 각종 회의를 하고, 시찰과 만찬을 하
고, 수없이 출장을 간다. 나는 그렇게 바쁜 그를 집이 아니라 텔레비전
이나 신문지상에서 본다. 집에 오면 아버지는 당연한 것처럼 엄마를 차
지한다. 내게 주기 위해서 양상추와 치즈를 포개 샌드위치를 만들다가
도 엄마는 아버지가 들어오면 그를 따라 쪼르르 방으로 들어간다. 그러
고는 나오지 않는다. 엄마는 아버지의 은단 냄새를 좋아할까?

오늘 아버지는 자매결연을 맺은 일본의 도시에 출장을 간다고 했다.
엄마는 아침 일찍 출장 가방을 싸서 아버지에게 넘겨주면서 손가락으
로 아버지의 턱을 간질였다. 그리고 약간 코맹맹이 소리로 말했다.

"당신 보고 싶으면 어쩌죠?"

그러면 아버지는 엄마의 허리를 살짝 감아안고는 엄마의 콧등이나

이마에 입을 맞춘다.

"조금만 참아요. 나도 당신이 많이 보고 싶을 거요."

그들은 사춘기의 소년 소녀 같은 표정으로 이런 대화를 곧잘 나눈다.

지금도 나는 텅 빈 집안의 거실에 앉아 있다. 책가방은 집에 오자마
자 내 방 침대 위에 던져버렸다. 나는 앞으로 몇 시간 동안, 이 거실을
혼자 차지할 수 있다. 오후가 온전히 나의 것이다. 가족이 없는 빈 집에
들어서면 살짝 몸서리가 쳐진다. 설사 내가 발가벗고 소리를 지르며 뛰
어다녀도 누가 뭐랄 사람이 없다. 나는 그래서 생각하게 되었다. 자유
란 증오가 사라진 곳에서 발생하는 것이라고. 사실대로 말하자면, 내가
이 시간을 좋아하는 이유는, 아버지에 대한 내 은밀한 적대감을 온전히
즐길 수 있기 때문이다. 그리고 양희 누나와의 장난. 호호호.

5

이 도시의 시장인 아버지는 분노하지도 절망하지도 않으며 사는 법
을 내게 가르치려고 한다.

"건전하고 밝은 생각을 가지고 살아야 한다. 그렇게 생각하고 이 세
상을 바라보면, 이 세계가 얼마나 평화로운 곳인지 알게 될 거야."

그는 이런 식으로 말하며 내가 모범적인 시민으로 자라나길 바라는
모양이다. 그럴 때마다 나는 나의 아버지가 광부이거나 벌목공이 아닌
것이 슬플 뿐이다. 배부른 소리라고 할 사람이 있을지 모르겠지만 이건
내 진심이다. 아버지가 광부이거나 벌목공이었다면 나는 이렇게 건조

하고 적막한 거실에서 혼자 앉아 있는 것을 좋아하지는 않았을 것이다. 지금처럼 은밀한 방식으로 아버지와 형에 대한 적대감을 키우지 않아도 될 것이다. 아버지가 광부이거나 벌목공이었다면 나는 그의 땀에 전등을 닦아주거나, 주전자를 들고 뛰어가는 막걸리 심부름을 퍽 잘했을 것이다. 그리고 그들이 가지고 있는 분노나 설움을 공감하고 그들을 연민했을지도 모른다. 내 아버지가 벌목공이나 광부였다면 매운 담배연기를 내뿜으며 낮고 축축한 눈빛으로 내게 평생 잊을 수 없는 삶의 비밀을 가르쳐주었을 것이다. 그러니까 깊고 깊은 갱도 안에서 갖게 되는 죽음에 대한 본질적인 두려움이나, 깊은 숲속에서 나무를 쓰러뜨리는 자의 고독 같은 것에 대해서 말이다. 하지만 지금, 분노하지 않는 내 아버지가 하는 말은 모두 표준어로만 된 말끔한 연설문 같기만 하다. 아버지는 이 도시의 시장이고 나는 시민으로 자라나고 싶지 않은 그의 아들이다. 한 번도 믿은 적이 없지만 아버지의 피가 내 몸 속을 흐르는 것이 사실이라면, 나는 그의 피를 다 토해내고 싶다. 가능하다면 말이다.

당연한 일이지만 아버지를 혐오하면서부터 나는 아버지가 내게 가르치고자 하는 것의 반대쪽을 희구하게 되었다. 아버지는 내가 모범적이고 건전한 시민으로 성장하기를 바라지만 나는 아버지의 뜻대로 사육되고 싶은 생각이 전혀 없다. 나는 방목되기를 꿈꾼다. 날카롭고 질긴 풀에 내 가는 발목이 쓸릴지라도 나는 야생의 들판으로 뛰어가고 싶은 것이다. 그래서 나는 속으로 분노하는 법을 익히기 시작했다. 아버지가 원하지 않는 것이 무엇인지를, 아버지를 화나게 하는 것이 무엇인지를 연구하기 시작했다. 그리고 나는 야비하게 내가 싫어하는 사람들을 머릿속으로 학살하기 시작했다. 이를테면 아버지 같은 부류들 말이다. 돈

을 빼앗은 학교의 선배, 욕 잘하는 생물선생님, 그리고 콧대 높은 형의
여자친구들, 수다쟁이 엄마 친구들. 나는 그들을 머릿속으로 난도질하
고 머릿속으로 강간한다. 다 죽인다.

6

　두시 반에서 세시 사이, 서쪽으로 나 있는 창의 블라인드를 약 사십
도쯤 열면 햇살이 사선으로 곧장 뿜어져들어와 내 정수리에서 배꼽을
이등분으로 갈라놓는다. 이때가 아버지에 대한 내 분노심이 가장 극적
으로 팽창하는 시간이다. 아침이슬이 뱀의 몸 안에서 치명적인 독이 되
는 것처럼 이 오후의 부드러운 햇살은 내 몸으로 들어와, 번뜩이는 칼
날 같은 충동을 일으킨다.
　오후는 이상한 기록을 많이 가지고 있다. 오후에는, 특히 햇살이 이
상하게 비뚤어진 오후에는 환자들이 곧잘 의식불명에 빠지고, 애인들
이 싸우고, 아저씨들이 여중생을 돈을 주고 사고, 시인들이 약을 먹는
다. 오후에는 그리고 많은 극적인 거짓말들이 존재한다. 오후가 없었다
면 인간의 세계는 지금보다 훨씬 단조롭고 지루했을지도 모른다.
　블라인드를 아슬아슬하게 통과한 햇빛은 지금 내 정수리 부근을 간
질이고 있다. 햇빛은 관자놀이를 스치듯 지나서 내 눈을 깊이 찔러온
다. 저절로 눈이 감겨진다. 누구든 내 앞에 나타나면 재미없는 줄 알아.
내 입술이 중얼거린다. 입술 사이를 스쳐 나오는 불온한 파열음. 아버
지도 형도, 가만두지 않을 거야. 죽여버릴 거야. 아, 그러나 엄마, 귀여

운 엄마, 엄마를 난 어쩔 수 없지. 나는 악당처럼, SF영화에 나오는 영혼 없는 악당처럼 야비한 표정을 짓고 호호호, 웃어본다.

거실에 앉아서 햇볕을 쬐고 있자니 갈증이 느껴진다. 나는 콜라를 마시기 위해, 소파에서 일어나 주방으로 간다. 냉장고를 열고, 콜라를 따라 마신다. 그리고 아이스박스에서 각얼음을 집어 입에 넣는다.

양희 누나는 자고 있을까? 그러고 보니 학교에서 돌아와 현관문의 초인종을 눌렀을 때도 양희 누나의 모습은 보이지 않았다. 그래서 나는 도어록의 비밀번호를 누르고 열고 집 안에 들어올 수밖에 없었다. 나는 주방에 덧니처럼 딸려 있는 양희 누나의 방문 앞에 다가가서 숨을 죽인다. 문을 열어볼까 말까, 잠시 고민한다.

아침에, 양희 누나는 엄마 아빠의 침실에 딸려 있는 화장실을 청소하지 않아, 엄마로부터 심한 꾸지람을 들었다. 그녀는 식사시간 내내 엄마의 가시 돋친 잔소리를 들어야 했다.

"양희, 도대체 집에서 뭐 하는 거야. 집안 꼴이 이게 뭐야, 응! 좋은 음식 먹고 하는 일이 없으니까, 피둥피둥 살만 찌는 거지. 얘 피부 좀 봐, 처음 들어왔을 때는 가뭇가뭇하고 꺼칠꺼칠해서 선머슴 같던 애가 이렇게 고와졌네. 편하니까 얘가 점점 게을러지고 있어. 도대체 왜 그래? 우리집 일 그만 하고 싶어? 응? 넌 일하러 이 집에 들어온 거야. 명심하라고."

꾸지람을 하는 엄마와 꾸지람을 듣는 양희 누나, 모두 다 내가 좋아하는 사람들이라서 내 기분은 엉망이 되었다. 누구 편을 들어야 하나. 내가 좋아하는 카레라이스가 식탁에 올랐지만 나는 그런 생각에 골몰하느라 조금도 맛을 느낄 수 없었다.

"아무튼 똑바로 하지 않으면 쫓아낼 거야."

엄마는 확실히 아빠 없이 보낸 요 며칠 동안 신경이 날카로워진 것 같다. 나는 엄마에게 꾸중을 듣는 양희 누나의 표정을 안쓰럽게 쳐다보았다. 그녀는 나를 가지고 장난을 칠 때처럼 관대한 표정도, 쾌활하고 여유 있는 표정도 짓지 않았다. 내 눈과 마주치자 그녀가 무섭게 내 눈을 흘겨본다. 물론 엄마 모르게 말이다. 나는 양희 누나의 양 볼에 가느다란 눈물 자국이 있는 걸 보고는 놀란다.

나는 양희 누나가 엄마의 침실 화장대에서 몰래 화장품을 가져다 쓰는 것을 두어 번 본 적이 있다. 그럴 때마다 그녀는 발을 뻗어 내 사타구니 쪽을 간질이며, 조용히 해야 해, 이건 너와 나만의 비밀이야. 알았지? 라고 말하곤 했다. 아직 말하지는 않았지만, 나는 그럴 때의 양희 누나의 심술궂은 표정과 목소리를 참 좋아한다. 어쩌면 나는 양희 누나를 사랑하고 있는지도 모른다.

7

'그런데 정말 양희 누나는 무얼 하느라 코빼기도 보이지 않는 거야?'

나는 양희 누나의 방문에 코를 갖다붙이고는 깊이 숨을 들이마신다. 이해할 수 없게도 내 바지 앞부분이 봉긋하게 솟아오른다. 오후의 발기. 양희 누나의 방문 앞에 서면 늘 이런 식이다. 양희 누나의 몸에서 나는 냄새라도 되는 양 나는 니스 칠이 된 방문의 냄새를 깊이 음미한다. 그리고 숨을 죽인 채 가만히 귀를 대보기도 한다. 하지만 방 안에서는 아무런 소리도 들리지 않는다.

윗니와 아랫니 사이에 아슬아슬하게 걸려 있던 각얼음이 녹으면서 입 안쪽으로 떨어져 달그락거린다. 그 소리에 깜짝 놀란 나는 들킬새라 까치발을 하고 방문 앞에서 돌아선다. 얼음이 목 안으로 쿨럭 넘어간다. 켁, 기침이 나오고 목 안으로 반쯤 넘어갔던 얼음 알갱이가 다시 입 안으로 넘어온다. 그때 방문이 열리고 거짓말처럼 히죽 웃는 양희 누나가 나타난다. 붉은, 그녀의 탐스런 얼굴.

"요 꼬마녀석! 언제부터 방문 앞에 와 있었던 거니?"

"바그 와어."

입 안에 든 얼음 때문에 나는 분명하게 발음을 하지 못하고 웅얼거린다.

"나 몰래 뭘 먹고 있는 거니?"

양희 누나는 손을 뻗어 내 턱을 잡아당긴다.

"어음이야 어음."

양희 누나는 내 말에는 아랑곳하지 않고 자기 입을 내 입술에 갖다댄다. 내 입 안에 있는 얼음을 양희 누나의 혀가 와서 녹이다가, 흡 빨아들인다.

"아, 시원해서 좋아."

내 입술에서 떼어진 양희 누나의 입술에서 막 차가운 침이 흘러 떨어진다.

"누난 뭐 하고 있었어?"

얼음을 빼앗겨서 내 발음은 분명해진다.

"잤어. 아무것도 하기 싫어서."

"그러다 또 혼나려면 어쩌려구?"

"상관없어. 다른 데 가면 되지 뭐. 칫, 시장님이 안 계시니까 아주 괄시야 괄시. 난 정말 떠나버릴지도 몰라."

양희 누나는 아직도 엄마에게 꾸지람을 들은 것이 분한 모양이다.

'그런 식으로 말하지 마, 누나. 나는 누나와 오랫동안 함께 지내고 싶단 말야.'

나는 정말 양희 누나가 이 집을 떠날까봐 덜컥 겁이 난다. 하지만 내 목소리는 밖으로 나오지 못하고 입 안에서만 침과 함께 맴돈다. 누나가 씨익 하고 웃는다. 그러면서 내 바지 앞춤이 봉긋하게 솟아 있는 것을 본다.

"녀석하곤, 저도 남자라구, 큭."

양희 누나는 그렇게 말하고는 내 멱살을 잡아서는 자신의 방 안쪽으로 잡아끈다. 바로 이럴 때 살짝 몸서리가 쳐지는 흥분감을 어떻게 표현할 수 있을까? 내 발이 방문턱을 넘자마자 양희 누나는 내 입술을 다시 힘껏 빨기 시작한다. 너무나 세게 빨려서 입술이 찢어질 것만 같아, 이 아픈 황홀.

"아파요, 아파."

그제야 양희 누나는 내 입술을 놓아준다. 누나의 어깨 너머 벽에 걸린 거울을 보니까 입술이 토마토 속처럼 참 빨갛다.

"오늘 아침에 니네 엄마 때문에 정말 화나서 죽는 줄 알았어."

그녀는 살짝 치켜뜬 눈으로 나를 보며 말한다.

"네, 내 생각에도 엄마가 너무 심했던 거 같아요."

그렇게 말하자 양희 누나는 집게처럼 만든 두 손으로 내 볼을 집더니 좌우로 서너 번 흔든다. 내가 좋아하는 그녀의 장난이 시작된다.

"옷 벗어."

양희 누나가 내 엉덩이를 때리면서 짓궂게, 하지만 단호한 표정으로 말한다. 나는 그 불온한 단호함이 좋다. 전혀 모욕감을 느끼지 않는 나는 쭈뼛쭈뼛 바지를 벗고, 팬티를 벗고, 윗옷을 벗는다. 양희 누나는 그런 나를 잠시 쳐다보고 있다가 자신의 옷을 벗기 시작한다. 처음 보는 것이 아닌데도 가슴이 부서질 듯 쿵쿵대기 시작한다. 아, 그녀의 옷 벗는 모습은 왜 저렇게 아름답고 근사할까.

양희 누나의 검은색 브래지어가 나타난다. 브래지어를 훌훌 벗어서 등뒤로 던져버린다. 젖가슴이 나타난다. 나는 향기롭고 따뜻한 양희 누나의 젖가슴이 너무 좋다. 입을 벌린 채 골똘하게 젖가슴을 바라보고 있으니 양희 누나가 손가락으로 내 눈을 찌른다.

"뭘 그렇게 보니. 처음 보는 것도 아니면서."

"아, 아파. 정말 아파."

내가 손으로 눈을 비비는 사이 양희 누나는 치마를 벗는다. 거들 밑으로 쪽 뻗은 다리가 참 미끈하다. 손을 떼고 다시 눈을 드니, 하얀 젖가슴이 눈앞에 봉긋하게 솟아 있다. 위에서 피아노 줄로 잡아당기는 것처럼 잠시 죽어 있던 성기가 일어선다. 그녀는 스물네 살, 나보다 정확히 열 살이 많다.

"너 오늘 나한테 혼 좀 나봐. 엄마를 잘못 둔 탓이야."

여전히 양희 누나는 좀 짓궂은 표정이다. 그녀는 두 팔로 나를 안아서는 싱글침대 위에 쓰러뜨린다. 그러고는 가슴으로 내 얼굴을 누른다. 다른 때보다 훨씬 거칠고 난폭하다. 나는 그 이유를 충분히 알 것 같다.

"도대체 니네 엄마는 왜 그렇게 나를 못살게 구는 거야, 응? 남편이 시장님이면 시장님이지. 자기가 뭔데."

젖가슴에 얼굴을 짓눌린 나는 숨을 쉴 수가 없어서, 욱욱, 하고 신음 소리를 내뱉는다. 누나는 한 손으로 내 성기를 꼭 틀어쥔다. 이로써 내 몸은 그녀에게 완전히 장악되었다. 나는 무엇이든 양희 누나에게 듣기 좋은 말을 해주고 싶다.

"엄마도 지금쯤 누나에게 그렇게 화를 낸 거 후회하고 있을 거예요."

그러자 양희 누나가 내 코를 엄지와 집게손가락으로 꼬집는다.

"아까는 정말 눈물이 다 나오더라. 하지만 말야, 내가 말 한마디만 하면 니네 엄마도 눈물을 쏟을 거야."

"네? 그게 무슨 말이에요? 엄마가 왜 울어요?"

"그건 몰라도 돼, 자, 이제 내 위로 올라와. 그만 하라고 할 때까지 허리를 움직이는 거야. 알았지?"

누나는 씨익 웃고는 내 엉덩이를 찰싹 때린다.

"자 시작해. 날 만족시켜봐."

양희 누나는 늘 이런 식이다. 이상한 것은 이처럼 모욕을 당하면서도 나는 정말이지 한 번도 양희 누나의 말을 거스르고 싶다는 생각이 들지 않는다는 것이다. 나는 양희 누나에게 당할 때 하나도 슬프지 않고 오히려 어지러운 영혼이 정돈되는 것을 느낀다. 양희 누나의 어떤 것이 내 영혼의 분노를 잠재우는 것일까.

8

학교에서 나는 모범생이 아니다. 담임선생들이 기록하는 종합생활기록부의 행동발달사항란에는 '주의가 산만하다'는 말이 매년 빠짐없이 써 있다. 똑같이 쓰는 것이 미안했는지 어떤 선생은 '집중력이 부족하다' 라고 조금 다르게 적기도 한다. 단연코 칭찬은 한마디도 없다.

양희 누나와 관계를 갖게 된 이후 나는 더더욱 주의가 산만해졌다. 그런 일을 당하면 누구나 다 그럴 것이다. 눈을 뜨고 있거나 감거나 내 눈 앞에는 양희 누나의 벗은 몸이 떠오르는 것이다. 나는 내 영혼이 굶주렸기 때문에 내가 그토록 섹스에 집착하는 것이라고 결론을 내렸다. 내 영혼이 언제나 바라보고 경배할 대상이 없기 때문에 나는 내 몸의 환희만을 믿는 것이다.

영어선생님이 교탁을 탁탁 두드린다. 그때마다 나는 졸음에서 깨어나거나, 다른 생각에서 돌아온다. 방금 전에도 양희 누나의 하얀 어깨, 젖가슴, 탄탄하고 긴 다리가 눈앞에 떠올라서 나를 어지럽게 했다. 특히 지금처럼 젊은 여선생이 들어오는 영어나 국사 시간이면 내 주의력은 더욱 산만해진다. 내 눈은 칠판이나 책을 향하기보다는 여선생의 엉덩이나 허리, 종아리 쪽을 향하기 일쑤다. 나는 내 눈이 열네 살이라는 나이에 비해 너무나 음탕하고 노골적이라는 것을 잘 안다. 이런 생각이 들어 몹시 우울해질 때도 있다. 특히, 늙은 남자 선생이 가르치는 음악실에서 〈산타루치아〉 같은 노래를 부르고 있노라면 눈물이 날 때도 있다.

양희 누나로부터 받는 위안이 너무 달콤해서, 나는 사실 양희 누나와 나 사이에서 연기처럼 매캐하게 피어나는 죄의식을 전혀 느끼지 못한

다. 그것이 나쁜 일인지조차 헷갈리는 것이다. 혼돈이야말로 두려운 일
이다. 양희 누나가 나를 불러주지 않는 날이면 오히려 몸살이라도 걸린
것처럼 공연히 마음이 들뜨고 눈자위가 훅훅 달아오른다.

나는 영어선생님의 얼굴과 양희 누나의 얼굴을 오버랩시키고 양희
누나의 표정을 영어선생님의 얼굴에서 찾아내려고 안간힘을 쓴다. 찡
그리는 얼굴, 단호한 얼굴, 활짝 웃는 얼굴, 우는 듯한 얼굴.

"책 한번 읽어볼래?"

영어선생님이 맨 앞 책상에 앉은 내 어깨를 콕 짚으며 말한다. 나는
일어나서 그녀가 짚어준 페이지를 떠듬떠듬 읽기 시작한다.

"In the summer the grasshopper played······"

9

종합생활기록부의 기록이나 학업성적과는 상관없이 대개의 선생님
들과 친구들은 내게 상냥하다. 나는 그 이유가 내가 시장 아버지를 두
었기 때문이라는 것을 너무나 잘 안다. 반 아이 중에는 아버지가 시청
의 미화반에 근무하는 친구도 있고 몇 달 전 비리를 일으켜서 아버지를
곤혹스럽게 한 시청 산림과장의 아들도 있다. 그 두 친구는 나를 무척
어려워한다. 나는 사실 그들과 친해지고 싶은 마음이 있지만 그들과 친
하게 지내려고 노력하는 것이 어쩌면 다른 친구들에게 위선으로 비쳐
질까봐 오히려 그들을 멀리하게 되었다.

시청 산림과의 비리가 시청 감찰반에 적발되었을 때 이런 일이 있었

다. 쉬는 시간, 화장실에서 소변을 보고 있는데 산림과장을 아버지로
둔 친구가 뛰어들어오더니 이렇게 말하는 것이었다.

"시장님한테 말해서 우리 아버지 좀 살려줘라, 응, 내가 너 해달라는
거 다 해줄게."

가엾게도 얼굴이 파랗게 질린 그 아이의 얼굴에서는 식은땀이 흘러
내리고 있었다. 나는 나도 모르게 손수건을 꺼내서는 그 아이의 이마에
맺힌 땀을 닦아주었다. 그리고 말했다.

"그래, 걱정 마, 네 아버지는 아무 일도 없을 거야."

물론 나는 그 아이의 아버지를 구제할 만한 어떠한 힘도 가지고 있지
않다. 하지만 나는 그렇게 말했다. 나는 그 아이의 아버지가 저지른 잘
못이 얼마나 커다란 잘못인지 알지 못했고 공직사회에서 윤리의식이
얼마나 요구되는 것인지를 이해하지 못했기 때문에 그 일을 대수롭지
않게 생각했다. 그래서 나는 그날 집에 가서 아버지에게 이상한 말을
하고 말았다.

"아버지, 제 친구의 아버지를 그냥 시청에 다니게 해주세요."

아버지는 얼굴이 새빨개져서는 부들부들 떨리는 손을 뻗어 내 뺨을
내리치고 말았다.

"분수도 모르는 자식! 시장은 나지 네가 아니야."

나는 그때 알았다. 나는 아버지에게 인정을 받지 못하는 아들이며,
나 또한 아버지의 시민이 되고 싶지 않은 불량한 아들이라는 것을.

결국 그 아이의 아버지는 면직이 되었고 나중에는 구속이 되어 형사
처벌까지 받았다. 그 일로 그 아이와 나는 매우 소원해졌다.

"어떻게 그럴 수 있니?"

그 아이가 울상인 표정으로 내 옆에 겨우 와서는 그렇게 말했을 때 나는 몹시 슬픈 기분이 되었다. 그때처럼 슬픈 기분이 되어본 적이 없었던 것처럼.

10

오늘은 일요일이다. 아버지의 출장이 예상했던 것보다 길어지나보다.

이층에서 일층 거실로 나오니 어머니가 양희 누나를 다그치고 있다. 어머니는 몹시 화가 난 표정으로 두 손으로 허리를 짚고는 양희 누나를 사납게 몰아세운다.

"너 정말 쫓겨나고 싶어, 응? 거실의 난들이 다 말라 죽었잖아. 이거 하나 제때 물 못 주고 햇볕 못 쬐주는 거야? 그렇게 힘이 들어! 안 되겠다. 당장 짐 싸!"

그러고 보니 정말 거실의 난들이 노랗게 말라 있다. 나는 누렇게 변한 잎이 죽은 것인지 아니면 다시 살아날 수 있는 것인지 판단할 수가 없다. 양희 누나는 닭똥 같은 눈물을 흘리며 제법 우는 척을 한다.

"죄송해요. 용서해주세요. 이곳이 아니면 저는 갈 곳이 없어요, 흑흑."

이곳 말고도 갈 곳이 많다고 하더니…… 나는 양희 누나가 가여워진다. 내 엉덩이에는 어제 오후 양희 누나가 물어뜯어서 생긴 이빨 자국이 있다. 엉덩이를 깨물던 그녀가 지금 어머니 앞에서 울면서 빌고 있는 것이다.

어머니는 오늘, 장애인 수용시설에 가기로 되어 있다. 이 지역 출신

국회의원의 사모님과 함께 그곳에서 자선행사를 한다고 한다. 옷과 쌀과 과자와 제과점에서 맞춘 빵 박스가 실린 승합차가 주차장에 서 있는 것을 나는 보았다. 엄마는 그런 곳에 가는 것을 탐탁지 않게 생각한다. 매우 귀찮다고 여긴다. 엄마처럼 귀여운 사람들은 착한 일에 관심이 없다. 나는 그것을 잘 안다. 엄마가 아침부터 양희 누나에게 화를 내는 이유는 아마도 오늘 자신이 싫어하는 일을 해야 하기 때문일 것이다.

언젠가 아버지와 엄마와 함께 고아원에 갔다 돌아오는 차 안에서 엄마가 아빠에게 이렇게 말하는 걸 들었다.

"왜 그런 지옥 같은 곳이 이런 아름다운 세상 한켠에 존재하는지 모르겠어요. 정말 눈 뜨고 못 보겠더라구요."

그러자 아버지는 엄마의 허리를 감으면서 달래듯이 말했다. 부드럽게, 영화 속 로맨스가이처럼.

"당신 마음 잘 알아요. 그런데, 우리가 하고 싶은 일만을 하면서 사는 게 어찌 보면 재미없고 지루할 수도 있잖아. 하고 싶지 않은 일도 가끔 해야, 인생이 덜 지루한 거지."

그 말에 엄마는 금방 고분해져서 이렇게 대답했다.

"당신 말을 듣고 보니 그러네요, 정말."

"흑흑흑, 사모님 정말 잘못했어요. 다시는 이런 일 없도록 할게요."

양희 누나는 여전히 질질 짠다. 그런데, 나는 좀처럼 이해할 수가 없다. 양희 누나는 어제 내게 분명히 이렇게 말했었다.

'내가 말 한마디만 하면 니네 엄마도 눈물을 쏟을 거야.'

그런데 왜 저렇게 엄마 앞에서 쩔쩔매는 걸까. 엄마로부터 눈물을 쏟아내게 할 만한 말 한마디라는 게 도대체 무얼까. 엄마는 그렇게 슬피

우는 양희 누나를 보니, 자신의 타박이 너무 심했다는 생각이 든 모양
이다. 목소리가 수그러든다.

"그래 알았어. 이번 한 번만 용서해줄게. 그리고 시장님이 출장에서
돌아오시기 전에 이 난들 다시 살려놔. 화원 사람 불러서 살려놓으라
구."

"네네, 알았어요, 사모님. 흐흐흑."

나는 거기까지 보고 안도의 한숨을 내쉰다.

11

아버지로부터 전화가 왔다. 내일 돌아오신다는 거다. 일본에 며칠 동
안 폭우가 쏟아져서 출장일정에 차질이 빚어졌고 그래서 귀국이 늦어
졌다고 했다. 엄마는 그 소리를 듣고 소녀처럼 기뻐한다. 엄마는 양희
누나를 불러서는 들뜬 목소리로 말했다.

"시장님이 내일 돌아오신다는구나. 오늘은 커튼을 모두 걷고 대청소
를 하렴."

그렇게 말한 엄마는 발레리나처럼 콧노래를 흥얼거리며 가벼운 스텝
으로 오디오 앞으로 걸어가서 음악을 튼다. 〈아름답고 푸른 도나우 강〉.

엄마는 오후에 머리를 새로 해야겠다며 외출을 한다. 형까지 검도학
원에 간다고 집을 나서자, 다시 집 안에는 나와 양희 누나만 남는다. 양
희 누나는 나를 거들떠보지도 않고 엄마가 시킨 대로 집안 이곳저곳을
청소하느라 바쁘다. 나는 그런 양희 누나를 이해하기로 한다. 한동안 거

실 한가운데 서서 청소에 열중하는 양희 누나를 감상적인 눈빛으로 바라보던 나는 내 방에 가서 만화책이나 읽는 게 좋겠다는 생각을 했다.

현관문을 두드리는 소리가 난 건 바로 그 순간이었다. 양희 누나는 진공청소기를 돌리느라 그 소리를 못 들은 모양이다. 그래서 내가 현관 앞으로 가서 누구세요? 라고 물었다. 문 밖에서 젊은 남자의 목소리가 들렸다.

"가스점검 하러 왔어요."

나는 별 생각 없이 현관문을 열어주었다. 문이 열리자 휘익, 제법 둔중한 바람 소리가 내 귓가를 스쳤다. 가스점검을 하러 왔다는 남자는 비호처럼 재빠른 동작으로 거실에 뛰어들었다. 그 바람에 내 몸이 휘청했다. 남자는 격앙된 목소리로 외쳤다.

"양희야! 양희야!"

그 소리를 듣고 양희 누나가 어맛, 하며 진공청소기를 손에서 떨어뜨렸다. 낯선 젊은 침입자는 양희 누나 앞으로 뛰어가 무너질 듯 주저앉으며 매달렸다.

"양희야, 제발 이 집에서 나가자. 나, 너를 정말 사랑한단 말야, 응? 제발 여기서 나가서 나랑 같이 살자."

나는 남자가 하는 소리를 다 들었다. 그리고 곧이어 들려온 양희 누나의 싸늘한 대답까지.

"여기가 어디라고 뛰어들어. 어서 가지 못해! 난 너 싫어. 싫다고."

"나를 사랑했었잖아. 우리가 함께 살던 시간들을 생각해보란 말야. 응? 우리 옛날로 돌아가자."

낯선 침입자는 거의 울 듯한 목소리로 양희 누나에게 매달렸다. 양희 누나는 여전히 쌀쌀맞은 목소리로 쏘아붙였다.

"싫어, 싫다구. 얼른 여기서 나가, 누가 보면 어쩌려구. 이혼해달라는데 해주지도 않으면서 이게 무슨 짓이야. 응?"

안의 소란을 눈치챘는지, 공관 경비실에서 사람들이 달려왔다. 그것을 본 낯선 침입자는 양희 누나를 원망스러운 눈짓으로 쳐다보더니 빠르게 창문을 넘어서 거실을 빠져나갔다. 통유리창 너머로 정원을 가로질러 달려가는 슬프고 낯선 침입자의 뒷모습이 보였다. 수위 아저씨가 휘둥그레한 눈으로 물었다.

"저 사람 누구예요?"

그러자 양희 누나가 가쁜 숨을 몰아쉬며 말했다.

"도둑인가봐요. 간도 크지 대낮에…… 정말 큰일날 뻔했어요. 아휴, 가슴 떨려. 그런데 부탁인데요, 도둑이 들었다는 말은 사모님이나 시장님한테는 하지 말아주세요. 괜히 걱정하시잖아요."

그러자 수위 아저씨가 멋쩍게 웃으며 말했다.

"아휴, 그건 우리가 할 소리지, 그 사실을 아시면 우리가 야단을 맞는데, 양희씨하고 도련님이 아무 말씀만 안 해주시면……"

그러자 양희 누나가 고개를 휙 돌려 매서운 눈초리로 나를 노려보았다. 나는 그 기세에 눌려 나도 모르게 고개를 끄덕였다.

수위 아저씨와 경비를 보는 사람들이 물러갔다. 어쨌건 나는 양희 누나가 결혼한 여자라는 사실을 알아버렸다. 하지만 그게 뭐 어쨌다는 건가. 양희 누나가 내게 다가와서 이런 말을 한 것을 보면, 양희 누나는 그 사실이 퍽 부끄러운 모양이다.

"절대로 오늘 일 아무에게도 얘기하면 안 돼. 아까 그 남자와 내가 나눴던 얘기 말야. 특히 시장님한테 말하면 안 된다. 알았지?"

12

엄마의 애를 태우던 아버지가 일본에서 돌아왔다. 일본에 내린 폭우는 그대로 엄마의 눈물이 되지 않았을까. 아버지의 귀국은 이 도시의 신문에도 보도되었다. 아버지의 입에서는 여전히 은단 냄새가 났다. 엄마는 얼굴을 붉히면서까지 아버지가 집에 돌아온 것을 반색했다. 나는 그런 엄마를 보면서 어쩔 수 없이 질투심을 느꼈다.

아버지는 엄마에게 진주목걸이를 선물했고 형과 나에게는 전자사전을 주셨다. 엄마의 목에 걸린 진주목걸이는 정말 좋아 보였다. 나는 살짝 열려져 있는 아버지의 여행 가방 안에 풀지 않은 선물상자가 하나 더 있는 것을 보았다.

아버지가 돌아오시고 사흘째 되던 날 오후, 혼자 집에 남겨진 나는 다시 양희 누나로부터 부름을 받았다. 열네 살을 부르는 목소리치고는 지나치게 고혹적인 목소리.

"꼬마야, 이리로 와보렴. 너에게 보여줄 게 있다."

나는 선생님의 부름을 받은 모범생처럼 쪼르르 달려갔다. 그러고 보니 양희 누나는 나한테 한 번도 학생증을 보여달라는 말을 하지 않았다. 내가 만난 사람은 둘 중 하나다. 학생증을 보여달라는 사람과 그런 말을 하지 않는 사람. 나는 물론 그런 말을 하지 않는 사람을 좋아한다.

양희 누나의 방에 들어가자 양희 누나가 방 가운데에 서서 하나씩 옷을 벗기 시작했다. 키스부터 해주면 좋을걸. 누나는 하의부터 벗기 시작했는데, 블라우스를 벗자 그녀의 목에 걸려 반짝이는 루비 목걸이가 드러났다. 그것은 처음 보는 것이었고, 양희 누나에게는 어울리지 않을 만큼 비싸 보였다.

"와, 목걸이 예쁜데. 어디서 났어?"

"바보, 어디서 나긴, 시장님이 사다주신 거지."

"시장님이라니? 우리 아버지?"

양희 누나는 대답하지 않고 불량스럽게 웃었다. 그러고는 내 손을 함부로 잡아끌었다. 그녀가 내 귀를 간질이며 이렇게 속삭였다.

"너는 내가 사랑하는 시장의 귀여운 아들이지, 하하하."

그러고 나서 양희 누나는 허락하겠다고 말했다. 내가 음부를 맛보는 걸 말이다. 누나는 아직까지 한 번도 내게 자신의 음부에 혀를 대보는 걸 허락한 적이 없었다.

나는 감격해서 누나의 허리를 꼭 껴안았다. 그러고는 천천히 내 혀를 그녀의 배꼽에 가져다댔다. 그리고 조금씩 아래로 이동시켰다. 내 혀가 그녀의 다리 사이의 중심에 이르렀을 때, 나는 누나의 음부에서 이상한 쇠비린내 같은 냄새가 나는 걸 느꼈다. 아, 그래, 그것은 분명히 은단 냄새였다. 아버지의 입에서 나던 은단 냄새. 냄새뿐 아니라, 나는 눈으로도 보았다. 거기, 조개 같은 누나의 음부 가운데에 박혀 있는 서너 개의 은단알. 아직 채 은박이 벗겨지지 않은 채로 말간 빛을 발하고 있는 진주은단을 말이다. 나는 이로써 모든 사실을 알게 되었다. 엄마의 눈물을 쏟게 만들 수 있다는 한마디가 무엇인지도 알게 되었다. 세상이 왜 이렇게 열네 살을 화나게 하는지도 알게 되었다. 내가 왜 자주 어지

154

러워서 죽을 것 같은 느낌에 사로잡히는지도 알게 되었다. 나는 누나의 음부를 정성껏 핥으면서 숨이 넘어갈 듯, 서러운 목소리로 말했다.

"누나, 나 누나를 좆같은 아버지에게 빼앗기기 싫어. 내가 더 잘할게. 알았지, 누나? 응응."

그러자, 양희 누나가 두 손으로 내 머리칼을 헤집었다. 나는 마음이 편안해졌다.

너의 형에게 말해야겠다
— 악취미들 5

너는 네 형이 너의 삶을 자기 삶과 같이

보살펴줄 것이라고 확고하게 믿었어.

너는 그 믿음으로 그 믿음에서 오는 고통과 수모를 견뎌냈던 거지.

하지만 그것이 바로 돌이킬 수 없는 너의 치명적인 착각이었지.

너의 형에겐, 너의 삶을 구제할 능력이 있었는지는 몰라도

그럴 의무까지는 없었어.

너의 형은 그것을 잘 알고 있었고

애초부터 네 삶 따위에는 별 관심이 없었지.

프롤로그

나의 그립고 애틋한 친구 중회야, 얼마 만인지 모르겠다. 내가 결코 살아서는 가볼 수 없는 그곳에서, 너는 잘 지내고 있는 거니? 너의 안부를 물으면서도 나는 네가 사무치는구나. 정말 세월은 흐르는 물과 같다더니, 우린 어느새 눈을 지그시 감고 〈서른 즈음에〉라는 노래를 불러도 계면쩍지 않을 나이가 되었구나. 난, 예비군 훈련도 벌써 올해가 마지막이야. 그리고 벌써부터 머리카락이 한 올씩 빠지기 시작했어. 네가 보았다면 틀림없이 놀렸을 텐데 말이다. 정말 나는 네가 잘 지내고 있는지 궁금하다.

이틀 전에 교회에 다녀오다가 길에서 우연히 성배를 만났단다. 왜 알지 않니? 아버지가 인삼조합장을 하던, 그 멋내기 좋아하고 돈 잘 쓰던 친구. 너도 기억나지? 내 기억이 정확하다면 너하고 아마 한때 짝을 했을 거야. 성배 옆에 갓난아이를 안고 있는 여자가 한 명 서 있었는데 얼핏 보니 그녀가 누군지 알겠더구나. 그앤 다름 아닌 미정이였어. 왜 있잖아, 교육장 사택에 세 들어 살던 이발소집 딸. 고등학생일 때부터 성배와 연애한다고 소문이 자자했는데 결국엔 결혼까지 했나보더라구.

나, 실은 성배에게서 네 얘기를 들었다. 듣고 보니 듣지 않았더라면 더 좋았을 얘기였는데, 어쩌겠니, 이미 일이 그렇게 돼버린 것을. 나만 몰랐지, 네 소식이 우리 동창들 사이에서는 꽤나 떠들썩했던 모양이더구나. 간만에 만난, 나와 그리 친하지도 않던 성배가 호들갑스럽게 네 얘기를 전해준 걸 보면 말이야.

그래, 넌 지금쯤 나를 탓하고 있을지도 모르겠다. 한번쯤 이야길 좀 해주지 그랬냐고. 한번쯤 멱살을 붙잡고라도 타일러주지 그랬느냐고. 그래, 네가 그렇게 돼버린 데에는 내 잘못도 있다는 것을 나도 알고 있어. 그걸 부인하고 싶은 생각은 없단다. 너에게 충고를 하지 않았던 것은 내 잘못이야. 미안하다.

내가 너를 진정한 친구로서 존중했다면 너에게 한번쯤은 물었어야 했었어. 도대체 왜 그렇게 형을 따라다니는 거니? 형을 숭배하려고 너는 이 세상에 온 것이니? 나는 너에게 한번쯤 그렇게 물었어야 했다.

내가 다른 많은 표현을 두고 굳이 '세상에 온'이라는 좀 생경한 표현을 쓴 것은 네 삶이 보여준 어떤 의미심장한 의미를 생각하지 않을 수 없기 때문이야. 너는 살아 있는 동안 너의 형에 대해서만 말했을 뿐이야. 아마 너는 너의 형을 말함으로써 너 자신을 드러내려고 했을 거야. 그러나 유감스럽게도 그런 너를 이해했던 사람은 아무도 없었지.

*

　넌 기억하지 못하겠지만 지금은 생각나지 않는 아주 오래 전의 어느 날, 너는 이렇게 말했단다.

　"우리 형은 노래를 참 잘 불러. 웬만한 가수들은 비교도 안 되지."

　그것이 너의 형을 자랑한 네 최초의 말이었지. 그리고 또 무슨 말을 했더라. 너에게 들은 말이 너무 많아서 나는 다 기억하지도 못하겠구나. 어쨌거나 형을 이야기하는 너의 입술에서 형에 대한 너의 완곡한 숭배심을 읽는 것은 그리 어렵지 않은 일이었어. 그래, 너의 형은 네가 말한 대로 특별하고 출중한 사람임에는 틀림없었지. 너는 적어도 거짓말을 한 것은 아니었어. 네 형의 다른 많은 재주를 생각하면 노래를 잘하는 것은 너무 소박한 것이었지. 나도 그쯤은 알고 있단다.

　너의 형은 우선 태권도가 삼단이었지. 너의 형은 그래서 한동안 우리 세계에서, 본인은 결코 원하지 않았을 '쌈짱'으로 통하기도 했지 않니. 그리고 피아노, 드럼, 기타 등 못 다루는 악기가 없었고 미술에도 남다른 재능을 가지고 있었어. 게다가—이것이 한결 너의 형의 재능을 돋보이게 하는 것이었는데—너의 형은 고등학교 때 이미 백팔십 센티가 넘는 키를 가지고 있었고 얼굴은 고대 그리스의 조각 같았지. 그리고 학교에서는 전교 일등을 놓치지 않았어. 어느 누가 이런 형이 있다면 자랑하지 않을 수 있을까. 너는 어쩌다가 자랑치 않을 수 없는 형을 두게 된 것이고 그런 형을 한없이 숭배하게 되었을 뿐이야. 나 역시 충분히 그럴 수 있으리라고 생각한단다. 형이 없는 나는, 너처럼 출중한 형을 둔 동생들이 흔히 가지는 내면의 어떤 은밀한 풍경에 대해서 뭐라고 말할 처지가 아니지만 네가 그럴 수 있었으리라고 애써 짐작할 뿐이야.
그러나, 형에 대한 너의 지나친 숭배가 너의 몸을 해칠 수도 있으리라
는 데에 생각이 미치기까지는 그리 많은 시간이 필요하지 않았지.

"저게 우리 형이야."

내가 너의 형을 최초로 알게 된 것은 아마도 우리가 초등학교 이학년
에 다니던 해였을 거야. 그날은 월요일이었고, 운동장에 전교생이 모여
전체조회를 하고 있었지. 그 무리 중에는 너와 나도 서 있었어. 장중해
야 할 애국가 봉창이 박자도 틀리고 엉망이 되어 엉뚱하게 돌림노래 비
슷하게 되어버리자 꼬장꼬장한 교장선생님은 학생 대열의 맨 앞에 서
있던 학생회장인 육학년 형에게 뭐라고 호된 편잔을 주었어. 아마도 이
런 말이었겠지.

"학생회장이 변변치 않으니 애들이 제 나라 국가 하나 제대로 못 하
지. 학생회장이 나와서 다시 시켜."

초등학교 이학년이었을 뿐인 어린 나는 그때, 애국가를 잘못 부른 것
은 우리들인데 교장선생님은 왜 그 학생회장인 형을 혼내는지 의아스
러웠지. 그러나 곧 그 의아스러움은 그라는 존재 때문에 교장선생님의
꾸지람을 면했다는 안도 속에 묻혔고, 다시 그 안도감은 그래서 그 형
에 대한 소박한 동경으로 쉽게 바뀌었단다. 아마 우리들의 대부분이 그
러했을 거야.

교장선생님의 지시에 따라 너의 형은 강단 위로 올라갔어. 얼굴이 조
금 붉어진 듯도 싶었으나 그것을 살피기에는 그와 우리는 너무나 멀리
떨어져 있었지. 너는 그때 얘기했을 수도 있었을 거야. 저 형이 우리 형
이야라고…… 그러나 너는 잠자코 있었어. 너는 인내심 있게 기다렸던

거야. 넌 아마도 형의 성공을 추호도 의심하지 않았겠지. 너는 너의 형이 주관하는 의식이 어서 절정에 이르기만을 기다리고 있었던 거야. 너의 형은 말했어. 놀랍게도 교장선생님이 서 있던 자리에 서서 말야.

"여러분이 애국가를 잘못 부른 것은 학생회장인 저에게 많은 책임이 있습니다. 애국가는 안익태 선생님이 작곡하신 사분의 사박자 곡입니다. 빠르기는 보통빠르기로, 제가 지휘를 할 테니 제 손을 잘 보면서 따라 부르기 바랍니다."

너의 형이 그렇게 말했을 때, 나는 그 말에 실린 어떤 거역할 수 없는 힘을 느낄 수 있었어. 어쩌면 저리 의젓할 수 있을까. 네 형의 목소리에는 맹목으로 복종하고만 싶은 어떤 힘이 실려 있었지. 그러니까 너는 진즉에 그것을 알고 있었던 거야. 너의 형은 하나, 둘, 셋 구령과 함께 지휘를 시작했고, 우리들은 네 형의 지휘에 맞춰 애국가를 다시 불렀지. 우리 읍에서 가장 규모가 컸던, 너와 너의 형과 나와 나의 누이들과, 우리의 부모들이 다닌 학교의 운동장에서 그날 삼천 명이 넘는 전교생은 너의 형이 우리 세계의 마에스트로로서 치른 성공적인 첫 데뷔 무대를 지켜보았던 거야. 알 수 없는 열기에 이끌린 우리는 다시는 흉내낼 수 없는 완벽한 애국가를 불렀지. 애국가 부르기가 그렇게 흥이 났던 때가 그때 말고 또 있었을까. 늙은 교장선생님은 만족스러운 듯, 환하게 웃으며 너의 형의 머리를 쓰다듬었어.

"저 형이 바로 우리 형이야."

형이 강단에서 내려올 때였을 거야. 너는 대수롭지 않게 툭 던지듯 말했지. 우리는 너에게 묻고 또 물었어.

"뭐라고? 정말, 진짜야? 거짓말이지?"

그러자 너는 어깨를 으쓱하며 대답했지.

"내가 무엇 때문에 거짓말을 하겠니. 저 형이 우리 형이란 건 틀림없는 사실인걸."

그래, 그것은 틀림없는 사실이었어. 그런데 너는 네 삶의 상당 부분이 그 틀림없는 사실에 서린 어떤 비극적 기의(記意)에 굴종되어져야 한다는 예정을 알고나 있었는지. 물론 그때는 몰랐을 거야. 네가 모르는데 하물며 우리는 어떻게 알았겠니. 돌이키면 부질없는, 모두가 지난 일일 뿐인데도 내 마음은 석연치가 않구나.

너의 형에 대한 다분히 호의적인 풍문들은 그 전체조회의 애국가 지휘가 있고 나서부터 우리 세계의 화제가 되었어. 사분의 사박자 노래처럼 우리는 흥에 겨워 눈인사 주고받듯 풍문의 발신자가 되거나 수신자가 되었지. 너의 역할은 무엇이었을까. 너는 잘못된 풍문을 바로잡아주었지. 너에게서 확인되고 나서야 풍문은 비로소 사실처럼 그럴듯해졌던 거야. 너는 그런 네 역할이 마음에 들었니. 형에 대한 풍문을 바로잡아주면서 너는 즐거웠니. 가엾은 친구.

너는 더듬거리는 혀로 우, 우리 혀, 형은 우, 우리 혀, 형은 우, 우리 혀, 형은 하며 늘 형을 자랑하기에 바빴어. 난 너에게서 너 자신의 얘기를 들은 기억이 없구나. 그토록 자신의 존재를 무시할 수 있다니. 그러나, 그것이 네 탓만은 아닐 거라고 지금에 와서 나는 생각한다. 운명을 결정하는 수없이 많은 임의와 우연의 순간에 그 주관자에게 어떤 심술이 났었는지는 아무도 모를 테니까. 그러니 형에 비해 턱없이 열등한 너의 존재를 스스로 자책할 필요는 없겠지. 오히려 위대한 형의 재능을 마음껏 칭송하는 편이 한결 마음 편한 것이었는지도 모르겠구나.

너의 키는 백육십사 센티미터. 몸무게는 사십팔 킬로그램. 거기에다 말더듬이, 신경질적인 열등생. 그게 우리들에게 비친 너의 모습이었어. 니는 그런 네 존재의 남루함을 너무나 잘 알고 있었겠지. 그래서 그토록 형을 숭배했던 거겠지.

내가 너의 형의 그 근사한 모습을 눈앞에서 가까이 보게 된 것은 아주 우연한 기회였었지. (물론 내가 너를 따라 너의 집에 가기라도 했다면 네 형을 진즉에 볼 수도 있었겠지만 너의 집과 우리집은 학교를 가운데 두고 반대 방향에 위치해 있었고 무엇보다도 그때의 우리는 서로의 집을 오갈 정도로 친밀하지 않았다.)

월요일 조회시간의 멋진 지휘가 있고 달포쯤 지났을 때 나는 우연히 학교 앞 가게에 들르게 되었는데 바로 거기에 너의 형이 있었지. 너의 형은 서너 명의 여학생들에 둘러싸여 밝은 표정으로 깔깔대며 얘기를 하고 있었어. 너의 형과 여학생들은 그 가게에서 하얀 도화지를 고르고 있었는데, 여학생들은 서로 자기가 도화지 값을 치르겠다고 실랑이를 벌이고 있었지. 너의 형은 그걸 바라보며 웃고만 있었고 말야. 그런데 살짝 웃는 그 모습이 얼마나 근사한 것이었는지, 내 가슴까지 뛰더구나. 나는 그만 너의 형 앞으로 쪼르르 달려가 안녕하세요 하고 인사를 하고 말았단다. 너의 형은 예의 그 기막히게 멋진 웃음으로 응대를 해주었는데, 나는 너의 형이 나를 바라보고 있다는 것을 생각하는 것만으로도 충분히 황홀했어. 너의 형이 여학생들과 함께 도화지를 고르고 가게를 나간 후에도 나는 한동안 제자리에서 꼼짝없이 내 가슴이 일렁이는 소리를 들어야만 했지. 훗날, 나에게 냉정하게 사고할 수 있는 힘이 주어졌을 때 나는 너의 형의 그 기막힌 웃음이 무엇을 의미했는지, 또 어떤 성격의 것이었는지에 대해서 골똘하게 생각할 기회를 가지게 되었단다. 그때 내가 조심스럽게 내린 추정은, 그것이 어린 천재들이 흔히 가지는 은밀한 자기 도취 같은 것이 아니었을까 하는 거야. 여학생들이 자신이 산 물건의 값을 대신 치러주고, 난데없는 꼬마 녀석이 쪼르르 달려와 자기에게 인사하는 것(아마도 너의 형에게 이런 일은 처음이 아니었을 것이다)을 보면서 너의 형은 문득 자기 존재의 특별한 가치를 상기했을 거야. 어쩌면 너의 형은 그날 자신의 천재성으로 편리를 도모할 수도 있다는 자각을 했을지도 모르겠구나. 두말할 것도 없이 그것은 위험한 것이지. 대부분의 영락한 천재들에게서 볼 수 있듯이, 천재 자신이 자신의 천재를 자각할 때 그가 가진 천재는 어떤 식으로든 타락하고 마는 것이니까. 회복이 불가능할 정도로 영락한 천재들을 우리는 얼마나 많이 보아왔니. 미숙한 인격과 결합할 때 그의 재능은 다른 사람을 해치는 몹쓸 칼로 연마되기 쉬우며 그쯤 되면 천재는 더이상 천재라고 부를 수 없는 성질의 것이 되어버리고 마는 거야. 나는 사실 지금 내가 이런 말을 하는 것이 결과적으로 네 형의 삶이 보여준 천재성을 폄훼하는 것은 아닌지 퍽이나 염려스럽구나. 하지만 내게 그런 의도는 없어. 그러니 그 점은 부디 염려하지 않기 바란다.

너와 내가 친해진 데 기억에 남을 만한 어떤 특별한 계기 같은 건 없었지. 일학년 때를 제외하고는 나머지 오 년이 같은 반으로 편성된 초등학교 때의 우연한 인연이 계기라면 계기일 수 있겠구나. 오 년 동안에 아마 짝도 서너 번은 되었을 거야. 그리고 우리는 중학교도 같은 델 다녔지. 그 중학교에서도 아마 두 번 정도는 같은 반이 되었을 거야. 우리 인연의 심지는 그토록 유별났던 바 있다. 너의 모습은 내게는 어느 새 교실에 걸려 있는 액자만큼이나 익숙한 것이 되어버렸지. 주위를 둘러보면 틀림없이 네가 보였으니까 말야.

소심하고 말수도 적었던 나는, 그런 나 자신을 탐탁지 않게 생각하고 있었기 때문에 나와 비슷하게 보였던 너에게 처음에는 그렇게 큰 관심을 가지지는 않았었어. 어쩌면 나는 처음부터 편의상 너와 일정한 거리를 만들어놓고 그 거리를 끝까지 유지하고 싶었는지도 모르겠구나. 언젠가 너는 우리의 우정을 가리켜 동병상련의 정이라고 깜짝 놀랄 만한 말을 했지만 그 말은 부분적으로는 틀린 말이지. 너와 내가 어느 한 시기에 열등과 자괴의 병을 같이 앓은 것은 사실일지 모르지만, 나에겐 그 병을 치유하고자 하는 의지가 있었던 반면에 너에게는 그런 의지가 없었으니까 말야. 의지가 없었을 뿐더러 너는 오히려 병을 감추고 숨기려 하기까지 했지. 그래서 너의 병은 깊어졌던 거야. 행여 내가 너에게 관심을 가진 것이 사실이라면, 정확히 말하자면 그 대상은 '너'가 아니라 바로 너의 그 '깊어가는 병'이었는지도 몰라. 네 깊은 병은 형을 대하는 태도에서 분명한 색깔을 드러내기 시작했지. 나는 사실, 형에 열광하는 네가 신기했고 흥미를 느꼈단다. 새삼스런 이런 고백을 듣는다면 너는 서운해하겠지만, 그래서 내 마음도 안 좋은 것이 사실이지만, 이렇게라도 너에 대한 입장을 정리해두지 않고서는 나는 중단 없이 너에 대한 이야기를 계속할 자신이 없구나.

중학교에 진학하면서 나는 본격적으로 너를 관찰하기 시작했어. 너와 나는 우리가 그 사실을 미처 알아채지 못한 어느 때부터 줄곧 붙어 다녔으니까. 필시 그 시절의 우리는 다른 것은 보지 못하고 서로의 병만 보았던 것이겠지. 우리가 다닌 중학교는 너의 형이 다녔던 학교였어. 때문에 우리는 우리의 의사와는 무관하게 그곳에서도 너의 형의 자취를 어렵지 않게 발견할 수 있었지. 네 형의 출중함을 기억하고 있던 몇몇 선생들은 수업시간에 가끔, 재학 시절 너의 형의 특별한 재능과 관련된 이야기를 들려주곤 했어. 그러던 어느 날이었을 거야. 영어를 가르치는 늙은 여선생이 말했지. 아마 수업 분위기가 늘어진다고 느꼈던 모양이야. 우리들 중에 꾸벅꾸벅 조는 녀석들이 몇 있었겠지.

"졸업한 학생 가운데 이중훈이라는 학생이 있었다."

그렇게 선생이 입을 열었을 때 너의 저릅대 같은 몸이 꼿꼿해지고, 너의 바늘구멍 같은 눈이 꿈벅하는 걸 나는 놓치지 않고 보았지.

"응…… 작년 졸업생이니까 너희한테는 사 년 선배가 되는 셈인데, 참 대단한 녀석이었어…… 공부를 지독히 했지. 일 주일에 서너 번은 학교에서 밤샘공부를 했어. 새벽에 잠깐 세수하고 도시락 가지러 집에 다녀와서는 그날 수업도 한번 졸지 않고 다 받아내는 거야. 유들유들하고 붙임성도 있어서 숙직선생하고 가끔 장기도 두고 라면도 끓여먹어가면서, 그리고 생긴 것도 반듯반듯하게 생겼지…… 운동도 잘했어. 아무튼 실력이 월등해서 월반이라도 시켜야 할 정도였지."

아마 여선생이라서 너의 형에 대한 예찬이 더욱 완곡했던 것일까. 노회한 여선생은 말 끝머리에 넌지시 천재와 둔재는 백지 한 장 차이에 불과하며 그것은 전적으로 개인의 노력 여하에 달린 것이라는 말을 덧붙임으로써 우리의 분발을 부추기는 것을 잊지 않았어. 정말 우리는 선생의 말처럼 노력만 하면 너의 형처럼 될 수 있었을까. 그것이 설령 사실이라고 해도 우리들 중 그 어느 누구도 그렇게 하겠다는 생각은 하지 않았을 거야. 우리는 우리 자신이 천재의 지위에 오르는 것보다 가까이에 있는 한 천재를 숭배하는 쪽이 훨씬 쉽고 재미있다는 사실을 알고 있었기 때문이지. 그때 어떤 녀석이 이렇게 말했을 거야. 그것은 그가 아니더라도 누군가 꼭 했을 말이었지.

"선생님, 중희가 선생님이 말씀하신 중훈이 형의 동생이에요."

나는 다시 보았지. 꼿꼿했던 너의 몸이 이제 이스트를 넣은 밀반죽처럼 부풀어오르는 것을.

"뭐, 중훈이 동생이 여기 있어?"

"그렇다니까요."

"중희라고 했나, 중희가 누구야?"

그러면서 선생은 본능적으로 우리들의 뒤편을 살폈어. 선생은 키가 작아 맨 앞줄에 앉아 있는 너를 키가 큰 애들 중에서 찾으려 했던 거야.

"누구야, 손 들어봐."

잠시 후 맨 앞줄에 앉아 있던 너의 손이 선생의 턱 밑으로 빠르게 올려졌어. 진작에 너의 목울대에선 제가 바로 중훈이 형의 동생입니다라는 말이 밖으로 나가고 싶어서 카들카들대고 있었겠지. 너는 그 말을 어떻게 참았니?

"뭐, 네가 중훈이 동생이야?"

"예 그, 그렇습니다."

"친동생?"

"예 그, 그렇습니다."

"형하고는 안 닮았네…… 형은 여전히 공부 잘하지?"

"예 그, 그렇습니다."

"중훈이 동생이라니 앞으로 관심을 가지고 지켜보겠어."

그렇게 말하는 선생의 표정은 어딘지 석연치 않았어. 수업이 끝나자 아이들은 너에게로 몰려들었지. 너의 형에 대해서는 익히 들어 알고 있었지만, 정작 네가 그 형의 동생이라는 사실은 모르던 아이들 말야.

"아! 그 형이 바로 너네 형이었니?"

그날부터 너는 유명해졌지. 당연한 얘기지만 중희라는 너의 이름으로가 아닌 '중훈이 형 동생'으로 유명해진 거야. 그런데, 뒤에서 차차 얘기하겠지만 얼마인가의 세월이 흐른 후, 우리 세계는 출중한 형을 둔 동생으로서 네가 누려온 지위를 냉정하게 박탈하였지. 어느 사이, 너에겐 어떤 사람의 동생으로서가 아니라 너 자신, 스스로 유명해지지 않으면 안 될 정도의 충분한 자격이 주어졌으니까. 우리 세계는 그렇게 판단했단다. 네가 스스로 갖추게 된 자격이란 다름아닌 지지리도 못난 네 바보스러움이었지.

중학생이 되어서도 여전히 너는 네 형에 대한 자랑을 늘어놓기 바빴어. 너는 그 얘기가 아니면 다른 할 얘기가 없는 아이 같았지. 형 자랑을 하는 너의 목소리는 좀 과장해서 말한다면 접신중인 무당의 그것처럼 어떤 격조 있는 리듬까지 싣고 있었어. 어떤 규칙적인 세기와 장단, 고저 같은 것들 말야. 그리고 그때만은 너의 말더듬증도 좀 덜한 듯싶었지.

네 말에 의하면 너의 형은 여전히, 전과 다름없이 이 미터를 날아올라 건달들을 때려눕혔으며 고1때 고3의 수학문제를 풀었고 그 나이에 여자들과 몇 번 육체관계를 가졌으며, 영어도 아닌 불어를 능란하게 구사했지.(너는 아마도 네 형의 방문에 몰래 기대어서 불어 교과서를 읽는 형의 목소리를 들었던 거겠지.) 너의 말을 종합해보면, 너의 형은 두 손에 교과서를 들고 칼을 든 건달들을 때려눕혔다는 식의 우스꽝스러운 것이 돼버렸어. 몇몇 아이들은 연신 감탄하며 너의 말에 귀를 기울였지. 너에게 노골적인 호의를 보이는 애들도 그때까지는 있었어. 너의 존재가 누리는 아스라한 지위도 지속됐고 말야. 아이들은 무엇보다도 네 형의 천재성에 경도된 것이 사실이지만 개중엔 네 형이 가지고 있는 천재의 어느 한 부분만이라도 너에게서 시현되기를 바라는 축들도 있었어. 그러나 네가 그들에게 보여준 것은 오로지 바보스러움뿐이었어. 너는 단연코 바보스러웠지. 수업시간에 코를 골며 졸다가 내쫓기고, 도시락을 가방 안에 엎질러 냄새를 피우고, 체육시간에 조금만 달려도 더 이상은 못 달리겠다고 애면글면 하소연했지. 그것은 천재의 동생으로서는 보여주어서는 안 되는 것들이었단다. 아이들은 수군대기 시작했고, 너의 이야기에 귀를 기울이던 아이들도 하나 둘 너로부터 떨어져나갔어. 아이들은 네 형이 가진 신성보다 네게 있는 바보스러움이 더 경이로운 것이라고 생각하기에 이르렀던 거야. 마침내 너는 너 스스로 유명해졌지. 병신새끼, 쪼다, 빙충이, 푼수, 닭대가리…… 이런 것들이 네가 스스로 얻은 이름들이었지. 우글우글했던, 그리고 호의적이었던 아이들이 눈에 띄게 너의 주변에서 떨어져나가자 아둔한 너도 낌새가 이상했던지, 너는 좀더 극적으로 형에 대한 풍문들을 생산하기 시작했어. 그 무렵부터 너의 형은 불패의 싸움꾼이 되었지. 사실 그 무렵 너의 형은 좋아하던 악기 연주와 운동까지 접어두고 오로지 눈앞에 닥친 대입 준비에 전념하고 있었지만, 네가 이야기하는 형은 매일 거리에 나가 싸우고 있었지. 아이들이 무용담에 가장 열광한다는 사실쯤은 너도 알고 있었던 거니. 그러나 도대체가 그 황당무계하고 비현실적인—앞뒤도 제대로 맞지 않는—이야기에 귀 기울일 아이는 더이상 우리 세계에 존재하지 않았어. 우리 세계는 더이상 소년의 세계가 아니었던 거야. 조숙한 아이들은 어떤 확신을 갖고 경쟁적으로 문학서나 위인의 수상록 등을 끼고 다니며 탐독했지. 진작부터 운동부에 들어 고독하게 자신의 육체적 한계를 시험하는 아이들도 있었어. 그 시절의 우리 세계란 무엇일까. 그것은 전에는 보이지 않던, 안방의 먼지 앉은 책장에 꽂힌 책 제목들과 위대한 시인들의 이름이 눈에 들어오고, 몸에서 피부를 뚫고 털이 돋을 때의 뜨끔뜨끔한 아픔을 은밀히 즐기기 시작한 세계였을 거야. 육신과 정신의 조화로운 고양이 가져다주는 새로운 눈과 그 눈으로 바라보는 세계의 풍경은 경이로운 것이었어. 너를 제외하고 우리 세계의 대부분은 그런 경이로운 풍경을 볼 수 있는 눈을 차례차례 가지게 되었지. 우리들은 저마다 넓은 인생의 바다와, 우주로 향하는 통로를 마련해놓았던 거야. 그런데 우리 세계의 한켠에 지독한 늪에 갇힌 바보가 있었지. 그것이 바로 너였어. 너는 철없이 너의 늪에서 악머구리들과 놀고 있었던 거야.

우리의 세계가 너의 의도와는 전혀 다른 것으로 재편되었다는 것을 뒤늦게 깨달은 너는 돌연, 아무도 생각지 못했던 패악을 저지르기 시작했지. 어쩌면 그것은 마지막 발악 같은 것이었는지도 모르겠구나. 너는 네 형의 이름을 앞세우고 너보다 힘없는, 그러니까 너보다 더 작고 너처럼 걸출한 형도 없는 몇 안 되는 아이들을 하나씩 하나씩 괴롭히기 시작한 거야. 너의 괴롭힘은 집요했지. 너는 참으로 비겁하게 아이들에

게 싸움을 걸었어. 너의 몸은 온종일 신경질과 호전적인 긴장으로 팽팽
해져 있었어. 그러나 아이들은 너와 맞상대를 하지 않았지. 그것은 네
형이 무서워서도, 네가 무서워서도 아니었단다. 아무렴 너 같은 애를
무서워했겠니. 너에게 가당치도 않은 괴롭힘을 당하던 아이들 중 하나
가 내게 이렇게 말한 적이 있어.

"똥같은 새낄, 콱 밟아버리고 싶어도 더러워서 못 한다."

아이들은 처음에는 너의 심통이 언제까지 가나 두고 볼 심산이었어.
보다 못한 나는 너에게 몇 번 충고 비슷한 것을 했지. 그러면 너는 이렇
게 대꾸했어.

"내, 내버려 둬 너, 너도 보란 마, 말이야 쟤들이 내, 내가 무, 무서워
서 떠, 떨고 있잖아."

너보다 작은, 몇 안 되는 아이들을 원하는 만큼 괴롭혔다고 생각한
너는, 그로 인해 무너졌던 자존심이 조금은 회복되었다고 생각한 너는,
희열에 찬 눈빛으로 다른 상대를 찾아나섰어. 너는 그만 남을 밟고, 남
의 머리 위에 올라설 때의 아찔한 달콤함의 맛을 알아버린 것이지. 그
것을 참칭(僭稱)의 덫이라고 말할 수는 없을까. 너는 곧 너보다 키가
큰 애들을 상대로 결과가 뻔할 싸움을 시작했지. 그것은 누가 보더라도
시작하지 말았어야 할 싸움이었어. 그러나 일은 벌어졌어. 그 일은 결
과적으로 너의 열등과 자괴의 병을 치명적으로 악화시키고 말았지. 너
는 도대체 무슨 생각으로 그런 무모한 싸움을 시작한 거니. 네가, 너보
다 키가 큰 애들과의 싸움을 결심하고 그 첫 상대로 택한 것은 놀랍게
도 우리 반의 반장이었지. 반장이란 무엇인가. 그것은 네가 편입하지
못한 우리 세계의 중심을 의미하는 것이었어. 혹, 너에게 우리 세계에

떳떳하게 도전할 생각이 있었다면, 그래서 너의 세계를 우리 세계와 동등한 것으로 인정받고자 하는 생각이 있었다면 싸움의 첫 상대로 반장을 택한 너의 판단은 탁월한 것이었는지도 모르겠구나.

생각지도 못한 네가 막무가내로 시비의 강도를 높여오자 처음엔 참으로 어이없어하던 반장은 어느 날, 그날도 역시 옆에 와서 치근덕거리는 너에게 타이르는 소리로 분명하게 말했지. 그 소리는 교실에 있던 아이들에게 다 들렸을 정도로 힘이 실린 것이었어.

"이제 그만 하고 네 자리로 돌아가."

아이들은 모두 네가 너의 자리로 돌아갈 줄 알았지. 그러나 너는 이렇게 말했어.

"시, 싫다 어, 어쩔 거냐."

"그만하면 됐으니까 이제 네 자리로 돌아가."

반장은 의젓한 목소리로 한번 더 타일렀어.

"시, 싫다 어, 어쩔 거냐."

반장의 오른 주먹이 너의 왼쪽 턱에 작렬한 것은 너의 두번째 대답이 떨어지는 것과 거의 동시였을 거야. 너의 작은 몸은 기우뚱하더니 책상 위에 비스듬히 널브러졌지.

"병신새끼가 눈에 보이는 것이 없나. 왜 자꾸 지랄해, 가여워서 봐주려고 했더니."

반장은 그 말을 하지 않았어야 옳았다. 어느 누가 시작했던 것이든 싸움은 이미 끝났기 때문이다. 책상 위에 널브러졌던 너의 몸은 다시 꼿꼿해져서는 반장에게 달려들었지. 그러나, 그때 다시 바람을 가른 주먹 하나가 네 얼굴에 가 꽂혔어. 그것은 반장의 것이 아니라 다른 아이의 것이었지. 강타를 맞은 너의 몸은 휘청하더니 네가 달려들던 반대 방향으로 푹 넘어갔어. 나는 그날 일이 지금도 너무나 생생하게 기억 나. 그 다음엔, 대여섯 명의 아이들이 달려들어 바닥에 쓰러진 너를 함부로 짓밟았지. 아, 참칭의 파국이랄 수밖에.

"애를 죽이려고 그래!"

내가 소리를 지르며 뜯어말리지 않았다면 그날 너는 어떻게 되었을까. 아이들은 분을 채 삭이지 못하고 침을 뱉으면서 바닥에 죽은 듯이 늘어져 있는 너에게 말했지.

"얼빠진 새끼, 가만히 보고 있으니까 겁 없이 설쳐."

"구제불능이라니까."

"이젠 네 이름으로 똑바로 살아 인마! 형 이름 팔지 말고."

"네 형 이름에 먹칠 좀 그만 해."

"한 번만 더 설치면 그땐 죽는다."

너를 부축해서 일으킨 건 나였지. 너에게 물을 떠다준 것도 나였어. 너는 나를 의지해 일어나면서 아이들에게 말했다.

"너, 너희들이 가, 감히 나, 나를 쳐, 쳤어. 두, 두고 보자. 내가 혀, 형 한테 마, 말해서 너, 너희드, 들을 요절내고 말 테니까."

너는 아기처럼 훌쩍훌쩍 울었지. 그때 피와 눈물로 더러워진 너의 얼굴은 네 삶의 고단함을 고스란히 보여주는 것이었어. 아, 사람의 얼굴만큼 많은 걸 간단히 얘기할 수 있는 것이 또 있을까.

네가 요절을 내겠다던 아이들에겐 그러나 아무 일도 일어나지 않았지. 훗날 네가 얘기를 해주어서 그 사정을 알았지만 그것은 당시의 나한테도 좀 섭섭한 일이었어. 나 역시 형을 입에 달고 다니는, 그러면서 점점 비틀려가는 너를 혐오한 것은 사실이지만 그런 마음 한켠에는 네가 그처럼 신봉하고 숭배하는 네 형의 실제적인 위용을 직접 보고 싶다는 바람도 없지 않아 있었기 때문이야. 또, 평소 숭배하는 형 옆에 바짝 붙어서 봐라 내 말이 맞았지 하며 의기양양해하는 네 모습을 한번쯤 보는 것도 나쁘진 않을 것 같다는 생각이 들기도 했어. 네가 아이들에게 무참하게 짓밟히던 날 저녁, 울음 가득한 소리로 너의 형과 어머니에게 그 얘기를 했을 때 너의 형은 오히려 너를 나무랐던 모양이야.

"사내녀석이 그까짓 일로 훌쩍거려. 그리고 그런 걸 형한테 일러바쳐. 너는 왜 항상 그 모양이야. 칠칠치 못하니까 친구들한테 맞고 다니지. 너도 이제 중학교 이학년이야. 형한테 의지하려고 하지 말고 스스로 해결해 인마. 알아들었어?"

"그래도 이건 너무 심하게 때렸지 않냐. 네가 한번 가보는 게……"

"그런 말씀 마세요, 어머니. 그렇게 계속 두둔만 하시니까 애가 이 모양이 됐죠. 지금부터라도 독립심을 길러줘야죠."

"애가 어쩌면 이렇게 너와는 다른지. 걱정이다 걱정."

나중에야 안 사실이지만, 너의 어머니는 네 아버지가 두번째로 맞아들인 부인이었고 네 형은 첫번째 부인의 소생이었지. 네 형을 낳은 첫번째 부인은 고치지 못할 병에 걸려 죽었다고 했어. 그러니까, 너와 형은 같은 어머니를 둔 형제가 아닌 이복형제였던 셈이었지. 난 지금도 가끔 이런 생각을 해. 혹, 너에 대한 네 형의 무관심과 냉대는 그런 관계에서 나온 것이 아니었을까 하고 말야. 불패의 형을 둔 네가 아이들한테 몰매를 맞았고 너에게 몰매를 가한 아이들이 무사했다는 사실은 네 삶의 완전한 무장해제를 의미하는 것이었어. 너는 더이상 싸우려고 하지 않았고 싸울 수도 없었지. 그것이 누구를, 어떤 것을 향하여졌든지 간에 네 몸 속에 있었던 호전성은 일단 사라졌어. 너는 그 사건이 있고부터 눈에 띄게 온순해졌지. 너는 더이상 아이들 앞에서 형 이야기를 하지 않았어. 그러나 그것이 네가, 형에 대한 숭배를 아주 포기했다는 것을 의미하지는 않았지. 네가 가진 자괴와 열등의 병은 네 몸이 죽어야 네 몸을 떠날 수 있는 것이었을까. 형에 대한 너의 숭배의 양식은 전처럼 요란하지는 않았으나 대신에 훨씬 은밀해지고 농염해졌어. 그것을 눈치챈 사람은 아마 나밖엔 없었을 거야. 그 일이 있은 이후 다른 아이들은 너로부터 형에 대한 이야기를 들을 수 없었으나, 오직 예외가 하나 있었지. 그것이 바로 나였어. 너는 나에게만 이야기를 했던 거야. 결과적으로 나는 반에서 유일하게 너의 형에 대한 이야기를 듣는 사람이 되었지. 물론 그것은 나의 암묵적인 동의 아래 가능한 것이었어. 내가 다른 아이들의 수군거림과 눈총을 견뎌내면서까지 너의 접근을 물리치지 못했던 것은, 그것이 가엾은 너를 위해 내가 할 수 있는 최소한의 배려라고 생각했기 때문이야. 그냥, 그런 생각이 들었어. 너는 쉬는 시간이면 너의 뒤의 뒤에 앉아 있던 나에게 밤쥐처럼 다가와서 소근거리곤 했지.

"우, 우리 혀, 형은 말이지. 엊그제 혀, 형이 말이지."

너는 그렇게 말을 시작하면서, 누가 들을새라 빠른 눈동자로 주위를 경계하곤 했지. 나는 네 형이 각종 수학능력경시대회에서 부상으로 받아온 손목시계며 사전, 옥편, 노트 등을 네가 사용하고 있다는 것을 그즈음에야 알고 새삼 놀란 기억이 나는구나. 너는 그런 것들을 아무런 주저 없이 킥킥거리며 보여주었어. 네가 내게 보여준 것은 그뿐만이 아니었어. 그것은 형에 대한 너의 숭배가 정상이 아니라는 것을 분명하게 보여주는 것이었지. 네가 점심시간에 나를 학교 뒷동산으로 데려가 보여준 것은 네 형의 사진들이었지. 아, 너는 어쩌면 형의 사진을 가지고 다닐 생각까지 했을까. 너는 네 형의 명함사진에서부터, 피아노 앞에서 활짝 웃고 있는 사진, 어떤 잔디밭에서 도복을 입고 옆차기를 하고 있는 사진, 기타를 치고 있는 사진까지 예닐곱 장의 사진을 노트 갈피 사이에서 소중히 꺼내어 보여주었지. 그것들은 내가 보기에도 확실히 멋진 사진들임에 틀림없었어. 사진 속 네 형의 모습은 웬만한 배우 뺨칠 정도로 수려했으니까. 나는 사진 속, 네 형의 얼굴에서 몇 년 전 초등학교 앞 문방구에서 보았던 네 형의 황홀한 미소를 어렵지 않게 기억해내곤 얼굴이 조금 붉어지기까지 했단다. 너는 말했지.

"나, 나는 하, 항상 이 사진들을 가지고 다, 다니면서 봐. 너, 너에게 하, 한 장쯤은 주, 줄 수도 있지."

아, 그러면 틀림없이 몰래 빼냈을 네 형의 사진을 가지고 다니는 너의 행위는 그 얼마나 도착된 숭배인가, 도착된 사랑인가. 너를 열광시키는 건, 너를 꼼짝 못하게 하는 건 풍만한 여배우도, 현란한 춤을 추는 가수도 아닌 바로 너의 형이었던 것. 이복형이었던 것.

이미 아득하게 지나간 사춘기 시절을 조금만 눈여겨 추억하는 사람들이라면 누구나 동의할 거야. 사실 동경과 숭배는 그 시절을 지탱하는 부인할 수 없는 열망 같은 거라는 것을. 마치 '반항'이 그러한 것처럼 말이지.

어찌 됐든 그때 우리는 이제 막 세상에 대해 눈을 뜨는 사춘기였고, 그 시절의 우리는 우리 세계의 궁핍과 구속을 사실보다 과장해서 받아들이고, 그것을 다른 세계에서 보상받고자 하는 욕망으로 들끓었지. 어느 때가 되면 우리들은 그토록 동경해 마지않던 이상을 현실 또는 그 이하의 것으로 끌어내려 무화시키거나 아주 드문 예이긴 하지만 그 반대로 현실을 이상으로까지 끌어올리는 것으로서 동경과 숭배라는 조갈증을 해소하곤 했어. 그러나 미처 그러지 못한 아이들은 보이지도 않고 잡히지도 않는 이 세계의 미궁에 갇혀 끝 모를 고단한 숭배를 계속할 수밖에 없었지. 너의 삶은 두말할 것 없이 후자의 전형적인 예였어. 내가 지금 너에 대한 얘기를 하면서 특별히 안타깝게 생각하는 것이 있다면 그것은 네가 빠져 있던 착각에 관한 거야. 형에 대한 너의 도착적인 숭배야 뭐 어쩔 수 없는 것으로 친다 하더라도 너는 그 착각에서만큼은 어떻게 해서든 벗어났어야만 했어. 네가 그 착각에서 벗어났더라면 네 삶은 네 의지에 의해서라도 많이 수정될 수 있었을 거야. 착각으로 인해서 네 삶의 비극은 더욱 철저해졌지. 너는 네 형이 너의 삶을 자기 삶과 같이 보살펴줄 것이라고 확고하게 믿었어. 너는 그 믿음으로 그 믿음에서 오는 고통과 수모를 견뎌냈던 거지. 하지만 그것이 바로 돌이킬 수 없는 너의 치명적인 착각이었지. 너의 형에겐, 너의 삶을 구제할 능력이 있었는지는 몰라도 그럴 의무까지는 없었어. 너의 형은 그것을 잘 알고 있었고 애초부터 네 삶 따위에는 별 관심이 없었지. 오히려 너의 형은 자신의 어머니를 몰아내고 그 자리에 들어선 네 어머니와 너, 두 모자를 몹시나 증오하고 있었어. 너는 그런 줄은 꿈에도 생각 못 하고 마치 신처럼 형을 애틋하게 숭배했던 거야. 내가 알기로는 너의 형은 결코 너의 숭배를 기꺼워하지 않았단다. 중학생이던 어느 해 네가 무모한 싸움 끝에 아이들에게 몰매를 맞고 얼굴이 퉁퉁 부어 형을 찾았을 때 네 형이 보였던 반응에서도 알 수 있듯이, 네 형은 사정에 치우치지 않고 냉정하게 못난 동생을 꾸짖는, 그저 동생의 평범한 형이고자 했을 뿐이야. 내가 네 형의 그러한 면을 살필 수 있었던 계기는 또 있었는데, 그것은 네가 나를 뒷동산으로 데려가 형의 사진을 보여주었던 그즈음의 일이었어. 그 무렵에 나는 그 또래의 누구나가 거의 그러했듯 한창 음악에 심취했었지. 너의 수군대는 목소리로부터 하루 종일 시달린 나의 귀는 음악이라도 들었기 망정이지 그러지 않았다면 어떤 심각한 기능 장애를 일으킬 수도 있었을 거야. 내가 음악을 좋아하는 것을 어떻게 알았는지 너는 어느 날 나에게 귀가 솔깃해지는 제안을 해왔다. 예의 누가 들을새라 더듬거리는 소리로 수군대면서 말이다.

"이봐 우, 우리 혀, 형 방에는 어, 없는 으마, 악이 없어. 음반이 이삼 백 장은 되, 될 거야 너만 워, 원한다면 가, 같이 드, 들어가볼 수도 이, 있지 어때 트, 틀림없이 네가 조, 좋아하는 으, 음악이 있을 거야."

나는 조금 망설였지. 너의 제안이 미심쩍은 것이기도 했지만 감히 어떻게 내가 우리 세계에서 전설 같은 존재인 네 형 방에 들어가볼 수 있을까 하는 생각이 들었기 때문이야. 그것은 한때, 네 형의 수많은 팬 중 하나였던 나로서는 해서는 안 될 부정한 짓이었지. 그러나 나는 끝내 너의 제안 자체가 가지는 매력에 욕심을 내고 말았어. 너는 내가 처음에 망설이자 우, 우리 혀, 형은 아주 느, 늦게 와 고3이잖아 아, 아무런 문제가 없어, 라는 내가 확인하고 싶어하던 말까지 했지. 너는 왜 나를 네 형 방에 데리고 가고 싶어했던 거니. 그 모습을 보여주려고?

너의 형 방에 같이 가기로 해놓고 나는 상당히 흥분되었던 것 같아. 없는 음반이 없다는 그 방의 음악도 궁금했거니와 그 방 자체가 지니고

있는, 우리로서는 흉내낼 수 없는 성숙한 세계의 상징성에 대한 기대도
나를 흥분시킨 이유였을 거야. 몰래 밤쥐처럼 너와 내가 기어들어간 너
의 형 방은 나를 조금도 실망시키지 않았어. 너의 형 방은 햇빛이 전혀
들지 않는 서향이어서 아직 낮인데도 어두웠는데 그 빛깔이 엉뚱하게
도 감색 비슷하게 풀어져 있다고 느껴져서 어떤 몽환적인 분위기마저
자아내고 있었어. 아, 그 괴괴하면서도 기분 나쁘지 않은 낯설음이라
니. 그리고 은은한 레몬향 같은 것—사실 그것은 방향제의 효과였지
만—이 신비스럽게 퍼져 있어서 나는 그것이 네 형 같은 어떤 특별한
사람만이, 그런 사람의 삶만이 피어내는 천연의 고급한 향기라고 생각
하고 깊이 들이마시기에 바빴지. 그리고 불을 켜니 비로소 드러낸 방의
전모. 사면 벽에 걸려 있는 데생과 유화, 다소 어둡게 그려졌다고 느낀
네 형의 자화상, 연두색 책상보, 빼곡히 꽂혀 있는 참고서들과 보통의
것보다 훨씬 두꺼운 푸른색 매트리스, 그리고 붉은 벽돌무늬 벽지까지
어느 것 하나 특별하고 신성하게 보이지 않는 것이 없었지. 나도, 나의
의지와는 무관하게 그 동안 어지간히 네 형의 신화에 세뇌되어 있었던
것일까.

맨 처음 나의 귀를 솔깃하게 했던, 없는 음반이 없다는 너의 말도 거
짓이 아니라는 것을 확인했을 때 나의 환희는 절정에 다다랐어. 그러나
그 환희는 그리 오래가지 않았지. 내가 깨끗하고 두꺼운 매트리스 위에
엎드려서 네 형의 테이프와 음반과 악보들에 한없이 몰두하고 있을 때
(나는 그때, 네가 책상에서 네 형의 일기장을 뒤적이고 있는지를 전혀
몰랐다) 갑자기 방문이 열리더니 키 백팔십 센티미터의 네 형이 나타
난 거야. 그때 너는 얼마나 놀랐는지 찔끔 오줌을 흘릴 정도였다고 나

중에 나한테 얘기를 했지. 놀란 건 나도 마찬가지여서 그토록 부드럽고 푹신푹신한 매트리스가 갑자기 차갑고 날카로운 가시방석으로 변한 듯한 느낌이 들었지. 너의 형은 매우 노여운 목소리로 방의 어린 밀정들에게 소리쳤어.

"뭣들 하는 짓이야!"

그러면 밤쥐처럼 기어들었던 우리는 무어라고 대답할 수 있을까.

"너, 뒤로 숨긴 게 뭐야!"

너의 형은 네가 무언가를 재빠르게 감추는 것을 보고 말았지.

"아, 아무것도 아니야, 형."

너는 가엾게도 찬비 맞은 개처럼 온몸을 바들바들 떨고 있었어.

"이리 내놔봐."

너의 형은 거침없이 작고 힘없는 너의 손아귀에 감추어져 있었던 것을 낚아챘어. 그것은 필시 네 형의 신성이 담겨 있을 일기장이었지. 그것이 자신의 일기장임을 알아본 네 형의 얼굴은 노여움과 수치심으로 붉게 물들었지. 나는 차라리 눈을 질끈 감고 싶었지. 너의 형은 너, 정말 보이는 것이 없구나라고 소리치면서 너의 뺨을 세게 후려쳤어. 그런데 그것을 네가 피했던 모양이야. 헛손질을 한 너의 형의 노여움은 극에 달했어. 네가 감히 피하리라는 것을 어찌 상상인들 했을까. 너의 형이 장식장 옆에 놓여 있던 통기타를 집어들고 너의 머리를 향해 내려친 것은 순식간의 일이었지. 텅, 우지직. 어떤 소름끼치는 소리가 좀 과장스럽게 들려왔을 때 나는 생각보다 일이 크게 벌어졌다는 생각이 들었어. 그런데 깊이 파묻었던 고개를 들고 보니 정작 부서진 것은 너의 머리가 아니라 네 형의 기타였지. 현을 튕기면 그것을 공명시키는 기타의 몸통 부분이 우습게도 가격의 충격으로 인해 함몰되면서 꼭 네 머리 크기만큼 구멍이 뚫리고 말았거든. 그것은 얇은 합판에 불과했던 거야. 너의 형은 부서진 기타를 내던지고는 잠시 어찌할 바를 모르더니 곧 책꽂이에 꽂혀 있는 것들을 함부로 너에게 내던지기 시작했어. 그러고는 찰싹, 찰싹 너의 뺨을 사정없이 후려치기 시작했어. 너는 두 눈을 꼭 감고 바들바들 떨면서 네 형의 폭발적인 노여움을 받아내고 있었고, 그것을 보는 나도 너를 따라 바들바들 떨 수밖에 없었어. 그때 내 입장이 얼마나 난처한 것이었는지, 나는 오히려 네 형의 분노가 나를 향해주길 진심으로 바라기까지 했지. 너는 얼마 못 가서 훌쩍거리기 시작했어. 그러나 그것은 오히려 너의 형의 비위만 거슬리게 했을 뿐, 너의 형은 분노가 가득한 떨리는 목소리로 말했지.

"울음 그치지 못해! 내가 울음 따위를 동정할 줄 알아. 천만에, 뭐가 억울하다고 울어. 네 삶이 가여워서 우니. 왜 하는 짓마다 말썽이야. 잘못된 걸 알면 고칠 생각을 해야지. 너는 정말 머리가 어떻게 돼버린 거야? 다시는 형 방에 들어오지 말라고 했지? 정 들어오고 싶으면 허락받으라고 했지! 내가 왜 너한테 이런 식의 시달림을 받아야 하니! 도대체 네가 뭐야! 네가 뭔데 내 주변을 기웃대는 거냔 말이야! 네가 차라리 없어졌으면 좋겠어. 차라리 죽어버리라고! 너는 이 형한테서 뭔가를 바라는 모양인데 나는 너한테 아무것도 줄 생각이 없어. 알겠어! 알아들었으면 꺼져. 그리고 내 주변에 다시는 얼씬거리지 마!"

나는 훗날, 망설이던 나를 집으로 데려간 것과, 평소 공부 때문에 늦게 들어오던 너의 형이 그날 유독 집에 일찍 들어온 것(지금까지도 나는 그 이유를 궁금해하고 있다)은 모두가 결과적으로 나로 하여금 그

토록 숭배하는 형에게서조차 형편없이 무시되는 네 존재의 절망적인
궁색함을 보게 하기 위한 너의 의도된 계략은 아니었을까 하는 엉뚱한
생각도 해보았지. 앞에서 말한 바 있지만, 네 형은 너의 숭배를 기꺼워
하기는커녕 네 존재마저도 귀찮게 여기고 있었고 나는 우연히 그날 그
것을 확인하게 되었던 거야. 네가 믿고 싶어하는 대로 너의 형이 만일
자신을 향한 너의 숭배를 기꺼워했다면, 아무리 심사가 뒤틀려도 성실
하고 독실한 숭배자인 너의 머리를 기타 따위로 내려치거나 모욕적인
언사로 너에게 치욕을 안겨서는 안 되는 거야. 자신을 숭배하는 자를
모욕하는 것은 스스로 자신의 신성을 깎아내리는 것과 다름이 없기 때
문이지. 그러나 너의 형은, 주저 없이 기타로 너의 머리를 내려치는 것
을 보여줌으로써 너의 숭배를 거부한다는 것을 명백히했지. 그러나 정
말 이해할 수 없게도 그 일이 있은 후에도 너는 아무것도 달라지지 않
았어. 며칠 잠잠하던 너는 다시 내게로 와 형 이야기를 수군거리기 시
작했고 여전히 형 방에 들락거리는지 형의 물건을 가지고 와서 보여줬
으니 말야. 그때 내가 할 수 있었던 일이란 무엇이었을까. 정말 아무것
도 없었지. 내가 할 수 있는 일이란, 그대로 네가 수군거리기 위해 다가
올 수 있도록 네 뒤의 뒤에 있던 내 자리를 비우지 않고 지키는 것밖에
는 없었어. 어떤 마뜩한 대책이 없기는 너의 형도 마찬가지였을 거야.
형뿐만 아니라 혹 너의 병을 알았을 너의 부모에게도, 학교의 선생에게
도, 그때의 그 누구에게도 너를 위해서 할 수 있는 일이란 없었어. 그게
그럴 수밖에 없는 것이, 네가 앓고 있는 열등과 자괴의 병이란 다른 무
엇보다도 그 병을 치유하고자 하는 환자의 의지가 가장 중요한 것이었
기 때문이야. 우리들이 그렇게 대책 없이 허둥대는 사이, 한번 네 몸 속

에 들어온 열등과 자괴라는 그 지독한 병원균은 너의 몸 속에서 계속 자라났고 마침내 너는 그것들의 종용으로만 움직일 수 있는 그들의 몸주가 되었지. 너의 병은 난치에서 불치의 것으로 발전되어 있었던 거야.

너와 내가 중학교 졸업반이 되었을 때, 너의 형은 대학생이 되어 오랫동안 은거하며 자신의 천재성을 키워온 우리 소읍을 떠났어. 너의 형은 보란 듯이 서울 유수 대학의 법과를 지망하여 수석으로 합격했던 것인데 그것이 그때 우리 읍에 몰고 온 반향은 실로 대단한 것이었지. 어느 정도 예정되어 있었던 것도 사실이기는 하지만 실제로 너의 형이 그런 큰일(사실 그것은 삼 년 뒤 다시 너의 형이 해낸 사시 패스에 비하면 큰일도 아니었다)을 해내자 어른들은 우리 마을이 당장 파천황(破天荒)이라도 된 것처럼 요란을 떨었어. 읍내 곳곳에 네 형의 이름이 적힌 플래카드가 걸리고 국회의원에서부터 마을금고 이사장, 총동창회장, 심지어는 종친회장까지, 지역 유지들이 앞 다투어 너의 형을 후원하겠다고 나섰지. 다들 새삼 네 형의 천재성에 감탄하는 눈치였고 어떤 식으로든지 그것을 표시하고 싶어했어. 그 열기는 그즈음의 한겨울 추위를 전혀 느끼게 하지 못할 만큼 대단한 것이었지. 그런데 그때 너의 형에게 열광하던 무리 중 어느 누구도 그럴수록 걷잡을 수 없이 황폐해져가는 한 가엾은 존재를 생각하지 못하고 있었어. 혹독한 병을 혼자 앓고 있는 네 핍진한 삶에 대하여 사람들은 관심을 기울이지 않았던 거야. 그때 나는 네 형에게 있는 화려함과 그것과 극명하게 대비되는 너의 비루함을 목도하면서, 언젠가 천재와 둔재의 차이는 백지 한 장에 불과하다고 얘기한 늙은 영어선생의 얼굴을 씁쓸하게 떠올렸어.

중학교를 졸업하면서 너와 나도 헤어졌지. 그것은 뭐 어쩔 수 없는 일이었어. 성적이 워낙 좋지 않았던 너는 근동의 공업고등학교로 진학할 수밖에 없었고 나는 다시 너의 형이 다녔던 인문계 고등학교에 진학했지. 네가 한때 동병상련의 정을 나누고 있다고 생각한 우리는 그때즈음에는 그만큼 차이가 나 있었던 거야. 중학교 졸업이 코앞으로 다가오고 너와 헤어질 것이 확실해질 즈음 나는 네 가엾은 존재가 그간 나를 향하여 얼마나 애틋한 투기(投機)로 작용하고 있었는지를 깨닫게 되었지. 졸업이 가까워오자 너는 눈에 띄게 초조해하고 또 전에 없이 내게 밀착해왔는데 지금 생각해보니 그것은 '살려달라'는 너의 완곡한 의사표시였던 것 같아. 그러나 지금에 와서야 말하지만 사실 그때의 나는 너와 어서 떨어질 날만을 손꼽아 기다렸어. 그것은 네가 나에게 해악을 가할 것이 두려웠거나, 너를 혐오했기 때문이 아니라 아무것도 해주는 것 없이, 옆에서 너의 깊어가는 병을 지켜보는 것에 스스로 참을 수 없는 분노가 일었기 때문이야. 고등학교에 올라가 한 학기를 마쳤을 무렵에서야 나는 너와의 우중충한 기억에서 조금씩 벗어나는 것을 느꼈어. 너에게서 가끔 전화 같은 것이 걸려오기라도 하면 그때마다 나는 감정을 거세한 냉랭한 어조로 너의 심사를 모르는 척했지. 가령 내가 내 기억 속에서 너를 완전히 정리했을 즈음의 어느 날 통화는 나에게서 의도된 단 세 마디가 전부였던 것으로 기억된다.

"잘 지내니?"

"으, 응 너, 너는?"

"나도."

마침내 너에게서의 전화도 완전히 끊겼어. 한 시절, 그것이 너에게는 절실했을 너와 나 사이의 교신은, 내 쪽의 무성의로 인해 마침내 두절

되고 만 거야. 그후로 지금까지 나는 몇 사람을 거치는 동안 보잘것없이 왜곡된 너에 대한 소문만을 어렴풋이 듣게 되었을 뿐이야. 그것들은 대개가 너를 어디 만화방에서 보았다든가, 너와 우연히 당구를 같이 쳤다든가 하는 식의 이야기의 형식을 갖추지 못한 단순한 이야기들이었어. 그런 소문들로 유추해보건대 너는 아마도 네 병으로부터 오는 고통을 무화시킬 나름의 방도를 찾았던 모양이야. 그것이 비록 만화나 오락, 당구, 포르노테이프 같은 도락적인 것들이었다 하더라도 말야. 나도, 네가 차라리 그런 도락에 빠지는 것으로라도 너의 병으로부터 오는 고통에서 잠시나마 벗어날 수 있기를 바랐어. 그러나 마침내 오랫동안 그 불길한 징후만을 보여주던 날은 오고야 말았지. 네가 너의 병으로부터 잠시뿐만이 아니라 영원히 벗어나게 된 그날이 말야.

내가 네 사고 소식을 길에서 우연히 만난 중학교 동창에게서 들은 것은 이틀 전이야. 네가 사고를 당해 세상을 뜬 날로부터 벌써 일 주일이 지나고 나서야 나는 네 소식을 들은 거지. 다들 우연히 일어난 사고라고 말들을 하더구나.

고등학교 졸업 후에도 여전히 아이들 속에 섞여 어슬어슬 만화나 보고 당구나 치며 소일하던 너에게도 군 입대 영장이 날아들었겠지. 그런데 너는 이런저런 사유를 대며 계속해서 입대를 연기했던 모양이야. 아마도 군대에 가는 게 두려웠겠지. 하지만 더이상 연기 신청이 받아들여지지 않았던지 결국 너는 입대 날짜를 받아놓게 되었지. 마치 도살장에 끌려가는 심정으로 군대에 들어간 너는 곧 심각한 문제사병이 되었어. 시쳇말로 고문관이 된 거지. 그래 그것은 너를 알고 있는 몇몇 친구들도 우려했던 바야. 나 역시 가끔 과연 네가 군대생활을 잘해낼 수 있을까 생각하곤 했으니까. 너는 선임병한테 늘 지적을 받았지. 아무도 널 상대하려 하지 않았어. 너는 기합을 받았고 가끔 구타도 당했어. 그러다가 결국 너는 사고를 치고 말았지. 너를 괴롭히던 선임병의 머리를 M16소총의 개머리판으로 내려쳐 중상을 입힌 거야. 너는 곧 군사재판을 받았고 육 년의 실형을 선고받았고 영창에 들어갔어. 사고는 바로 네가 군교도소에서 출소하는 날에 일어났더구나. 그게 바로 일 주일 전이었지. 네 소식을 전해준 성배의 말에 의하면 사법고시를 패스하고 판사로 임용되어 일하고 있는 너의 형이 네 구명에 많은 힘을 썼다고 하더구나. 너의 출소일에, 교도소 앞에서 너를 마중한 사람 역시 네 형이었다고 했어. 그날은 아침부터 장대 같은 비가 내리고 있었지. 너의 형은 네가 출소한다는 것을 알고 일부러 휴가를 청원했다고 하더구나. 너의 형은 뜻밖에도 부모를 대신해 너를 마중하려고 몸소 군교도소까지 간 거였어. 네 형은 교도소 정문을 나오는 너에게 우산을 씌워주며 가볍게 포옹했겠지. 그리고 아마도 준비해간 두부를 먹여주었을 거야. 너는 바보같이 눈물을 뚝뚝 흘렸겠지. 네 형은 너의 등을 가볍게 두드리며 너를 자신의 승용차에 태웠어. 그리고 너는 그 길로, 미처 아무도 생각하지 못한, 단지 불길하게 예정됐을 뿐인 길을 떠난 거야.

　너와 너의 형이 탄 승용차는 간선도로를 지나서 고향으로 통하는 국도에 접어들고서 얼마 지나지 않아 사고를 당했어. 너의 형의 말에 의하면 맞은편에서 빗물에 미끄러져 오는 덤프트럭을 도저히 피할 수 없었다고 했지. 경찰들이 현장을 감식한 결과 네 형의 증언은 매우 신빙성이 있었어. 빗물에 중앙선을 침범한 트럭은 곧장 조수석으로 돌진해왔지. 충돌 순간에 너의 형은 본능적으로 핸들을 왼쪽으로 꺾었고 그것은 조수석에 앉아 있던 너에게 치명적인 부상을 입히는 결과를 초래했어. 머리 쪽을 다친 너는 차체와 함께 구겨진 채로 현장에서 숨을 거두었지. 병원으로 옮기고 말고 할 것도 없었지. 너의 형 역시 전치 사 주라는 부상을 입었지. 그런 대형사고를 당했는데도 네 형이 목숨을 건진 것은 정말 기적적인 일이야. 아무튼 너는 형의 차를 타고 가다가 사고를 당해 비극적으로 이 세상에서의 삶을 마감한 거야.

에필로그

중희야, 그날 네가 당한 사고에 대하여, 누구의 잘못에서 비롯됐는가 하는 따위는 따지지 않기로 하자. 대부분의 사람이 생각하는 것처럼 그날의 사고는 어디서든 쉽게 보고 들을 수 있는 우연한 사고였을 따름이니까. 하지만 나는 이런 생각이 드는구나. 하필이면 네가 그토록 의심 없이 숭배하고 맹목으로 순종한 네 형의 차 안에서 이 세상에서의 마지막 숨을 거두었다는 사실이 어떤 의미심장한 기표 같은 게 아닐까 하는. 난 좀처럼 이 불편한 의혹을 떨칠 수가 없어. 너의 삶이 그간 특별하게 보여준 어떤 편집이나 광신과 관련지어 생각할 때는 더욱 그러하거든. 완강하게 자신의 병을 인정하지 않던 너도 결국은 너 자신이 죽어야만 그 열등과 자괴의 지독한 병이 네 몸에서 떠날 수 있다는 사실을 수긍했던 거니. 너는 이러한 모든 것들을 미리 알고 그날의 죽음을 예정해놓았던 것은 아니었니? 나는 잘 모르겠구나. 나는 이제, 이미 돌아간 너의 곤핍하고 궁색한 삶에 대해 위무(慰撫)하기를 포기하고자 한다. 아울러 너의 죽음이 남기고 간 그 의미심장한 기표를 해독하는 것도 포기한다. 그렇게 하는 것만이, 지금쯤 이 세상에서 얻은 피로를 벗고 영면을 청하고 있을 너를 위하는 것이라고 생각하기 때문이야.

그 동안 밥을 못 먹고 있던 너의 형은 어제 아침부터는 식사를 하고 있다고 하는구나. 부상을 당한 곳도 생각보다 상태가 심하지 않다고 해. 너의 형은 아직 너의 죽음을 모르고 있는데, 그 사실은 그것을 알리는 것이 환자의 상태에 무해하다고 의사들이 판단할 때 비로소 너의 형에게 알려지겠지. 그러나 나는 심술궂게도 네가 죽었다는 말을 들었을 때 너의 형이 어떤 표정을 지을지 궁금해서 견딜 수가 없구나. 그래서 내일쯤 네 형이 입원해 있는 병원에 가서 너의 형에게, 당신이 부주의하게 운전하던 승용차를 타고 가다가 네가 죽었다고 말할 생각이야. 당신을 사랑하는 것이 너의 유일한 즐거움이었다는 말과 함께.

지붕 위의 날들
— 악취미들 4

루소는 사흘에 한 번꼴로 내 침대를 붉은 혓바닥으로 더럽혔고

그 움직임은 그때마다 한결 집요해졌다.

일이 끝나고, 작고 사악한 짐승이 다녀간

내 몸을 바라볼 때의 처연함은 이루 말할 수 없는 것이었다.

그러나 나는 견뎌냈다.

고양이 따위하고는 비교할 수 없는 크고 융숭한 위협이

내 몸에 찾아오는 그날까지.

여자와 K가 집에 오기로 한 날이다. 아빠는 아침 일찍 일어나 면도를 하고 정원의 관상수들을 손보았다. 흥얼흥얼 콧노래를 부르는 것도 같았다. 며칠째 내리던 비가 멈추고 하늘은 맑게 개어 있었다. 하지만 나는 아침부터 까닭 없이 우울해져서 지붕 위에 올라갔다. 거기까지 나를 따라 올라온 감나무의 잔가지들이 내 발바닥을 간질였지만 웃음이 나오지는 않았다.

*

나는 아주 어렸을 때부터 지붕에서 시간을 보내는 걸 좋아했다. 창백하고 말수가 적었던 나는 음울한 기운이 내 온몸을 휘감아 기분이 가라앉는 날이면 따뜻한 햇볕이 가득 찬 지붕 위에 내 서늘한 몸을 눕히고는 했다. 그러고는 지붕의 붉은 비탈 사이로 흐르는 눈물 소리를 듣다가 스르르 잠이 드는 것이다. 잠에서 깨고 나면 거짓말처럼 한결 기분이 나아져 있었다.

잠이 얼핏 찾아들려고 할 즈음 초인종 소리가 들렸다. 몸을 일으켜서 마당을 내려다보니 아빠가 활짝 웃는 얼굴로 대문을 열고 있었다. 노란 대문이 열리자 여자와 K가 마당 안으로 들어섰다. 나는 가슴이 황급하게 뛰는 것을 느꼈다. 분홍색의 말쑥한 한복을 입은 여자와 그 여자보다 서너 걸음쯤 뒤에서 걷고 있는 K. 아빠가 말했던 나의 새엄마와 그의 아들이다. 여자와 K는 아빠의 안내를 받으면서 너른 마당을 가로질러 일층 현관 쪽으로 향했다. 조금 뒤처져 있던 K는 아빠와 여자를 뒤따르지 않고 짐짓 마당 여기저기를 둘러보았다. 짙은 검은색 머리칼과 검은색 옷차림이 빈 뜰의 K를 잠시 괴괴하게 보이게 했다. K의 얼굴이 궁금하다는 생각이 들었을 때 생감 열매 하나가 가지에서 떨어져 지붕의 물받이 홈통을 '퉁' 하고 튕기더니 마당으로 떨어졌다. 그 바람에 K가 눈을 들어 지붕 쪽을 올려다보았다. 나는 미처 몸을 숨길 새가 없었다. K의 눈과 내 눈이 마주쳤다. 놀란 쪽은 내 쪽이었다. K의 눈빛이 당혹스러우리만큼 강렬했기 때문이었다. 내 몸의 무게중심이 갑자기 앞으로 쏠리는 바람에 하마터면 나는 지붕을 굴러 마당으로 떨어질 뻔했다. 가까스로 몸을 추스른 나는 황급히 지붕 뒤편으로 건너가 계단을 타고 이층 베란다에 내려섰다. 나는 가쁜 숨을 겨우 고르면서 베란다의 창문을 열고 내 방으로 들어갔다. 침대에 몸을 눕히며 K의 꿈틀대던 검은 눈을 생각했다. 그것은 아직까지 한 번도 보지 못했던 눈이다. 그 눈과 잠깐이나마 마주침으로써 나는 세상에 그런 눈이 있다는 것을 알게 되었다.

"실래야! 일층으로 내려오렴."

아래층에서 나를 부르는 아빠의 목소리가 들렸다. 처음에 아빠로부터 새엄마와 그녀의 아들이 온다는 얘기를 들었을 때 나는 우리집에 새 가구가 하나 들어오는 것쯤으로 생각하리라 하였다. 모르긴 몰라도 아빠 역시 내가 그렇게 생각해주길 바랐을 것이다. 사실 아빠는 자신의 생각이나 입장을 나에게 세세하게 설명하는 스타일은 아니었다.

아래층으로 내려갔다. 거실에는 분홍색 한복을 입은 여자와 K가 마치 관상수처럼 서 있었다.

"인사드려라. 네 새엄마이시다."

아빠가 담담한 목소리로 말했다.

"이야옹."

짧은 고양이 울음소리가 들린 건 그때였다. 나는 반사적으로 그 울음소리가 난 쪽으로 고개를 돌렸다. 그러나 어디에도 고양이의 모습은 보이지 않았다.

"이야옹."

다시 한번 들려온 소리, 분명히 고양이 소리였다. 고양이는 K의 다리 뒤춤에 숨어 있었다. 검은색 꼬리와 머리만 겨우 내놓고 나를 훔쳐보고 있었다.

"인사부터 드려야지."

아빠가 다시 말했다. 그제야 나는 고개를 돌려 여자의 얼굴을 자세히 바라보았다. 여자의 얼굴은 한복과 잘 어울릴 만큼 단아했다.

"안녕하세요. 처음 뵙겠습니다."

나는 그렇게 인사하면서도 머릿속으로는 K의 다리 뒤춤에 숨은 고양이를 생각했다.

"반가워요. 참 보고 싶었어요."

여자는 상냥한 목소리로 말했다.

"그리고 이쪽과도 인사하렴."

아빠가 지체 없이 K를 가리켰다. 가까이에서 본 K는 생각했던 것보다 키가 컸지만 얼굴은 앳돼 보였다. 그는 숱이 많은 검은 머리카락과 짙은 눈썹, 반투명한 입술을 가지고 있었다. 스무 살이라고 했지 아마. 혼돈스런 나이, 그러면 나와 같은 해에 태어났구나.

"만나서 반가워요. 잘 지내요."

나는 짐짓 태연한 목소리로 K에게 말을 건넸다. 그러자 그는 아래로 숙이고 있던 고개를 들고 나의 눈을 정면으로 바라보았다. 예의 그 눈에는 뭐라고 설명하기 어려운 도발적인 기운이 스며 있었다.

"그래, 잘 지내보자."

나는 그 눈이 뿜어내는 이상한 기운에 휘말려 그가 나에게 처음부터 반말을 하고 있다는 것도 알지 못했다. 나는 내 몸이 일순 차가워지는 것을 느끼면서 알맞게 달구어진 기와들이 가득 펼쳐져 있는 따뜻한 지붕 위를 내 몸이 몹시 원하고 있다는 것을 알았다. 나는 여자에게 목례를 하고는 이층으로 올라왔다. 그때 면도날로 유리창을 긁는 것 같은 고양이의 울음소리가 또 한번 귓전을 울렸다. 나는 점심도 거른 채 그날 오후를 지붕 위에서 보냈다. 지붕 위에서 잠도 잤던 것 같다. 나는 지붕 위에서 사랑만 빼고 모든 것을 다 할 자신이 있었다.

신기하게도 K와 대면한 그날 이후 K는 자취를 감췄다. 자취를 감춘 건 K뿐만 아니라 고양이 소리도 마찬가지였다. 여자는 일 주일 새에 정말 엄마처럼 주방에서 음식도 만들고 창틀의 먼지를 닦아내고 세탁기를 돌리고는 했지만 K의 자취는 어느 곳에서도 찾아볼 수 없었다. 나는 K에 대해서 궁금해하는 나 자신에게 묘한 자괴감을 느꼈다.

K는 일 주일 만에 작은 용달차에 짐을 실은 채 나타났다. K가 가지고 온 짐은 대개가 화구이거나 책 등속이었는데 개중에는 기형적으로 생긴 나뭇조각, 석고상, 걸개그림 따위도 눈에 띄었다. 나는 그제야 그가 미대에 들어가기 위해 재수를 하고 있다고 말했던 아빠의 말을 기억해냈다.

*

사진으로밖에 얼굴을 본 적이 없는 외할아버지는 일찍이 운수업으로 크게 성공한 재력가였다. 그는 사업기반이 튼실해지자 뜻한 바가 있어 장로교 권사였던 외할머니에게 고아원을 운영하게 했다고 한다. 외할머니가 고아원을 처음의 운영자에게서 인수할 때 나의 엄마는 고아원의 원아였다. 엄마는 새로운 운영자인 외할머니에게 전체 원아를 대표하여 인사했다고 한다. 그때 막 터지기 시작한 고아원 뜰의 벚꽃잎들이 하늘 가득 자욱하게 날리고 일곱 살의 어린 소녀가 또랑또랑하게 인사를 해오자 정이 많은 외할머니는 그만 눈시울을 붉히고 말았다고 한다. 외할머니는 그때 이미 그 소녀를 양녀로 받아들일 생각을 했던 모양이다. 외할아버지의 사업은 날로 번성했고 고아원의 아이들은 밝고 깨끗해졌다. 그리고 소녀가 학교에 들어갈 나이가 되었을 때 외할아버지와 외할머니는 소녀를 수양딸로 받아들였다. 운수업으로 성가한 집에 수양딸로 들어갔을 때, 소녀는 한 가지 새로운 사실을 알고는 몹시 기뻤다. 자신에게 부모뿐 아니라, 잘생기고 친절한 오빠까지 생겼다는 사실. 그가 내게는 외삼촌이 되는 사람이다.

엄마는 무척 아름다웠다고 한다. 그녀가 가졌던 아름다움은 그대로 나에게로 옮겨왔다. 그런데 내가 엄마에게서 물려받은 것이 비단 육체의 아름다움 하나뿐일까. 나는 모든 일들이 내 몸을 스쳐 지나갔을 때, 그것이 아닐지도 모른다는 의심을 품게 되었다.

부잣집에 수양딸로 들어간 소녀는 나날이 용모가 수려해졌다. 누가 보아도 틀림없는 부잣집의 외동딸이었다. 외할아버지와 외할머니의 정성도 물론 예사롭지는 않은 것이었다. 그들은 소녀를 하나님이 주신 선물이라고 생각하고 양육에 온 정성을 다하였다. 소녀는 늘 조리 있게 말했고 양부모에게 예외 없이 순종했다. 소녀는 그대로 외갓집의 자랑이 되었다. 양부모의 아들은 다정다감하고 사려 깊은 사람이었다. 어느 날 고아원의 소녀가 자신의 새로운 동생이 되어 집에 들어오자 그는 진심으로 소녀의 처지를 동정했고, 다정하고 좋은 오빠 노릇을 하리라 다짐했다. 그는 예쁘고 영특한 여동생이 생긴 것을 자신의 축복으로 받아들였다. 그는 자신이 가지고 있는 온갖 좋은 품성들을 새로운 여동생에게 나눠주었다. 지혜롭고 용모가 반듯했던 그는 소녀보다 여덟 살이 위였다. 그 외삼촌은 지금 세상에 없다. 그 외삼촌이 그렇게 예뻐하던 여동생도 지금은 세상에 없다. 나는 그들이 왜 그토록 일찍 세상을 떠나게 되었는지 오랫동안 궁금했다.

*

　　K는, 자신의 어머니가 스무 살짜리 여식이 하나 딸린 사진작가에게 재가하기로 결심하기 전부터 이미 집에서 나와 따로 살고 있었던 모양이다. 일 주일 만에 자취하던 집에서 짐을 꾸려가지고 온 K는 이층의 산 쪽으로 나 있는 방에 그 짐들을 풀어놓았다. 그 방은 평소 비어 있어, 먼 도시에서 놀러 온 사촌오빠들이나 묵던 방이었다. 그 방은 내 방에서 복도를 따라 칠팔 미터쯤 떨어져 있는데, 내 방과 함께 이층 복도의 양 끝을 차지하고 있었다. 나는 그 방을 별로 좋아하지 않았다. 그 방은 어딘지 모르게 음습하고 춥게 느껴졌고, 오래된 벽지의 무늬도 괴괴한 것이었다. 그런데 K가 그 방에 짐을 부리고 주인 행세를 하면서부터 나는 정말 알 수 없게도 그 방에 괜한 호기심이 느껴지기 시작했다.

　　그 주인 없던 방은 확실히 주인이 생기면서 전보다 밝아졌다. 하지만 면도날로 유리창을 긁는 것 같은 고양이 울음소리가 들려오기라도 할라치면 나는 신경이 잔뜩 곤두서곤 했다. 그 소리에 마주한 검은 산이 움찔할 것만 같았다.

*

　　고양이의 이름은 '루소'였다. 그것은 K가 붙여준 이름이었다. K가 이층의 빈 방에 짐을 부리던 날, 나는 고양이 그림이 거친 붓 터치로 그려진 대형 걸개그림을 그 짐에서 발견하였다. 그림은 원색을 거의 희석

하지 않고 사용해서 다소 현란한 느낌이 드는 것이었는데 얼핏 민화(民畵)와도 흡사하다는 생각이 들었다. 나는 그날 고양이 이름에 대해 K와 얘기했던 기억이 난다.

"고양이 이름이 뭐니?"

"루소야. 앙리 루소에게서 따왔어. 아는지 모르겠지만 그는 원시림을 많이 그린 프랑스의 화가야. 그가 그린 원시림은 원초적인 에너지로 가득 차 있거든. 나는 그게 좋아."

K는 고양이에게 화가의 이름을 붙여줄 줄 아는 남자였다.

고양이 루소는 K와 늘 붙어다녔다. 단단히 길을 들인 모양이었다. 루소는 주인을 닮아 깊고 그윽한 눈을 가지고 있었다. 그것은 지극히 고양이다우면서 고양이답지 않은, 설명하기가 매우 어렵고 복잡한, 그런 눈이었다. 그런데 고양이에게 내가 처음부터 밉게 비쳤나보다. K의 무릎 위에 얌전히 앉아 있는 루소의 미간을 가볍게 쓰다듬으려는 순간, 녀석은 날이 선 발톱으로 내 흰 손목 안쪽을 살짝 찢어놓았던 것이다. 능숙한 솜씨. 조그만 어린 고양이의 공격은 치명적이지는 않았지만 무척이나 기분 나쁜 것이었다. 그것은 마치 순진무구하다고 생각했던 어린 아기에게서 뜻밖의 심술을 발견했을 때 느끼는 섬뜩함 같은 것과 비슷했다. 선과 악이 분리되지 않고 교묘하게 섞여 있을 때, 그 심연의 깊이는 얼마나 아득할까. 손목 안쪽에 느낌부호처럼 핏방울들이 맺히는 순간, 나는 K의 눈을 쳐다보았다. 깊고 깊은 우물 속에 빛 한 점 들어 있지 않은 듯한 K의 눈. K는 어느새 색을 바꿔 품안의 어린 고양이를, 스무 살 숫처녀인 여자의 하얀 손목을 찢어놓은 고양이를 부드럽게 어르고 있었다. 나는 몹시 기분이 우울해져서는 "이 고양이 당장 내다버려!" 하고 소리를 질렀다. 그러자 K는 시큰둥하게 내 눈을 한번 더 쏘아보고는 루소를 안고 그 자리를 떠났다.

루소의 공격은 상습적으로, 그리고 매번 날카롭게 이루어졌다. 내가 루소를 내다버리라고 소리를 지른 것은 실수였던 모양이다. 정말 화가 나게도 루소는 어느 구석에 숨죽이며 웅크려 있다가 화장실에서 나오는 나를, 화장을 하고 막 대문을 나서려는 나를 예의 그 날 선 발톱으로 공격해오곤 했다. 그러면 나는 매번 하얗게 질려 부들부들 떨 수밖에 없었다. 그런데도 K는 오히려 내가 자기 고양이에게 해코지를 한다고 여기는 것 같았다.

"내 고양이에게 이게 무슨 짓이야. 무슨 권리로 동물을 학대해!"

"무슨 소리야. 내게 달려든 건 네 고양이라고."

하지만 K는 내 말을 곧이듣지 않았다. 고양이가 다리를 절룩이며 K의 발 밑에서 끙끙, 교태를 부렸기 때문이다. 그러면 K는 비웃음이 가득한 표정을 내게 지어 보이고는 고양이를 안고는 자기 방으로 들어가버렸다.

'K, 너는 내 몸에 제멋대로 그어진 고양이 발톱 자국이 보이지 않니?'

나는 속으로 그렇게 말하면서도 실제로는 아무 말도 하지 않았다. 다만, 멀쩡한 다리를 절름거리며 나를 희롱하는 고양이의 눈에 말쑥한 송곳을 하나 꽂아주고 싶을 뿐이었다.

엄마는 어여쁜 외동딸 역할을 아주 훌륭히 해내고 있었다. 그녀의 오빠는 그녀에게 동화책, 인형, 그림엽서나 문고판 전집 같은 것을 사다주었고 자신이 알고 있는 세상에 대해 이야기해주고는 했다. 외할머니는 오누이의 돈독한 우애에 매우 흡족해했다. 외할머니는 그때, 내 어머니가 얼마만큼의 세월이 흐르면 다른 여자애들처럼 열아홉, 스무 살의 성숙한 여인이 될 것이라는 사실을 생각하지 못했던 것 같다.

나는 K에게 두 번 정도 말했던 것 같다. 고양이를 집 밖으로 내보내라고. 내가 그것을 처음 요구했을 때 K는 이렇게 대답했다.

"여기가 너의 집이라 이거군. 루소는 이 집을 무척 마음에 들어해. 루소를 어찌하기엔 너무 늦었단 말야."

나는 나를 뚫어지게 바라보며 일갈하는 K의 기세에 눌려 그 어떤 반박도 하지 못하고, 황급히 몸을 돌려 내 방으로 들어왔다. 왠지 모를 수모를 당한 것만 같았다.

K는 산 쪽으로 나 있는 방 안에 틀어박혀 이상한 그림을 그리거나, 그러지 않을 때는 잠을 자는 것 같았다. 그러다가 아주 가끔씩 물통의 물을 갈거나 콜라를 마시러 아래층에 내려가고는 했다. 간혹 계단이나 복도에서 마주치면 K는 예의 이상한 기운으로 가득 찬 눈동자를 들어

민첩하게 내 전신을 훑어내렸다. 그러면 나는 내 겨드랑이나 사타구니 같은 데에 꺼끌꺼끌한 사포가 스쳐 지나가고 유리가루 같은 것들이 뿌려지는 느낌이 들어 몸서리를 쳐야 했다.

점차 나는 불길하면서도 눅진한 어떤 기운이 내 주변에 엄습해 있다는 느낌에 사로잡히게 되었다. 그것은 갈수록 선명해지는 것이었지만 그때 나는 그것이 내게 찾아올 어떤 극적인 사건을 알리는 암시였으리라고는 전연 생각지 못했다. 그러다가 꿈처럼 그 일이 일어났다.

그 일이 일어난 것은 몹시 더운 초여름의 한밤이었다. 나는 친한 친구와 다음날 정동진의 일출을 보러 가기로 되어 있었기 때문에 차가운 물로 샤워를 하고 다른 날보다 훨씬 일찍 잠자리에 들었다. 엉겁결에 깊은 잠이 든 나는 새벽녘쯤에 무엇인가 날카로운 것이 내 가슴을 반복적으로 건드리고 있다는 느낌을 받았다. 눈을 뜨니 방문 쪽에서 누군가가 선 채로 손전등으로 나를 비추고 있었다. 손전등의 빛줄기가 겨냥한 곳은 바로 내가 가볍고 시린 통증을 느끼고 있는 가슴팍이었다. 나는 움직이지 않고 보았다. 내 가슴 위에 올라 있는 작고 사악한 동물을. 그것은 고양이 루소였다. 루소는 내 속옷을 앞발로 밀어올리고는 그 붉은 혓바닥으로 내 젖가슴을 연신 핥아대고 있었다. 그러나 나는 소리 한번 지를 수 없었다. 가는 빛줄기와 시린 혓바닥의 감촉이 내 온몸을 단단히 포박하고 있었기 때문이다. 물론 나는 내가 꿈을 꾸고 있는지도 모른다고 생각했다. 그러나 그건 슬프게도 꿈은 아니었다. 나는 움직이지 않고 한동안 가만히 있었다. 나는 엉뚱하게도 이 검은 동물과 이 동물을 조종하는 사람을 놀라게 해서는 안 된다는 생각이 들었다. 검은 동물은 아주 섬세하게 움직였고 빛줄기는 그 섬세한 움직임을 따라다녔다. 그것이 실수였는지는 모르겠지만 루소는 머리를 갸웃하다가 내 얼굴 쪽으로 고개를 쳐들게 되었고 순간 나의 눈과 마주쳤다. 번쩍. 눈이 마주치자마자 루소는 흡사 스프링처럼 내 몸 위에서 튀어나갔다. 그것과 거의 동시에 문 쪽에서 스멀스멀 뻗어와 있던 빛줄기도 사라졌다. 방문 닫는 소리가 들렸고 잠시 후 K의 방 쪽에서 인기척이 들렸다.

*

　내 어머니가 열아홉 살이 되었을 때 근동에서 그녀만큼 아름다운 여자는 없었다. 외삼촌은 그 무렵 군대를 막 제대하고 집에 와 있었는데 그사이에 키가 큰 여인으로 변한 어머니를 보고 적지 않게 놀랐다. 외삼촌은 강원도 어느 산 속에서 삼 년의 군생활을 막 마친 뒤였다. 그는 군대에서 많은 상처를 받았고 그사이 자신의 영혼이 돌이킬 수 없이 황폐해졌다는 걸 깨달았다. 그는 군생활 삼 년 만에 본능이나 욕망에 충실하고자 하는 자신의 모습을 발견하고는 깜짝 놀랐다. 어이없게도, 참담하게도, 열아홉으로 자라 있는 여동생에게 성욕을 느꼈던 것이다.

*

　아침에 내 몸은 땀으로 흠뻑 젖어 있었다. 나는 지붕에 몸을 눕히고

이 불순한 땀방울들을 말리고 싶었다. 친구에게 전화를 했다. 친구에게 '간밤에 내 남동생이 기르는 고양이가 내 몸을 타고 가슴을 핥았어'라고 말할 수는 없었다. 나는 치욕을 느끼며 변명을 했다.

"몸살이 났어. 정동진에는 다음에 가자."

착한 친구는 서운해하면서도 나를 위로했다.

"그럼 할 수 없지 뭐. 초여름에 몸살 난 사람 마음은 오죽하려고."

나는 지붕 위로 올라갔다. 기와들은 아침 햇살에 알맞게 달궈져 있었다. 나는 땀이 식는 내 몸에 다소 한기를 느끼면서도 짧은 티와 반바지만 입고 지붕에 누웠다. 나는 나에게 일어난 일을 차분하게 생각하고 싶었다. 나는 맑고 깨끗한 햇살 아래에서 고양이의 검은 눈과 붉은 혓바닥을 생각했다. 그리고 어둠 속에서 나를 비추던 집요한 빛줄기를 생각했다. 그 순간 세상의 비밀이 내 몸 안으로 들어왔다는 생각이 들었다.

나는 지붕 위에서 몇 시간을 잤는지 모른다. 간밤에 한숨도 자지 못한 나는 내가 생각했던 것보다 훨씬 기진해져 있었던 모양이다. 나는 지붕 위에서 사랑만 빼고는 모든 것을 다 할 자신이 있었다. 사람들의 대부분은 텔레비전 안테나를 손보거나, 깨진 기왓장을 갈아 끼우려고 그들 생애의 가끔 지붕에 오를 뿐이다. 하지만 나는 지붕 위에서 내 슬픔을 마주 본다.

고양이 루소의 첫번째 침입에 대해 나는 어느새 나 스스로가 놀랄 정도로 너그러워져 있었다. 녀석은 전과 다름없이 어느 옹색한 구석에 숨어 있다가 나에게 치근거리기도 하였지만 나는 그것에 내 몸이 상한다고는 생각지 않았다. 어느 사이 나는 대담해져 있는 나 자신을 발견했다. 나는 고양이 따위가 아닌 더 큰 위협이 내 몸 가까이 와주기를 바라고 있었다. 나는 내 하얀 몸 위에 고양이 발톱 자국과 유리가루 같은 날카로운 것들이 아주 너저분하게 뿌려지는 것을 상상했고 그러면서 설명하기 힘든 쾌감을 느꼈다.

루소의 첫번째 침입이 있고 나흘 만에 나는 다시 루소의 방문을 받았다. 루소는 K가 쏘아대는 손전등의 불빛을 쫓아 내 침대 위로 튀어올랐고 앞발로 조심스럽게 이불과 내 옷자락을 걷어올렸다. 루소의 까칠한 혓바닥이 가슴을 쓸듯이 핥았다. 곧 내 몸 여기저기에서 땀방울들이 툭툭 솟아올랐다. 고양이 혀끝의 아찔한 감촉이 내 몸 안의 물을 불러내었다. 붉은 혓바닥은 내 몸을 부지런히 오르내렸다. 간질간질하면서 꺼칠하고 따뜻한 느낌, 나는 그것이 바로 공포가 가지고 있는 또다른 모습이라고 생각했다. 한참 만에 빛줄기가 사라지고 고양이가 침대를 내려가고 문이 닫혔다. 나는 땀이 다 식을 때까지 기다리다가 새벽녘이 다 되어서야 잠이 들었다.

루소는 사흘에 한 번꼴로 내 침대를 붉은 혓바닥으로 더럽혔고 그 움직임은 그때마다 한결 집요해졌다. 일이 끝나고, 작고 사악한 짐승이 다녀간 내 몸을 바라볼 때의 처연함은 이루 말할 수 없는 것이었다. 그러나 나는 견뎌냈다. 고양이 따위하고는 비교할 수 없는 크고 융숭한 위협이 내 몸에 찾아오는 그날까지.

*

외삼촌은 결국 머리칼을 쥐어뜯으며 한밤중 열아홉 살의 내 어머니가 잠들어 있는 침실의 방문을 열었다. 외삼촌은 내 어머니의 침대를 더럽히면서 들뜬 목소리로 이렇게 말했다.

"그리웠어. 네가, 네 몸이. 네 영혼이, 그리고 그 모든 나의 욕망이."

내 어머니는 누군가가 밤쥐처럼 침대를 파고들자 극도의 공포를 느껴 베개를 안고 부들부들 떨다가, 그가 오빠임을 알게 되자 깊이 안도하고 오빠의 머리채를 꼭 껴안고 말았다. 열아홉의 깨끗한 처녀였던 내 어머니는 놀랍게도 외삼촌의 몸짓에 담긴 뜻을 알아버렸던 것이다.

"오빠구나. 괜찮아, 나는 마음이 편하니까 오빠도 괴로워하지 마."

내 어머니는 가늘고 하얀 팔로 오빠의 불긋해진 얼굴을 더욱 꼭 껴안았다. 외삼촌은 편안해졌다. 그는 내 어머니의 몸을 감격스럽게 만졌고 어머니는 외삼촌의 손길이 머무는 곳마다 열꽃이 피는 것을 느꼈다. 외삼촌의 느린 몸에서 낮은 신음이 배어났다. 둘의 몸에서 땀방울이 솟았다. 외삼촌과 내 어머니는 서로의 몸에 제 몸의 땀을 묻혔고 그 냄새들을 맡았다. 그 냄새들은 자욱하고 매캐한 것이었다.

*

K는 식탁이나 거실 텔레비전 앞에서 마주치면 여전히 기묘한 눈빛으로 나를 살짝 찌르고는 내 앞을 지나쳐 갔다. 나는 밤에 내게 일어나는 일들로 K를 힐난하지 않았다. 어쩌면 그래서 K가 오해를 했는지도 모르겠다.

아빠와 여자가 아빠의 친구가 개업한 일식집에 초대받아 가던 날, 나는 미열에 들뜬 몸을 끌고 다시 지붕에 올라갔다. 장마가 잠시 주춤하고 햇볕이 기왓장들을 따뜻하게 달구고 있었다. 파릇한 감나무 이파리들이 처음에 바람을 타고 흔들리더니 지붕의 붉은 비탈들이 어느 때부터 요람처럼 잔잔하게 흔들리기 시작하였다. 그때부터 나는 참을 수 없는 졸음을 느꼈다. 기왓장들이 부딪치면서 사각사각, 내 지극히 적막한 잠 속에 싫지 않은 소리를 넣어주었다. 그것은 꿈과 현실이 묘하게 섞여 있는 이미지였다. 나는 몸을 뒤척이면서 나도 모르게 내 발에 걸리는 기와들 몇 장을 차버렸다. 기왓장들은 하늘 높이 솟구쳐올랐다가 땅에 떨어지면서 산산조각이 났다.

챙그렁 텅. 그 소리에 잠시 감았던 눈을 떴다. 지붕이 어느새 격랑이 이는 바다처럼 출렁이고 있었다. 머리맡에 고양이 루소가 태만한 표정으로 앉아 있었고 내 몸 위에는 K가 올라와 있었다. 놀랍게도 K는 내 몸 위에 올라와서 내 몸을 찍듯이 누르고 있었다. K는 혓바닥으로 내 가슴을 누르고, 목을 누르고, 관자놀이를 누르고, 내 귓불을 눌렀다. K의 혓바닥은 고양이의 혓바닥처럼 까칠하지 않았다. 내 살과 섞여 속 깊이 파묻히는 K의 물컹한 혀. 나는 기와를 손톱으로 긁으며 발버둥을 쳤다. 나는 나도 모르게 신음 소리를 냈다. 신음 소리를 낼 때마다 머리맡에 있던 고양이 루소가 이야옹 하며 내 이마를 핥았다. 고양이 혓바닥의 아찔한 느낌은 내 기울어지는 정신을 그때마다 다시 생생하게 일깨워주었다. 나는 내 몸에서 땀방울들이 솟아나는 것을 느꼈다. 그 느낌은 말할 수 없이 측은하고 참담한 것이었다. K의 혓바닥은 살 속에서 여전히 꿈틀거리고 있었다. 내 몸은 이제 완전히 타오르고 있었다. 더이상 견딜 수 없다고 생각했다. 나는 거칠게 손을 더듬어 K의 얼굴을 찾았다. 두 손에 땀으로 미끈한 K의 목이 잡혀졌다. 나는 그 목을 내 얼굴 쪽으로 힘껏 끌어당겼다. 악마의 모습이 보고 싶었을까.

K의 눈이 짧은 어둠을 관통하여 내 눈 속으로 들어왔다. 눈 밑의, 입속의 혀는 검은 이파리처럼 시커멓게 닳아 소진되어 있었다. 동굴처럼 막막한, 아슬아슬한, 요요한 불빛이 물결치듯 꿈틀거리는 K의 눈에게 나는 말했다.

"너와 난 오누이야. 그런데 이래도 될까."

"세상에 애초부터 금지되어 있는 일이란 없어."

K는 그렇게 쏘아뱉듯이 말하고 다시 내 몸을 계속 핥으려 했다. 나는 완강하게 저항하면서 다시 K의 얼굴을 내 얼굴 앞에까지 끌어당겼다. 나는 나를 범하고자 하는 이 도도한 악마의 모습을 오래도록 바라보고 싶었다. K는 견디기 힘든 무게로 나를 짓눌러왔다. 찌릿찌릿한 통증과 쾌감이 K의 몸짓에 따라 내 몸에 가까워졌다가 멀어졌다가 했다. 나는 그 무게에 대해 생각했다. 그 무게는 악(惡)의 기운이 실린 것이다. 실재하는 악의 살과 뼈가 그 무게를 만든 것이라고.

거기까지 생각했을 때 아래층에서 현관문 여는 소리가 들렸다. 아버지와 새엄마가 돌아오는 모양이었다. K와 고양이는 날렵한 몸짓으로 지붕을 달려서는 달아났다. 무협영화에 나오는 무사처럼 그 어떤 흔적도 없이 가뿐하게 지붕을 내달렸다.

*

　외삼촌과 엄마는 외할아버지와 외할머니의 눈을 피해 늘 쫓기듯이 정사를 치렀다. 두 번, 세 번 치를수록 그들은 더 대담해졌던 모양이다. 자신들의 행위가 두렵지 않았고, 외려 어떤 확신까지 갖게 되었다.

　외삼촌은 자신이 진실로 여동생을 사랑하고 있다고 생각했다. 하지만 그때는 알지 못했을 것이다. 그 사랑이 두 사람의 육체를 너무나도 허망하게 무너뜨리리라는 것을. 자신들로부터 이 세상을 너무나도 일찍 떨어뜨려놓으리라는 것을.

　외삼촌과 엄마는 서로의 몸을 탐하고 또 탐했다. 외삼촌과 엄마는 식탁이나 거실의 소파에서, 아무도 없이 그들만 남아 있을 때, 격정적인 사랑을 나누었다. 그들은 아무것도 궁금하지 않았다. 그들은 서로의 존재 외에는 눈을 가리고 귀를 막았다. 두 사람의 몸은 사랑의 기쁨과 고통으로 끓어올랐다. 둘의 사랑은 시간이 흐를수록 더욱 농염해지고 절실해졌다. 외할아버지와 외할머니가 제주도로 여행을 떠났던 어느 겨울의 사박 오일 동안 외삼촌과 내 어머니는 온 집의 문과 창을 걸어 잠그고 침대 위에서 알몸으로 지냈다. 밖에 하얀 눈이 내려 그 눈이 녹고 다시 그 위에 새 눈이 쌓여도 그들은 침대 위에서 내려오지 않았다. 그들은 잠은 아주 조금씩 자고 밥은 아예 먹지도 않았다.

　외할아버지와 외할머니가 여행에서 돌아왔을 때, 외할머니는 형편없이 핼쑥해진 딸의 얼굴을 보고 의아한 생각이 들었다. 외할머니는 아들의 방에서 우연히 침대보를 쓰다듬다가 여자의 긴 머리칼 한 올을 발견했다. 외할아버지와 외할머니는 순간 가슴이 철렁했다. 하지만 그들은 곧 자신들의 상상을 저주하고 흐느끼면서 하나님께 기도를 드렸다. 그게 그들이 할 수 있는 유일한 일이었다.

*

지붕에서 내 몸을 탐했던 K는 이틀이 지나 내 방을 찾아왔다. 물론 고양이 루소도 함께였다. 나는 침대에 누워 있었지만, K의 천연덕스런 표정을 보자 몸을 일으킬 수도 소리를 지를 수도 없었다. K는 침대에 누운 나를 천천히 내려다보더니 몹시 도도한 표정으로 자신의 몸을 내 몸 위에 겹쳐놓았다. 그러고는 지붕에서 그랬던 것처럼 부드러운 혀로 내 몸을 애무하기 시작했다. 고양이는 내 머리맡에 올라와 있었다.

나는 가슴에 혀를 묻고 있는 K에게 말했다.

"나한테 원하는 게 뭐야?"

"그런 거 없어. 그냥 이렇게 하고 싶을 뿐이니까. 내가 하고 싶은 걸 하게 해줘. 난 이게 악마가 내린 사주라고 해도 거역하고 싶지 않아."

K는 귀찮다는 듯이 그렇게 내뱉고는 거칠게 다시 내 몸을 탐하기 시작했다. 나는 침대 위에서 구겨지고, 접혀지고, 세워지고, 뒤집혀졌다.

고양이 루소는 이따금씩 면도날로 유리창 긁는 것 같은 울음소리를 내 귀에 흘려넣고는 했다. 그 소리가 내 귀에 들어오면 문득 눈앞이 울긋불긋해지고, 정신이 아득해지는 것이었다. K가 손가락으로 내 몸을 쿡쿡 찔렀다. 그러자 내 몸 곳곳이 콕콕 쑤셔왔다. 침대에 가시가 오른 것같이 온몸이 따끔거렸다. 고양이라도 울지 않고 가만히 있었더라면,

어쩌면 나는 내 몸이 무너지는 모습을 충분히 아름답게 바라볼 수 있었을지도 모른다.

K의 몸은 손이 델 정도로 뜨겁게 달아올랐다가 루소의 울음소리가 들리면 일순 얼음장처럼 차가워졌다. 그런데 어느 순간 얌전히 울기만 하던 고양이 루소가 내 뺨을 날카롭게 핥았다. 이 영악한 고양이 루소는, 주인과 정사를 치르는 나를 시샘하고 있는 듯했다. 몇십 분 동안 쉼없이 격렬하게 물결처럼 몰아치던 K의 몸이 스르르 내 몸에서 미끄러져나가 옆으로 쓰러졌다. 그는 숨을 훅훅 몰아쉬더니 곧 잠에 떨어졌다. 뒤늦게, 그가 빠져나간 빈자리들이 시큰하게 저려왔다. 나는 고개를 돌려 깊은 잠에 빠진 K의 얼굴을 보았다. 피로에 전 악마의 모습. 그런데 그 얼굴이 뜻밖에도 어린아이의 그것처럼 정결하고 순정해 보였다. 나는 그것을 오래오래 바라보고 싶었다. 나는 그것에서 어떤 갸륵함을 느꼈다.

곧 내 몸에도 깊고 끈적한 잠이 들어왔다. 그리고 얼마인가의 시간이 흘렀을 때 나는 내 입술에서 까칠까칠하고 선뜩한 느낌을 받고 다시 눈을 뜨게 되었다. 루소가 내 몸 위에 있었다. 녀석은 탐욕스럽게 내 입술을 제 혀로 핥아대고 있었다. 녀석은 앞발로 내 목을 함부로 짓누르면서 계속 내 입술을 핥았다. 고양이 수염이 내 입술을 찌르고 간질였다. 나는 고양이를 툭 쳐서 옆으로 떨어뜨렸다. 나는 다만 K와 나란히 깊은 잠을 자고 싶었다. 하지만 루소는 이야옹 하고 울며 내 몸 위로 다시 맹렬하게 뛰어올라왔다. 루소는 앞발톱으로 내 입술을 터뜨려 피가 나게 하고 내 왼쪽 눈썹 위를 길게 찢어놓았다. 화가 난 모양이다. 입술에서 터진 피가, 끈끈하게 내 목을 타고 흘렀다. 목줄기에 흐르는 느리고 끈끈한 피의 느낌. 그것이 나에게 뱀꼬리 같은 신경질을 불러일으켰다. 나는 견딜 수 없었고 순간 루소를 죽이고 싶다는 생각을 했다.

*

일 년 정도를 쉬었던 새벽기도를 다시 다니기 위해 평소보다 일찍 일어난 외할머니는 간밤의 꿈자리가 못내 뒤숭숭했다. 집 한 채가 한순간에 와르르 무너져내리는 꿈이었는데 소리는 전혀 없는 조용한 꿈이었다. 그래서 더 꺼림칙하고 마음에 걸렸다. 물을 마시러 주방으로 나갔을 때 딸의 방이 있는 이층에서 이상한 신음 같은 것이 새나오는 걸 느꼈다. 그것은 처음에 작은 짐승의 울음소리처럼 들렸다. 외할머니는 그것이 무슨 소리인지 금방 알아차렸다. 그 소리는 악마에 사로잡힌 몸에서 나오는 울음이다. 외할머니의 가슴은 떨렸고 눈앞이 흐려졌다. 외할머니는 조용히 숨을 죽이며 딸의 방문 앞에 다가섰다. 쌔근거리던 신음소리가 눈앞에 잡힐 듯이 선명해졌다. 방문 손잡이를 겨우 잡고 방문을 손날 하나 들어갈 만큼만 열었다. 그러자 외할머니의 얼굴에 방 안의 후끈한 열기가 훅 부딪쳐왔다. 딸의 침대가 어둠 속에서 들썩이고 있었다. 창문에 달려든 어슴푸레한 새벽달이 침대 위를 부옇게 비추었다. 거기에 격렬하고 광포하게 엉켜 있는 두 마리 사탄의 몸이 있었다. 그 사악한 몸은 외삼촌 쪽이나 내 어머니 쪽이나 보기에는 탐스러운 것이었다. 젊고 아름다운 사탄의 몸. 그 순간 외할머니는 주여! 하며, 그녀가 당혹감이나 예측할 수 없는 절망을 느낄 때 그러했던 것처럼 본능적으로 그녀의 신을 불러내었다. 나의 엄마는 십 년간의 수양딸 역할을 불명예스럽게 마감했다. 외할아버지는 먼 도시에 방을 얻어 불온한 내 엄마를 출가시키고 사람을 시켜 그녀를 감시하게 했다. 얼마 되지 않는 생활비가 매달 그녀에게 보내졌다. 외삼촌은 결사적으로 동생의 출가를 막아보려 했지만 막강한 힘을 가진 외할아버지의 뜻을 막을 수는 없었다. 외삼촌은 자신의 여동생을 진정으로 사랑한다고 외할아버지에게 말했다. 그리고 피를 나눈 혈육이 아니므로 호적을 정리해서 정식으로 혼인을 하고 싶다고 말했다. 하지만 외할아버지는 그런 외삼촌의 따귀를 올려붙이며 일그러진 얼굴로 일갈을 할 뿐이었다.

"정신 나간 자식! 그앤 우리집의 깨끗한 혈통을 더럽혔어."

외삼촌은 절망했다. 마시지 못하는 술을 입에 대기 시작했다. 그러곤 무섭게 술에 빠져들었다. 몇 달이고 술을 마셔대던 외삼촌은 곧 술독이 올라 온몸이 울긋불긋해졌고 팔과 다리는 가늘어졌다. 보다 못한 외할 아버지는 외삼촌을 정신병원에 강제 입원시켰다. 그곳에서 일 년간 집 중적인 치료감호를 받고 퇴원한 외삼촌은 다시 공부를 시작했다. 자의 반 타의 반 유학을 갔고 그곳에서 박사학위까지 받았다.

지방으로 보내진 내 엄마는 스물네 살이 되었을 때 그 도시의 젊은 사진작가와 결혼을 했다. 사진작가는 외할아버지의 고향 후배의 막내 아들이었다. 양가는 혼담이 있은 지 두 달 만에 혼인에 합의했다. 내 엄 마는 그때도 여전히 누구나 눈여겨볼 아름다움을 가지고 있었다. 하지 만 엄마는 외삼촌을 잊지 못하고 있었다. 그것은 외삼촌도 마찬가지였 다. 내가 태어난 건 엄마가 사진작가와 결혼하고 이 년이 지났을 때였 다. 하지만 엄마는 그때부터 본격적으로 외삼촌을 만나기 시작했다. 내 엄마는 아빠를 조금도 사랑하지 않았다. 그녀가 사랑한 이는 외삼촌뿐이었다. 엄마와 외삼촌은 외할아버지와 외할머니의 눈을 피해 서울 근교의 시골집에 두 사람만의 거처를 마련했다. 방 두 개가 있는 단출한 다세대주택이었다. 엄마는 집과 그곳을 왔다갔다했다고 했다. 하지만 엄마와 외삼촌의 그 위태로운 사랑은 그리 오래가지는 않았다. 외할아버지가 보낸 심부름꾼이 두 사람이 함께 구해서 살고 있는 다세대주택의 호수를 알아내어 외할아버지에게 일러바쳤던 것이다. 외할아버지는 작심을 한 듯 아빠에게도 그 사실을 알렸다. 아빠는 그때서야 엄마가 자신을 사랑하지 않는다는 것을 확실히 깨달았다. 아빠와 외할아버지는 엄마와 외삼촌이 묵고 있는 시골집에 들이닥쳤다. 하지만 사태를 직감한 두 사람은 이미 그때 한 장의 유서를 남기고 음독자살을 한 뒤였다. 유서의 맨 마지막 줄은 다음과 같다.

"우리는 사랑했으므로 행복하게 죽는다. 살아서 죄를 뒤집어쓰는 것보다, 죽어서 사랑을 완성하길 원하기에."

그런데, 그런데 말이다. 나는 정말 아빠의 딸일까? 그 미친 사랑을 했던 외삼촌의 피가 나에게 스며들지는 않았을까?

*

작고 사악한 루소는 내 목줄기에 흐르는 진득하고 느린 핏줄기를 마지막 한 방울까지 핥았다. 갈라진 상처 위에 다시 고양이의 오싹하고 선뜩한 혀가 스쳐 지나갔다. 그러자 머리끝이 철침처럼 쭈뼛해지고 온

몸이 탱탱하게 저려왔다. 나는 더이상 참는 것이 무의미하다고 생각했다. K는 여전히 꿈도 없을 것만 같은 깊은 잠을 자고 있었다. 나는 이 성가신 짐승이 물러나주길 바랐다. 그러나 목을 핥던 루소는 이야옹 하며 그 피 칠한 혓바닥으로 다시 내 입술을 핥으려고 주둥이를 얼굴 쪽으로 디밀어왔다. 까칠한 고양이 수염이 내 턱 주위를 다시 간질였다. 나는 내 머릿속에서 붉게 끓던 무언가가 뜨겁게 넘치며 솟구쳐오르는 것을 느꼈다. 내 몸이 울긋불긋 달아오르고 위아랫니가 부딪치며 달달 떨렸다. 나는 악령과 접신중인 무녀가 된 듯한 기분이었다.

나는 내 얼굴 앞에까지 다가온 루소의 목덜미를 낚아채듯 빠르게 움켜쥐고는 벽을 향해 힘껏 던졌다. 내 몸에서 낯선, 이질적인 힘이 느껴졌다. 이 힘은 어디에서부터 왔을까. 그것을 궁금해하면서 나는 벽에 부딪혀 떨어지는 루소를 보았다.

부연 어둠 속을 날아 바닥에 거꾸로 처박히는가 싶던 루소는 이내 날선 발톱과 미늘처럼 사특한 이빨을 하고 다시 내게 달려들었다. 녀석은 닥치는 대로 내 몸 여기저기를 발톱과 이빨로 할퀴고 물어뜯었다. 내 손목 안쪽이 파이고 눈가가 찢어졌다. 피가 툭툭 터졌다. 아랫입술이 찢겨지고 귓불이 파였다. 나는 거머리처럼 달라붙은 루소의 목을 엄청난 힘으로 움켜쥐고 마구 졸랐다. 그러자 녀석은 꾸륵거리면서 눈동자를 밀어올리고 흰자위를, 창백한 흰자위를 드러냈다. 루소는 작고 사악한 몸을 바동거리면서 제 목을 쥐고 있는 내 손목을 닥치는 대로 할퀴었다. 내 손목에 부호처럼 여러 상처가 났다. 그 상처에 곧 피가 들었다. 그 상처의 느낌은 뜨끔하면서도 아련한 것이었는데 그것에서 나는 자학적인 편안함을 느꼈다. 내 몸에서 땀방울이 솟기 시작했다. 그것은

216

K가 내 몸을 만질 때나 솟아나는 것이었다. 땀의 눅진한 느낌이 내 몸을 조급하게 했다. 나는 여전히 고양이 모가지를 쥔 채로 침대의 서랍을 열고 긴 숄을 하나 찾아냈다. 목을 졸린 채 루소의 몸이 공중에서 심하게 꿈틀거렸다. 나는 피처럼 붉은 숄로 루소의 목을 친친 감아매고 단단히 그 매듭을 지었다. 그 매듭은 움직일수록 더 조여드는 것이다. 루소는 숄에 대롱대롱 매달리게 되었다. 나는 한 손으로 피범벅이 된 손목을 쑥 훑어내렸다. 그리고 그 피를 루소의 몸에 닦았다. 내 피가 제 몸에 닿자 루소는 이야옹 하고 신경질적으로 울었다. 묘하게 일그러진 입술 사이로 내 목을 핥던 피 칠한 혀가 보였다. 그래 고통을 끝내주마.

'네가 태어나고 자란 지옥으로 돌아가거라.'

나는 숄의 중간쯤을 잡고 시계추처럼 좌우로 흔들었다. 끈을 통해 기분 좋은 무게가 느껴졌다. 나는 점점 그 반동을 크게 했다. 그것이 거의 반원이 되더니, 어느 순간부터는 원을 그리게 되었다. 루소의 몸이 늘어진 채로 빈 어둠 속을 돌며 수십 번의 원을 만들었다. 휙휙 바람을 가르는 소리가 괴괴하게 들렸다. 루소의 목을 조른 것은 다른 것이 아닌 제 몸의 무게였다. 팽팽한 숄에 실린 무게가 내 손에 전해져왔다.

나는 목이 졸려 죽은 고양이를 데리고 지붕 위로 올라갔다. 지붕 위에는 동쪽 하늘로부터 여명이 밝아오고 있었다. 나는 고양이의 시체를 저만큼 툭 던져놓고 지붕 위에 누웠다. 등에 닿는 시린 감촉이 싫지 않았다. 나는 이제 깊은 잠을 잘 것이다. 나는 지붕 위에서 깊고 아늑한 잠을 잘 것이다. 이 잠 속에서 백 년, 천 년보다도 더 오랜 세월을 보낼 것이다. 그런데 그때 잠에서 깼는지 K가 지붕으로 올라왔다. 그는 아무런 말 없이 나른한 눈빛으로 나를 한번 훑어보더니 내 옆에 가만히 누

웠다. 그러곤 혓바닥으로 내 몸의 상처들을 핥았다. K의 혀가, 내 몸의
구멍들을, 내 몸의 상처들을 따뜻하게 메웠다. 나는 아주 어렸을 때부
터, 세상에 고통이나 슬픔 같은 것이 있다는 것을 알 수 없었던 때부터
지붕에 올라가는 걸 좋아했다. 나는 지붕 위에서 모든 것을 다 할 자신
이 있다. 이제 사랑까지도 할 수 있겠다는 생각이 들었다. 나는 망설이
지 않을 자신이 있다. 나는 조심스럽게 혀를 내밀어 K의 몸에 대보았
다. 뜻밖으로 그 맛이 참 달다. 이곳은 붉은 비탈의 지붕이다.

잔혹

— 악취미들 3

내 눈앞에 펼쳐진 방 안의 모습은

차마 말로 설명할 수 없을 만큼 처참한 것이었다.

아니 처음 한동안 나는 방 안의 정황을

제대로 파악할 수조차 없었다.

그곳에서 무슨 일이 있었는지 이해하기까지는

얼마간의 시간이 필요할 만큼

방 안의 모습은 너무나 참혹했던 것이었다.

유진은 손에 망치를 든 채 방 한가운데에 서서

나를 보며 해죽 웃고 있었다.

1

　내가 유진을 처음 만난 것은 인터넷 아마추어 사진 동호인 모임인 '묘파'의 전시회장에서였다. 나는 동호회의 일원으로 그 전시회에 작품을 출품하고 있었는데, 유진의 입장도 나와 다르지 않았다. 하지만 갤러리에서 마주치기 전까지 나는 그녀의 존재를 알지 못하고 있었다. 거개의 인터넷 동호회가 그런 것처럼 묘파 역시 회원수가 많았고, 회원의 가입과 탈퇴가 잦았기 때문이다.

　전시회 첫날 보게 된 유진의 사진은 나를 매료시키기에 충분한 것이었다. 그 사진은 차바퀴에 깔려 처참하게 죽어가는 시추를 연속으로 촬영한 일종의 시퀀스 사진이었다. 그 사진을 보고 있자니 자연스럽게, 잔혹한 장면만을 찍어서 유명해진 도널드 매컬린의 보도사진들이 떠올랐다. 그녀는 사진 밑에 '열반―개의 형식'이라는 다소 치기 어린 제

목을 붙여놓고 있었다. 어쨌거나, 다른 사람들에게는 혐오감을 주었을 그 사진이 나를 매료시켰던 것은, 지금 생각하면 모두 일이 이렇게 되려고 누군가 예정해놓은 것처럼만 느껴진다.

내가 그 사진 앞에서 좀체 발걸음을 떼지 못하고 있을 때 천천히 다가오는 한 사람이 있었다. 유진이었다. 나보다 십 년은 아래로 보이는 유진이 내게 처음 한 말은 이런 것이다.

"이 사진을 이렇게 오랫동안 쳐다보시는 분은 처음 봐요. 대개는 외면을 하시던데."

나는 유독 둥글고 작은 그녀의 얼굴을 바라보았다. 그녀의 얼굴에서는 대리석의 서늘한 질감 같은 것이 느껴졌다. 손을 대보고 싶기까지 한 그 서늘함은 난방중이어서 훈기가 느껴지는 전시장 안에서는 제법 이물스럽게 다가오는 것이었다. 나는 그녀의 눈을 살짝 훔쳐보면서 말했다.

"이 사진을 찍은 분인가요?"

"그래요."

유진은 환하게 웃으면서 말했다. 그런데 그 웃음은 훅 불면 금세라도 날아가버릴 것같이 희미한 것이었고 그예, 서늘한 기운을 담고 있는 것이었다.

"같은 모임을 하면서도 서로 인사가 없었군요."

유진과 나는 차바퀴에 깔려 죽어가는 개의 사진 앞에서 멋쩍게 웃으며 인사를 나누었다. 유진을 나는 몰랐으나, 유진은 나를 전부터 알고 있었다고 말했다.

"선생님은 꽤 유명한 화가이시죠?"

유진의 말투 속엔 생기가 있었고, 대리석의 첫 느낌과는 달리 따뜻한 미소를 가지고 있었다. 나는 그래서 그녀가 마음에 들었다. 그녀와 몇 마디 이야기를 나누고 있는데 구레나룻이 덥수룩한 개량한복 차림의 남자가 우리 쪽으로 다가왔다. 구면인 동호회의 시삽이었다. 그는 유진을 한쪽으로 부르더니 다소 난처한 표정으로 말을 건넸다. 관람객이 거의 없는 전시장 안은 조용했기 때문에 그의 낮은 목소리는 내 귓가에 고스란히 들려왔다.

"유감이지만 유진씨 작품은 철거해야겠어요."

"왜요?"

유진의 검은 동공이 잠깐 흔들리는 것이 내 눈에도 보였다.

"회원들 대부분의 의견이에요. 우리 전시회의 온화한 분위기를 유진씨 작품이 해치고 있다는 의견이 많아요. 솔직히 많은 이들이 혐오감을 느끼고 있죠."

"정말 웃기고들 있군요!"

유진의 입에서 갑자기 험악한 말이 튀어나왔다. 그것은 마치 재채기처럼 느껴질 정도로 그녀의 표정과 어울리는 것이었다. 시삽의 얼굴은 붉게 물들었고 그사이 유진은 태연하게 걸어가서 벽에 걸린 자신의 작품을 떼어내었다. 그러고는 한 번도 뒤를 돌아다보지 않고 총총히 전시회장 밖으로 사라졌다. 그때 전시회장 문을 통해 들어오는 역광과 아슬아슬하게 마주치면서 잡힌 유진의 실루엣은 유진의 대리석 이미지와 더불어 그후로도 꽤 오랫동안 내게 잊혀지지 않는 것이었다.

입장이 난처해진 내가 잠시 눈을 돌려 창 밖을 내다보고 있을 때 소형 자동차에 막 키를 꽂고 있는 유진의 모습이 들어왔다. 늘씬한 그녀는 어디서든 쉽게 눈에 띌 것 같았다. 그런데 그 차가 왠지 낯설지가 않았다. 나는 오래지 않아 그 승용차가 유진의 사진 속에서 개를 짓뭉개고 있던 바로 그 차임을 깨닫게 되었다.

2

바로 그날 저녁, 나는 동호회 사이트에 접속을 해서 유진에게 이메일을 띄웠다. 그때까지만 해도 내가 유진에게 특별한 기대를 하고 있던 것은 아니었다. 다만, 사진 속의 죽어가는 개와 강렬했던 뒷모습의 실루엣이 알 수 없는 감응을 일으켜서 그녀를 한번 만나보고 싶다는 생각이 들었던 것이다.

유진과 나는 내 작업실이 있는 홍대 쪽의 한 카페에서 만났다. 유진은 나를 보고는 반갑게 활짝 웃었다. 나는 첫 잔을 비운 후 유진에게 말했다.

"유진씨의 사진이 내게 작은 충격을 주었어요. 나 자신이 개가 되어 차바퀴 밑에 깔려 있는 것 같은 착각이 들었거든. 나는 아름다움의 근원 같은 것을 찾고 있는데 유진씨의 사진 속에서 그 기미랄까, 모티프를 발견한 듯해요. 당신이 날 좀 도와주었으면 해요."

유진은 맑게 웃었다. 그러고는 내 말투를 흉내내서 말했다.

"선생님의 사진에서 저는 순수를 보았어요. 진흙으로 씻김을 받는 금붕어의 열락을 느낄 수 있었거든요."

그녀는 뜻밖에 전시회에 걸린 내 사진을 말하고 있었다. 진흙 구덩이

224

에서 얼굴을 내밀고 있는 금붕어를 어안렌즈에 담은 사진. 그녀와 나의 시선은 공중에서 문득문득 눈부시게 마주쳤다. 유진은 생각과는 달리 상냥했으며 상대방을 세심하게 배려할 줄도 알았다. 나는, 예상되는 대답이 너무나 끔찍한 것이었기 때문에 유진에게 진작 묻고 싶었으면서도 그러지 못하고 있던 것을 물어보기로 했다.

"그 자동차 바퀴에 깔린 개 말인데…… 사고가 아니라 일부러 연출한 거지요?"

유진은 대답은 하지 않고 알 듯 말 듯 묘한 웃음을 지어 보였다. 그것으로 대답은 충분한 셈이었다. 그러자니 유진에게서 왠지 스산한 귀기 같은 것이 느껴졌다. 그러나 그 귀기가 유진에 대한 나의 호감을 해치는 것은 아니었다. 오히려 그 귀기로 인해 유진은 나에게 더욱 의미로운 존재로 다가온 느낌이었다. 나는 차가운 맥주를 마시다가, 바닥에 개를 뉘어놓고 차바퀴로 짓이기는 유진의 모습을 상상하고는 살짝 진저리를 쳤다. 나는 긴장을 유지한 채로 그녀의 컵에 맥주를 따르면서 말했다.

"어떻게 해서 그런 사진을 찍게 됐는지 나한테 얘기해줄 수 있어요?"

유진은 이번에도 입을 열지 않았다. 그 침묵은 오래가지 않았지만, 뜻밖에도 타인에 대한 완강한 불신과 적의를 담고 있는 것처럼 보였다. 나는 오들오들 흔들리는 그녀의 눈동자를 오래도록 바라보다가 다시 말했다.

"괜찮아요, 얘기하기 불편하면 안 해도 돼요."

잠시 후 그녀가 조심스럽게 입을 열었다.

"사실, 저는 제 영혼이 불결하다고 생각해요. 저는 이상하게도 끔찍한 것에서 쾌감을 느끼거든요. 저는 깨끗하고 정돈된 것에서는 아름다움을 느끼지 못해요. 오히려 어지럽고 끔찍스러운 것을 보면 뭐랄까…… 말할 수 없는 평안함, 평화로움을 느껴요. 아, 말로 그 느낌을 정확히 표현하기가 힘드네요."

"더, 더 얘기해봐요."

유진의 말을 재촉하는 내 목소리 역시 다소 떨리고 있었다.

"어떻게 들으실지 모르지만 저는 음침하고 축축하고 어두운 것들이 지닌 매력에 끌려요. 그런 것에서 말할 수 없는 아늑함을 느끼거든요. 그 아늑함에 곧잘 취하고는 하죠. 그건 저도 의식하지 못하는 것이에요. 저는 그러니까 남들과는 좀 다른 정서를 가지고 태어난 것 같아요. 다른 사람들이 평온을 느끼는 깨끗하고 화사한 것, 혹은 정결하고 엄숙한 것들에 대해서는 그 어떤 흥미도 느끼질 못하거든요. 그런 것들이 오히려 역겹기까지 해요. 그런 것에는 욕을 하고 침을 뱉고 싶기까지 해요. 제가 좀 이상한 거겠죠?"

그러면서 그녀는 나이 든 사람처럼 쓸쓸하게 웃었다. 내친김이었는지는 몰라도 유진의 말은 좀더 이어졌다.

"저는, 좁고 누추한 지하실에서 뜻하지 않게 썩어가는 쥐의 시체를 만나거나 백주 대낮의 거리에서 기대하지 않았던 교통사고를 목격하는 것을 최고의 행운으로 생각해요. 출근길에서 다른 사람들은 모두들 꺼림칙하게 여기는 장의행렬을 만났을 때도 저는 반가워서 웃음부터 나오는걸요."

거기까지 듣던 나는, 그즈음 내가 부여잡고 있던 화두인 '아름다움의 영원'을 다시금 떠올리지 않을 수 없었다. 아름다움의 근원이란 무엇일까. 그것은 혹, 어떤 것이라고 정의되기를 거부하는 것 근처에 있는 것은 아닐까. 아름답지 않다고 믿는 단정 속에 본원적인 아름다움이 숨어 있는 것은 아닐까. 유진이 끌린다고 고백한 '음침하고 축축하고 어두운' 것들 속에 말이다. 나의 생각은 미계 너머의 자락에 닿을 듯 닿을 듯하다가도 그 앞에서 줄곧 미끄러지고 있었다. 그래서 조급한 마음으로 유진에게 다시 물었다.

"혹, 아름다움이 뭐라고 생각해요?"

"글쎄요. 그것이 꼭 눈에 보이는 것, 말로 표현할 수 있는 것이어야 하나요. 저는 솔직히 잘 모르겠어요."

유진이 이렇게 말했을 때 나는 나도 모르는 새 팔을 뻗어서 그녀의 손을 잡고 말았다.

3

유진이, 자신의 주거를 내가 사는 사십오 평의 빌라로 옮긴 것은 그녀와 내가 전시회장에서 만난 지 두 달쯤 지났을 때였다. 나는 유진을 보다 가까이에서 바라보고 싶었으므로 아무런 조건 없이 그녀에게 같이 지내는 것이 어떻겠느냐는 제안을 했던 것이다. 그때는 이미 유진이 나를 친언니처럼 따를 만큼 그녀와의 관계가 친밀해져 있었다.

처음 집에 와서, 거실을 개조해서 꾸민 작업실을 본 유진은 마치 박물관에 처음 와본 초등학생처럼 눈이 휘둥그레졌다.

"여기서, 이런 곳에서 그림을 그린단 말이죠? 언니는 정말 좋겠어
요."

그녀는 여러 정물들과 화구 등속을 호기심이 가득한 눈으로 오랫동
안 바라보았다. 나는 저런 순수함과, 잔혹에 대한 병적인 애호가 동일
한 한 사람의 몸 속에 들어 있다는 것이 믿기지 않았다. 혹, 그 사이의
간극 속에 내가 지금 찾고자 하는 것이 들어 있지는 않을까. 유진을 맞
으면서 나는 그런 생각을 했고, 그 생각은 곧 들뜬 설렘과 열망으로 바
뀌었다.

유진이 가지고 온 물건은 두 마리의 작은 고양이를 제외하고는 별다
른 것이 없었다. 유치원 교사인 유진은 자신의 옷가지와 책을 담은 몇
개의 박스를 자신의 소형 자동차에 싣고 왔을 뿐이었다. 사실 유치원
교사라는 그녀의 직업, 그리고 그녀의 노란색 소형차도 그녀에게서 내
가 느낀 귀기스런 느낌과는 퍽이나 어울리지 않는 것이어서 적잖이 나
를 당황케 하는 것이었다. 나는 유진을 위해서 기꺼이 새 침대와 책상
을 들여놓았다.

유진이 이사를 한 바로 다음날은 마침 유진의 스물여덟번째 생일이
었다. 나는 흔쾌히 그녀를 위한 작은 파티를 열기로 하였다. 그 파티는
유진의 생일을 축하하는 것이기도 했고 그녀와의 동거를 스스로 자축
하는 것이기도 했다. 그만큼 유진을 맞이하는 나의 마음은 기꺼운 것이
었다. 자리가 초라하지 않게끔 유진과 나는 서로 한 사람씩의 지인을
초대했다. 유진이 부른 사람은 유진의 고등학교 동창이었고, 내가 부른
사람은 대학원의 남자 후배인 이수였다. 우리 넷은 케이크를 잘라먹고
샴페인을 마시면서 유쾌한 이야기를 나누었고 때로는 노래를 부르기도

했다. 가끔 고양이가 유진의 품으로 뛰어들어서 그녀의 목과 어깨를 핥고 가고는 했다.

그날 내가 유진에게 생일 선물로 준 것은 사절 목탄지에 그린 그녀의 초상화였다. 자신의 초상화를 보고 기뻐하는 유진의 모습에서 첫인상의 서늘한 기운이라고는 전혀 찾아볼 수 없었다. 유진은 답례로 나에게 '묘파' 전시장에서 전시를 거부당했던 자신의 사진 〈열반—개의 형식〉을 주었다. 나는 이수의 도움을 받아 그 사진을 내 작업실 벽에 걸어놓았다. 우리는 이차로 이수의 평창동 아틀리에에 가기로 했다. 그 제안을 한 것은 나였는데 이수의 아틀리에는 편한 사람들끼리 오붓하게 술 마시기에 안성맞춤이었다. 무엇보다도 통유리창 너머로 보이는 북한산 자락의 운치가 그만이었다. 나는 그 밤 한껏 기분과 멋을 내고 싶었다.

기대했던 대로 그곳에서의 술은 달고 맛있었다. 분위기도 시종 화기가 넘쳤고, 집주인의 대접도 융숭하고 너그러웠다. 나는 내 어린 동거인이 너무나 마음에 들어서 연신 유진에게 건배를 제의했고 그녀는 그것을 주저 없이 받았다. 그 어느 결에 이수가 말했다.

"유진씨가 왜 이제 나타났는지 통 모르겠단 말야."

그 말에 유진은 입을 살짝 가리며 붉은 입술로 까르르 웃었다. 내 눈에도 탐스런 웃음이었다. 그때 오갔던 이수와 유진의 눈빛이 확실히 예사로운 것은 아니었지만, 나는 그것을 애써 모르는 체했다. 나는 사실 그들을 따라 웃기에 바빴다.

4

유진이 착 가라앉은 음울한 목소리로 전화를 걸어왔던 것은 동거를 시작한 지 달포쯤 되던, 비 오는 토요일의 늦은 밤이었다. 아마 자정이 가까운 시간이었을 것이다.

"언니, 지금 이리로 와줄 수 있어요, 네?"

그 시간에, 유진은 술집으로 나오라고 말하고 있었다. 나는 무언가 불길한 생각이 들어서 아무렇게나 옷을 걸치고 서둘러서 유진이 일러준 술집으로 향했다. 구석진 자리에서 혼자 술을 마시고 있는 유진은 한눈에도 몹시 위태로워 보였다.

"왜 그래, 무슨 일 있었어?"

나는 다급하게 물었지만 유진의 대답은 좀 뜻밖의 것이었다.

"오늘, 한 남자가 제게서 떠나갔어요."

남으로부터 사적인 고민이나 푸념을 들어주는 것에 익숙하지 않을뿐더러 그러는 것을 못 견뎌하는 나는 순간적으로 난감한 기분이 들었다.

"사귀던 남자가 있었니? 속이 많이 상하겠구나."

유진은 우는 것인지 웃는 것인지를 분간하지 못할 정도로 얼굴을 기묘하게 일그러뜨리면서 말했다.

"언제나…… 언제나 반복되는 일이에요. 그래도 매번 참 아프네요."

그러면서 유진은 입 안이 쓴지 바닥에 침을 뱉었다. 그런데 그 침은 입에서 튀어나가지 못하고 입 언저리의 홈을 타고 질게 흘러내렸다. 나는 손수건으로 침을 닦아주면서 말했다.

"어쨌든 집으로 가는 게 좋겠다."

집으로 돌아오는 내내 유진은 한마디 말도 없이 반듯한 자세로 줄곧 차창 밖을 응시하고 있었다. 그 침묵에 휩싸인 반듯한 모습에서 예의 서늘한 기운이 다시금 느껴졌으나 나로서는 그냥 모르는 척하는 수밖에 없었다.

나는 유진에게 시원한 주스를 마시게 하고는 등을 다독이면서 침대에 눕혔다.

"자고 나면 한결 기분이 나아질 거야."

"고마워요, 언니."

비는 어느새 그쳐 있었고 시간은 새벽 세시를 넘어서고 있었다.

비가 그친 사이의 적막을 뚫고 파열음 같은 미세한 괴성이 최초로 내 귓전을 파고든 것은, 그러니까 내가 유진을 눕히고 나온 지 채 한 시간도 안 돼서였다. 처음에 나는 그 소리를 고양이 울음소리로 알아들어서 막 몰려오던 잠기운에 그대로 몸을 내쳐놓고만 있었다. 그러나 전에 없이 규칙적인 간격을 두고 그 소리들이 계속 이어지자 나는 더이상 잠결에 머물러 있을 수만은 없었다. 온몸에는 이미 어쩌지 못할 소름이 돋아나 있었다. 불을 켜고 가만 귀를 기울이니 그 소리들의 진원지가 유진의 방임을 어렵지 않게 알 수 있었다. 나는 조심스럽게 유진의 방 쪽으로 다가갔다. 가까워질수록 그 소리들은 손에 잡힐 듯 생생해졌다. 그것은 사람의 비명 소리도 아니고 짐승의 울음소리도 아닌, 그 두 소리가 섞여서 압축되어 나오는 소리 같았다. 그리고, 그 사이사이 둔탁한 타격음 같은 것도 들렸다. 그제야 나는 도둑이나 강도 같은 침입자가 든 것이 아닐까 하는 생각이 들었다. 무엇보다도 유진이 걱정된 나는 다시 작업실로 돌아가서 이수에게 전화를 넣은 다음, 부서진 이젤에서 떨어져나온 각목을 주워들고 문 앞에 섰다. 방 안에서는 여전히 알 수 없는 괴성과 둔탁한 타격음이 들려오고 있었다. 나는 상황이 위급하다고 생각했기 때문에 심호흡을 하고는 힘껏 방문을 열어젖혔다. 얼굴에 훅 끼쳐온 것은 아, 텁텁하고 비린 피냄새.

내 눈앞에 펼쳐진 방 안의 모습은 차마 말로 설명할 수 없을 만큼 처참한 것이었다. 아니 처음 한동안 나는 방 안의 정황을 제대로 파악할 수조차 없었다. 그곳에서 무슨 일이 있었는지 이해하기까지는 얼마간의 시간이 필요할 만큼 방 안의 모습은 너무나 참혹했던 것이었다. 유진은 손에 망치를 든 채 방 한가운데에 서서 나를 보며 해죽 웃고 있었다. 그 눈빛이 섬뜩할 정도로 형형했다. 나는 유진이 무사한 것이 우선 다행이라는 생각이 들었을 뿐 여전히 뭐가 뭔지 모르고 어리둥절한 상태였다. 그러던 내가 방 안의 정황을 어렴풋이나마 깨닫게 된 것은, 발치에 널려 있는, 수건인 줄로만 알았던 검붉은 물체가 피범벅이 된 고양이의 몸체라는 것을 확인하고서였다. 고양이의 시체는 아닌게 아니라 수건 조각처럼 처참하게 찢겨서 여기저기 널려 있었고, 유진의 얼굴은 고양이의 핏자국으로 흉하게 얼룩져 있었다. 모든 것이 자명했다. 유진이 망치로 자신이 키우던 고양이 두 마리를 잔인하게 살해한 것이었다. 벽 여기저기에는 피 묻은 망치 자국이 선명했고, 몸체에서 떨어져나간 고양이의 지체들이 침대 위에서 혹은 책상 밑에서 발견되었다. 얼마나 망치질을 했는지 고양이의 몸통은 짓이겨져서 내장이 드러나 있었고 머리는 형편없이 깨져서 형체를 알아볼 수가 없을 정도였다. 내가 망연자실한 표정으로 방 안을 둘러보고 있을 때 유진이 입을 열었다.

"언니, 이제 좀 후련해진 것 같아요. 그 남자를 잊을 수 있을 것 같아요."

그녀의 눈에서는 아직도 불길이 꿈틀꿈틀대는 듯했다. 나는 아무런 말을 할 수가 없었다. 유진의 눈을 도저히 마주 볼 수가 없었다. 그때 적막의 더께를 뚫고 초인종이 울렸다. 보안경을 보니 이수가 문 앞에 와 있었다. 아, 이수에게 전화를 넣었었구나.

문을 열었으나 이수를 안으로 들일 수는 없었다.

"선배, 무슨 일이에요! 사고가 났어요?"

"아니야, 내가 착각을 했던 거였어."

"그런데 왜 절 들어가지도 못하게 하는 거예요! 무슨 일 있는 거죠?"

"아니라니까. 아무 일 없으니 오늘은 그냥 돌아가. 정말 미안해!"

"유진씨는 왜 안 보여요?"

"그앤 자고 있어."

"선배, 정말 아무 일 없는 거예요?"

"그렇다니까."

이수를 안심시켜 돌려보내고 나는 다시 유진의 방에 들어갔다. 그런데 방 안에서는 다시 기이한 장면이 연출되고 있었다. 유진이 고양이의 짓이겨진 살점들을 한데 모아놓고 그것을 자신의 카메라에 담아내고 있었던 것이다. 연달아 터지는 플래시 빛이 그 방의 유진을 너무나도 비현실적으로 보이게 했다. 유진은 고양이의 붉은 살점들을 맨손으로 만져서 다른 형태를 만들어내면서 사진촬영에 열중하고 있었다. 유진의 손바닥은 벌건 핏점들로 번지르르했다. 이미 구역질이 목울대에서 꿀꺽꿀꺽 밀려들고 있었지만 무슨 이유에서인지 나는 유진의 행동을 두 눈을 크게 뜨고 또렷하게 마주 보아야 한다고 생각했다.

'눈을 감거나 고개를 돌려서는 안 된다.'

그것은 소용을 알 수 없는 일종의 자기 암시 같은 것이었다. 유진은 카메라를 눈에서 떼지 않은 채 속삭이듯 말했다.

"언니, 이것 좀 보세요. 더이상 어떤 것을 바랄 수 있겠어요! 이 물컹거리는 내장하며 꾸물럭거리는 핏빛 기포를 봐요. 너무 아름답지 않아요?"

일인극을 진행하는 배우처럼 음산한 기운이 서려 있는 유진의 목소리가 내게는 마치 울음처럼 들려왔다. 나는 유진을 이해하기 위해서 그 목소리에 귀를 기울이는 수밖에, 그 목소리에 고개를 끄덕이는 수밖에 없다고 생각했다.

5

그러나, 고양이의 해체된 살과 뼈가 아름다운 것이라고 말할 수는 없었다. 어떻게 그럴 수 있단 말인가. 설령 그 안에 무언가가 들어 있었다 할지라도 내가 그것을 의심 없이 아름다움으로 간주하기는 어려운 일이란 말이다.

유진의 망치에 문드러지고 찢긴 고양이의 시체는 꼬박 하루 동안 유진의 방에서 방치되다가 쓰레기봉지에 담겨 집 앞 골목에 버려졌다. 아마 차바퀴에 짓이겨진 그 불행한 시추도 유진에게 실컷 능욕당하다가 이런 식으로 버려졌을 것이다.

이수가 나를 불러, 유진에 대한 자신의 사랑을 완곡하게 고백해온 것은 그러고도 다시 이 주일가량이 지나서였다. 이수는 전에 볼 수 없는 상기된 표정으로 이렇게 말했다. 그것은 말이 아니라 노래였는지도 모르겠다.

"세상은 망해가는데, 나는 사랑을 시작했어요*."

나는 설마 하는 심정으로 조심스럽게 물었다.

"누……구와?"

"놀라지 마세요. 선배의 동거인."

"……"

이수의 고백은 나를 난감하게 하는 것이었다. 너무나 난감했기 때문에 나는 순간적으로 어떤 표정을 지어야 좋을지 몰라 그의 시선을 외면하고 말았다. 나에게는 실연의 상처로 인해 망치로 고양이를 살해하던 그 광기 어린 유진의 모습이 아직 생생히 뇌리 속에 남아 있었다. 그러니 그런 유진을 사랑한다고 고백하는 이수에게 과연 어떤 말을 해줄 수 있을까.

유진을 얘기하는 이수의 표정은 마치 첫사랑을 고백하는 소년의 그것처럼 해맑았으므로 나는 그것을 해치는 아무런 말도 할 수가 없었던 것이다. 나는 어느새 나의 것인지 의심스런 혀로 이수에게 말하고 있었다.

"그래, 진심으로 두 사람이 잘되기를 바랄게."

이수의 아틀리에를 나오면서 나는, 모르면 좋을 것을 알게 된 사람처럼 마음 한구석이 영 개운치 않았다.

---

* 정희성의 시 「봄소식」에서 빌려옴.

내가 이수를 만나고 돌아온 지 엿새인가 이레째 되던 날, 퇴근해서 집에 들어오는 유진의 두 손에는 애완용 다람쥐 두 마리가 들려 있었다.

"그게 뭐니?"

"햄스터라고 하는 애완용 설치류인데 귀여워서 사왔어요."

그렇게 얘기하는 유진의 표정은 전에 없이 환한 것이었다. 그렇지만 나는 그 햄스터를 바라보면서 피투성이의 고양이와 시추를 떠올리지 않을 수 없었다. 나는 두근거리는 마음을 애써 진정시키면서 유진을 떠보았다.

"뭔가 좋은 일이 있나보구나."

그런데 유진의 대답이 묘하게 일그러졌다.

"글쎄요."

유진과 나는 간혹 맥주를 마시다가 땅콩을 햄스터의 플라스틱 우리 안으로 던져넣고는 했다. 햄스터는 아프지 않고 잘 자랐고 또 몇 날이 흘러갔다.

6

수술 후 가료중인 큰아버지에게 병문안을 가기로 한 날은 아침부터 많은 비가 내렸다. 대학병원의 창에 부딪히는 빗줄기는 의사들의 하얀 가운을 더욱 생기 없고 우울하게 보이게 만들었다. 빗물에 철렁하고 내려앉은 장미의 붉은 꽃잎들은 처연하고 도발적인 절망에 대해 생각하게 했다.

수술이 잘되었다는 의사의 말에 비해 큰아버지의 안색은 그닥 좋지 않았다. 나는 베고니아 화분을 큰아버지의 머리맡에 놓고, 가습기의 물을 갈아넣고 안마를 좀 해드린 다음 병실을 물러나왔다. 큰어머니는 어디 가서 저녁이나 함께 하자고 하였으나, 비 오는 날 수술 환자를 보고서 식욕이 돋을 리 없었다.

비가 세차게 내리고 있었기 때문에 많은 사람들이 복도가 끝나는 좁은 문 쪽으로 몰리고 있었다. 입구는 우산을 접고 펴는 사람들로 북새통을 이루고 있었다. 한참을 이리 밀리고 저리 밀리고서야 겨우 건물의 바깥으로 빠져나와 응급실 앞을 지나치는데 응급실 안에 눈에 띄는 한 사람이 있었다. 천만 뜻밖에도 유진이었다. 환자들이 누워 있는 베드와 베드 사이, 하얀 가운을 입은 의료진 틈에 청바지를 입은 늘씬한 유진이 서 있었던 것이다.

"유치원 원아 중에서 누가 사고를 당한 걸까."

나는 주차장 쪽으로 향하던 발걸음을 돌려서 응급실 쪽으로 다가갔다. 유진은 의료진의 틈바구니에 끼어서 처치중인 환자에게 다가가려고 애쓰는 중이었다. 그러나 유진은 의료진과의 몸싸움 끝에 자꾸만 바깥쪽으로 밀려나고 있었다. 물론 의료진은 보호자의 간섭이 환자 치료에 전혀 도움이 되지 않는다는 것을 경험으로 알고 있을 것이다. 환자에게로의 접근이 완전히 차단당한 유진은 안타까운 표정을 지으며 발을 동동 구르고 있었다. 나는 염려스러운 마음으로 유진을 바라보았다. 도대체 다친 사람이 누굴까.

그런데 유심히 살펴본 유진의 행동은 어딘지 자연스럽지 못하고 좀 이상했다. 발을 동동 구르는 것도 잠시, 유진은 다시 평정을 되찾은 얼굴로 응급실 베드 이곳저곳을 기웃거리기 시작했던 것이다. 그리고 잠시 후 요란한 사이렌 소리와 함께 내 옆을 스치면서 앰뷸런스가 응급실 출구 앞에 도착했을 때, 유진은 마치 먹이를 채는 수리부엉이처럼 그쪽으로 뛰어갔다. 나는 일단 유진의 눈에 띄지 않기 위해 우산으로 얼굴을 감추었다. 도대체 무슨 일일까. 나는 유진의 모습을 놓치지 않으려고 응급실 입구 쪽으로 한 발 더 다가섰다.

유진은 환자가 앰뷸런스에서 이동 베드로 옮겨지는 그 급박한 순간에도 의료진 틈에 바짝 붙어서 환자를 들여다보려고 애쓰고 있었다. 그러는 유진의 표정에는 무언가에 홀린 듯한 그악스러운 면이 있었다. 그런데 웬일인지 유진은 얼마 안 있어 허탈한 표정으로 환자로부터 떨어져 나오더니 푹 하고 한숨을 내쉬는 것이었다. 그때 한 젊은 의사가 유진을 신경질적으로 밀치고 지나면서 소리쳤다.

"보호자분들은 나가 계시란 말이에요!"

아, 유진은 이 환영받지 못하는 곳에 와서 무엇을 찾고 있는 것일까. 나는 우산을 접고 천천히 응급실 안으로 들어가서 망연히 서 있는 유진의 팔을 잡았다. 유진은 별반 놀란 기색 없이 나를 바라보았다. 그러고는 높낮이 없는 목소리로 말했다.

"언니, 이곳엔 웬일이세요?"

나는 유진을 끌고 병원의 매점으로 들어갔다. 나는 유진에게서 그 어떤 말이라도 듣고 싶었다.

"유진아, 여기서 뭐 하고 있는 거니?"

유진은 별것 아니라는 심드렁한 말투로 말했다.

"환자들을 바라보는 거죠. 아니 정확히 얘기하면 환자들의 환부를 바라보죠."

유진의 눈빛은 꿈꾸는 이의 그것처럼 초점이 어지간히 풀어져 있었다.

"이렇게까지 해야 하는 거니?"

"저도 어쩔 수 없어요. 저는 끔찍한 것, 일그러진 것, 찢겨진 것들에서 아늑함을 느낀다구요. 그런 것들이 저에게 세상을 똑바로 느끼게 해줘요. 아니 저 자신을 느끼게 해요. 예전에는 그런 것들이 우연히 주어지기만을 기다렸지만 이제는 이렇게 직접 찾아나서는 거예요. 병원 응급실은 그런 것들을 볼 수 있는 최적의 장소예요."

"얼마나 자주?"

"일 주일에 두 번은 와요. 이곳 응급실에 와 있으면 운이 좋을 때는 서너 시간 만에 제가 원하는 환자 다섯 명은 만날 수가 있어요. 교통사고로 머리가 깨진 젊은 남자나, 폭발물을 가지고 놀다가 사고가 나서 팔다리가 날아간 어린애들이 제가 원하고 기다리는 환자들이죠. 물론 잔뜩 기대를 걸고 앰뷸런스에 가서 보면 급체 환자나 간질 환자인 경우여서 실망하는 수가 더 많지만 말이에요. 방금 전에 실려온 환자도 외상은 없었어요. 아마 약물중독 환자인가봐요. 오늘은 별로 소득이 없네요. 이렇게 비가 오는 날에는 교통사고도 흔하게 일어날 텐데."

유진의 얼굴은 땀과 빗물로 얼룩져서 번들거렸지만 여전히 눈빛에는 몽롱한 기운이 가시지 않고 있었다. 그런데 이상한 것은 큰아버지의 병실에서는 전혀 느끼지 못했던 식욕이 유진과 같이 있는 동안 맹렬하게 살아나기 시작한 것이었다. 사실 그런 경험은 그때가 처음인 것은 아니었다. 유진과 함께 있다보면 내 몸은 마치 무언가에 홀린 것처럼 집착과 욕망과 탐심 따위에 주저 없이 내둘리는 것이었다. 나는 식사나 하러 가자는 말을 하려고 유진 쪽으로 고개를 돌렸다. 그 찰나, 유진은 다시 사이렌 소리를 울리며 들어오고 있는 앰뷸런스를 향하여 맹렬히 뛰어갔다.

7

　내가 여전히 붓을 들지 못하고 있는 것만 빼면 유진과 나의 생활은 대체로 무난한 편이었다. 삼십대 후반의 독신 여류화가와 미모의 이십대 여자가 함께 사는 이 이상한 동거는 다른 이들의 짐작과는 달리 지극히 평화로웠으며 일면 단조롭기까지 한 것이었다.
　부지런한 유진은 빨래와 요리를 거의 도맡아 해서 나에게 많은 시간적 여유를 주었고, 나는 유진이가 더부살이한다는 생각을 갖지 않도록 여러 면에서 세심한 배려를 했다. 오랫동안 홀로 살다가 동거를 하니, 사람 기척을 느끼는 재미만도 쏠쏠한 것이었다. 그런데 정말 어처구니없게도 그림이 되지 않는 것이었다. 내색은 안 하고 있지만 스승이나 동료들이 이미 나의 존재를 잊었는지도 모른다는 불안감이 시시때때 엄습하곤 했다.
　유진을 만난 이후로 무언가 알 수 없는 것이 내 속 깊은 곳에서 꿈틀거리고는 있었으나 그것이 정확히 무엇인지는 짚어낼 수가 없었다. 힘겨운 뒤척거림 끝에 어떤 상(像)이 잡혀 막상 붓을 들면 이내 눈앞이 가물가물해지면서 새까맣게 지워지는 것이었다. 그런 것이 반복되다 보니, 처음 유진을 만나고 그녀와 생활을 시작하면서 품었던 희망이나 기대 같은 것도 어느 사이엔가 시들해진 느낌도 없지 않았다. 유진을 향한, 어떤 충격이나 새로운 자극에의 기대는 유진이라는 사람에 대한 기이한 호기심으로 변질된 듯한 느낌 또한 있었다. 그러나 포기할 수는 없었다. 나는 유진에게서 내가 찾는 '아름다움의 영원'이 있으리라는 믿음을 버리지 않았다. 그 믿음은 유진과 나의 동거를 가능하게 하는 모티프이기도 했으니, 함부로 내칠 수도 없는 것이었다. 사실, 기대했던 만큼은 아니었지만 유진의 잔혹 취미가 나에게 전혀 색다른 감흥을 불러일으키지 않은 것은 아니었기 때문에 나는 여전히 유진의 존재에 나름의 의미를 두고 있었다.

이수와 유진은 그새 퍽 가까워진 것 같았다. 유진의 방 벽에는 내가 그려준 초상화 외에 또하나의 유진의 초상화가 걸리게 되었다. 이수가 그려서 유진에게 준 것이었다.

"너는 그에게 무엇을 주었니?"

내가 장난스레 묻자 유진은 수줍은 표정으로 이렇게 대답했다.

"입술을 주었지요."

그들은 드러내놓고 데이트를 즐겼다. 저녁에 같이 와서 밥을 해먹고 자유로 쪽으로 드라이브를 가기도 했다. 둘은 다행히 매우 다정스러워 보였다. 유진이 여전히 병원의 응급실을 찾는지는 모르겠지만, 한결 그녀의 생활도 안정되어 보였다. 유진은 샤워를 하면서 간혹 유치원의 아이들에게 가르치는 동요를 부르기도 했는데 그 노랫소리를 듣고 있자니 문득 아이들에게 노래를 가르칠 때 유진이 어떤 표정을 지을지 궁금해졌다. 가령 침이나 뱉고 싶어지지는 않는지.

햄스터는 베란다 한구석에서 무럭무럭 자라나고 있었다. 나는 햄스

터만 보면 피투성이의 고양이와 시추가 떠올라서 꺼림칙했으나, 녀석
들의 움직임은 여간 귀여운 것이 아니었다.

8

　유진이 이수를 만나기 위해 외출중이던 휴일 오후, 나는 손톱깎이를
찾다가 유진의 방에까지 들어가게 되었다. 오싹하면서도 상쾌한 그 방
의 적막에 내 몸의 기운이 가볍게 고양되는 것이 어쩔 수 없었다. 방 안
에는 희부윰한 어둠이 낮고 촘촘하게 깔려 있었다. 고양이의 울음소리
와 피가 낭자했던 방의 어둠은 요요한 기색이 역력했다. 나는 책상 쪽
으로 다가가서 의자에 가만히 앉았다. 그리고 잠시 망설이다가 조심스
럽게 서랍을 열었다. 드르르 서랍 레일이 굴러가는 소리가 공포영화의
효과음처럼 음산하게 들렸다.
　첫번째 서랍에는 가정용 톱과, 식칼, 망치 등이 들어 있었다. 나도 설
치 작업중에 간혹 사용하는 도구들이기 때문에 낯설지는 않았지만 그
것들이 유진의 책상 서랍 속에서 발견되었을 때는, 그 느낌이 예사로울
수 없었다. 손톱깎이 같은 것은 어디에도 없었다.
　필름과 사진들은 두번째 서랍 속에서 발견되었다. 사진은 얼핏 보아
도 이삼백여 장은 되어 보였는데, 정성스럽게 손수건에 쌓여 있었다.
나는 한 장 한 장 눈여겨 사진을 바라보았다. 아…… 내 입에서는 탄성
이 절로 나왔다. 사진들은 한결같이 흉측하고 처참한 것들을 담고 있었
다. 잔혹하게 죽어 있는 동물들의 시체가 주류를 이루고 있었고, 간혹

242

어떻게 찍었는지 교통사고 현장의 사진도 들어 있었다. 구겨진 차체 틈에 머리가 끼인 채 혀를 빼물고 숨져 있는 한 젊은 남자의 사진에서 나는 그만 눈을 질끈 감아버렸다. 무엇보다도 사진 속에서는 많은 개들이 수난을 당하고 있었다. 시추뿐만 아니라 푸들과 코커스패니얼, 비글, 어린 진돗개도 있었다. 푸들은 긴 쇠꼬챙이가 입에서 항문까지 관통되어 있었고, 진돗개의 몸은 정확히 네 등분으로 잘려져 있었다. 역겨움은 참을 수 있었으나 뒷목으로부터 소름이 뻗치는 것은 어쩔 수가 없었다. 자라나 새 같은 애완동물도 유진의 잔혹 취미의 대상에서 예외일 수는 없었다. 새들은 모두들 다리가 몸에서 뽑혀서 제 부리 속에 들어가 있었다. 그것은 어떻게 보면 우스꽝스러운 것이기도 했다. 특이한 것은, 사진 속 동물들의 시체가 모두 새의 경우처럼 어떤 식으로든 부자연스럽게 변형이 되어 있다는 것이었다. 유진은 동물을 해치기만 한 것이 아니라 그 흉측한 시체를 가지고 은밀한 유희를 즐겼던 것이었다. 짐작건대 유진은, 잔혹을 치장하면서 이루 말할 수 없는 쾌감을 느꼈을 것이다. 그런데 그 쾌감의 탐닉은 어떤 충동이나 도발적인 욕망에만 의지한 것이 아니라 꽤 용의주도한 계획의 지배를 받은 것 같았다. 왜냐하면 사진들의 뒷면에 예외 없이 일련번호와 날짜, 그리고 제목으로 보이는 간단한 문구들이 적혀 있었기 때문이다. 문구들은 대개가 '죽음의 응시' '死의 해부' '아름다운 찢김' 따위 유치한 것들이었지만 내 눈에는 결코 대수롭게 읽혀지는 것이 아니었다.

　나는 사진과 유진이 적어넣은 문구들을 보면서 점차 정체를 알 수 없는 어지럼증을 느끼게 되었다. 후끈한 열이 온몸에 지펴지는 것 같더니 몸에서 기운이 조금씩 빠져나가는 것이었다. 그런데 이상한 것은 그 어지럼증과 열기가 싫게만 느껴지지는 않는다는 것이었다. 달콤함이랄까, 아늑함이랄까 어떤 평정이 그 어지러움 중에 있었다. 아니, 그것은 어쩌면 잠기운에 불과한 것이었는지도 모른다. 나는 그 방의 요요한 적막 속에서 겨우 빠져나오면서 더이상 유진의 잔혹 취미를 수수방관해서는 안 되겠다는 생각을 했다.

9

　머칠이 지났지만, 스스로 납득이 되지 않는 것들, 설명이 되지 않는 것들이 너무 많아서 나는 가슴이 터질 것만 같았다. 유진은 무엇 때문에 잔혹에 집착하는가. 아름다움을 위해 저처럼 가학적이고 폭력적인 본성을 드러내도 되는 걸까? 무엇보다도 나는 유진의 잔혹 취미의 근본적인 동기가 궁금했다. 그것을 알아야지만 아름다움에 대한 내 깊디깊은 미혹도 풀어낼 수 있을 것 같았다.

　나는 되도록이면 유진과 보다 많은 대화의 시간을 갖기로 했다. 그런 생각을 하고 나니 한결 기분이 나아지는 것 같았다.

　퇴근하고 돌아온 유진이 몸살 기운이 있다고 하면서 일찍 방으로 들어간 날, 나는 생강차를 타가지고 유진의 방문을 두드렸다. 유진은 침대 위에 누워 있었다. 나는 다만 유진과 이야기를 하고 싶었다.

　"많이 안 좋으니?"

　"조금요. 몸살일 뿐인데요 뭘."

　"이것 좀 마셔봐, 좀 나을 거야."

나는 생강차를 그녀의 손 위에 올려놓았다.

"언니, 신경 써줘서 정말 고마워요. 매일 이렇게 신세만 지는군요."

"애가 별 말을 다 하네."

나는 유진의 이마를 쓸어주다가 슬그머니 그녀의 옆자리에 몸을 뉘었다. 유진의 옆에 누워 있으니 유진이 정말 친동생처럼이나 살갑게 느껴졌다. 나는 나긋하고 부드러운 목소리로 말했다.

"유진아. 나 말야, 네 어린 시절이 궁금한데, 얘기해줄 수 있겠니? 유진이가 어떤 아이였는지 말야."

유진은 누운 채로 조용히 고개를 끄덕였다. 그러고는 꿈이라도 꾸는 듯 지그시 눈을 감고 속삭이듯 입을 열었다.

"우리 가족 얘기부터 해드릴게요. 지금은 헤어져서 만날 수 없지만 우리 가족은 참 단란했어요. 마당에는 빨갛고 노란 채송화가 있었어요. 밥을 하면 연기가 피어나던 뒷마당의 작은 굴뚝도 생각나네요. 그런데…… 어느 날 갑자기 아버지가 돌아가셨어요. 아버지는 주물공장에 다니고 계셨는데 그만 사고가 났던 거예요. 아버지가 돌아가시자 어머니는 생계를 위해서 연필공장에 다니게 되었어요. 덕분에 저는 연필이 참 많았지요. 빨간 연필, 파란 연필, 네모난 연필, 둥근 연필을 다 가졌어요. 반 친구들에게 하나씩 나누어주기도 했지요. 어머니가 연필공장의 반장에게 개가를 한 것은 아버지가 돌아가신 지 사 년째 되는 해였어요. 어머니와 결혼한 그 반장이라는 사람…… 그런데 좋은 사람이 아니었어요. 결국 아주 나쁜 일이 일어났지요."

유진의 말꼬리는 가늘게 흔들리면서 흐려졌다.

"그게 무슨 일인지 말해줄 수 있겠니?"

“……”

“유진아.”

“……”

유진은 잠들었는지 아니면 잠든 척하는 것인지 더이상 입을 열지 않았다. 어떻게 해야 좋을지 모르겠는 내게도 어느 틈엔가 혼몽한 잠기운이 밀려오고 있었다. 유진의 규칙적인 숨소리가 자장가처럼 들려왔다. 나는 곧 깊고 무거운 잠기운 속으로 빠져들었다. 잠결 속에서는 유진의 맑고 고운 목소리가 다시 들려왔다.

“빨간 연필, 파란 연필, 네모난 연필, 둥근 연필을 다 가졌어요……”

10

그리고 피할 수도 없고 지울 수도 없는 그날이 오고 말았다. 유진과 내가 함께 생활한 지 구 개월, 유진과 이수가 사귄 지 오 개월가량이 되었을 즈음이었다. 그날의 그 일은 필시 우리들이 모르는 사이에 어떤 말이나 색이나 혹은 냄새 따위를 통해 꾸준히 계시되었는지도 모르겠다. 계시란, 그것을 알아채지 못하는 사람에게는 언제나 가혹한 상처를 남기니까 말이다.

그날, 일이 그리 되려고 그랬는지는 몰라도 나는 선배의 개인전에 갔다가 동창들에게 붙들려 여관에서 하룻밤을 신세지게 되었다. 선배의 작품은 보기 좋았고, 오랜만에 만난 동창들도 막역하고 편한 친구들이었다. 그래서 처음부터 턱없이 해이하게 휩쓸렸던 것이 화근이었다. 나중에 여관까지 끌려갔을 때에는 도저히 몸을 빼낼 수가 없었다. 나는 유진에게 전화를 걸어 그리 된 사정을 알리고 문단속을 잘하라고 일렀다. 유진은 아쉬워하면서 볼멘소리로 말했다.

"언니와 먹으려고 해물탕까지 끓여놓았는데."

"이수나 불러서 같이 먹으렴."

이수나 불러서 같이 먹으렴. 이 말은 별 생각 없이 한 말이었지만 시간이 지나서 다시 생각해보았을 때 내 입으로 이수를 부르라고 말한 것은 정말이지 꺼림칙한 일이 아닐 수 없었다. 그날 여관방에서 우리 패거리는 새벽 다섯시까지 줄창 맥주 파티를 벌이다가 구석에서 쓰러져 자게 되었다. 그렇게 술에 취해 구겨져서 잔 다음날이면 으레 일어나는 순서대로 하나 둘씩 슬금슬금 빠져나가기 마련인데, 내가 눈을 떴을 때에는 다행히도 나 이외에 잠에서 깬 사람이 없었다. 나는 화장을 빠르게 고치고 택시를 잡아타고 서둘러 집으로 향했다. 머릿속에는 뜨거운 욕조에 어서 몸을 담그고 싶은 생각밖에는 없었다. 숙취 때문에 엘리베이터 안에서는 끊임없이 구역질이 밀려왔다. 그것을 참으며 겨우 문을 열고 집 안에 들어섰을 때 나를 맞이한 것은, 어이없게도 섬뜩한 정적이었다. 휴일의 환한 대낮이었는데도 아무런 소리도 들리지 않았던 것이다. 마치 누군가가 음소거 버튼을 눌러서 모든 소리를 제거해버린 것만 같았다. 나는 그때 처음, 정적에도 질감이라는 것이 있다는 것을 알았다.

그때 유진의 방문 앞에 떨어진 몇 방울의 핏자국이 눈에 들어왔다. 나는 숙취기가 밀려오는 가운데에서도 돌연 정신이 또렷해지는 것을 느꼈다. 유진의 방문 손잡이를 비트는 내 손은 전혀 떨리지 않았다. 나

는 내 눈앞에 어떤 모습이 펼쳐지더라도 놀라지 않기로 했다. 그것이
내가 할 수 있는 가장 현명하고 좋은 일이었을 것이다.

방문이 열리고 침대에 누워 있는 두 사람의 알몸이 보였다. 한 사람
은 얼굴이 천장을 향한 채 반듯하게 누워 있었고, 또 한 사람은 등만 드
러낸 채 엎드려 있는 상태였다. 아, 텁텁하고 비린 피냄새. 그것은 분명
피비린내였다. 나는 가까이 다가가서, 눈을 크게 뜨고 보았다. 피범벅
이 된 채 숨져 있는 이수의 시체. 머리는 망치에 맞은 듯 군데군데 함몰
되어 있었고, 배와 가슴 등에는 셀 수 없이 많은 칼자국이 나 있었다.
나는 놀라지 않기로 했다. 놀라지 않는 것이 내가 할 수 있는 가장 좋은
일이라고 생각했으니까. 유진도 죽었는가. 나는 등을 드러낸 채 엎드려
있는 유진의 어깨에 살짝 손을 대보았다. 그러자 유진이 움찔하면서 깨
어났다. 유진은 단지 잠이 들었던 모양이다.

"언니 왔어요?"

유진은 미동도 하지 않으면서 말했다. 그 목소리는 모든 것이 귀찮아
서 못 견디겠다는 듯, 심드렁하기 그지없는 것이었다.

"도, 도대체 이, 이게 무, 무슨 일이니?"

차분해지고자 했지만 내 목소리는 내 뜻과는 달리 몹시 떨려 나왔다.
침대에 엎드린 채 가녀린 숨만 쌔근쌔근 내쉬고 있던 유진이 갑자기 어
깨를 들썩이며 울음을 터뜨린 것은 내가 그녀의 머리칼을 쓰다듬는 순
간의 일이었다. 여리고 하얀 그녀의 등이 미세하게 흔들리고 있었다.
잠시 후 울음 섞인 그녀의 목소리가 들려왔다.

"언니, 제, 제가 다 얘기할게요. 으흐흑, 이, 이수씨가 저를 모욕했어
요. 다른 남, 남자들과 똑같이요. 심지어 저에게 손찌검까지 했어요. 저

를 보고 흉측하다고 하면서 말이에요."

"좀더 자세히 얘길해보렴."

그때 유진이 스르르, 침대 깊숙이 묻었던 몸을 일으켜세우며 말했다.

"언니, 저, 저를 좀 똑바로 쳐다보세요."

나는 눈을 들어 유진의 가슴을 바라보았다. 저런, 그것은 사람의 몸이라고 할 수가 없는 것이었다. 유진의 가슴과 배에는 차마 눈 뜨고는 보지 못할 끔찍한 흉터가 자리하고 있었다. 화상의 자국이었다. 짓무르고, 뒤틀리고 주름진, 마치 흙벽을 아무렇게나 주물러놓은 것과 같은 심한 흉터였다. 젖가슴은 새까맣게 쪼그라들어서 그 형체를 이미 알아볼 수가 없었다. 화상의 흉터들은 유진의 상체 전면을 거의 다 덮고 있었다. 아름다운 몸 안에 저토록 흉한 자국을 감추고 있었다니. 나는 나도 모르는 사이 고개를 돌리고 말았다.

"언니, 언, 언니가 봐도 흉하지요? 그래요. 어느 누구도 이 흉터를 마주 보진 못해요…… 사고가 났을 때, 저는…… 불과 열네 살이었어요. 어머니는 시장에 가시고 저는 혼자서 집을 보고 있었어요…… 그때 새아버지, 그러니까, 연필공장의 반장이 들어왔어요. 그러고는 다짜고짜 제 옷을 벗기려 들었지요. 그는 그전부터 엄마 몰래 제 몸을 어루만지고는 했죠. 저는 있는 힘을 다해서 반항을 했어요. 그러나 그의 힘을 당해낼 수는 없었어요."

유진의 목소리에는 힘겨운 울음이 섞여들고 있었다.

"그, 그 사람은 우악스러운 힘으로 제 몸을 눌렀어요. 그때 그의 바, 바지춤에서 라이터가 흘러나왔어요. 그 라이터가 제 삶을 송두리째 바꾸어놓으리라는 것을 그때 저, 저는 알지 못했지요. 저는 그것을 쥐어서 그의 허벅지에 대고 그었어요. 필사적이었죠. 라이터 불에 허벅지를 덴 그가 소리를 지르면서 제 몸에서 떨어져나갔어요. 그러나 그것도 잠시뿐이었어요. 그는 다시 저에게 달려들었지요. 저는 달아나기 시작했어요. 그러나 좁은 집에서 달아날 곳은 없었어요. 저는 할 수 없이 부엌으로 들어갔어요. 그도 씩씩거리면서 따라 들어왔지요. 그는 득의만만한 웃음을 지어 보였어요. 저는 그만 포기하고 싶은 생각이 들었어요. 그런데 그때 제 눈에 풍로 옆에 놓인 휘발유 병이 들어왔지요. 저는 얼른 그것을 집어서 그 남자에게 뿌렸어요. 하지만 병, 병을 놓쳐서 휘발유는 고스란히 제 앞춤을 적셨어요. 손에는 여전히 라, 라이터가 쥐어져 있었지요. 다가오면 몸에 불을 지르겠어요! 저는 그렇게 소리쳤어요. 하지만 그는 전혀 아랑곳하지 않고 한 걸음 더 다가왔지요. 그가 제 몸을 덮치는 순간 저는 라이터를 그었고, 순식간에 불길이 타올랐어요. 그리고……”

유진은 잠시 고개를 숙여서 자신의 흉터를 바라보았다. 그러는 그녀의 모습은 몹시 처연한 것이었다.

“저, 저는 죽음보다도 심한 고통 속에서 여섯 달 동안 병원생활을 해야 했어요. 겨우 모, 목숨은 건졌지만 흉터는 고스란히 남았지요. 수술을 세 번이나 했지만 흉터는 지워지지 않았어요. 처음에는 이 흉터를 바로 쳐다보지도 못했어요. 네, 차마 바라볼 용기가 없었죠. 그, 그런데 차츰 흉터를 바라보는 것이 아무렇지 않게 되었어요. 저는 곧잘 거울 앞에 서서 제 몸을 바라보았지요. 그러고 있으면 어느 순간부터 마음이 편안해졌어요. 저는 제 휴, 흉터를 쓰다듬고 문지르고 그랬지요. 그러다보니 흉터가 문득 아름답게 느껴지는 것이었어요. 그후부터 저에게는 잔혹하고 흉측한 것을 즐기는 버릇이 생겼어요. 그런 것들을 바라보는 것이 그냥 좋았어요. 머릿속이 환하고 아뜩해지거든요. 제가 남자들을 사귀기 시작한 것은 고, 고등학교를 졸업하면서부터였어요. 많은 남자들을 만났지요. 그들은 처음엔 모두들 제 얼굴에 반했어요. 그런데 내 몸을 갖기 위해 옷을 벗으면 모두 소스라치게 놀라며 달아나고는 했죠. 저는 이 흉터까지도 안아줄 수 있는 남자를 원했어요. 이 흉터의 아름다움을 함께 느낄 수 있는 사람요. 그러나 그런 남자는 하나도 없었어요. 남자들에게서 사랑 고백을 받을 때마다 저는 기도하는 심정으로 애완동물을 하나씩 샀어요. 그 사랑이 영원하길 빌면서 애완동물을 키웠지요. 그, 그러나 남자들은 사랑의 약속을 버리고 떠나갔어요. 저는 그럴 때마다 키우던 동물을 잔인하게 죽이고는 했어요. ……어젯밤, 이, 이수씨를 불러서 우리는 함께 술을 마셨어요. 다정하게 입을 맞추었죠. 이수씨는 저의 모든 것을 사랑한다고 말하면서 제 몸을 가지고 싶다고 말했어요. 저는 이수씨를 믿었어요. 그러면 제 흉터를 감싸안을 수 있을 거라고, 제 흉터에 입 맞출 수 있을 거라고 생각했지요. 그러나 제 몸을 본 그는 다른 남자들처럼 흉측하다고 말하면서 침을 뱉었지요. 그리고 제 뺨을 때리기까지 했어요. 더러운 년이라고 말하면서요. 저는 도저히 참을 수가 없었어요. 제정신이 아니었어요. 그래서…… 으흐흑."

유진은 다시 침대에 얼굴을 묻고 울기 시작했다. 나는 이수의 시체를 바라보았다. 피가 몸 밖에 넘쳐서 진득하게 굳어가고 있었다. 아름다움에 대하여 단호한 의견을 가진 사람의 최후는 저런 것일까. 어떤 것이 아름다움의 영원일까. 나는 처음부터 다시 생각해보고 싶었다. 나는 유

진의 울음소리를 뒤로 하고 유진의 방을 나왔다. 그리고 맑은 바람을
쐬기 위해 베란다로 나갔다. 그곳에서 햄스터는 아무것도 모르고 잘 자
라고 있었다.

밤하늘은 호수다
— 악취미들 2

서늘한 밤하늘을 새처럼 날아볼 수는 없을까.

이를테면 까마귀처럼 어둠에 섞여 아무도 모르게

지치도록 날다가 어느 골목의 굴뚝에 앉아,

젖은 날개를 접어놓을 수는 없을까.

어둠에 대해서만 말하는 까마귀의 침묵이 순정한 이유는

새벽의 검은 하늘을 날아보았기 때문일 거야.

누대에 걸친 그 숱한 야유와 경멸을 그가 견디는 것도

검은 하늘이 알려준 고독의 진실을 알고 있기 때문이지.

1

나는 생각을 많이 하고, 중얼거린다. 내 작은 몸 안에 어떻게 이토록 많은 생각들이, 열망들이 들어 있을까. 나는 깊은 밤, 떠오르는 생각들을 토해내기 위해 잠을 자지 않는다. 그리고 중얼거린다.

서늘한 밤하늘을 새처럼 날아볼 수는 없을까. 이를테면 까마귀처럼 어둠에 섞여 아무도 모르게 지치도록 날다가 어느 골목의 굴뚝에 앉아, 젖은 날개를 접어놓을 수는 없을까. 어둠에 대해서만 말하는 까마귀의 침묵이 순정한 이유는 새벽의 검은 하늘을 날아보았기 때문일 거야. 누대에 걸친 그 숱한 야유와 경멸을 그가 견디는 것도 검은 하늘이 알려준 고독의 진실을 알고 있기 때문이지.

2

어른들은 새벽의 찬 공기가 사람의 영혼에 해로운 기운을 미친다고 생각하지만, 나는 채 어둠이 가시지 않은 서늘한 새벽의 밤하늘을 한 번만이라도 날아보고 싶다. 그것은 나의 오랜 꿈이다. 뭐, 비현실적이고 감상적인 꿈이라고 해도 좋다. 나는 다만 추운 새벽하늘에 내 몸을 가오리연처럼 띄워놓고 날리고 싶은 것뿐이니까. 그것은 내 친구들이 배낭을 메고 프랑스나 이탈리아에 가지 못해 안달하는 것과 별반 다르지 않은 것이다. 난 정말이지 겨드랑이가 얼어붙을 때까지, 울음이 안에서 얼어붙어 가슴이 터질 때까지 새벽하늘을 날고 싶다. 언제나 그렇게 기도해왔다. 혼자서 한낮의 골목을 걸을 때, 생리대를 사서 마트의 계산대를 막 통과해 나올 때, 남자의 턱에 키스를 할 때, 심지어는 홍대 앞 고깃집에서 고등학교 동창들을 만나 왁자지껄하게 삼겹살을 구우며 소주를 홀짝일 때도 나는 그렇게 기도했다.

'밤하늘을 단 한 번만 날아보고 싶다.'

대학 입시에 실패한 후 아무런 할 일이 없는 나에게 그 기도는 매우 중요한 일상이 되었다.

3

"저, 아, 아가씨, 나랑 어디서 잠깐 쉬, 쉬었다 갈래?"

묵묵히 운전만 하던 택시기사가 내 옆얼굴을 다섯 번 정도 힐끗거리더니 그렇게 말했다. 아주 여러 번 망설이다가 말을 꺼낸 듯 그의 목소리는 주눅이 들어 있었고 다소 더듬기까지 했다. 기사의 옆자리, 그러니까 조수석에 앉은 게 실수였을까, 아니면 진한 화장을 하고 짧은 스커트를 입은 게 실수였을까. 순간, 남자를 밝힌다는 오해를 받게끔 생겨서 넌 많이 피곤하겠구나라고 말했던 중학교 때 과외선생이 생각났다. 그 과외선생이 그 말을 했던 건, 막 내 처녀를 가지고 난 후였지, 나쁜 새끼.

"미안해요, 아저씨, 제가 오늘은 몸이 좀 아파서요."

나는 아무런 할 일이 없긴 하지만, 몸을 파는 여자는 아니다. 그렇기 때문에 실은 그렇게 정중하게 대답할 필요가 없었는지도 모른다. 아니, 오히려 이렇게 쏘아붙이는 게 옳았을 것이다. '미쳤어요! 나를 어떻게 보고 그런 말을 하는 거예요!' 하지만 난 기사의 착각을 일깨워주고 싶지 않다. 그러면 그의 기분이 얼마나 무참해질까. 새벽에 홀로 차를 모는 택시기사의 고독을 모르는 체할 만큼 나는 냉정하지도 그리고 둔하지도 못하다. 나는 외로운 존재들에게 하염없이 약한 것이다. 불안정한 수입과 하루 열두 시간 이상의 격무와, 술 취한 손님들과의 잦은 분쟁과, 결코 명예로울 수 없는 직업에 대한 자의식 때문에 기사는 엄청난 스트레스에 시달릴 것이다. 그것을 너무나도 잘 이해하고 있는 나는 그가 느끼는 고독과 외로움을 무시할 수가 없는 것이다. 아니 이해해야만 한다. 하지만 지금은 정말이지 기사의 욕망을 채워줄 기분이 아니다. 택시가 동네 어귀에 들어서자 나는 백에서 지갑을 꺼내 미터기에 찍혀 있는 데로 돈을 내민다. 기사가 내 손을 도로 물리면서 한마디를 더 한다. 아주 간절한 목소리로 말이다.

"나 말야, 한 번만, 한 번만 아가씨를 안아보면 안 될까?"

그는 정말로 내가 몸을 파는 여자인 줄 아는 모양이다.

"저 오늘 몸이 너무 안 좋다니까요."

나는 정말로 창녀처럼, 애교가 가득 들어간 목소리로 말한다. 하지만 기사도 쉽게 포기하지 않는다. 내 손을 잡아서 자신의 성기 쪽으로 끌고 가는 것이다. 나는 할 수 없이 기사의 바지 지퍼를 내리고, 욕망으로 발기한 그의 성기를 손으로 애무하기 시작했다. 하루 종일 사타구니 사이에서 쪼그라들어 있었을 그의 성기에서는 땀에 전 쉰내가 났다.

"으음, 입으로 해주면 좋겠는데……"

기사가 신음을 내뱉는다. 그래, 입으로 해서 빨리 끝내버릴까. 잠시 그런 생각도 했지만, 실은 지금 내 입 안에 구내염이 돋아 있다. 속이 상하다. 그의 욕망을 실현시켜주지는 못하지만 끝까지 그에게 예의는 지키고 싶다. 다행히 얼마 안 있어, 그의 성기에서 정액이 분사된다. 하얗고 뜨거운 정액이 내 팔목시계의 초침을 덮어버린다. 아, 이렇게 시간이 외로운 욕망의 분출과 함께 멈춰질 수만 있다면.

"아저씨, 그럼 안녕."

나는 고개를 뒤로 꺾은 채 허탈해하고 있는 기사를 향해 가볍게 인사하고 택시에서 내린다. 오 분쯤 걸어 집 앞에 거의 다다랐을 때, 나는 대문 앞에 승용차 한 대가 서 있는 것을 본다. 이미 두어 번 본 적이 있는 은색 외산차다. 곧 차문이 열리더니 안에서 짧은 스커트 차림의 엄마가 내린다. 공교롭게도 엄만 오늘의 내 스타일과 비슷하다. 엄마를 뒤따라 운전석에서 중년의 남자가 내린다. 그 남자는 아마 아빠보다는 나이가 훨씬 어릴 것이다. 나는 빠르게 걸어서 엄마에게로 다가간다.

엄마가 대문을 열고 집에 들어가기 전에 그녀와 마주치고 싶다. 그녀의 당황하는 모습을 도도한 눈으로 바라보고 싶다.

"엄마!"

가까이에서 본 엄마는 술에 많이 취해 있다. 나를 보고도 전혀 당혹 스러워하지 않는다.

"어, 이게 누구야. 내 딸 실래 아니야. 흠, 집 대문 앞에서 널 다 만나 는구나."

그러면서 엄마는 옆에 서 있던 남자에게 어깨를 기대며 작게 소근댄다.

"이애가 내가 말하던 실래예요."

"아, 네가 실래구나. 음, 엄마 닮아서 참 예쁘네."

엄마의 남자는 매우 뻔뻔스러운 이마와 콧날을 가지고 있다. 입술도 두껍고, 볼살도 두꺼워 보인다. 엄마를 집까지 데려다준 그는 한눈에도 건달 티가 역력한 사내다. 그는 재수 없게도 나를 흘끔거렸다. 엄마를 따먹고도 모자라 나까지 따먹으려구? 나는 탐욕스러워 보이는 그의 턱 과 배를 쏘아보았다.

"미세즈 오, 편히 쉬어, 또 연락할게."

"그래 허니, 조심해서 잘 들어가요."

그의 외산차가 집 앞을 떠난다. 나는 눈을 들어 하늘을 올려본다. 새 벽하늘은 아직도 검푸르다. 마치 숲속에 숨어 있는 호수처럼. 맑은 돌 들을 안에 감춰놓고 있는 호수처럼.

4

"당신이 나에게 해준 게 도대체 뭐가 있어?"

집에 들어온 엄마가 아빠에게 소리를 지른다. 아빠에게 화를 내는 엄마의 목소리는 마치 암고양이의 교성처럼 들린다. 아빠의 입장에서 보자면 그녀는 새벽 네시가 넘어서 막 집에 들어온 참이다. 게다가 제법 술까지 취한 채로 말이다. 소리를 지르려면 아빠가 지르는 게 맞다. 하지만 아빠는 엄마를 한없이 사랑하기 때문에 소리를 지르지 못한다. 술에 취한 엄마의 붉은 볼과 촉촉한 눈망울은 천박해 보이기는커녕 퍽이나 관능적이다.

"어서 씻고 자요."

아빠는 엄마의 불그스름한 얼굴을 외면하며 그렇게 말한다. 하지만 정말 아빠는 모르는 모양이다. 그런 아빠의 냉정함과 다소곳함이 엄마를 더욱 자극할 뿐이라는 것을.

"내가 왜 이렇게 사는지 모르겠어, 흑흑."

엄마가 운다. 엄마의 울음소리 역시 내게는 교성처럼 들릴 뿐이다. 아빠는 엄마 옆으로 몇 발짝 다가가서 엄마의 팔을 붙잡는다.

"많이 취했어, 당신. 들어가서 자요."

그러자 엄마가 획, 아빠의 손길을 뿌리치고 거실을 가로질러 거실 텔레비전 위에 놓인 아빠와의 결혼식 사진 액자를 집어든다.

"이렇게 사는 게 정말 지겹다구!"

순간적으로 술기운이 가신 듯 표정이 또렷해진 엄마는 여차하면 액자를 내던질 태세다. 오빠가 부리나케 엄마에게로 달려들어 그 액자를 빼앗아 든다.

"도대체 왜 이러세요, 엄마. 얼른 주무세요."

오빤 나에게도 한마디 하는 것을 잊지 않는다.

"넌 또 뭐 하다가 이렇게 늦은 거야?"

엄마는 순순히 액자를 오빠에게 건네주고는 오빠의 품에 안겨서 다시 울기 시작한다. 오빠는 엄마를 다독인다. 톡톡 등을 두드린다.

"엄마, 진정하세요. 술은 어디서 이렇게 드셨어요. 제발 울지 마세요. 얼른 주무셔야죠."

"흑흑, 정말 살기가 힘들단다 얘야."

피식, 웃음이 나온다. 애완용 개가 자다 깼는지 깡깡 울기 시작한다.

아빠는 아무 말 없이 연신 담배만 피운다. 나는 우두커니 거실에 서 있다가 내 방으로 들어가서 방문을 잠근다. 침대에 누워서 이불을 뒤집어쓴다.

"아, 잠이 오질 않아. 이 지옥 같은 집에서 계속 있어야 하는 걸까. 나는 다시 나가 살아야 할까봐."

이런 생각 저런 생각으로 쉬이 잠들지 못한 나는 밤새 늙어버린 기분이 들었다.

5

다음날 오빠가 흔들어 깨우는 바람에 나는 잠에서 깼다. 꿈도 없는 아주 산뜻한 잠이었다. 하지만 얼굴을 들이민 오빠의 표정은 비현실적으로 보일 만큼 몹시 비장하고 절박해 보였다. 그리고 믿을 수 없게도 오빠의 눈에서 떨어진 눈물이 내 콧등에 흘렀다. 꿈인가, 왜 오빠가 내 얼굴 앞에서 울고 있느냔 말야.

"실래야 실래야, 어서 일어나. 아빠가 돌아가셨어."

순간적으로 눈앞이 환해졌다. 아빠가 돌아가셨다고? 나는 아빠의 부음을 전하는 오빠의 표정을 죽을 때까지 잊지 못할 것 같다는 생각이 들었다.

오빠의 뒤를 따라서 거실로 나가자 엄마는 여전히 술에서 덜 깬 불콰한 얼굴로 소파에 앉아 있다. 엄마는 흰 가운 차림이었고 한쪽 손으로는 턱을 괴고 또다른 한쪽 손으로는 커피가 담긴 머그컵을 만지고 있었다. 엄마의 표정은 좀 어수선하기는 했지만, 뭔가 성가신 문제가 끝났다는 듯, 어딘지 후련해 보였다.

"어떻게 된 거예요, 엄마?"

"모르겠어. 저 양반이 글쎄 무슨 짓을 한 건지."

안방 문을 열고 들어가자 아빠가 방 가운데에 누워 있었다. 목에는 벨트가 둘러져 있었다.

"목을 매셨어. 스스로 목숨을 끊으신 거야."

오빠가 옆에서 그렇게 말을 하지 않았어도 나는 아빠가 스스로 죽음을 택했다는 걸 알 수 있었다. 사실을 말하자면 나는 아주 오래 전부터 그런 예감에 시달려왔다. 내가 아빠의 목에 감긴 벨트를 풀어내려고 하자, 오빠가 냉정한 목소리로 말했다.

"손대지 마. 경찰이 와서 검시를 해야 한대."

나는 아빠의 시신에 손을 대보고 싶은 마음을 참느라 혼났다. 얼마쯤의 시간이 지나자 경찰들이 와서 이제 더이상 움직이지 못하는 아빠를 흰 천으로 둘둘 말더니 긴 지퍼가 달린 가죽 가방에 집어넣었다. 창가에 서 있던 배나무에서 배가 뚝 떨어지는 것이 보였다. 아빠는 가죽 벨트로 목을 맸는데 그 가죽 벨트는 석 달 전쯤 아빠의 생일에 내가 선물한 것이다.

나는 오빠와는 달리 눈물이 나오지 않았다. 가끔 청첩장이나 보내오는 먼 친척의 부음을 듣는 것만큼이나 담담했다. 몰려온 친척과 친지들이 나를 끌어안고 내 뺨을 문지르며 어찌하면 좋누, 이 불쌍한 것. 하고 통곡을 할 때도 나는 끝까지 그렇게 태연한 표정을 짓고 있었다.

엄마는 그날 경찰서에 가서 밤늦도록 돌아오지 않았다. 엄마는 아빠에게는 양처가 아닌 간부였다. 엄마는 아빠를 전혀 사랑하지 않았고, 자신을 사랑하는 아빠를 인정하지도 않았다. 다음날 점심때가 지나서야 집에 돌아온 엄마는 맥주를 마시면서 나를 보고 소리쳤다.

"그 자식은 왜 죽어서도 날 괴롭히는지 몰라!"

"아빠 보고 그 자식이라고 한 거야, 지금? 그래도 그는 이제 죽은 사람이야."

내가 그렇게 말하자 엄마는 아무런 대꾸를 하지 않았다. 찌꺽, 캔맥주 꼭지 따는 소리가 엄마 쪽에서 들려왔다.

아빠가 처음으로 자살을 결심한 것은 아마도 엄마가 다른 남자와 침대에서 뒹군다는 사실을 알았을 때였을 것이다. 나는 지금도 그날을 기억하고 있다. 모텔에서 엄마를 붙잡아온 사람은 삼촌이었다. 모텔은 놀랍게도 우리집에서 삼십 미터 앞에 있었다. 삼촌에게 붙잡혀온 엄마의 모습은 한마디로 탕녀의 모습 그것이었다. 립스틱과 메이크업이 군데

군데 지워진 채, 어깨가 드러나는 민소매 탱크톱이 속옷과 함께 어지럽게 흐트러져 있었다. 무엇보다도 그녀를 가장 탕녀처럼 보이게 하는 건 시니컬한 웃음과 그녀 특유의 간드러지는 목소리였다.

"아니 형수, 어떻게 그럴 수 있어? 도대체가 이게 있을 수 있는 일이야?"

중학교에서 체육선생을 하는 삼촌은 엄마에게 그렇게 따졌다. 하지만 아빠는 고개를 처박은 채 닭똥 같은 눈물만 떨어뜨리고 있을 뿐이었다. 엄마가 아빠가 아닌 다른 남자와 침대에서 뒹군 일은 참 딱한 일이 아닐 수 없다. 그걸 보고 아빠가 자살을 결심한 것은 더욱 딱한 일이지만 말이다. 엄마는 그렇게 삼촌한테 망신을 당하고도 탕녀짓을 멈추지 않았다. 오히려 더 심해졌다고 보는 게 맞을 것이다. 다행히도 아빠가 자살을 한 것은 내게 고성능 엠프를 사준 뒤의 일이었다. 나는 그 엠프를 틀어놓고 방에 틀어박혀 음악을 들었다. 집에 찾아오는 경찰들은 음악 소리가 쿵쾅 울리는 내 방을 기웃거렸다.

엄마는 며칠 더 경찰들에게 시달린 후에야 그들의 악다구니로부터 풀려날 수 있었다. 경찰에게서 풀려난 엄마는 집에 오자 분이라도 삭이려는 듯 맥주부터 마셨다. 나는 이런 집에서, 이런 엄마가 있는 집에서, 이런 분위기의 집에서 더이상 살고 싶지 않아졌다. 나는 맥주를 마시고 있는 엄마 옆으로 살금살금 다가가서 맥주컵을 발로 걷어찼다. 거품이 사방으로 흩어졌다.

"아니 이년이 이게 무슨 짓이야!"

엄마는 지독한 욕설을 늘어놓았고 나는 통쾌하게 웃었다. 크하하, 나는 이제 이 집을 나갈 거야.

　그 욕 잘하는 엄마의 집을 나온 것이 이제 이 년이 다 되어간다. 집을 나와서 혼자 살고 있는 나는 지금 시인이 되려고 한다.

6

　내가 사는 집은 전세 단칸방이다. 방 안에 세면장과 화장실이 딸려 있고 간단한 조리를 할 수 있는 주방도 한쪽에 붙어 있다. 이 자취방이 마음에 들었던 것은 바로 옆에 공원이 있기 때문이다. 대문을 열고 정확히 서른 발자국을 내어놓으면 공원에 들어설 수 있다.

　초여름 밤의 하늘은 깊디깊은 게 마치 호수 같다. 하늘을 오래 바라보고 있으면 파란 물이 쏟아질 것만 같아. 누군가 이렇게 말하기도 했다. 아마도 술에 취해서였을 것이다. 그렇게 얘기했던 사람이 누구였는지는 잘 생각이 나지는 않는다. 하지만 그 말을 듣고 나는 그에게 이렇게 말했다. 그때의 내 목소리가 지금도 들린다.

　"정말 근사한 말이야. 나는 그런 근사한 말을 하는 사람과 키스를 하고 싶었어."

　아마 그날 그렇게 말한 사람과 나는 깊고 깊은 키스를 했을 것이다. 그런데 그가 누구인지 기억이 나지 않는 걸 보면, 내가 그를 이성적으로 좋아했던 것 같지는 않다. 그리고 그도 나를 계속해서 집적일 만큼 한가했던 사람은 아닌 모양이다. 나는 멋진 말들을 잘 기억하는 편이다. 엄마를 닮아서일 것이다. 엄마는 나를 타박할 때면 언제나 '이런 말이 있는데 말야, 잘 들어보렴'으로 시작하곤 한다. 엄마는 나를 자신과 똑같이 만들려고 하는데 그것은 천만의 말씀이다.

엄마의 불륜을 알아차린 아빠가 스스로 목을 매달고 죽은 이후 나는 내 삶에서 더이상 극적인 사건은 일어나지 않을 것이라고 생각했다. 나는 이제 외부로부터의 충격을 스스로 차단할 수 있는 나이가 되었고, 내가 되고 싶은 것을 꿈꿀 수 있는 나이가 되었다. 나의 꿈은 앞에서도 말했지만 시인이 되는 것이다. 시집이 없는 시인들의 쓸쓸함을 나는 잘 알고 있지만 그 쓸쓸함마저도 부러울 때가 있다. 나는 시인이 되기 위해서 많은 책들을 읽고 사람들을 만나 술을 마시고 노래 부르면서 살았다. 내가 아직 이렇다 할 시인이 되지 못한 것은 아마도 시를 쓰는 것이 그 다음의 일이었기 때문일 것이다. 나는 이제 시 쓰는 일만을 남겨두고 있다. 시를 쓰기 위한 모든 준비는 마쳤다. 상처도 충분하고, 분노도 쌓여 있으니까 말이다.

언젠가 내가 시집을 읽고 있는데 뒤에서 누군가 다가와 시집을 빼앗아 보고는 이렇게 말한 적이 있다.

"시인이 되려면 산책을 자주 해야 하는 법이야."

그 말을 했던 사람은 눈인사만 나누던 시창작 동호회의 선배였고, 그 말은 이 세상에서 내가 유일하게 믿는 남자의 말이 되었다. 그래서 한때 나는 산책 가는 것을 섹스하는 것보다 더 좋아하던 그 선배를 사귀기도 했었다. 당시 남자친구였던 선빈이에게는 말하지 않았던 남자. 그때 생긴 버릇 때문에 나는 지금도 산책을 자주 한다. 다행히도 집 바로 옆에는 공원이 있어서 나는 멀리까지 산책을 갈 필요가 없다.

늦가을이면 은행나무 잎들이 비처럼 떨어져서 은행나무 공원이라고 부르는 그 공원은 방문을 열면 바로 코앞에 나타난다. 나는 그래서 그 공원을 나의 마당이라고 생각하게 되었다. 그렇게 생각하니 기분마저 좋아졌다. 당연한 거지만 마당에서 함부로 떠드는 사람들을 나는 그다지 좋아하지 않는다. 나는 조용한 게 좋다. 골똘하게 나의 내면을, 내 영혼의 풍경을 들여다볼 수 있는 고요한 시간이 내겐 필요하다. 나는 시를 써야 하기 때문이다. 하지만 공원은 밤늦도록 사람들로 붐볐다.

공원에서 떠드는 사람들은 대개 세 부류였다. 오토바이를 몰고 와서 담배를 피우고 침을 뱉으며 떠드는 고딩들이 첫번째 부류다. 그들은 왜 모여서만 담배를 피우는지 담배를 배워보지 않은 나는 헤아릴 수가 없다. 부모가 맞벌이를 하는 집의 아이들도 공원에서 늦게까지 떠든다. 그런 아이들은 대부분 종아리에 흙을 묻히고 퇴근길의 엄마에게 호명되어 붙들려간다. 챙그렁챙그렁 병소리 요란하게 맥주를 사 가지고 와서 술을 퍼마시는 대학생들도 공원을 주기적으로 점거한다. 나는 이 모든 부류를 증오하기는 하지만 그렇다고 해서 쫓아낼 수는 없다. 그들은 내게 영감을 주기 때문이다. 우선 나는 그렇게 믿는다. 그렇게 믿어야, 그 공원의 소란을 내가 받아들일 수 있기 때문이다.

고백하자면, 내게 영감이 아닌 모든 것은 불필요하다. 이 년 동안 사귀다가 헤어진 선빈이도 그렇다. 내게 많은 영감으로서 다가왔던 그에게서 나는 더이상 아무런 영감을 받을 수 없게 되어서 그를 차버렸다. 너무나도 풍족했던 그와 지내는 동안 나는 내 안의 결핍을 알 수 없었고 그래서 외로웠다.

"이제 너에게서 아무런 영감을 받을 수 없게 되었어. 저리로 가버려."

내가 그렇게 말했을 때, 선빈이는 이해할 수 없다는 표정을 지었다.

"씨발, 무슨 영감 말야. 내가 뭘 어쨌다구."

하지만 내가 싫으면 싫은 것이다. 나는 싫은 것과 단 일 초도 함께 있질 못한다. 이처럼 명쾌한 기호와 취향이 마음에 든다. 이를테면 나는 나의 취미와 기호로 구성되어 있다.

7

선빈이를 떠나보낸 날 밤, 나는 한 편의 짧은 시를 쓰고 창 밖으로 내가 언제라도 휘잉 하고 몸을 띄우고 싶은 밤하늘을 올려다보고 있었다. 더운 여름밤 나는 짧은 핫팬츠를 입은 채 하얀 다리를 접어 창틀에 올려놓았다. 그 모습이 내가 보기에 너무나 좋았다. 나는 나의 혀로 내 무릎을 몇 번이고 핥았다.

새벽 몇시쯤 되었을까. 어디선가 사내의 울음소리가 들려왔다. 너무나도 호기심이 느껴지는 울음소리였다. 나는 창틀에서 내려와 슬리퍼를 신고 밖으로 나가 울음소리가 들려오는 곳을 찾아 두리번거렸다. 울음소리는 공원 한구석으로부터 들려오고 있었다. 그곳으로 다가가니 한 청소부 아저씨가 쭈그려 앉은 채 서럽게 울고 있었다.

"아저씨, 여기서 왜 이렇게 울고 있어요?"

"으흐흑, 쓰레기를 치우는 게 너무 힘에 부쳐서 그래요. 으흐흑."

아닌게 아니라, 쭈그려 앉아 울고 있는 청소부의 옆에는 쓰레기봉지들이 바위처럼 단단하게 쌓여서 왜소한 청소부를 억누르려 하는 것처럼 보였다.

"이 쓰레기봉지들을 날이 새기 전에 리어카에 옮겨서 싣고 가야 하는데, 혼자서 치울 수가 있어야 말이지. 으흐흑, 난 며칠 전에 무릎을 다쳤거든. 이 일이란 게 몸이 아파도 쉴 수가 없어요. 사는 게 너무나 서러워."

나는 장난기가 발동해서 청소부 아저씨가 쓰고 있던 모자를 집어들고 방으로 돌아왔다. 그러고는 다시 창틀에 올라앉아 하얀 다리를 접고 창 밖을 내다보았다. 모자를 찾으러 나를 뒤따라왔던 청소부 아저씨가 불 켜진 방의 창틀에 올려진 싱싱한 다리를 보았던 모양이다. 그는 입을 벌린 채 내 앞을 떠나지 못했다. 이미 공원에 모여 담배를 피우던 고딩들도 뿔뿔이 흩어진 시간이었다. 청소부의 눈이 나를 바라보았다. 땀에 전 모습, 아마 몸에서도 퀴퀴한 냄새가 나겠지. 그는 사십대 중반처럼 보였다. 얼굴이 앙상했고, 키도 작았다. 그에겐 좀 안된 말이겠지만 새벽마다 골목을 뒤지면서 쓰레기봉지를 치우는 그 일이 그에게는 썩 잘 어울려 보였다. 여하튼, 쓰레기봉지가 힘에 겨워 꺼이꺼이 울던 그는 나를 골똘하게 한껏 외로운 눈으로 쳐다보았다. 나는 도저히 그를 외면할 수 없었다. 마침 생리를 막 끝냈을 때였다. 창 밖으로 손을 뻗어 그를 불렀다.

"내 모자" 하면서 그가 웃었다. 내가 현관문을 열어주었다. 그는 창이라도 뛰어넘어올 태세였지만, 내가 그를 조금씩 제지하면서 순하게 길들였다. 그날 나보다 키가 십 센티미터 정도는 작은 그와 나는 세 번의 섹스를 나누었다. 샤워를 한 그의 몸에서는 시큰하고 달짝지근한 냄새가 났다. 하지만 아무것도 문제될 것이 없었다. 나는 다만 시를 쓰고 싶었다. 새벽의 청소부와 섹스를 하면서, 나는 자유로워지고 있다고 생각했다. 그건 아주 낯설고 기이하고 따뜻한 경험이었다. 청소부는 자신의 침을 내 입 속으로 떨어뜨렸다. 나는 어디에서 나와서 어디로 가고 있는지 모르겠다. 밤하늘을 나는 새들이 잠깐 눈빛을 교환하는 것처럼 외로운 이들끼리 접속하는 것뿐이라고, 나는 그렇게 생각했다.

세 번의 섹스를 마쳤을 때, 그는 무척이나 피곤해했다. 밝아오는 동쪽 하늘이 마치 위태로운 시곗바늘처럼 그의 가슴을 후벼팠을 것이다. 그는 동이 트기 전에, 다른 이들의 눈에 띄기 전에 거리에서 사라져야 하는, 정말 지지리도 외로운 운명을 타고난 사람이었다.

8

지난주에는 엄마에게서 전화가 걸려왔다. 그는 아빠가 자살을 한 이후에 외산차를 타고 다니던 남자와 동거에 들어갔지만, 그와도 얼마 못 가 정리를 한 모양이다.

"실래야, 네가 보고 싶은데, 잠깐 엄마 보러 올 수 있겠니?"

너무나 오랫동안 엄마를 방치했다고 생각한 나는 엄마의 집으로 갔다. 엄마는 여전히 아름다웠다. 아름다움이라는 건 참 묘한 것이란 생각을 엄마를 볼 때마다 하게 된다. 대개 아름다움은 악한 것, 교활한 것 뒤에 숨어 있다는 생각이 드니 말이다.

엄마는 내게 꽤 흥미로운 소식을 전했다. 오빠가 거의 자폐아가 되어간다는 것. 엄마의 말에 의하면 오빠는 자기 방에서 육십팔 일째 나오지 않고 있다고 했다. 나는 그런 유의 인간이 지구상에 등장했다는 것을 알고 있다. 구석방에 틀어박혀 자신의 세계에만 몰두하는 이들. 일본 말로 히키코모리 족이라 했던가.

"말도 안 돼."

나는 사람이 육십팔 일 동안 방에서 나오지 않는 것이 불가능한 일이라고는 생각하지 않았지만, 그게 오빠에게 적용될 경우에는 정말이지 말이 안 되는 일이라고 생각했다. 엄마는 밥도 방문 밑으로 낸 통로로 밀어준다고 했다. 엄마의 묘사가 이 정도로 구체적이라면, 거짓말은 아닐 것 같은데. 나는 사실을 확인해보기 위해 오빠의 방으로 갔다. 그리고 노크를 하고, 실래 왔어, 라고 말했다. 하지만 방에서는 아무런 반응이 없었다. 나는 다시 노크를 하고 이번에는 조금 더 큰 소리로 오빠, 실래야, 실래 왔어, 라고 말했다. 하지만 역시 아무런 반응이 없었다.

"잠을 자고 있는 모양이구나."

엄마가 옆에서 그렇게 말했기 때문에, 나는 흔쾌하지는 않은 기분으로 다시 거실 소파로 돌아왔다. 엄마는 오빠가 방에서 컴퓨터게임을 하고, 채팅을 하고, 가끔 포르노를 보면서 마스터베이션을 한다고 말했다. 아빠가 살아 있을 때만 해도 참 명민하고 밝은 사람이었던 오빠가 어떻게 저렇게 되었을까. 나는 가슴이 아팠다.

9

엄마를 만나고 돌아오는 길은 몹시 힘이 들었다. 오빠에 대해서 내가 특별한 감정을 갖고 있는 건 아니었지만, 그가 미쳐버려서 자폐아가 되

었다니 기분 좋은 일은 아니다. 돌아오는 길은 멀고 멀었다. 지하철을
두 번 갈아타야 했으니 말이다. 나는 지하철 안에서 어떤 시간들을 떠
올렸다. 오빠와 함께 엄마가 머무르던 외할머니 집을 찾으러 가던 길.
그때 살던 집의 정반대 끝에 있던 외할머니 집. 지하철을 타고 어디서
내려야 할지 몰라 지하를 계속 맴돌던 그때, 나는 약해지지 않아야 한
다고 생각했다. 아빠가 싫어서 외할머니 집으로 도망친 엄마의 비겁과
그런 엄마를 그대로 받아들이는 아빠의 무력감이 모두 싫었다. 나중에
오빠가 그날을 떠올리며 말한 적이 있다.

"난 그때 지하철을 타는 것이 너무나 두려웠거든. 그런데, 너 때문에
두려워하는 표정을 숨겨야 했어. 난 너의 오빠잖아."

그 오빠가 육십팔 일째 방에서 나오지 않는다. 겁쟁이 같으니라구.

10

집에 돌아와서 해가 지고 밤이 좀 이슥해지자 나는 술을 마시러 나갔
다. 처음 보는 간판의 바에 들어갔다. 혼자였다. 친구들과 마지막으로
메일이나 전화, 문자 등을 주고받은 지가 언제인지 기억도 나지 않는
다. 나는 집을 나오면서, 모든 내가 알고 있는, 내가 의지하고 있는 이
들과 연락을 끊었다. 시인은 무엇보다 단독자이어야 한다고 생각했다.
누가 나에게 알려주지 않은 것인데도 그런 생각이 든 것이 가끔은 나
자신에게도 신기하게 느껴졌다.

그 바에서 나는 맥주를 시켜서 마셨다. 반쯤 채워진 홀 안에는 손님

이 열댓 명 정도였다. 밤 열한시쯤 되었을까. 동남아시아계로 보이는 청년 둘이 홀 안으로 들어왔다. 머리가 길고 양아치처럼 생긴 바의 주인은 그들을 보고 노골적으로 반감을 표시했다. 다른 데 가라고 말했다.

"야, 너네 다른 데 가! 여기선 안 받아."

그들은 한국 손님들 앞에서 무안을 당한 것이 창피한 듯 당혹스러운 기색이 역력했다. 그러곤 우리 돈 있어요, 라고 말했다. 하지만 바의 주인은 피식 웃고는 막무가내로 그들을 밀쳐냈다. 아마 앵글로색슨이나 일본 사람이었다면 사정이 달랐겠지. 나는 그 모습을 보고 있다가, 그만 기분이 나빠져서 소리를 질렀다.

"아, 씨발, 돈 있다는데, 왜 쫓아내고 그래. 술 마시라고 해."

내가 그렇게 말하자, 바의 주인이 나를 바라보았다. 역시 싱긋 웃었다. 무슨 의미가 들어 있는 웃음인지는 나도 모르겠다. 그래도 어디서든 눈에 띄는 외모 덕분에 남자들은 내 말을 잘 듣는 편이다. 단지 예쁘기 때문에, 내가 좀더 편하게 살 수 있었던 건 사실이다. 몇몇 테이블에서도 그들을 받아주라는 시그널을 보냈다. 동남아시아 청년 둘은 아주 깊고 흐릿한 얼굴로 홀 안을 돌아보았다. 그리고 구석진 자리에 앉아서, 얌전하게 맥주를 마시기 시작했다. 그런데 어느 순간부터 그들과 나의 눈이 자주 마주치기 시작했다. 그들이 나를 바라보는 건 뭐 충분히 이해할 수 있는 일인데, 나는 왜 자꾸 그들 쪽으로 눈이 가는 걸까. 그럴 이유가 없는데, 자꾸 그것을 의식하다보니 또다시 눈길이 가는 것이다.

나는 할 수 없이 자리에서 일어나 그들에게 다가갔다. 그러자 그들이 수줍어하는 표정으로 자리를 내주었다.

"어서 와요."

서툰 한국말이 오히려 친근하게, 정감 있게 들렸다.

"어디서 왔어요?"

"실론, 실론."

실론이라면 스리랑카를 말하는 것이다.

"무엇 하러 왔어요?"

"주물공장에서 일을 해요. 우린 형제예요."

건배, 우리 셋은 건배를 했다. 옆 테이블에 앉은 한국 사람들이 우리를 신기한 눈으로 바라보았다. 스리랑카의 형제는 한국에 온 지 이 년이 되었다고 했고, 육 개월 후면 돌아간다고 했다. 나는 그 두 사람의 가운데에 앉았는데, 왼쪽에 앉은 이가 트완드카라는 스물네 살의 동생이었고, 오른쪽에 앉은 이가 마헨드라라는 스물아홉 살의 형이었다. 형은 매우 의젓해 보였고, 어딘가 기품이 있어 보였는데, 동생 트완드카는 인상도 형보다 못한 편이었고, 어딘가 좀 산만해 보였다. 게다가 그는 술이 좀 들어가자 노골적으로 내게 스킨십을 시도했다. 손을 자꾸 내 무릎께로 뻗어왔던 것이다. 마헨드라가 그런 트완드카의 손길을 제지하며 말했다. 몹시 화가 난 표정이었다.

"트완드카, 무슨 짓이야. 이러면 안 돼."

하지만 난 트완드카의 손길이 전혀 기분 나쁘지 않았다. 그것은 진심이었고, 그것을 트완드카와 마헨드라에게 보여주기 위해, 내 무릎에 놓여 있던 트완드카의 손을 잡아서 내 뺨에 갖다대면서 이렇게 말하기도 했다.

"아, 내버려둬요. 이 손은 그 동안 얼마나 따뜻한 것이 그리웠겠어요."

그런데 그때서야 나는 알았다. 트완드카의 손가락 두 개가 있어야 할 자리에 없다는 걸. 트완드카는 다시는 내게 손길을 뻗지 않았다. 마헨드라는 스리랑카에서 코끼리 조련사였다고 말했다. 한국에 온 것도 코끼리를 조련하러 왔다고 했다. 그런데, 그 일을 보장했던 사람이 약속을 지키지 않고 자신들을 공단에 취직시켰다고 말했다. 그러면서 그는 그리움이 가득 담긴 선량한 눈으로 코끼리 조련사의 노래를 불러주었다.

"코끼리야, 코끼리야, 너 참 아름답구나, 그런데 사람은 왜 죽였니."

그의 노래가 참 아름다웠다. 술을 다 마시고 바를 나올 때, 동생 트완드카는 조금 몸이 흔들릴 정도로 취해 있었다. 마헨드라가 걱정스러운 표정으로 그를 부축했다. 술값 계산은 내가 했다. 내가 카운터에 계산서를 내밀자, 그 머리 긴 바의 주인이 속삭이듯 말했다.

"오늘밤 나랑 함께 지내자. 나 금방 준비하고 나갈게."

"미친 새끼, 내겐 저 두 명의 애인이 있어. 꿈 깨시지."

그러자 바의 주인이 분하다는 표정을 지으며 씩씩 거친 숨을 토해냈다. 그가 거친 숨을 내쉬든 말든, 아무 상관이 없다. 나는 그런 치들에겐 아무런 관심이 없다.

밖으로 나오자, 트완드카와 마헨드라가 내게 인사를 한다.

"오늘 너무 고마워요. 당신은 우리가 만난 가장 친절한 한국 여자예요."

"무슨 말을. 그런데 벌써 헤어지려고?"

"네?"

"내 방에 가요. 내가 두 사람을 따뜻하게 안아줄게."

그 말 역시 진심이었다. 나는 두 사람을 따뜻하게 안아주고 싶었다. 그들은 하루 열두 시간 운전을 하는 택시기사와 쓰레기봉지가 힘에 겨워 새벽의 공원에서 서럽게 울던 청소부와 다를 게 없었다. 외로운 존재들인 것이다.

나는 그들을 내 방으로 데리고 갔다. 집 앞 공원에서는 밤잠을 못 이루는 동네 할머니들이 돗자리를 깔고 앉아 있었는데, 외국 남자 두 사람과 함께 나타난 나를 보고는 입을 가리면서 뭐라고 말했다.

"여기가 내 방이야."

방문 앞에 기댄 채 열쇠를 꺼내 흔들며 나는 그렇게 말했다.

"실래, 우리 형제와의 섹스를 원하는 거야?"

마헨드라가 다시 한번 물었다. 나는 대답하지 않고 마헨드라를 안고 그의 목에 키스를 했다. 그런 다음 트완드카에게도 키스를 했다.

그때 무슨 생각이 났는지, 마헨드라가 근처의 편의점으로 뛰어갔다. 금방 돌아온 그의 손에 들려 있는 것이 무엇인지 나는 금방 알 수 있었다. 콘돔과 만원짜리 두 장이었다. 마헤드라는 콘돔과 지폐를 내 손에 쥐여주고는 트완드카와 내 등을 떠밀어 집으로 들여보냈다.

"난 실론에 와이프와 아이들이 있어. 미안하지만 실래, 동생 잘 부탁할게."

마헨드라 역시 내가 몸을 파는 여자라고 생각한 모양이다. 하지만 뭐 아무래도 상관없다. 나는 그들 형제가 외로워 보여서, 내 체온으로 그 외로움을 잊게 해주고 싶은 것뿐이니까.

나는 깡마르고 왜소한 트완드카의 몸 구석구석을 혀로 애무해주었다. 트완드카는 견딜 수 없다는 듯 연신 신음을 토해냈다. 그렇게 그와 나는 그 새벽, 세 번 몸을 섞었다. 트완드카와 격렬하게 섹스를 하는 사이, 창문 밖에서 동생을 기다리는 스리랑카 코끼리 조련사의 노래가 들려왔다.

'코끼리야, 코끼리야 너 참 아름답구나, 그런데 사람은 왜 죽였니.'

트완드카가 내 방을 나왔을 때 가엾게도 그의 형 마헨드라는 공원의 벤치에서 잠이 들어 있었다.

11

마헨드라와 트완드카 형제를 만난 이후, 나도 오빠처럼 방에 틀어박혔다. 공원에서 젊은 아이들이 떠드는 소리가 들려와도 귀를 기울이지 않았다. 이제 영감 같은 것으로 세상을 살 수 없다는 걸 깨달았다. 영감을 더이상 주지 않는다는 이유로 내가 차버렸던 선빈이는 운이 없었던 것뿐이다. 그리고 나는 이제 보다 더 절실한 정신의 힘으로 시를 쓸 것이다.

나는 방문을 열고 계단을 천천히 걸어서, 옥상에 올라왔다. 이 건물에 세들어 살면서 옥상에 올라오기는 처음이다. 눈앞에 점점 박혀 있는 산동네 가로등 불빛들이 들어온다. 붉은색 십자가들도 공중을 떠다닌다. 마치 어떤 생물체의 유충처럼 느껴진다.

시원한 새벽, 하늘이 바로 내 머리 위에 있다.

오빠는 오늘로써 팔십칠 일째 방에서 나오지 않고 있다. 엄마는 끼니 때마다 음식을 넣어주기는 할까. 어쩌면 오빠는 이미 방에서 굶어 죽었는지도 모르겠다. 굶어 죽지 않았다면 면도날로 동맥을 그었을 수도 있고, 아빠처럼 목을 매었을 수도 있다. 겉모습은 화려하지만 사실은 여리고 겁이 많아서, 최악의 현실을 인정하려 들지 않는 엄마가 그것까지는 생각할 수 없을 것이다. 어쨌건 진실은 아무도 알 수 없는 것이니까. 하지만 나는 오빠가 이미 죽어 있을 수도 있다고 생각한다. 자꾸 그런 생각이 든다.

언젠가 신문에서 본 기사가 생각난다. 함께 살던 엄마가 죽자, 어찌할 바를 몰라 석 달 동안이나 엄마의 주검을 방 안에 방치하고 함께 살았던 중학교 일학년 남자아이. 그 사실이 알려지자 매스컴은 일제히 우리 사회의 단절과 무관심을 질타했었다. 그런데 그 아이의 고독에 대해서 우리는 과연 얼마만큼 헤아릴 수 있을까. 그 나이에 삶의 치명적인 무위를 알아버린 그 아이의 상처에 대해서 말이다.

생일날 내가 선물한 벨트로 목을 매 자살한 아빠는 지금은 어디쯤 흘러가고 있을지도 궁금하다. 외로운 이들은 숨어버리거나 떠나는 것, 둘 중 하나를 선택해야만 하는 건가. 우리가 강물에 아빠의 뼛가루를 뿌릴 때, 멋 훗날 아빠가 어디쯤 흘러가고 있을지를 내가 궁금해하리라는 것을 나는 알고 있었다. 그러면서도 태연하게 아빠의 뼛가루를 강에 흘려보냈던 나. 나도 이미 그 순간 내 삶이 고독과 무위 속에 함부로 던져지리라는 것을 알고 있었을까.

엄마는 또 어떤 애인을 만났을까. 방 안에 갇혀 있는 아들의 현실 때문에 속이 상해서 그의 남성편력은 더 심해졌을 가능성이 크다.

나의 몸을 가졌던 한밤의 택시기사와 청소부와 스리랑카의 노동자는 나를 기억하고 있을까. 동생이 나올 때까지 창문 밖에서 새벽이슬을 맞으며, 구슬픈 코끼리 조련사의 노래를 부르던, 그리고 동생과 나를 위해 약국에 뛰어가 콘돔을 사오던 그 형은 이 새벽 무엇을 하고 있을까. 외로운 목소리로 외로운 이들을 불러본다. 사실 나는 동생보다 그 형에게 끌렸었는데 말이다.

나는 이제 새벽하늘을 날기 위해 여기 이렇게 옥상에 서 있다. 이곳이 이렇게까지 높은지 몰랐다. 높이가 꽤 근사하다. 새벽의 푸른 창공이 내 눈에 닿는다. 나는 하늘을 날면서 시를 쓸 것이다. 몸의 날로 이 푸른 종이를 찢으며 시를 쓰는 것이다. 새가 하늘을 가위질하듯이* 말이다. 나는 온몸이 너덜너덜해져서 풀어져버릴 때까지 이 푸른 새벽하늘을 날 것이다.

나는 내 두 발을 옥상의 난간 위에 올려놓는다. 이제 새벽하늘을 날 시간이 다가왔다. 공중에 발을 놓는다. 착륙을 예정하지 않아서, 나는 한결 가뿐하다.

12

어느 날 새벽, 창틀에 하얀 다리를 올려놓고 무릎을 핥고 있던 여자와 꿈같은 한때를 보냈던 외로운 청소부는 그날 새벽, 잠시 허리를 펴고 위를 올려다보다가 밤하늘을 날고 있는 한 여자를 발견했다. 꿈꾸듯 아득한 눈으로 여자가 시야에서 사라질 때까지 밤하늘을 바라보던 그는 그

---

* 신용목의 시 「낮달 보는 사람」에서 빌려옴.

집 앞 쓰레기봉지에서 다음과 같은 글이 적힌 종이쪽지를 주웠다.

　서늘한 밤하늘을 새처럼 날아볼 수는 없을까. 이를테면 까마귀처럼 어둠에 섞여 아무도 모르게 지치도록 날다가 어느 골목의 늙은 굴뚝에 앉아, 젖은 날개를 접어놓을 수는 없을까. 어둠에 대해서만 말하는 까마귀의 침묵이 순정한 이유는 새벽의 검은 하늘을 날아보았기 때문일 거야. 누대에 걸친 그 숱한 야유와 경멸을 그가 견디는 것도 검은 하늘이 알려준 고독의 진실을 알고 있기 때문이지.

톱스타 살인사건 전말기
— 악취미들 1

나는 그게 무섭고 두렵고 안타까웠어요.

사람들에게 잊혀지는 것이 죽음처럼 고통스럽게 느껴졌어요.

사람들에게 많은 연모를 받던 사람의 영혼은

그 자신도 모르게 치명적인 병이 들어버리는 건가봐요.

병풍처럼 둘러싸고 있던 사람들의 시선이 한순간 거둬지고 나면

그 안에 있던 사람은 눈을 찌르는

거칠고 메마른 가시광선에 눈이 멀어버린답니다.

용의자 최성룡의 진술

미안하지만, 내 이야기를 끝까지 들어주실 수 있겠습니까? 내 이야기를 끝까지 들어주겠다고 약속하면 내가 아는 모든 진실을 털어놓겠습니다. 네, 감사합니다. 이 못난 사람의 청을 들어줘서 정말 고맙습니다. (잠시 뜸을 들인다.) 물론 지금은 친아들을 죽인 인면수심의 범죄자로 이 자리에 앉아 있지만, 수사관님도 알고 있는 것처럼 나 한때, 많은 사람들의 사랑과 관심을 한몸에 받던 배우였습니다. 어디를 가든 사람들의 주목을 받았어요. 허, 그런 시절이 나에게도 있었더랬죠. 앞에 계시는 수사관님의 나이가 어떻게 되는지는 모르겠지만 아마 내 이름 석 자 정도는 들어보셨을 거예요. (시선을 허공 쪽으로 향하며, 꿈꾸듯이) 정말 세상에 무서울 것 하나 없는, 잘나가는 배우였죠…… 아, 내가 공연한 소릴 다 하는군요. 크크, 쓴웃음까지 나네요…… 잘 아시는 것처럼, 나는 평생 연기를 해왔어요. 그러면서 어느 순간에 진실이 필요한지, 그리고 어느 순간에 거짓이 요긴하게 쓰이는지 정도는 분간할 수 있게 되었습니다. 그리고 지금이, 바로 지금이 내가 진실을 말해야 하는 순간이라고 생각하게 됐습니다. 이제 정말 내가 알고 있는 모든 이야기를 털어놓겠습니다.

더데일리스포츠 2003년 11월 15일자 기사

톱스타인 영화배우 최강일씨(26)가 주변 사람들과 연락을 모두 끊은 채 일 주일째 모습을 드러내고 있지 않아 연예계에 작지 않은 파문이 일고 있다. 관계자에 따르면 내년 여름 개봉 예정인 영화 〈Empty Rooms〉의 타이틀롤을 맡아 막바지 촬영에 한창이던 최강일씨가 일 주일 전인 지난 8일부터 행방을 감추고 돌연한 잠적에 들어갔다는 것. 최강일씨의 잠적으로 인해, 영화 촬영이 전면 중단된 데 이어, 그가 출연할 예정이었던 〈일요일 만화경〉 등 텔레비전 오락프로그램들의 제작도 상당한 차질을 빚고 있다. 최강일씨가 출연할 예정이던 쇼 오락프로그램들은 당장 최강일씨를 대체할 인물을 섭외하느라 진땀을 빼고 있다. 실제로 이틀 전 〈일요일 만화경〉 녹화시 최강일씨가 고정 패널로 출연해오던 '스타의 도전' 코너에 탤런트 박정우씨가 대타로 출연, 겨우 녹화를 마친 것으로 전해졌다. 최강일씨의 잠적에 대해 최강일씨의 소속사인 '메인타이틀' 측은 확실한 언급을 피하고 있는데, 소속사 역시 최강일씨의 잠적과 관련하여 아직 확실한 소재 파악을 하지 못한 것으로 알려졌다. 영화 〈Empty Rooms〉의 제작사인 '모던엔터테인먼트사'는 주연배우가 갑자기 종적을 감추는 바람에 영화 제작에 큰 차질이 빚어지고 있다면서, 며칠 수소문을 하면서 더 기다려보다가 필요하다고 판단될 경우에는 손해배상 청구까지 하겠다고 밝혔다.

용의자 최성룡의 진술

네네, 나도 잘 알고 있습니다. 수사관님 입장에서는 강일이를 누가 죽였는지, 아니, 내가 정말 강일이를 죽인 게 사실인지가 무엇보다 궁금하겠지요. ……그래요. 맞습니다. 내가 그랬습니다. 내가 내 아들 강일이를 죽였어요…… (담배에 불을 붙인다.) 흐흑, 이유가 뭐냐구요? 아, 성급하시군요. 내가 다 얘기할 테니 인내심을 갖고 내 이야기를 들어주시면 고맙겠습니다. 그 일을 돌이키는 것은, 내게는 참 힘겨운 일이에요…… (머리를 감싸쥐며) 단지 지금은…… 강일이를 견딜 수 없었기 때문이라고만 말하고 싶습니다. 네, 수사관님은 이해하지 못하시겠지만 그애가 내 눈앞에 보이는 것이 나는 견디기 힘들었어요. 그래서 이 두 손으로 그애를 죽인 겁니다. 으흐흑. (머리를 책상에 처박는다.)

더데일리스포츠 2003년 11월 20일자 기사

지난 11월 8일 종적을 감춘 배우 겸 가수 최강일씨(26)의 잠적이 계속 이어지면서 그의 행방에 대한 무성한 억측과 소문들이 방송가를 중심으로 떠돌고 있다. 연예계 일각에서는 폭력 조직에 의한 납치 감금설까지 흘러나오고 있는데 거액의 몸값을 노린 폭력 조직에 의해 현재 가장 주가가 높은 남자배우인 최강일씨가 피랍, 억류되어 있다는 게 그 내용이다. 하지만 아직까지 공식적으로 최강일씨의 가족이나 소속사 등에 금품을 요구하는 협박전화가 걸려오지 않은 점, 그리고 금품을 노린 피랍 대상으로 상대적으로 제압하기 힘든 남자배우를 택했다는 점, 평소 최강일씨의 대인관계가 원만하고 사생활도 모범적이었던 점 등은 이같은 추측의 신빙성을 떨어뜨리고 있다. 또 한 가지 대두되고 있는 설은 최강일씨의 자발적 은둔설이다. 평소, 혼자 여행하는 것을 즐겼던 최강일이 그간의 연예활동에서 쌓인 정신적 육체적인 피로와 스트레스를 털어버리기 위해 혼자 해외 모처에서 휴식을 취하고 있으리라는 추측이 그것이다. 하지만 평소 신중하고 책임감이 강했던 최강일씨의 성향을 감안할 때 촬영중인 영화와 예정된 방송 스케줄까지 펑크내면서 잠적했으리라는 주장 역시 설득력이 부족하다. 또하나의 설은 광적인 팬에 의한 억류설로 최강일씨에게 병적으로 집착하는 일부 과격팬이 치밀한 계획에 의해 최강일씨를 납치, 모처에 억류했으리라는 설명이 그것이다. 경찰은 과거 최강일씨가 몇몇 팬으로부터 스토킹 피해를 입었던 사실을 지적하면서 팬에 의한 감금 가능성을 배제하지 않고 있다고 밝혔다. 최강일씨의 부친이며 6, 70년대 인기배우였던 최성룡씨는 기자와의 통화에서 이틀 정도만 더 기다려보고 경찰에 공식적으로 실종신고를 할지 여부를 판단하겠다고 밝혔다.

케이블TV 연예매거진 2003년 11월 22일 최성룡 인터뷰

리포터 : 오늘 경찰에 정식으로 최강일씨 실종을 신고하셨죠? 지금 아드님이 어디에 있을 거라고 생각하십니까? 납치되었다는 일부의 주장에 대해서는 어떻게 생각하십니까? 그리고 현재의 심경도 말씀해주시죠.

최성룡 : 글쎄요, 저는 강일이가 납치된 게 아니라 어딘가에서 홀로 여행을 하고 있으리라 생각해요. 납치나 억류 같은 건 전혀 생각하지 않고 있어요. 강일이는 남들에게 원한을 살 만한 일을 하지 않는 아이거든요. 내가 그렇게 키웠습니다. 이런 일을 당했을 때, 아들을 키우는 입장에 있는 분이라면 다 그러하시겠지만 저 역시 요즘 밤에 잠 한 숨 자지 못하고 있습니다. 어디에 있든, 빨리 나타나서 팬들에게 예전처럼 밝고 건강한 모습을 보여줬으면 좋겠어요.

리포터 : 혹시 최강일씨 신변에 이상이 있으리라는 생각은 안 하십니까?

최성룡 : 그건 상상조차 안 하고 있습니다. 내 아들에게는 아무 일도 일어나지 않았을 것에요. 오늘 인터뷰는 그만 하겠습니다.

리포터 : 저기요, 저, 저……

용의자 최성룡의 진술

아, 미안합니다. 이 죄인이 소용도 닿지 않는 눈물을 보였네요. (손수건으로 눈가를 훔친다, 한숨을 내쉰다.) 네? 아아, 그건 아니에요. 그건 오해일 뿐입니다. (목소리를 높이며) 수사관님이 생각하는 것처럼 그 애와 나 사이가 그다지 나쁜 건 아니었어요. 강일이는 효자였어요. 내게 참 잘했으니까요. (확신에 찬 목소리로) 그 아인 내가 자신의 아버지라는 사실을 한 번도 부끄럽게 생각한 적이 없었어요. 저 역시 마찬가지였구요. 강일이가 내 아들인 것이 언제나 자랑스러웠죠. 강일인 언제나 상냥하고 예의 바른 아이였어요. 커오면서 지금까지 나한테 반항 한번 한 적이 없었으니까요…… 하지만, 그 아이가 인기배우로 조금씩 성장해나가면서 나에게 이상한 변화가 일어났어요. 점점 그 아이 앞에서 자신감을 잃어갔던 것이죠. (떨리는 목소리로) 난 그 아이 앞에서 점점 작아지는 걸 느꼈어요. 그 아이가 점점 더 유명해지고, 많은 사람들로부터 사랑을 받기 시작하면서 나는 나 자신이 점점 초라해지고 있다는 걸 느꼈어요. 목과 얼굴에 주름이 늘고, 머리가 하얗게 세고 어깨와 무릎에 기운이 빠지기 시작하는 걸 느꼈단 말이죠. 하지만 그럴수록 강일이는 점점 더 단단해지고, 완벽해져갔어요. 마치 삼십 년 전의 나처럼 말이에요. 강일이는 아비인 내가 보아도 정말 눈이 부실 정도로 아름답게 성장했죠.

대한일보 2003년 11월 24일자 28면 기사

영화배우 최강일씨 실종사건을 수사하고 있는 서울 영등포경찰서는 해외에서 최강일씨를 보았다는 제보가 잇따름에 따라 출입국관리국에 출국자 신분조회를 요청한 결과 실종사건이 발발한 지난 11월 8일 이후 최강일씨가 출국한 사실이 없는 것으로 나타났다고 밝혔다. 경찰은 현지에 급파된 수사대로부터도 이 사건과 관련, 단서가 될 만한 정보를 보고받지 못한 것으로 알려졌다. 해외 출국 가능성에 무게가 실렸던 최강일씨 실종사건은 이로써 새로운 국면을 맞고 있다. 국내 실종을 전제로 전면적인 재조사가 불가피해진 것이다. 한편 경찰은 최강일씨가 잠적하기 전날 밤 미모의 이십대 여인인 이모양(22)과 청담동의 카페에서 술을 마신 사실을 확인하고 이모양을 참고인 자격으로 불러 조사했다. 경찰에 따르면 최강일과 이모양은 실종되기 전날인 11월 7일 밤 열시에 만나 다음날인 8일 새벽 한시까지 카페에서 함께 술을 마셨다는 것. 경찰은 이모양과 헤어지고 난 후 최강일의 행방 속에 실종의 비밀을 밝혀줄 결정적인 단서가 있을 것으로 보고 그 행방을 추적하는 데 수사력을 모으고 있다. 한편 이모양은 대형 로펌을 운영하는 이모씨의 딸로 유명대학 음대에 다니는 재원으로 확인됐다.

예스TV 연예뉴스 2003년 11월 25일 이모양 인터뷰

리포터 : 실종된 최강일씨와는 무슨 사이입니까?

이모양 : 배우와 팬 사이예요. 인터넷 팬카페에서 처음 만났어요. 그때부터 가끔씩 연락하고 만나는 오빠였어요. 한 달에 한 번 정도였어요.

리포터 : 실종되기 전날 밤 함께 술을 마시면서 무슨 이야길 나눴습니까?

이모양 : 일상적인 이야길 나눴어요. 평소와 다름없었죠. 오빠는 주로 촬영중인 영화 애길 했어요. 동료 배우들과 호흡도 잘 맞고 예감이 좋다고도 했어요. 기분도 좋아 보였는데……

리포터 : 최강일씨가 잠적이나 은둔 같은 모종의 계획을 말하지는 않던가요?

이모양 : 촬영을 마치고 나면 푹 쉬고 싶다고 말했어요. 분명, '촬영을 마치고 나면'이라고 말했어요. 저도 뉴스를 보고서야 오빠가 실종된 사실을 알았어요. 매우 놀랐죠.

리포터 : 실종되기 전날 카페에서 나온 후에는 금방 헤어졌나요?

이모양 : 네, 각자 집으로 헤어졌어요. 저는 삼성동으로, 강일 오빠는 서교동으로요.

용의자 최성룡의 진술

……네? 네, 맞아요. 강일이는 나와 내 전처 사이에서 1978년 7월 13일에 태어났어요. 밖에 알려지기론 1980년생이라고 알려졌을 텐데, 그건 사실이 아니고 1978년에 태어난 게 맞아요. 연예인 나이라는 게 다 그런 거죠. 고무줄 나이라고 하잖아요. 강일이가 태어났을 때 내 나이 서른두 살이었어요. (다소 기운이 실린 밝은 목소리로) 그 무렵 나는 연기 인생의 절정에 올라 있었죠. 1977년으로 기억합니다만 그해 한 해에만 스무 편의 영화를 찍었으니까요. 당시 최고의 인기를 구가하던 신성일씨가 열두 편 남짓을 찍었으니까, 당시의 내 인기를 짐작하실

290

수 있겠죠? (꿈을 꾸는 듯한 표정으로) 내 주변엔 사람들이 들끓었어요. 나는 화장실을 갈 때 빼고는 혼자였던 적이 없었지요. 허, 정말 그런 시절이 다 있었다니까요. 강일이가 태어났을 때 나는 무척 기뻤습니다. 내가 바라던 사내아이였는데다가 저를 쏙 빼닮기까지 했으니까요. 주변에서 다들 그랬어요. 아버지를 닮아 이목구비도 또렷하고 참 잘생겼다구요…… 네? 맞습니다, 연예계에 데뷔시킨 것도 나예요. 전처는 극구 말렸지만 내가 다섯 살 된 강일이를 영화에 출연시켰죠. 어느 날 집에 놀러 왔던 감독님과 선배들이 강일이를 보더니, 아이가 인물이 참 좋다고, 끼도 있어 보인다고 연기를 시키라고 권유하더군요. 나도 그런 말을 듣고, '강일이가 나를 닮아 배우로서의 끼가 있나 보구나' 생각하면서 은근히 기분이 좋았어요. 그래서 그 다음날인가 아이를 영화사에 데리고 가봤죠. 그런데 정말, 핏줄은 속일 수 없는 것인지 강일이가 제가 봐도 연기를 제법 잘하는 거예요. 카메라 앞에서도 기죽는 법 없이 천연덕스럽게 척척, 허허, 처음 보는 사람한테도 엄마, 아빠 이렇게 부르면서 말이에요.

2003년 11월 26일 수사팀 내부회의 담당수사관의 보고

최강일 휴대폰 통화 기록을 살펴보았는데요. 11월 7일 밤 열한시 사십분에 매니저와 일 분 정도 통화한 것이 마지막이에요. 그러니까, 실종된 그 시간, 전화 통화 기록도 멈춰버린 거지요. 이같은 사실은 조심스러운 추정이긴 하지만 최강일의 신변에 이상이 있을 수도 있다는 것을 시사하는 것일 수 있습니다. 아무튼 실종된 11월 7일 이후 현재까지, 이모양을 제외하고는 최강일을 봤다거나 그와 전화 통화를 했다는 사람이 나타나질 않고 있으니까요. 왠지 불길한 예감이 듭니다. 죽었다면 시체라도 빨리 나타나줘야 할 텐데……

경찰이 확보한 이모양 진술 녹취 내용

오빠와 만난 건 2003년 11월 7일 밤이었어요. 제 플래너에도 그렇게 적혀 있어요. 오빠가 여덟시 조금 넘어 전화를 해왔죠. 늘 그런 식으로 만났어요. 오빠를 처음 만난 건, 삼 년 전 팬카페 모임에서였어요. 오빠와 팬들이 직접 만나는 행사였죠. 프로그램 중에 제비뽑기를 해서 오빠와 함께 부비댄스를 추게 되었어요. 행사가 끝나갈 무렵, 오빠의 매니저가 저에게 명함을 하나 건네더라구요. 그리고 며칠 후에 강일 오빠로부터 전화가 왔어요. 무척 가슴이 설렜죠. 인기 스타로부터 직접 전화를 받았으니까요. 이후 오빠와 저는 한 달에 한 번 정도 만났어요. 우리는 일부 언론의 보도와는 달리 결코 연인은 아니었어요. 술을 좋아했던 오빠는 말상대를 원한다고 했어요. 만나면 오빠가 주로 얘기했고, 저는 듣기만 했어요. 가까이에서 본 오빠는 스타라는 느낌보다는 한 사람의 평범한 인간이라는 느낌이 강했어요. 상당히 인간적이었죠. 그날도 평상시와 다를 게 없는 만남이었어요. 오빠가 주로 얘기를 했죠. 그런데 그날은 술을 제법 많이 마시더라구요. 헤어질 때가 되어 제가 차로 바래다준다고 하자, 오빠가 매니저한테 전화를 하면 된다고 하면서 매니

저와 전화를 했어요. 시간이 늦어서 저는 먼저 일어났지요. 그때가 새벽 한시쯤이었어요.

용의자 최성룡의 진술

(단호하게 상대를 설득하듯이) 수사관님, 나는 이야기를 시작하기 전 진실만을 이야기하겠다고 말씀드렸습니다. (괴롭게 얼굴을 일그러뜨리며) 강일이는 내가 죽인 게 틀림없어요. 글쎄, 내가 죽인 게 틀림없다니까요. 왜 내 말을 의심하시는 겁니까? 내 나이 이제 예순하나예요. 내가 이 나이에 왜 하지도 않은 일을 했다고 나서겠어요. 그 아이가 집에 들어온 시간은 내 기억으론 11월 7일 새벽, 아, 자정이 넘었으니까, 11월 8일 새벽 한시쯤이었을 거예요. 술이 좀 취했더군요. 거실에 나가보니 강일이는 현관문 안쪽에서 신발을 벗으며 막 거실에 들어서고 있었고, 처음 보는 어떤 젊은 여자가 그 뒤에 주춤 서 있더라구요. 여자는 제법 예쁘장하게 생겼더군요. 그 여자는 나와 눈이 마주치자 꾸벅 인사를 하더니 금방 현관문을 열고 밖으로 나갔어요. 네…… 신발도 벗지 않고 말이에요. 내 생각으론 강일이가 집 안에 들어서는 것을 확인하려고 따라 들어왔었나봐요. 저는 강일이의 여자친구이거나 팬이라고 생각했어요. 그런 일이 가끔 있었거든요. 곧이어 대문 밖에서 차에 시동이 걸리는 소리가 들리더군요. 그 여자가 돌아가는 소리였겠죠. 강일이는 피곤하다고 말하면서, 자기 방이 있는 이층으로 올라갔어요. 그때까지는 여느 날과 다름없는 그런 귀가였어요. 그런데 십 분쯤 후에, 강일

이가 다시 일층으로 내려오더군요. 나는 그때 커피라도 한잔 마시려고 거실 소파에 가만히 앉아 있었어요. 강일이가 나를 보고는 내 앞에 앉더군요. 얼굴이 붉게 상기되어 있었어요. 그러더니 다짜고짜 이렇게 말했어요. "아버지, 제발 내 인생에서 이제 사라져주세요." (곤혹스러운 표정으로) 나는 내 귀를 의심했어요. 평소에는 그런 말을 하지 않던 애가 갑자기 그런 말을 하니, 나로선 크게 놀랄 수밖에 없었지요.

KTV 2003년 12월 26일 뉴스 속보

방금 들어온 속보입니다. 그 동안 실종됐던 최강일씨가 오늘 오후 서울 야산 범피골에서 숨진 채로 발견됐습니다. 최강일씨의 사체는 소나무 가지와 흙 등으로 은폐되어 있었고, 목에는 조인 흔적이 남아 있어 누군가에 의해 교살이 된 것으로 경찰은 추정하고 있습니다. 시체를 처음 발견한 등산객의 말을 들어보겠습니다.

"늘 하던 대로 버섯을 채취하기 위해 산을 오르고 있었는데, 평소와는 다르게 소나무 가지가 수북하게 쌓여 있어서 샛길로 들어와봤지요. 그랬더니…… 웬 사람이 엎어져 있더라구요. 나중에 경찰에서 그 시체가 최강일씨라고 해서 얼마나 놀랐던지."

이로써 전 국민적인 관심 속에 한 달 이상 미제사건으로 끌어오던 최강일 실종사건은 타살이라는 비극적 결과로 일단락되었습니다. 경찰은 최강일씨의 정확한 사인을 밝혀내기 위해 국과수에 부검을 의뢰하는 한편 최강일씨의 실종 이후의 행적을 추적하는 데 수사력을 모으기로

했습니다. 경찰은 우선 연예계 비리와 관련한 최강일씨와 주변인물들
과의 원한관계, 연예가 주변 폭력배 등을 상대로 탐문조사를 벌이기로
했습니다.

2003년 12월 28일 수사팀 내부회의 담당수사관들의 대화

수사관 A : 최강일이 실종되기 보름 전쯤, 최강일의 부친 최성룡이 지
방의 모 백화점과 광고계약을 맺었답니다. 자신과 최강일이 함께 모델
로 나서는 조건이었죠. 그 과정에서 소속사나 최강일과는 협의가 전혀
없었나봐요. 그뿐 아니라, 그전에도 최성룡은 최강일의 일에 간섭하는
일이 많았나봐요. 최강일 매니저 얘기로는 아버지 때문에 최강일이 스
트레스를 많이 받는다고 말했어요. 최성룡을 불러서 조사해봐야겠죠?

수사관 B : 묘하게 돌아가는군. 최강일은 집에 들어간 이후 야산에
서 숨진 채로 나타났고…… 최성룡이 설마? 최성룡은 나도 좋아하는
배우였는데, 일단 국과수에서 부검 결과가 나오는 대로 사망일시를 추
정해 최성룡의 알리바이를 조사해보고, 입주가정부 진술도 다시 받아.

수사관 C : 사실 최성룡의 주장과는 달리 최강일과 최성룡 부자간의
관계가 그리 원만하지는 못했다는 진술들이 이어지고 있어요. 최강일
과 친했던 가수 애니가 최강일로부터 자주 아버지를 원망하는 소리를
들었다고 진술했어요.

수사관 B : 애니? 그런 가수도 있었나. 요즘 가수들 이름이 다들 왜
그 모양이야?

최강일 소속사 '메인타이틀' 실장 진술

죽은 사람을 두고 이런 말을 해도 될지 모르겠네요. 네네, 꼭 익명으로 처리해주셔야 해요. 최강일은 최고의 스타인 게 분명했지만, 회사 입장에서 봤을 때는 참 다루기 힘든 캐시였어요. 최강일 캐릭터 자체가 워낙 고집이 세고, 또 주관이 뚜렷해서 회사측과 사사건건 마찰을 빚었거든요. 최강일은 다른 스타들과 달리 자신의 생각을 적극적으로 회사에 전달하는 쪽이었어요. 하라는 대로 하는 꼭두각시가 아니었죠. 회사는 그런 최강일을 다루는 게 여간 어려운 게 아니었어요. 게다가 최성룡씨가 지나치게 최강일의 일에 개입을 하는 것도 회사에서는 큰 부담이었죠. 최강일도 아버지 때문에 상당히 많은 스트레스를 받았구요. 회사에서 최성룡씨를 상대로 송사까지 생각한 적이 있었는데, 최강일이 극구 반대를 해서 무산된 적도 있어요. 아버지 일은 자기가 해결하겠다고 자신한테 맡기라고 하더군요. 그러다가 결국 이런 사건이 터진 거예요. 그런데 정말 누가 최강일을 죽였을까요? 아, 최강일, 지금 생각하면 참 아까운 친구예요.

용의자 최성룡의 진술

(떨리는 목소리, 확고한 표정으로) 내 앞에 앉은 강일이는 격앙된 목소리로 나에게 할말이 있다고 했어요. 그리고 말을 했죠. "아버지, 제발 내 일에 나서지 좀 마세요. 아버지가 지금도 스타인 줄 아세요?" 나는

그 말에 심장이 멎을 정도로 큰 충격을 받았지만 강일이가 취해서 그러는 것 같아 그 아이를 진정시키려고 했어요. 하루 일곱 시간씩 영화 촬영을 하느라 그 무렵 강일이는 늘 피곤에 전 상태였거든요. 더구나 영화에 위험한 장면이 많아서 예민해져 있었구요. 나는 강일이의 어깨를 토닥거리며 그만 자고 다음에 이야기하자고 했어요. 네네, 맞아요, 수사관님이 그걸 모르실 리가 없겠죠. 사실 그 무렵 나는 강일이와 상의하지 않고 지방 백화점과 광고모델 계약을 했어요. 육 개월 단발에 이억을 받기로 하구요. 처음엔 나를 모델로 쓰는 줄 알았는데 나중에 알고 보니, 강일이가 함께 출연하는 조건이 붙어 있었어요. 나는 생각해보지도 않고 불쑥 계약서에 도장을 찍었어요. (자신이 없는 주눅이 든 표정으로) 물론 그건 내 잘못이에요. 사전에 강일이와 소속사의 동의를 전혀 구하지 않았으니까요. 백화점에서 노린 건 강일이의 이름이지, 나 같은 퇴물은 아니었겠죠. 그 계약건이 알려지자 강일이는 나를 심하게 힐책했어요. 자기 명성에 먹칠 좀 그만 하라고 하더군요. 그날 강일이가 내게 보인 행동은 자식으로서 최소한의 예의도 갖추지 않은 것이었어요.

2003년 12월 30일 수사팀 내부회의 담당수사관의 보고

국과수 부검 결과 최강일은 시신의 강직도나 부패 정도, 그리고 위장에 남겨진 음식의 소화 상태 등을 감안할 때 실종 다음날인 11월 8일에서 9일 사이에 사망한 것으로 추정됩니다. 그러니까 실종된 이후 몇 시간 지나지 않아서 사망한 것입니다. 이같은 사실은 최강일의 타살이 최강일의 일정과 동선을 잘 아는 면식범의 소행이라는 추정을 가능하게 합니다. 현재 수사가 진행중이기 때문에 더이상의 자세한 브리핑은 어렵습니다.

최강일 추모사이트 게시판에 올라온 글 1

강일 오빠, 오빠가 어떻게 이런 식으로 우리 곁을 떠날 수 있는 것인지, 저는 지금도 오빠가 이 세상에 없다는 사실이 도무지 믿겨지질 않아요. 눈물이 앞을 가려서 현실이 현실 같지가 않고 꿈인 것만 같아요. 오빠, 어떻게 오빠가 그런 깊은 산 속에 처참함 모습으로 누워 있을 수 있어요. 오빠가 겨울밤 깊은 산 속에서 추위에 떨었을 생각을 하면 제 가슴이 무너질 것처럼 아파요. 오빠, 오빠는 언제나 우리들 곁에 늘 함께 있어야 하는 거잖아요. 오빠는 우리들에게 꿈과 희망이 무엇인지, 자유가 무엇인지 가르쳐주었잖아요. 우리들에 대한 오빠의 사랑이 너무나 깊은 것을 시샘한 누군가가 오빠에게 해코지를 한 게 틀림없어요. 오빠, 오빠가 남긴 드라마와 영화 속에서 오빠는 언제나 환하게 웃고 계셨잖아요. 작년 팬과의 만남 자리에서도 늘 우리와 함께하겠다고, 영원한 배우로 남고 싶다고 말씀하셨잖아요. 그런데 이렇게 추운 겨울날 오빠는 우리를 남겨두고 이 세상을 떠나셨어요. 오빠, 이제 우리는 오빠의 웃음을, 목소리를 볼 수도 들을 수도 없는 건가요? 아니에요. 저는 그렇게 생각하지 않아요. 오빠는 비록 우리 곁을 떠났지만 우리들의 가슴속에서 오빠는 영원히 살아 있을 거예요. 우리들의 민우(최강일이 주인공을 맡은 주말드라마 〈너와 나의 천국〉의 극중 이름)와, 강혁(최강일이 주연해 전국 칠백만 명의 관객을 동원한 영화 〈내 청춘의 그림자〉의 극중 이름)으로 늘 함께할 거예요. 나는 오빠를 죽는 날까지 잊지 않을 거예요. 사랑해요, 강일 오빠, 부디 하늘나라에서 행복하시기를.

용의자 최성룡의 진술

(다소 당황한 듯한 목소리로) 네? 처음에는 우리 사이에 아무런 문제가 없었다고 하지 않았느냐구요? 네 맞아요. 강일이는 효자예요. 나에게 정말 둘도 없는 효자였죠. (격앙된 듯한, 높낮이가 고르지 않은 목소리로) 하지만 가끔, 아주 가끔, 아, 나에게 심하게 화를 내곤 했어요. 특히 최근 이삼 년 사이에 그런 일이 자주 있었죠. 전 국민적인 스타로 성장하면서 점점 더 나를 무시하기 시작했어요. 심지어는 다른 사람들 앞에서 나에게 면박을 주고 나를 거추장스러운 늙은이 취급을 하기까지 했어요. 나는 그때마다 가슴이 뜯기는 고통을 맛보아야만 했어요. 내 아들이, 내 피를 받은 내 아들이 나를 능멸하고 나를 부끄러워하다니, 그건 정말로 인정하기 힘든 사실이었어요. 나는 그때부터 강일이를 조금씩 부담스럽게 생각하게 되었답니다. 강일이가 내 자리를 차지하고, 내 자리에서 내가 받던 사랑과 관심을 고스란히 빼앗아간 거라고 생각하게 되었죠. 정말 정신병자가 아니고서는 생각할 수 없는 것이지만 나는 그런 생각에 늘 골몰하면서 혼자 분노했어요.

최강일 추모사이트 게시판에 올라온 글 2

최강일, 연기력도 형편없고, 제 아버지를 빼닮은 반반한 얼굴만 가지고 인기 좀 누리더니 이렇게 허무하게 죽어버리는구나. 난 최강일을 별로 좋아하지 않았지만, 죽은 사람을 욕할 수는 없는 법. 부디 지하에서 편안하게 잠들기 바란다. 그런데 왜 갑자기 화무십일홍이라는 말이 떠오르는 걸까. 삶이 참 허망하구나. 하늘을 찌를 듯이 높던 인기도 이렇게 죽으니 아무 데도 쓸 데가 없구나. 나는 똑바로 정신차리고 살아야지.

re : 최강일 오빠한테 이따위 글을 올리는 게 누구야. 애도를 표시하려면 제대로 성의 있게 해야지. 최강일 오빠 연기력이 어디가 어때서?

re : 그러게 말야. 강일 오빠가 외모만 가지고 인기가 있는 게 아니란 건 아는 사람은 다 알아. 정말 뭘 제대로 알고 이야기를 해야지. 강일 오빠가 죽어서 온 국민이 슬픔에 빠져 있는데, 어떻게 이런 글을 올릴 수 있담. 정말 정신 똑바로 차려라.

문화TV 연예25시 1월 2일 프로그램 오프닝멘트

새해 벽두부터 연예계는 큰 스타를 잃은 비보를 접하고 깊은 슬픔과 충격에 휩싸여 있습니다. 영화배우와 탤런트로 그리고 가수로 많은 팬들에게 기쁨과 행복을 선사했던 최강일씨의 돌연한 죽음이 바로 그것인데요, 최강일씨는 실종된 지 사십구 일 만인 지난 12월 26일 서울 근교의 야산에서 싸늘한 변사체로 발견되었습니다. 현재 전국은 최강일

추모열기에 휩싸여 있다고 해도 과언이 아닙니다. 최강일씨의 집 앞에는 매일처럼 많은 팬들이 모여들어 최강일씨의 죽음을 깊이 애도하고 있습니다. 아, 지금 현장 화면이 나오는군요. 저기 하얀 국화가 쌓여 있는 모습이 보이네요. 생전의 최강일씨는 우리나라 최고의 만능 엔터테이너로서 실력과 매너와 외모를 겸비한 큰 스타였습니다. 그가 이렇게 갑자기 우리 곁을 떠날 줄은 그 누구도 상상하지 못했죠. 생전 그가 우리에게 안겨주었던 기쁨과 행복이 너무 커서 지금 그의 빈자리가 너무도 크고 아프게 다가옵니다. 그의 죽음을 애도하면서 이번주 연예25시 다소 무거운 분위기에서 시작하겠습니다.

일본 시사주간지 『사회특보』 토막기사

실종됐던 한국의 톱스타 최강일씨가 서울 근교의 야산에서 교살된 사체로 발견되어 한국 국민들에게 큰 충격과 슬픔을 안기고 있다. 최강일씨는 일본에서도 상영되어 큰 인기를 끌었던 영화 〈내 청춘의 그림자〉로 잘 알려진 탤런트 겸 영화배우로, 지난해 11월 8일 실종된 이후 한국 경찰이 수사를 벌여오던 중이었다. 한국 경찰관계자는 최강일씨가 한국 연예계에 깊이 침투해 있는 폭력조직에 의해 희생됐을 가능성이 크다고 보고 이 부분을 집중적으로 조사하고 있다고 밝혔다. 한편 최강일씨와 개인적인 친분이 있는 록 싱어 데츠카 사이토와 영화배우 오조마 신지 등 국내 연예인 십여 명이 1월 3일에 있을 최강일의 장례식에 참석하기 위해 1월 2일 오전 한국으로 출국할 예정이다.

MTV 2004년 1월 3일 일곱시 뉴스 보도

비극적으로 생을 마감한 최강일씨의 장례식이 오늘 오전 아홉시, 시종 숙연하고 침울한 분위기 속에서 한국연예인장으로 치러졌습니다. 이 자리에는 고 최강일씨의 동료 및 선후배 연기자, 가족 친지, 팬, 국내외 취재진 등 이천여 명이 참석해 아까운 나이에 생을 마감한, 한 뛰어난 젊은 배우의 마지막 가는 길을 지켜보았습니다. 아들을 잃은 원로 영화배우인 최성룡씨는 북받치는 감정을 이기지 못해 장례식이 진행되는 내내 통곡을 해 참석한 많은 이들의 눈시울을 붉히게 했습니다. 생전 최강일씨의 절친한 친구였던 가수 '에잇틴'의 멤버 애니는 조사를 통해 그가 보여준 따뜻하고 깊은 우정과 신뢰를 가슴 깊이 간직하며 그가 못다 부르고 간 노래를 끝까지 부르겠다고 밝히며 절규했습니다. 그의 유해는 가족의 뜻에 따라 화장돼 한강과 북한강 유역에 뿌려질 것이라고 합니다.

모던엔터테인먼트 대표 이씨 기자회견

최강일씨의 죽음에 깊은 애도를 표하는 바입니다. 그와 최후의 작업을 함께 했다는 것에 대해서 무한한 자부심과 함께 깊은 책임감을 느낍니다. 현재 촬영이 잠정적으로 중단된 영화 〈Empty Rooms〉는 최강일씨를 닮은 배우를 공개모집으로 발굴해서 대역으로 투입, 끝까지 촬영을 마칠 생각입니다. 그것이 최강일씨와의 신의를 지키는 일이고 훌륭한 배우로서의 삶을 걷다 간 그의 생애를 기리는 길이라고 생각합니다. 〈Empty Rooms〉에서 최강일씨가 촬영을 마치지 못한 신은 모두 열네 신입니다. 영화의 완성도에는 별 무리가 없을 것으로 보입니다.

문화TV 2004년 1월 7일 뉴스속보

긴급속보입니다. 최강일씨 타살사건을 수사중인 경찰은 이 사건의 강력한 용의자로 최강일씨의 친아버지인 원로 영화배우 최성룡씨를 긴급 체포했습니다. 경찰은 최강일씨가 실종되던 날 밤 귀가한 이후, 집 밖으로 외출을 한 징후가 없고 또 집에 외부인이 침입한 흔적이 없는 점 등을 들어 그 동안 내부인의 소행에 혐의를 두고 그의 부친인 최성룡씨를 집중적으로 조사해왔던 것으로 밝혀졌습니다. 경찰에 따르면 최성룡씨는 시종 범행을 부인하다가 어젯밤 심경의 변화를 일으켜 범행 일체를 시인, 자백했다고 합니다.

최성룡의 전처이며 최강일의 친모인 류모씨 기자회견

십 년 가까이 살을 맞대고 살아왔지만, 그 사람 속에 그런 면이 숨어 있을 줄은 전혀 몰랐습니다. 세상에 어떻게 이런 일이 있을 수 있습니까. 흐흑, 강일이, 강일이가 가엾기만 합니다. 강일이를 살려내주세요. 흐흐흑, 아비 된 사람이 자식을 어떻게 자기 손으로 죽일 수 있느냔 말입니다.

최성룡 지인, 원로 영화감독 문모씨 진술

최성룡이 그 친구, 그럴 만한 일을 할 친구가 아니에요. 그 친구 잘 아시잖아요. 영화나 드라마를 통해 나타난 그 모습 그대로가 그 친구의 모습이에요. 다정다감하고, 착하고, 로맨틱한 친구죠. 그런 친구가 아들인 강일이를 살해하다니요. 에이, 뭔가 잘못됐을 거예요. 전 그 친구의 결백을 믿어요. 아아, 이 말은 꼭 해줘야겠네. 그 친구, 아들이 배우가 되고 인기가 오르는 걸 얼마나 자랑스러워했다고. 다시 한번 차근차근 조사해봐요. 그 친구, 절대로 그런 일을 저지를 친구가 아니에요.

최성룡 입주가정부 박모씨 진술

제가 이 집에 들어온 지는 십 년 됐어요. 처음엔 선생님 댁인지 몰랐고 최강일이 함께 살고 있는지도 전혀 몰랐어요. 네네, 맞아요. 선생님은 최성룡씨를 가리키는 거예요. 첫날 집에 들어와 인사를 하면서야 집주인이 영화배우 최성룡씨라는 걸 알고는 깜짝 놀랐지요. 선생님은 제가 참 좋아하던 배우였거든요. 아주 연기를 잘했으니까요. 최강일이야 뭐 워낙 인기를 얻고 있으니까, 그에 대해선 말할 게 없지만 우리 나이에는 선생님만한 배우가 따로 없죠. 시간은 많이 흘렀지만, 지나가버린 청춘의 추억 속에는 옛 배우들에 대한 아련한 향수 같은 게 들어 있기 마련이거든요. 선생님과 최강일 부자 사이가 어땠냐구요? 두 사람은 아주 조용했어요. 그다지 대화가 많지 않았어요. 사실 강일이가 워낙 바빠놔서, 둘 사이에 이야기를 나눌 시간이 많지도 않았죠. 집이라고 해봐야 강일이가 들어와서 자는 건 일 주일에 하루나 이틀 정도인 게 고작이었으니까요. 둘 사이에 큰 문제는 없었어요. 강일이가 아버지의 지나친 참견을 못마땅해하진 않았느냐구요? 그렇지 않아요. 그것에 대해선 제가 누구보다 잘 알죠. 강일이는 아버지한테 참 잘했어요. 아버지를 자랑스러워했구요. 그건 수사관님이 잘못 아신 거예요. 강일이가 실종된 이후 선생님은 근심이 이만저만이 아니었어요. 그걸 말로 해서 뭐 해. 밤에도 잠을 한숨도 이루지 못하는 것 같았어요. 이른 아침에 일어나 방에서 나와보면 선생님이 거실 소파에서 잠들어 있는 것을 보기도 했거든요. 참 안쓰러웠죠. 그리고 강일이의 사체가 발견되던 날은 낯빛이 하얗게 질려서는 하루 종일 물 한 모금 삼키질 못했어요. 조심스러운 얘기지만 내 생각엔 선생님은 결코 강일이를 죽이지 않았을 거예요. 그럴 이유도 없구요. 강일이를 얼마나 사랑했는데요.

2004년 1월 10일 수사팀 내부회의 담당 수사관들의 비공개 대화

수사관 A : 진범이 최성룡이라고 단정짓는 건 좀 무리야. 연예계 금전 관계에 얽힌 폭력조직의 소행일 가능성을 배제해서는 안 돼. 최성룡이 자신이 진범이라고 자백한 건, 그 폭력조직의 사주에 의한 것일 수도 있거든. 최성룡은 은퇴 후 사업을 하다가 상당한 액수의 빚을 졌고 그 빚을 청산하는 과정에서 폭력조직에 의탁을 했었어. 아들 최강일이 최고의 스타로 성장하면서 그 빚을 갚아나갔지. 하지만 폭력조직 입장 에선 최강일이라는 먹잇감을 그대로 둘 리가 없거든. 지금 연예계에선 최강일 소속사인 '메인타이틀' 사장이 폭력조직과 연관이 있다는 소문 이 파다해. 그런데 말야, 그 폭력조직이 어디 만만해야 말이지. 잘못 건 드리면 방송이구 영화판이구 완전히 개박살난다구.

　수사관 B : 아냐 억측은 곤란하다구. 이 사건은 전 국민이 관심을 갖 고 지켜보는 큰 사건이야. 폭력조직이 관여했다는 구체적인 증거가 없 잖아. 최성룡이 사업을 하는 과정에서 빚을 진 건 사실이지만, 그 빚은 삼 년 전, 그러니까 2000년에 '메인타이틀' 에서 다 변제를 했다구. 최 강일의 광고 수입 음반판매 수입 등이 다 그 빚을 변제하는 데 들어갔 어. 최강일을 아는 사람들 얘기로는 그 아이가 요즘 아이들답지 않게 상당히 쿨하고 고지식하대. 폭력조직이 결탁할 여지가 없다는 거지. 결 정적으로, 현재 수집한 정황증거나 수사자료들은 최성룡의 자백을 모 두 뒷받침하고 있어. 그런데 문제는 말야, 지금 최성룡이 극도의 정서 불안 증세를 보이고 있다는 거야. 저런 모습을 누가 봤다가는 강압수사 니 고문이니, 이딴 말이 나오고 말 거야.

연합뉴스 2004년 1월 11일, 12일 보도

인기스타 최강일씨의 죽음을 슬퍼한 한 여중생이 아파트 옥상에서 스스로 몸을 던져 목숨을 끊는 사건이 발생했습니다. 평소 최강일의 극성팬으로 알려진 중학교 삼학년 최모양은 지난 1월 10일 밤 열한시 자신이 살고 있는 서울시 강남구 모 아파트 십육층 옥상에 올라가 몸을 던졌습니다. 경찰은, 최모양의 책상에서 발견된 유서에 "강일 오빠가 있는 곳으로 갑니다. 강일 오빠가 없는 이곳은 저에겐 아무런 의미가 없습니다" 등 최강일씨를 그리워하는 내용이 담겨 있는 것으로 보아 최강일씨의 죽음을 너무나도 슬퍼한 나머지 스스로 목숨을 끊은 것으로 보고 구체적인 자살동기를 조사하고 있습니다.

최강일의 죽음을 슬퍼하며 서울의 한 여중생이 투신자살한 데 이어 이번에는 울산의 한 여중생이 똑같은 방법으로 스스로 목숨을 끊는 사건이 발생, 우리 사회를 깊은 충격 속에 몰아넣고 있습니다. 지난 13일 오후 세시 마산 D여중에 재학중인 서모양이⋯⋯

용의자 최성룡의 진술

(지친 듯한 느린 목소리로) 네, 이제 말씀드릴게요. 수사관님은 내가 왜 강일이를 죽였는지가 가장 궁금하시겠죠. 네, 그럴 거예요. 아버지가 아들을 죽였다는 건 아주 희귀하고 특별한 일일 테니까요. (몹시 떨리는 목소리로) 내가 강일이를 죽인 건⋯⋯ 네, 결론적으로 말하자면 질투, 질투 때문이었어요. 질, 질투라고 하니까, 무슨 말인지 아연해하시는 것 같군요. 나도 지금 질투 때문이었다고 말하면서 말할 수 없는

참괴심이 듭니다. (잠시 뜸을 들이고) 사람들은 질투가 철딱서니 없는 어린애들한테나 있는 감정이라고 생각할 테니까요. 하지만 내가 질투 때문에 강일이를 죽인 건 분명해요. (감정이 북받치는 듯 격앙된 목소리로) 난 질투 때문에 강일이를 죽였어요. 흐흑. 앞에서 죄 말씀드렸다시피 난 강일이가 내 아들인 것을 무척 자랑스럽게 생각했어요. 내 아들 강일이가 나를 따라서 연기자가 된 것이 몹시 대견스러웠죠. (다시 목소리를 낮추며 속삭이듯이 꿈을 꾸는 듯한 눈빛으로) 사람들이 강일이를 보면서 역시, 최성룡의 아들답구나, 라고 말하는 것을 들을 때면 얼마나 기쁘던지, 어깨춤이라도 덩실 추고 싶었죠. 사람들은 강일이를 보면서 나를 기억했어요. 그건 내가 바라는 바였죠. (단호한 표정으로) 나는 내가 죽지 않고 살아 있다는 걸 알리고 싶었어요. 나도 한때는 정말 잘나가는 배우였다는 것을 사람들에게 알리고 싶었어요. 허, 나는 정말, 많은 사람들에게 둘러싸여 있던 적이 있었어요. 하지만 세월이 지나면서부터 사람들은 하나 둘 내 이름을 잊어갔지요. 나는 그게 무섭고 두렵고 안타까웠어요. 사람들에게 잊혀지는 것이 죽음처럼 고통스럽게 느껴졌어요. 사람들에게 많은 연모를 받던 사람의 영혼은 그 자신도 모르게 치명적인 병이 들어버리는 건가봐요. 병풍처럼 둘러싸고 있던 사람들의 시선이 한순간 거둬지고 나면 그 안에 있던 사람은 눈을 찌르는 거칠고 메마른 가시광선에 눈이 멀어버린답니다. 난 통한의 세월을 보냈어요. 예전의 명성은 온데간데없었죠. 그리고 어느 날 둘러보니 내가 서 있던 자리에 강일이가 서 있었던 거예요. 강일이가 나를 대신하여 사람들의 시선을 받고 그들의 사랑을 받고 있었던 거예요.

형사 : 최성룡은 최강일이 실종되기 전날 밤 당신이 집 안에까지 따라 들어왔었다고 진술했어. 그런데 왜 카페에서 헤어졌다고 거짓 진술을 한 거지? 위증이 얼마나 큰 죄인 줄 알아?

이모양 : 흐흑, 제발 저를 그냥 좀 놔두세요. 전 단지…… 쓸데없는 의혹에 휘말릴까봐 겁이 나서 그랬어요. 사실 난 강일씨가 집에 들어가는 걸 보고 곧바로 나왔어요. 이후에 대해서는 아무것도 몰라요. 아무것도 본 게 없어요.

형사 : 그날, 집에서 최강일의 아버지, 즉 최성룡을 보았다고 했지?

이모양 : 네, 보았어요. 고개를 숙여서 살짝 인사를 했어요. 그리고 곧바로 나갔어요.

형사 : 그날, 집을 나가기 전 최강일과 최성룡이 다투는 소리 같은 건 못 들었나?

이모양 : 전혀요, 저는 곧바로 제 차에 올라타고 그 집 앞을 떠났어요.

최성룡씨 입주가정부 박모씨 진술

네, 맞아요. 선생님은 실종 다음날 하루 종일 외출해 계셨어요. 하지만 평소에도 선생님은 혼자서 외출하는 경우가 많아요. 혼자서 절에도 다녀오고 한강 둔치에 가서 바람도 쐬고 오고 그래요. 사람이 없는 곳에 혼자 다녀오는 걸 좋아하죠. 아마 집에 들어오신 게 오후 네시쯤이었는데…… 집에 들어와서는 피곤하셨는지, 방에 들어가 낮잠을 주무시더라구요. 음…… 강일이는 그때 집에 없었어요. 언제 나갔는지 방이 비어 있더라구요. 방에 올라가보니, 이부자리가 개진 채로 그대로 있었어요. 아마 새벽바람에 그대로 나간 모양이었어요. 일이 이렇게 될 줄 알았다면 나라도 지켜 서 있다가 밖에 나가지 못하게 붙잡았어야 했는데…… 예? 왜 묻지도 않은 강일이 얘기를 하냐구요? 강일이가 집 밖으로 나간 흔적이 없었다구요? 형사님은 지금 무슨 생각을 하시는 건가요? 저로서는 선생님이 왜 자신이 아들을 죽인 범인이라고 자백을 했는지 통 모르겠네요. 무슨 생각으로 그리 말씀을 하시는 건지…… 네? 왜 선생님을 두둔하느냐구요? 제가 지금 그랬나요? 저는 지금 사실을 말씀드리는 거예요. 왜 제 말을 의심하시는 거죠?

담당 검사와 동료 검사의 통화내용

아, 미치겠군, 증거가 없어. 경찰은 최성룡한테 확신을 갖고 덤벼드는데, 진술만 갖고 어떻게 기소를 할 수 있겠어. 이건 살인사건이라고. 죽은 사람이 최강일이야. 최강일은 내 딸아이도 좋아했던 친구라고. 미치겠군. 경찰 한쪽에선 폭력조직이 개입해 있을 거라고 수군거리고, 방향을 못 잡겠군. 난 마피아라면 자신 없는데, 후. 그런데 최성룡 저 사람 왜 저러는 거야, 도대체. 죽였다고 자백을 하려면 증거까지 다 제시를 해야지. 미치겠군. 횡설수설, 꼭 정신병자 같아. 저런 인간이 한때 인기배우였다는 사실이 믿겨지지가 않는군.

최강일 살인사건을 수사중인 경찰과 검찰은 용의자 최성룡에 대해 존속살인혐의로 구속영장을 신청했지만 법원은 증거가 불충분하다는 이유로 이를 기각했습니다. 법원은 최성룡의 자백 외에는 그의 범죄를 입증할 만한 뚜렷한 증거가 없는데다가 그 진술이 경찰의 강압에 의해 이뤄진 것이라는 의심이 있고 또한 최성룡씨가 도주나 증거인멸 등의 위험이 없다는 점 등을 들어 영장청구를 기각한다고 밝혔습니다. 한편 최성룡은 현재 극도의 정서불안 증세와 탈수 증세를 보여 병원에 입원한 것으로 알려졌습니다.

KTV 2004년 1월 19일 보도

충격적인 일이 벌어졌습니다. 경찰은 그 동안 증거불충분으로 구속영장이 받아들여지지 않았던 최성룡씨가 최강일씨 살인사건의 진범이라는 목격자 진술을 확보했다고 밝혔습니다. 경찰은 그 동안 일관성이 없는 진술을 해온 입주가정부 박모씨를 추궁한 끝에 그로부터 최성룡씨의 범행에 대한 일체를 자백받았다고 밝혔습니다. 이 과정에서 경찰은 경기도 용인의 모 보육시설에 죽은 최강일씨의 쌍둥이 형이 칩거하고 있다는 새로운 사실까지 알아냈다고 밝혔습니다.

흑흑, 강민이, 우리 강민이가 보육원에서 살고 있을 줄은 꿈에도 몰랐어요. 흑흑, 불쌍한 우리 강민이…… 사실, 난 강일이와 강민이 쌍둥이를 낳았더랬어요. 지금까지 벙어리처럼 살았지요. 강일이와 달리 강민이는 태어날 때부터 몸도 부실하고 보잘것없었어요. 애들 아버지는 강일이만을 감싸고 예뻐했어요. 강민이는 마치 벌레를 바라보는 것처럼 핍박하고 멀리했어요. 그 아이가 자기 아들이라는 사실을 인정하지 않으려 했지요. 그런데 어느 날 외출을 했다 집에 와보니, 강민이가 집에서 없어졌더군요. 저는 말문이 막혀서 아무런 말도 할 수 없었어요. 그이 눈에 살기가 가득했거든요.

용의자 최성룡의 진술

(자포자기한 듯 차분한 목소리로) 네, 내가 숨겨왔던 아이, 강민이…… 그 아이에 대해서도 말씀드릴게요. 사실 강일이는 쌍둥이로 태어났어요. 강일이와 같은 날 같은 시에 태어난 아이가 또 있었죠. 그 아이가 바로 강민이에요. 강민이와 강일이는 둘 다 내 피를 받아서 태어난 아이였는데, 처음부터 많이 달랐어요. 강민이는 모든 면에서 마음에 들지 않는, 어디에도 내놓기 싫은 아이였어요. 몸도 부실하기 짝이 없었고, 뇌성마비 때문에 말도 제대로 못했죠. (고집스런 표정, 떨리는 목소리로) 말도 제대로 못하는 아이, 저능하고, 참혹하게 일그러진 표정,

나는 그 아이가 죽이고 싶도록 미웠어요. 어떻게 내 몸에서 저런 아이가 태어났을까. 사람들이 그 아이가 내 아이라는 걸 알까 두려웠어요. 내가 참 나빴죠. 하지만, 강일이는 달랐어요. (초점 없는 시선으로 허공을 바라보며) 강일이를 바라보는 일은 희열 그 자체였죠. 강일이는 모든 게 완벽했어요. 난 강민이로부터 받는 절망과 분노를 강일이에 대한 집착으로 이겨냈죠. 강일이는 내 바람대로 잘 자랐어요. 커가면서 나를 쏙쏙 빼닮아갔죠. 난 내 아들이라는 걸 인정할 수 없었던 강민이를 그 애가 세 살 되던 해에 보육시설에 보냈어요. 그 사실을 아는 건 나와 보육시설 원장뿐이에요. 당시 이미 사이가 틀어질 대로 틀어졌던 아내도 몰랐던 일이죠. 어쩔 수 없었어요. 내 아들은 나를 닮아서 잘났어야 했어요. 나를 만족시킬 수 있는 아들은 강일이뿐이었어요. 강일이가 어여쁘게 자라서 최성룡의 아들이라는 걸, 만인 앞에 보여줘야 했어요. 최성룡이 그렇게 살아 있다는 것을요.

입주가정부 경찰 진술

형사님 잘못했어요. 제가 죽을죄를 졌네요. 저는 다만 선생님이 딱해서, 정말 딱해서, 어쩔 수가 없었어요. 저의 죄가 얼마나 엄청난 것인지 이제야 알았어요. 죄송해요. 정말 죽을죄를 지었습니다. 제발 용서해주세요. 네, 네, 진정하고 차근차근, 네네, 그렇게 할게요. 그날 밤 이야기를 말해보라구요? 네네, 11월 7일 밤 늦게, 그러니까 11월 8일 새벽 두 시 쯤에 저는 제 방에서 얕은 잠에 들어 있었어요. 그런데 거실에서 투닥거리는 소리가 들려왔죠. 밖에 나가보았더니, 글쎄 강일이가 선생님과 함께 거실 바닥을 뒹굴며 몸싸움을 벌이고 있었어요. 거실 테이블 위에선 술병이 나뒹굴고 있었구요. 저는 소리를 지르며 말리려고 했지만 두 사람의 싸움의 기세가 워낙 사나워서 다가설 수가 없었어요. 가까이 다가가니 누가 술을 마셨는지 술냄새가 훅 끼쳐오더군요. 그런데 다행스럽게도 얼마 가지 않아 힘이 부쳤는지 두 사람의 싸움이 멎었어요. 강일이와 선생님은 헉헉대며 거실 소파에 마주 앉았어요. 내가 보기가 민망스럽더군요. 그때 강일이가 이런 말을 했던 것 같아요. "난 이제 당신 아들이 아니야. 당신도 어디 가서 내 아버지라고 하지 마!" 그러자 선생님이 두 주먹을 부르르 떨며 자리에서 일어났어요. 강일이는 지쳤는지 소파 위에서 옆으로 스르르 기울어져서는 눈을 감더군요. 저는 거기까지 보고 다시 방으로 들어갔어요. 그런데 이상하게도, 십 분인가 흘렀을까…… 거실에서 신음 소리 같은 것이 들려오는 거예요. 저는 불길한 생각이 들어 다시 거실에 나가보았죠. 그랬더니, 선생님이 거실 테이블에 있던 전화선으로 강일이의 목을 감아서 조르고 있었어요. 아, 끔찍해라. 선생님의 눈이 붉게 충혈되어 있었죠. 두 어깨는 돌처럼 굳어 있었구요. 제가 다가갔을 때는 이미 강일이의 몸이 옆으로 쭉 늘어져 있었어요. 이미 숨이 멎어 있었던 것이죠. 나는 소리를 지르며 제 방으로 달려 들어가려고 했어요. 그런데 선생님이 내 손을 꼭 붙잡고는 처절한 얼굴로 이렇게 말하더군요. 눈물을 흘리면서 말이에요. 못 본 것으로 해달라. 그러면 나 당신과 내 남은 생을 같이하겠다. 한번만 나를 도와달라. 증거가 없으면 아무 의심도 안 받을 거다. 사실 전 젊었을 적부터 좋아했던 선생님을 연모하고 있었거든요. 그 순간에 별 생각을 다 했던 거죠. 미련한 계집이었어요, 제가.

용의자 최성룡의 진술

(느리고 차분한 목소리로) 이제 와서 하는 얘기지만, 난 강일이를 통해 나를 다시 보려고 했던 것 같아요. 내가 누렸던 젊은 시절의 영화를 강일이를 통해 다시 한번 찾고자 했던 것 같아요. 그러면서 한편으론 많은 이들로부터 칭송을 받고 인기를 얻는 강일이를 질투하면서 못 견뎌했던 것이죠. (울음 섞인 목소리로) 강일이는 내 욕망의 사악함을 꿰뚫어본 명민한 아이였어요. 난 그 아이 앞에 서면 굴욕감을 느낄 수밖에 없었던 거지요. 강일이를 죽일 생각은 없었어요. 하지만 강일이가 어느 날부터인가 내 존재를 부인하기 시작하는 걸 보면서 참을 수 없는 분노를 느끼게 되었죠. 언젠가, 강일이가 텔레비전에서 이렇게 말하는 것을 들었어요. 이제 누구누구의 아들로 불리는 것이 싫다. 나는 최강일 자신일 뿐이다. 나는 그 누구와도 비교되는 게 싫다, 라고 말이에요. 나는 그 말을 듣고 엄청난 충격을 받았어요. 섭섭했던 것이죠. 그래서 그날 밤 마침 집에 들어온 강일이를 꾸중했어요. 널 어떻게 키웠는데 그런 말을 할 수 있느냐구요. 하지만 강일이는 오히려 내게 대들더군요. "아버지, 제발 내 이름을 팔면서 아버지를 드러내려고 하지 마세요"라고 말이에요. 물론 내가 처신을 잘못해서 강일이의 입장을 곤란하게 한 적은 몇 번 있었지만, 강일이가 그렇게까지 나를 역겨워하는 줄은 몰랐어요. (상기된 표정, 격앙된 목소리로) 아버지로서 아들인 강

일이를 용서할 수 없었어요. 내 자리를 빼앗고 나를 부인하는 강일이를 응징하고 싶었어요. 그래서 죽였어요. 내 자리를 차지해버린 그 아이를 그대로 둘 수 없었던 거죠. 그래서 끔찍한 범행을 저질렀어요. 그런데 그만 가정부가 내가 강일이를 죽이는 장면을 다 보고 말았어요. 나는 가정부까지 해치려다가 마음을 고쳐먹고 대신 단단히 일러두었죠. 입만 다물고 있으면 남은 생을 함께하겠다고 말이에요. 평소 가정부가 나를 연모하고 있다는 걸 나는 잘 알고 있었으니까요.

MTV 2004년 2월 2일 토론 프로그램 〈우리 사회를 진단한다〉

사회자 : 지난해에 일어났던 최강일 살인사건은 여러 면에서 우리 사회에 충격과 전율을 안겼던 사건으로 기억되는데요, 이번엔 그 사건이 우리 사회에 미친 파장을 중심으로 이야기를 진행해볼까요?

사회심리학자 : 말씀하신 것처럼 최강일 살인사건은 아주 특이한 사건으로 기록될 것 같습니다. 그 사건이 지니는 의미는 사실 일부 언론들이 뽑은 톱스타 살인사건이라는 대중적인 흥미 요소를 넘어서는 지점에서 발생합니다. 보통 인간은 성장과정에서 친형이나 친부를 상징적으로 부정하고 살해하면서 자신의 사회화 과정에 주체적으로 참여하게 됩니다. 오이디푸스 콤플렉스라는, 매우 극적인 이름으로 명명되어 있는 것이 바로 그것이죠. 하지만 이번 사건은 그 오이디푸스 콤플렉스의 기막힌 대립항이라고 할 수 있습니다. 아버지가 아들을 죽인 사건이니까요. 지금까지 밝혀진 걸 보면 이 사건은 명백히 아버지 최성룡이

잘나가는 아들 최강일을 질투해서 살해한 사건이에요. 그 이상도 이하도 아니죠. 아버지가 아들에 대해서 수구적이고 방어적인 입장에 서 있었던 것이죠. 아버지는 한때 자신이 가지고 있는 헤게모니를 보지하고자 했고, 그것이 침해당하자 분노를 했던 것이죠. 그는 아들이 성장하면 성장할수록 자신의 기득권이 아들에게 침해당한다는 것을, 자신의 영역을 아들에게 빼앗기게 된다는 것을 깨닫게 됩니다. 최성룡은 그것을 참을 수 없어서 결국 아들을 살해하게 된 것입니다. 그러니까 이 사건은 일부가 이해하고 있는 것처럼 부자간의 불화와 다툼 끝에 우발적으로 벌어진 사건이 아니라, 우리 사회가 은밀하게 은폐시키고 있는 또 하나의 불구적 속성의 일각을 드러낸 사건으로 바라봐야 합니다.

　소설가 : 김박사님 말씀에 저도 동감합니다. 이런 말씀을 드리면 좀 실례가 될지 모르겠지만 저 같은 소설쟁이 입장에서 말하자면 최성룡 사건은 소설의 아주 좋은 소재가 될 수 있어요. 사실 친부살해라는 극히 정형화된 성장 모티프는 일면화된 시각에서 사회를 설명하기 때문에 권력에 얽힌 현대사회의 다양한 욕망과 모순의 관계, 그리고 왜곡되고 전도된 가족제도의 폭력구조를 제한적으로 설명할 수밖에 없어요. 이번 사건이 보여준 친자살해의 샘플은 우리 사회의 권력과 모순의 끓는점을 다른 각도에서 설명할 수 있는 또하나의 새로운 입각점이 될 수 있다고 생각합니다. 사실 눈여겨보면 현재 우리 사회에서 친자살해는 수없이 행해집니다. 아버지가 아들을 한강 물에 던지고, 아들에게 극약을 먹이는 사건이 비일비재해요. 그런 사건을 유발시킨 구체적인 조건이나 환경은 다르겠지만 아들을 죽인 아버지들이 공히 자신의 영역과 헤게모니, 바꾸어 말하면 자신의 생존을 지키기 위해서 아들을 죽였다

는 부분에서 이들 사건들은 부인할 수 없는 공통점을 지니고 있습니다.

종교인 : 소설 쓰시는 분답게 상상력이 뛰어나시네요. 이번 사건은 그렇게 복잡하게 설명할 게 아니에요. 우리 사회의 윤리부재가 일으킨 사건이에요. 인명경시풍조 말입니다. 부처의 대자대비의 정신이 사라지고 정신풍토가 황폐해졌기 때문에……

소설가 : 네, 선생님 말씀도 맞습니다. 하지만, 이 사건은 견강한 듯 보이는 우리 사회의 이면에 도사리고 있는 치명적인 허점을 드러낸 사건인 동시에 우리가 만든 가족제도, 사회제도의 근본적인 모순과 한계, 그리고 인간의 원초적인 권력과 욕망의 관계를 설명해주는 단서로서 받아들여야 합니다. 말이 나온 김에 저는 이 자리에서 이 사건이 포괄하고 있는 아버지들의 친자살해 욕망을 크로노스 콤플렉스라고 명명하고 싶습니다. 잘 아시다시피 그리스 로마 신화에는 제우스의 아버지이자 절대신인 크로노스가 등장합니다. 그는 시조신이죠. 크로노스는 레아와의 사이에서 낳은 포세이돈, 하데스, 헤라 등의 자식들을 모조리 자기 입으로 삼켜버립니다. 자식들이 나중에 자신의 권력을 침탈할까 두려웠기 때문이죠. 하지만 다른 아들인 제우스를 삼키지 못해서 나중에 화를 입게 되죠. 저는 여기서 크로노스의 열등의식에 주목합니다. 전 우주를 통괄하는 신이지만, 그가 가장 두려워했던 것이 바로 자신의 피로 낳은 자기 자식들이었다는 점 말입니다. 우리 역사에도 크로노스 콤플렉스를 가진 인물이 있었습니다. 바로 인조반정으로 왕위에 오른 조선 십육대 임금 인조가 그러한데요, 인조는 자신을 대신하여 청에 볼모로 끌려갔던 장자 소현세자가 청나라의 새로운 문물을 익혀 귀국하자 자신의 자리를 차지할까 두려워 아무도 몰래 장자인 아들을 독살합

니다. 인조는 청나라 조정이 자신을 폐하고 친청인사인 소현세자를 자리에 앉힐까 늘 전전긍긍했던 것이지요. 크로노스와 인조, 그리고 최성룡은 모두, 아들을 두려워하고 아들을 시샘했던 존재들입니다. 이 소심한 아버지들의 열등감, 강박관념을 가리켜 저는 이제 크로노스 콤플렉스라 명명하려는 것이에요. 최성룡 같은 경우는 처음에 잘난 아들 최강일을 아끼고 두둔합니다. 그리고 못나고 열등한 아들 최강민을 보육원에 버리기까지 하죠. 하지만 나중에 잘난 아들 최강일이 자기가 누리던 인기를 빼앗고 자신을 무시한다고 생각하면서 질투를 하게 된 거예요. 그리곤 끝내 살해까지 하는 겁니다. 그는 우리 곁에 존재하는, 수많은 현대의 크로노스 중 한 명이었던 것입니다.

악취미의 이율배반과 '나쁜' 자유

이수형(문학평론가)

악취미의 '나쁜' 자유는 취미의 '거짓' 자유가

진짜 자유가 아니라는 사실을 폭로한다.

그러나 그 역이 성립되기는 쉽지 않다.

다시 말해, 취미의 '거짓' 자유가 악취미의 '나쁜' 자유는

선한 자유가 아니라는 것을 폭로하기는 어렵다.

그 점에서 악취미는 일종의 전략이다.

하지만 그렇다고 해서 악취미의 '나쁜' 자유가

진짜 자유인 것은, 물론 아니다.

그래서 『악취미들』 이후가 겨냥하고 있을 진정한 자유가

어떤 것인지 지켜볼 필요가 있다.

1. 취미

　제목 속의 '악취미'로부터 시작하자. 김도언의 두번째 소설집 『악취미들』에 수록된 모든 단편에는 '악취미들 1, 2……'와 같이 일련번호가 매겨진 부제가 붙어 있고, 또 이런 식의 명명(entitlement)이 몇몇 작품을 제외하고는 발표 당시에 이미 이뤄졌다는 것을 감안한다면, 여기에 일종의 기획이 작동하고 있음을 짐작하기란 그리 어렵지 않다. 말하자면, 너무 뻔한 확인이기는 하지만, 『악취미들』은 악취미에 대해 이야기하는 소설이다. 그런데 이처럼 분명한 명명에 의해 호명되고 있는 '악취미'라는 주제 / 주체의 정체는 그 호명만큼 분명한가?

　악취미를 말하기에 앞서 먼저 취미에 대해 검토하는 것이 정당한 수순일 텐데, 이에 대해 본격적으로 접근하기는 어려우므로 여기서는 간단히 용례를 살펴보는 것으로 대신하기로 한다. 국어사전에 의하면 취미란 ① 전문적으로 하는 것이 아니라 즐기기 위하여 하는 일, ② 아름다운 대상을 감상하고 이해하는 힘, ③ 감흥을 느끼어 마음이 당기는 멋 등으로 풀이되어 있다. 순서와 무관하게 취미(趣味)라는 단어에 숨어 있는 '맛'이라는 뜻에 충실하면, 취미란 우선 ③에서처럼 '나'가 어떤 쾌(快)에 만족을 느끼는 주관적인 감정 상태, '나'의 기호(嗜好)를 가리킨다. ①과 ②는 취미의 기본적인 의미가 실현될 수 있는 방식에 대한 두 가지 유력한 제안으로 볼 수 있다. 예컨대, 일상에서 '나'는 만족스럽기보다 불만족스러울 때가 더 많고, 특히 생계가 걸린 직업과 관련해서라면 더욱더 불만스러울 것이다. ①은 그러한 실패를 해결하기 위한 지혜를 제시한다. 먹고살기 위해서가 아니라 단지 전적으로 '나'가 좋아서 하는 일이라면 그것은 당연히 즐겁고 또 만족을 줄 수 있을 것이다. 이에 비해 ②는 미적 판단으로서의 취미라는 계통을 반영하고 있는데, 이때의 미적 판단이 원래 감성적(ästhetisch) 판단에서 유래한 만큼, 어떤 대상을 아름답다고 판단하는 것 역시 그것에서 만족을 느끼는 것과 동일시된다. 물론 만족을 주는 대상이 전부 미적 대상인 것은 아니다. 칸트에 의하면 모든 감각적 만족은 상대적인 만족이기 때문에, 예컨대 목이 마르지 않다면 물을 마시는 것이 더이상 만족을 주지 않지만, 미적 만족만은 그렇지 않다는 질적 차이가 있다.

요컨대, 취미란 어떤 대상에서 만족을 느끼는가를 판단하는 성향이다. 우표수집이나 영화감상 등이 취미의 전부였던 때는 취미마저도 계몽의 대상이었지만, 욕망에 관한 한 자유롭다 못해 과잉되다시피 한 지금, 만족을 위해 자기가 원하는 바를 추구하는 것에는 별 장애가 없는 것처럼 보인다. 그러나 다른 한편으로는 ①이 암시하듯 그런 만족은 일상생활에서는 얻기 어려운 것 같기도 하고, 또 ②에서 드러나듯 결국은 미적 만족으로 귀착되는 것 같기도 하다. 여기서, 악취미가 단순히 '나쁜 취미'라면, 취미의 뜻을 설명하는 문장 어디에 '나쁜'이라는 한정어를 끼워넣어야 할까? 이쯤에서 악취미에 대해 말해야겠지만, 그 전에 악취미 아닌 취미에 대해 좀더 살펴보기로 하자.

김도언의 등단작이자 첫 소설집의 표제작인 「철제계단이 있는 천변 풍경」은 다소간 취미의 문제를 중심으로 전개된다. 천변에 자취방 겸 화실을 갖고 있는 '나'는 우연히 이명이라는 여자를 만나 동거를 시작한다. 왜? 이 질문에 대한 답은 없는데, "아무래도, 누군가를 만나게 될 것만 같은, 누군가가 내 삶에 틈입하게 될 것만 같은"(13쪽) 예감이 그저 현실로 나타났기 때문이다. 몇 달 뒤 '나'는 그녀와 헤어진다. 다시, 왜? 여기에 취미의 문제가 개입하는데, '나'와 그녀가 헤어지게 된 것이 표면적으로는 취미의 차이이기 때문이다.

이명이는 잠시 머뭇거리다가 주저 없이 제게는 친숙할 친구들의 언어의 세계로 휩쓸려들어갔다. 그들은 캔버스와 이젤이 있고, 정물과 붓이 있는 방에서 베네통 점퍼와 샤넬의 향수, 그리고 가수의 사생활에 대해 이야기했다. 그것은 아무런 거침이 없는 것이었다. 그럴 수도 있을 것이라고 생각하려는 내 마음은 그러나 나에게 무척 낯선 것이었다. 설마설마했던 속이 다시 간지러워지기 시작했다.(『철제계단이 있는 천변풍경』, 이룸, 2004, 28쪽)

홀로 고립되어 '철제계단이 있는 천변풍경'의 아름다움을 사랑하는

'나'와 달리, 그녀와 그녀의 친구들은 세속적이고 감각적이었던 탓에 그녀의 친구가 '나'에게 감미로운 유혹의 손길을 뻗쳤을 때, '나'는 자리를 박차고 뛰쳐나온다. '나'가 그녀의 세계로부터 탈출해 거리를 전력 질주하기 시작하는 장면은 '나'와 그녀에게는 만족을 구하는 대상이 서로 달랐음을 암시한다. 이렇게 보면 '나'는 세속적이고 감각적인 현실을 버리고 그 대신 고독하고 아름다운 예술의 세계로 귀환했다고 할 수도 있다. 그러나 그게 전부는 아니다.

손이 시려워서 항상 목장갑을 끼고 살았으며 그것이 유화물감에 삭아서 바삭바삭해질 때까지 그림을 그렸다. (……) 그러면서 일 년쯤 지났을 때 뜻하지 않은 예감과 함께 나의 세계에 한 여자가 나타났다. 그 여자는 내가 데려온 여자였다. 그 여자의 이름은 이명이라고 했다. 그녀는 내가 알 수 없는 사이에 나를 이완된 휴지의 세계로 안내했다. 그것은 헤무르고 처진 세계이기도 했다. 처음엔 느끼지 못했지만 그 세계는 점차 길고 지루해졌다. 그러고 보면 그녀와 살면서 내가 향유한 모든 것은 새로운 전력 질주를 위한 육상선수의 휴지와도 같은 것이었다.(『철제계단이 있는 천변풍경』, 36쪽)

현실과 예술, 즉 감각적 만족과 미적 만족의 구분은 질적 차이를 기준으로 한 것이다. 반면에, 자기 삶의 국면을 '이완된 휴지'와 '전력 질주'로 나누고, 곧이어 "솔직히 이야기하자면 나는 그 지루한 휴지의 추억을 부정하면서도 혹은 그리워한다. 사람은 언제까지고 전력 질주만을 할 수는 없는 것일 테니까"(38쪽)라고 둘의 관계를 봉합하는 '나'의

회상이 문제삼고 있는 것은 만족의 내용이 아니라 만족을 구하는 방식 자체이다. 전력 질주와 휴지가 상호보완적인 한 쌍이라면 그 둘의 차이를 구별하는 것은 필요없을 뿐 아니라 불가능하다. 다만, A에서 만족을 구하다가 불만이 늘어나면 B에서 만족을 구하고, 다시 B에서 불만이 늘면 A로 옮겨가는 가역적 관계가 반복될 뿐이다.

「철제계단이 있는 천변풍경」은 '나'와 이명의 관계에 대한 이야기이지만 이명이라는 인물의 존재감은 상대적으로 희미하다. 이 소설은 사랑에 빠졌다고 생각한, 그러나 실은 오해한 고독한 청년의 환희(만족, 쾌)와 절망(불만, 불쾌)에 대한 이야기로 보는 것이 타당하다. 사랑이 감각적인 것만은 아니지만, 어쨌든 미적 만족이 고갈되지 않는 것처럼 사랑 역시 마르지 않고 '나'에게 영원히 만족을 줄 수도 있을 것이다. 그러나 '나'는 그녀와의 관계가 사랑이 아니라 단지 길고 지루한 휴지였을 뿐이라고 일방적으로 청산해버린다. 여기서 중요한 것은, 결과적으로 예술을 선택했다는 사실이 아니라 사랑의 실패를 서둘러 위로하려는 '나'의 의도가 아닐까?

전력 질주와 이완된 휴지가 교대로 반복되는 "적절한 단속(斷續)"(38쪽)이라는 삶의 태도가 김도언의 이후 소설에서 더이상 중요하게 다루어지지 않는다는 점을 감안한다면, 「철제계단이 있는 천변풍경」에서의 '나'의 결론은 자기 스스로의 고백처럼, "미화와 정당화의 혐의로부터 자유로울 수 없었던"(38쪽) 것인지도 모른다. 물론 그 적절한 단속이란 삶의 실패에서 비롯된 불쾌를 절감하기 위한 방편이며, 또한 그것은 아마도 우리가 만족을 구하는 가장 전형적인 방식이기도 할 것이다. 만족을 위한 현실원칙에 충실한 우리는 각각의 취미에 따라 좋은 것을 추구하다 어느 순간 그것이 쾌보다 불쾌를 준다면 조금도 지체 없이 대상을 바꿀 것이다. 왜 아니겠는가? 취미에 관해서라면, "좋고 싫은 데 이유는 없다(de gustibus non est disputandum)"는 격언이 늘 통용되어 왔는데 말이다.

그런데 이 격언은 악취미의 경우에도 그대로 적용된다. 악취미 역시 '나'가 좋아하는 성향을 반영하고, 또 거기서 '나'는 만족을 느낀다. 그러면 악취미는 취미와 어떻게 다른가? 예컨대, 적절한 단속을 통해 일상과 적당히 조화된 취미가 느닷없이 폭주할 때 악취미가 된다. 악취미는 추구하는 만족의 내용 이전에 그 방식이 '나쁜' 것이다. 악취미는 주위 사람을 불행하게 만들 것이고, '나'에게도 많은 불만과 불쾌를 줄 텐데, 그럼에도 불구하고 '나'는 그 악취미가 지시하는 대상을 향해 돌진할 것이다. 그것은 휴지 없는 전력 질주이고, 결국 '나'를 파탄에 이르게 하겠지만, 악취미 역시 취미인 이상, 악취미에는 이유가 없고 따라서 논리가 개입할 여지도 없다.

2. 악취미

그러한 악취미라면 『철제계단이 있는 천변풍경』에 함께 실린 「부주의하게 잠든 밤의 악몽」에서 동거하던 남자가 떠나려 하자 장님 행세를 하는 여자에게서 이미 전조를 찾을 수 있다. 남자가 떠나겠다면 적절한 단속을 통해서든 다른 합리화를 통해서든 그 관계를 청산하고 다른 상대에게서 만족을 구하는 것이 '좋은' 취미 아니겠는가? 그러나 여자는 청맹과니를 연기하며 남자가 다른 여자와 섹스하는 것을 쳐다보고 있다. 이런 악취미가 또 어디 있을까?

트래비스는 신경질적으로 퉁기듯이 몸을 일으킨다. 냉장고 문을 열고 주스를 꺼내 마신다. 나는 겁에 질린 표정을 하고는 두 팔을 앞으로 뻗는다. 허공을 휘젓는다. 나는 정말 아무것도 보고 싶지 않은지도 모른다.
"어딜 가는 거니. 응? 오늘은 나가지 마. 내 옆에 있어줘. 두렵단 말야."
"지금 연극이라도 하자는 거야 뭐야? 이제 그만 해. 그만 하라구!"
불쾌한 얼굴을 두 손으로 닦으려 트래비스가 소리친다. 연극, 이라는 말에 나는 잠시 멈칫한다. 하지만 이 연극은, 이제 나로서도 어쩔 수 없다.(『철제계단이 있는 천변풍경』, 45~46쪽)

그러나 여자는 다른 이유에서가 아니라 그것이 좋아서 하는 것이다. 그런 연기에 의해서만 아무것도 보고 싶지 않다는 자신의 소망을 이룰 수 있으며, 또 만족을 구할 수 있는 것뿐이다. 여자는 "이 연극은, 이제 나로서도 어쩔 수 없다"고 말한다. 좋으면서 동시에 어쩔 수 없다는 것이 바로 악취미의 이율배반이다.

『악취미들』의 주인공들은 모두 병적(pathological) 심리 속에 갇혀 있다. 「권태―악취미들 10」의 '나'는 시인이었던 동생이 죽고 아내가 다른 남자에게 떠나자 동생의 아내에게 성욕을 느낀다. 자기 삶의 진실과 열정이 사라지는 한편 요절한 천재시인이 된 동생에 대한 질투와 열등감이 증폭되면서 점점 권태에 잠식당하고 있는 '나'에게 어느 날 한 여자가 찾아와 동생이 변태성욕자였다는 편지를 맡긴다.

그런데, 그런데 말이다. 그 여자 수는, 어느 날 밤 전화를 걸어와서 내 앞에 나타났던 수는 정말 존재하는 사람일까? 그녀가 내게 했던 말과 내게 건넨 일기 속의 내용은 진실한 것일까? 수의 말, 수의 일기는 믿을 수 있는 것이냔 말이다. 권태에 취한 나는 이미 아무것도 믿을 수 없었다. 그 어떤 것도 자신할 수 없었다. (……) 사람들은 내게 미쳤다고 말할지 모르지만 나는 동생의 아내였던 여자 홍을 사랑한다. 그것은 이제 부인할 수 없는 사실이 되었다. 홍은 순결한 시인, 내 사랑하는 동생 청이 이 세상에 남기고 간 것 중에서 가장 아름다운 것이다. 나는 그것을 생각하며 술을 마셨다. 수돗물 떨어지는 소리를 들으며 술을 마셨다. 술을 마시며 울었다. 사랑하고 싶어서 울었다. 권태를 이기기 위해서, 살아야 하는 근사한 이유를 찾기 위해서 울면서, 사랑을 하고 싶다고 중얼거렸다.(34~36쪽)

「권태―악취미들 10」뿐 아니라 『악취미들』에 수록된 소설 전반에 걸쳐, 주인공들의 담론은 억압의 부인(denial)을 특징으로 한다. 이는 다른 동시대 소설들에서 좀더 쉽게 발견할 수 있는 신경증 담론, 즉 상징적인 법에 의해 금지된 것을 무의식에 억압하고 증상을 통해서만 만족을 얻는 담론과는 다르며, 그보다는 상징적 현실 전체를 부인하는 정신병 담론이나 (성)도착증 담론에 가깝다.(조엘 도르, 『라깡과 정신분석임상 : 구조와 도착증』, 홍준기 옮김, 아난케, 2005, 161쪽) '나'는 동생의 아내를 탐해서는 안 된다는 것을 알고 있음에도 불구하고 그 금지를 금세 뒤집는다. 예컨대, '나'가 그런 욕망을 갖게 된 것은 동생이 죽었거나 아내가 떠난 탓이며 혹은 동생의 아내에 대한 동정과 연민 때문이라고 강변한다. 게다가 '나'는 동생의 비밀을 폭로한 여자를 실제로 만났는지 그렇지 않은지를 확인할 수도 없다. 여기서 현실이란 오로지 '나'의 심리 속의 현실(psychical reality)로만 존재한다.

「B시 오후, 비 오고 흐림 ― 악취미들9」에는 군대에서 성폭행당했다는 이유로 B시의 시장 후보를 살해할 계획을 실행에 옮기고 있는 화자 '나'가 등장한다. 그러나 그 서술 역시 혼란한 기억과 환각으로 점철되어, '나'의 말대로라면 B시로 향하는 것이 그 후보를 간절히 사랑하기 때문이기도 하고 상습적으로 성폭행을 당했기 때문이기도 하는 등, 그 의미를 종잡을 수 없다. 그뿐 아니라 "내 의식 안에서만 존재한다"(44쪽)는 B시가 과연 실재하는 것인지, B시의 시장 후보가 '나'가 아는 사람인지, '나'가 그 후보를 저격하겠다는 것인지 아니면 자살하겠다는 것인지, 현실의 어떤 정황도 화자의 서술에 기대서는 검증할 수 없다.

　그리고, 지금 내가 택할 수 있는 것은 B시에 가는 일밖에 없다. 나에게 신성 같은 것이 있을 리는 없지만, 내 영혼의 순결이 사망 선고를 받았을 때, 내 정체성이 복원이 불가능할 정도로 훼손당했을 때의 절망을 치유하기 위해서라도 나는 B시에 가야 한다. 내가 B시에 가는 것은 필연적인 일이다. 지금까지의 내 삶이 온통 B시에 가기 위해서 전제되었다는 생각이 나 자신에게 전혀 이물스럽지 않게 받아들여질 정도로 B시에 가는 일은 내게는 자연스러운 일이다. B시에 가야겠다는 생각을 하기 전의 나는 도대체 무슨 생각을 하며 살았는지, 나는 지금 아무것도 기억할 수 없고 증언할 수 없다. (44~45쪽)

「권태—악취미들10」과 「B시 오후, 비 오고 흐림—악취미들9」의 주인공들에게 유일하게 확실한 것은 동생의 아내를 사랑하고 싶다거나 B시에 가고 싶다는 소망이다. 너무나 확실하기 때문에 그들은 필사적으로 그것을 원하고, 아마도 그렇게 함으로써만 만족을 얻을 수 있으리라고 확신하기 때문에 어떻게 해서라도, 예컨대 현실을 부인하고 환각이나 망상에 사로잡혀서라도 그 소망에 이르려고 할 것이다.

「택시 드라이버—악취미들8」에서 오랜 노력 끝에 얻은 딸을 자신의 실수로 잃은 아내가 스스로 몸을 파는 것 역시 다시 아이를 갖기를 바라서이고 그래서 "누구든, 내 몸에 아이를 좀 심어주기만"(76쪽)을 원해서이다. 그 결과 택시기사 남편과 매춘부 아내가 합승 손님이자 성매매 손님을 함께 물색하는 기괴한 야행(夜行)이 펼쳐진다.

"상상하는 것만으로도 충분히 괴로워."

"당신이 무슨 상상을 하는데? 남자와 내가 몸을 섞고 있는 장면? 그리고 지금 괴롭다고 했어?"

아내는 게슴츠레한 눈으로 입술에 루즈를 덧바르면서 묻는다.

"몰라서 묻니? 당신이 원한 거잖아."

"당신도 바라는 거잖아."

(……)

아내 입에서 학대라는 말이 나왔다. 이쯤 되면 아내의 의지를 만류하는 건 불가능한 일이다. 운행을 나가는 나를 뒤쫓아나와서 뒷좌석에 타고는 합승을 하는 남자 손님을 꼬드겨 매춘을 하는 행위를, 아내는 스스로에 대한 학대라고 생각하는 것이다. 이 지독한 위악 앞에서, 아니 이 지독한 기만 앞에서 나는 매번 불가항력적인 모독을 느낀다. 아내의 눈은 이미 현실의 것을 바라보지 않는다.(73쪽)

아내가 스스로에 대한 학대라고 여기는 파행에 대해 남편은 지독한 위선이자 자기 기만이라고 생각한다. 그런데 아내는 이미 현실 검증(reality-testing) 능력을 잃은 환자라고 해도, 남편까지 왜 그 야행을 원하고 바라는 것일까? 왜 아내를 치료할 생각을 않고 다만 불가항력이라고 포기하고 마는 것일까? 이에 대해서는 뒤에서 다시 언급하기로 한다.

정도는 덜하더라도 『악취미들』의 다른 주인공들 역시 병적인 일탈에서 만족을 구하는 데 온통 들려 있다는 점에서는 서로 닮았다. 의붓남매 사이의 금지된 관계가 대를 이어 반복되는 「지붕 위의 날들 ─ 악취미들4」에서 주인공은 "내가 하고 싶은 걸 하게 해줘. 난 이게 악마가 내린 사주라고 해도 거역하고 싶지 않아"(211쪽)라고 선언하고, 상처받을 때마다 애완동물을 학대하고 결국 살인에까지 이르는 「잔혹 ─ 악취미들3」의 주인공은 "저는 이상하게도 끔찍한 것에서 쾌감을 느끼거든요"(226쪽)라고 고백하며, 외도를 즐기는 어머니 때문에 아버지가 자살하고 오빠가 방에서 나오지 않는 집을 뛰쳐나와 고독에 겨워하며 되는대로 살다 자살하는 「밤하늘은 호수다 ─ 악취미들2」의 주인공은 "내가 싫으면 싫은 것이다. 나는 싫은 것과 단 일 초도 함께 있질 못한다. 이처럼 명쾌한 기호와 취향이 마음에 든다. 이를테면 나는 나의 취미와 기호로 구성되어 있다"(268쪽)고 말한다.

어쨌든 그들은 자기가 원하는 것을 계속하고 있다(고 믿는다). 그것도 다른 사람들은 자신이 원하는 것에 대해 적당히 타협하기도 하고 바꾸기도 하는 데 비해, 그들은 대단히 충실하다. 악취미도 기본적으로는 취미일 뿐, 좋아서 하겠다는데 말릴 수 있을까?

3. 자유

취미는 자유로운가? 취미에 대해 물었지만, 원래 취미란 좋고 싫음에 대한 판단이고 또 그 판단 기준은 만족이나 쾌일 것이므로, 만족이나 쾌락, 욕망으로 바꿔 질문해도 크게 달라지지는 않는다. 만족이나 쾌와 같은 기준은 진위(眞僞)나 선악(善惡)과는 다르다. 다시 말하지만, 좋고 싫은 데엔 그것이 옳거나 선해야 할 이유는 없다. 하지만 현실에서 취미가 관습(문화)으로부터 전적으로 자유롭지만은 않다는 것 역시 당연한 사실이다. 이러한 사정은 지금까지 그래왔고, 또 앞으로도 그럴 것이다.

그러나 관습의 영향력이 앞으로 점점 줄어들 것이라는 예상 역시 타당한데, 그것은 관습의 다양성을 섬기는 상대주의가 힘을 잃지 않는 한 명백하다. 악취미란, 그리고 『악취미들』을 꿰고 있는 기획 역시 그래서 출현했을 것이다. 우리가 무엇을 원하고 또 무엇에서 만족을 구해야 하는지를 제시해주는 권위 있는 매뉴얼이 있다면 악취미 따위란 무시해도 무방하다. 그러나 악취미 아닌 취미가 추구하는 만족이란 단지 관습에 의해 금지되지 않은 만족일 뿐, 옳은 것도 선한 것도 아니다. 취미의 주체는 그 금지 안에서 이리저리 몸을 놀려 만족을 구하면서 그것이 자유로운 것이라고 오해하고 있을 뿐이다. 그러면 "세상에 애초부터 금지되어 있는 일이란 없"(209쪽)으니 '나'가 원하는 것은 무엇이든 가능하다고 생각하며 그것을 행동에 옮기는 『악취미들』의 주인공, 악취미의 주체는 자유로운가?

　사는 동안, 누구든지 적어도 한 번쯤은 자기 자신이 두렵다고 느낀 적이 있을 것이다. 그런 경험은 기이하고 낯선 상상력을 수반하면서 이 삶에 의미심장한 암시를 던지기도 한다. 나 역시 나 자신이 두려운 때가 있다. 이를테면 나 스스로도 이해할 수 없는 일에 몰입하고 있는 지금 같은 경우가 그렇다. 지극히 낯설고 이질적인 존재가 내 머릿속을 비집고 들어와 내 의식을 점령하고 내 손과 발을 움직이는 것 같은, 빠져나가려 하면 할수록 더욱 죄어드는 올가미처럼 무언가 강렬하면서도 도발적인 어떤 힘에 의해 내 의식과 육체가 완전히 지배당하고 있는 것만 같은 느낌에 사로잡히는 경우 말이다. (……) 아내의 지독한 파행을 그대로 방치하는, 아니 그것을 함께 즐기고 있는 지금의 내 모습을 나는 어떻게 바라보고 있을까. 물론 나는 알고 있다. 나를 바라보는 내 두 눈에 가득 들어찬 것은 오로지 슬픔과 두려움뿐이라는 것을. 하지만 나는 끝내 아내의 이 병적인 게임을 제지할 순 없을 것 같다는 슬픈 예감에 사로잡힌다.(77~78쪽)

「택시 드라이버 — 악취미들 8」의 남편이 떨쳐버릴 수 없는 느낌, "어떤 힘에 의해 내 의식과 육체가 완전히 지배당하고 있는 것만 같은 느낌"(77쪽), '나'로서는 어쩔 수 없다는 불가항력, 불가피성에 대한 예감은 다른 주인공들에게도 공통적으로 발견된다. 누가, 혹은 무엇이 그에게 아내와 함께 기괴한 동행을 하라고 명령하고 있는가? 그리고 어떤 명령에 복종하고 있는 것이라면 그 역시 전혀 자유롭지 못한 것 아닌가?

그는 성도착증 환자의 변명을 그대로 따르고 있다. 예컨대, 하이힐 페티시즘에 빠진 사람은 다음과 같이 말한다고 한다. "물신주의자들도 '바로 오늘 나는 하이힐 신발을 궁극적 대상으로, 내 욕망의 충동으로 결정했다' 고 결코 말하는 법이 없을 것이다. 오히려 물신주의자라면 이렇게 말할 것이다 : '나는 어쩔 수가 없다' '그건 내 잘못이 아니다' '그건 내 통제를 벗어난 일이다' '난 그것에 저항할 수가 없다' ……"(알렌카 주판치치, 『실재의 윤리』, 이성민 옮김, 도서출판b, 2004, 66쪽)

남편은 병든 아내의 파행에 그저 마지못해 동참하고 있는 것일 수 있다. 또 아내가 파행에 이르게 된 것은 우연히 발생한 끔찍한 사건의 충격 때문일 수 있다. 이런 점에서 이 부부는 지독한 불운의 희생물이다. 이렇게 보면 그의 변명도 어느 정도 일리가 있다. 이 부부보다 덜 불운할 뿐, 그래서 덜 비참할 뿐, 우리 역시 어쩔 수 없는 일이었다는 변명을 입에 달고 사는 것은 마찬가지이다.

그러나 정말 불가항력적이고 불가피했던 것일까? 딸의 죽음이 부부를 파국으로 몰아간 것은 딸에 대한 아내의 집착이 비정상적이리만큼 강했기 때문이고, 그 집착은 둘 사이에 아이가 없어 남편이 외도를 했을 것이라는 아내의 절망감에서 기인한 것은 아닌가? 전부는 아니더라도 남편에게 일말의 책임이 있는 것은 아닌가? 그러나 그는 "이건 내 잘못이 아니다. 나는 그 어떤 것에도 책임질 이유가 없다"(77쪽)고 말한다. 이것은 변명을 넘어 자기 암시이다. 아마도 이 때문에 그는 아내를 치료할 생각을 버렸을 것이다. 치료는 그의 책임을 상기시킬 것이기 때문이다.

누가 보기에도 그의 삶은 불행하다. 그것이 "국민연금공단의 홍보용 전단 표지모델로 나와도 무방할 정도로 지극히 평범하고 단란한 가족"과 함께 "내 삶도 크게 나무랄 것은 없겠다"(88쪽)는 소박한 만족을 누리고 있던 바로 뒤라는 점에서는 더욱 그러하다. 그 역시 자신의 삶이 불행하기 이를 데 없다고 생각할 것은 틀림없다. 그런데 왜 바꿔보려는 시도를 하지 않는 것인가? 그 이유는 간단한데, 삶의 다른 부분에서 조금도 만족을 얻지 못하더라도, 그는 자신의 책임을 감추는 데서 기인하는 만족만큼은 절대 포기하지 않고 즐기고 있기 때문이다. 그는 책임 은폐의 만족을 다른 어떤 만족과도 바꾸지 않는 것일 뿐이다. 그래서 그는 단지 "아내의 지독한 파행을 그대로 방치하는" 것만이 아니라 "그것을 함께 즐기고 있는"(77쪽) 것이기도 하다.

다시 질문하자. 그는 자유로운가? 자기로서는 어쩔 수 없는 불운한 상황에 처해 있는 그는 자유롭지 않다. 그만 자유롭지 않은 것이 아니라 실상 우리 모두는 자기를 둘러싸고 있는 상황과 환경으로부터 자유로울 수 없다. 그런 그가 유일하게 자유로울 수 있던 시점은, 다른 만족 대신 책임 회피의 만족을 선택한 바로 그때이다. 그러나 불행하게도 그것은 '나쁜' 자유이다. 도덕적인 의미에서 나쁜 것이 아니라, 책임 회피의 만족을 선택하는 순간 그에게는 자유로울 여지가 더이상 있을 수 없다는 의미에서 그 자유는 나쁜 것이다. 왜냐하면, 내 책임이 아니고 내 잘못이 아니라고 인정하는 것은, 어쩔 수 없이 상황에 휩쓸리고 있을 뿐 그는 손끝 하나 자기 뜻대로 움직일 수 없음을 인정하는 것과 같기 때문이다.

단지 허용된 만족만을 선택할 뿐인 취미의 주체가 자유롭다고 착각하고 있다면, 이때의 자유는 '거짓' 자유이다. 이에 비해, 어쩔 수 없다는 변명으로 일관하는 악취미의 주체가 만족을 즐기는 자유를 행사하고 있다면, 이때의 자유는 '나쁜' 자유이다. 악취미의 '나쁜' 자유는 취미의 '거짓' 자유가 진짜 자유가 아니라는 사실을 폭로한다. 그러나 그 역이 성립되기는 쉽지 않다. 다시 말해, 취미의 '거짓' 자유가 악취미의 '나쁜' 자유는 선한 자유가 아니라는 것을 폭로하기는 어렵다. 그 점에서 악취미는 일종의 전략이다. 하지만 그렇다고 해서 악취미의 '나쁜' 자유가 진짜 자유인 것은, 물론 아니다. 그래서 『악취미들』 이후가 겨냥하고 있을 진정한 자유가 어떤 것인지 지켜볼 필요가 있다.

작가의 말

1

에곤 실레를 포함해 그 누군들 그렇지 않겠냐마는, 나 역시 나의 훌륭함이 마음에 든다.* 내가 많은 사람들에게서 인정을 받지 못하거나 올바른 평가를 받지 못할 때는 물론이고, 심지어는 오해를 받을 때조차 나는 훌륭하지 않았던 적이 없다. 좀 불손한 생각일지 모르지만 나는 그 누구보다도 좋은 생각을 할 수 있고, 아름다운 소설을 쓸 수 있다고 믿는다. 내가 문제 삼는 것은 무엇을 어떻게 표현할 것인가 따위가 아니라, 내가 정말로 글로써 만들어내고 싶은 아름다운 세계를 만들어낸

---

* "혜안을 가진 열 명을 포함한 천 명의 학자가 있습니다. 그들 중에는 한 명의 천재, 한 명의 발명자, 한 명의 창조자가 있습니다. 그리고 지식을 가진 사람은 몇천 명이나 됩니다. 이 세상에는 셀 수 없이 많은 훌륭한 사람과 앞으로 훌륭하게 될 사람들이 있겠지요. 그렇지만 나는 나의 훌륭함이 마음에 듭니다." ─에곤 실레(페슈카에게 보낸 편지 중, 1910)

이후, 내게 찾아올 그 견딜 수 없을 것만 같은 결핍과 결락의 공포와 관련이 있다. 나는 이 지독한 존재의 역설을 문제 삼을 뿐이다.

2

소설을 쓸 수 있다는 건 내게 여간 다행한 일이 아니다. 만약 소설을 쓸 수 없었다면 나는 아마도 극단적인 허무와 퇴폐에 침잠하는 폐인이나 미치광이가 되었을 것이다. 내가 소설을 쓰게 됨으로써, 이 땅의 미치광이들은 훌륭한 동료를 하나 잃은 셈이다. 역설적이면서도 퍽이나 명료한 사실 하나는, 나는 내가 읽기 위해서 소설을 써왔다는 것이다. 다시 말하면 내 소설의 독자는 나 하나가 되어도 좋다는 생각을 하면서 나는 소설을 썼다. 그건 유아적이고 지나치게 소박한 생각임에 틀림없지만 내겐 너무나 익숙하고 편한 것이다. 나는 지금도 내가 쓴 소설을 다른 사람이 읽는 것을 상상하는 것이 좀 낯설다. 소설이 시장에서 유통되는 '상품'으로 의심 없이 간주되는 현실도 가슴 아프다. 어찌됐건 나는, 소설을 쓰는 동안 비로소 세상과 타자에 대한 오랜 적의를 내려놓을 수 있었다. 다른 말로 표현하자면, 그것은 지극한 평화와도 같은 것이었다.

3

  이 자리에서 평소 시인들로부터 적지 않은 영감을 받았음을 고백해야겠다. 시 속에는 삶의 아름다움과 진실에 대한 즉각적인 옹호와, 삶이 어쩔 수 없이 지니는 불안과 공포에 대한 처절한 연민이 담겨 있다. 어쩌면 내 소설은, 내가 시로 쓰지 못한 것들의 장황한 알리바이 같은 것일지도 모른다. 막연한 표현이지만 시처럼 아름다우면서도 치명적인 소설을 쓰는 것이 나의 가장 큰 바람이다. 지금 이 순간 고마운 사람들의 이름과 얼굴이 떠오른다. 하지만 굳이 기록하지는 않겠다. 내가 믿는 한, 그것을 바라고 내게 친절했던 사람은 단 한 사람도 없을 것이다. 가슴에 맺힌 고마움을 표현하는 것은 금세 사라지는 연기처럼 호들갑스럽지 않게 하는 것일수록 세련된 일이라 믿는다. 나는 이제 나의 '훌륭한' 두번째 소설집을 세상에 내놓는다. 저녁엔 도리 없이 편안한 술집을 찾아봐야겠지.

2006년 9월
김도언

| 수록작품 발표지면 |

문학동네 소설집
악취미들
ⓒ 김도언 2006

초판인쇄 | 2006년 9월 15일
초판발행 | 2006년 9월 22일

지은이 | 김도언
펴낸이 | 강병선
책임편집 | 조연주 오경철
펴낸곳 | (주)문학동네
출판등록 | 1993년 10월 22일 제406-2003-000045호

주소 | 413-756 경기도 파주시 교하읍 문발리 파주출판도시 513-8
전자우편 | editor@munhak.com
전화번호 | 031) 955-8888
팩스 | 031) 955-8855

ISBN 89-546-0164-2 03810
* 이 책의 판권은 지은이와 문학동네에 있습니다.
  이 책 내용의 전부 또는 일부를 재사용하려면 반드시 양측의 서면 동의를 받아야 합니다.
* 이 도서의 국립중앙도서관 출판시도서목록(CIP)은 e-CIP홈페이지(http://www.nl.go.kr/cip.php)에
  서 이용하실 수 있습니다. (CIP제어번호 : CIP2006002007)

www.munhak.com